ro
ro
ro

Lauren Willig, geboren in New York, schreibt Liebesromane, seit sie sechs Jahre alt ist. Sie hat einen Abschluss in Englischer Geschichte und einen Doktor in Rechtswissenschaften. Nach einem Jahr in einer New Yorker Kanzlei entschied sie sich ganz fürs Schreiben.

Mehr über die Autorin: www.laurenwillig.com

«Ein herrlicher Schmöker zum Genießen.»
(Literaturkurier über *Die fremde Schwester*)

LAUREN WILLIG

Die fremde Schwester

Roman

Aus dem Englischen von
Mechtild Sandberg-Ciletti

Rowohlt Taschenbuch Verlag

Die Originalausgabe erschien 2015 unter dem Titel
«The Other Daughter» bei St. Martin's Press, New York.

2. Auflage Februar 2017

Veröffentlicht im Rowohlt Taschenbuch Verlag,
Reinbek bei Hamburg, Februar 2017

Redaktion Tanja Schwarz
Umschlaggestaltung Hafen Werbeagentur, Hamburg
Umschlagabbildung Susan Fox/Trevillion Images
Satz ITC Legacy serif, PostScript,
bei Pinkuin Satz und Datentechnik, Berlin
Druck und Bindung CPI books GmbH, Germany
ISBN 978 3 499 26964 6

Für meinen Vater, Kenneth C. H. Willig,
der mir Geschichte und Geschichten
nahegebracht hat.

KAPITEL 1

«Dürfen wir gucken, dürfen wir gucken?» Die achtjährige Amelie fasste Rachel bei der Hand und versuchte, sie zur Treppe zu ziehen.

«Ich verstehe nicht, was dich an einem Fest interessiert, zu dem du nicht eingeladen bist», sagte die dreizehnjährige Albertine hochnäsig.

«Englisch, bitte», mahnte Rachel automatisch.

Die Mädchen sollten mit ihr stets englisch sprechen, darauf hatte die Gräfin ausdrücklich bestanden. Wenn Albertine sich nicht an dieses Gebot halten wollte, sagte sich Rachel, die es selbst nicht unbedingt konsequent befolgte, etwas scheinheilig, musste sie eben still sein. Das tat manchmal ganz gut.

«Les robes sont tellement jolies.» Die zehnjährige Anne-Marie seufzte sehnsüchtig.

«Englisch bitte», spottete Albertine in einem Englisch mit starkem französischem Akzent.

Rachel strich Anne-Marie über die Haare. «Du hast ganz recht, Ammie. Die Kleider sind wirklich schön. Ich glaube, wir können ruhig ein bisschen gucken, Hauptsache, wir lassen uns nicht sehen.»

Es war der alljährliche Osterball auf Château de Brillac, Sitz der Grafen von Brillac seit Menschengedenken, auch wenn den Brillacs das herzlich wenig bedeutete. Sie zogen das Leben in Paris vor, wo der Graf sich seinen Amouren widmen konnte und die Gräfin ihre engen persönlichen Beziehungen zu diversen Modeschöpfern der Haute Couture pflegte, die um die Ehre buhlten, ihren knochigen Körper mit gefälligen Roben auszustatten.

Wenn der Graf und die Gräfin sich dennoch hin und wieder zu einem Besuch in Brillac bequemten, so reisten sie stets mit einem exotischen Gefolge von Damen und Herren der glanzvollen Pariser Welt an. Zimmer und Säle wurden gelüftet, die Möbel von den Tüchern befreit, die sie vor Staub schützen sollten, und Amelie, Anne-Marie und Albertine schlichen sich hinunter zu ihrem bevorzugten Ausguck hinter der fünften Geländersäule links auf der Galerie.

Eine strengere Aufsichtsperson hätte den Mädchen dieses Abenteuer vielleicht verwehrt und sie in ihre Kinderzimmer verbannt. Doch Rachel sah nicht ein, weshalb sie ihren Schützlingen solche kleinen Freuden nicht gönnen sollte. Wenn es sie glücklich machte, auf ein Gewoge wohlfrisierter Köpfe hinunterzusehen, warum nicht? Beim kleinsten Anzeichen von Unfug würde sie sie einsammeln und zurück ins Kinderzimmer verfrachten.

Sie bezweifelte, dass es so weit kommen würde. Weder bei Anne-Marie noch bei Amelie brauchte man zu fürchten, dass sie Wasserbomben warfen, und Albertine, die Älteste, neigte eher zu kleinen Boshaftigkeiten als zu handfesten Streichen. Nach sieben Jahren praktischer Erfahrung als Erzieherin in diversen Kinderstuben meinte Rachel, sich auf ihr Urteil verlassen zu können.

Anne-Marie und Amelie kauerten dicht ans Geländer

gedrückt nebeneinander; Albertine hielt vornehm Abstand und gab sich desinteressiert, konnte aber, wie ihre Blicke verrieten, ihre Neugier doch nicht ganz bezähmen. Rachel betrachtete die drei Mädchen einen Moment lang lächelnd, bevor sie sich zu ihnen gesellte und so ungeniert wie sie ins festliche Getümmel hinunterspähte.

Der Graf und die Gräfin, er im Abendanzug, sie in großer Toilette mit funkelnden Brillanten, standen am Fuß der breiten, mit Blumen geschmückten Marmortreppe und empfingen ihre Gäste. Die große Vorhalle, in der Amelie an regnerischen Tagen gern auf Strümpfen hin und her schlitterte, war erfüllt von Gelächter und Stimmengewirr, dem Geklingel kostbarer Armreifen und Colliers, dem Glanz militärischer Orden.

Rachel wusste, dass im Ballsaal eine Musikkapelle wartete, die nach dem Festessen im Speisesaal zum Tanz aufspielen würde; intime Salons boten den Gästen Gelegenheit, sich nach dem Mahl zum Plaudern, Rauchen oder Kartenspielen zurückzuziehen. Doch Einblick in diese Räume war den heimlichen Beobachtern auf der Galerie verwehrt.

«Wenn ich groß bin», erklärte Amelie ganz von sich überzeugt, «gehe ich jeden Abend auf einen Ball.»

Rachel unterdrückte ein Lachen. «Das kann ich mir gut vorstellen. Vergiss nur nicht, dir immer schön die Ohren zu waschen. Eine Gräfin muss saubere Ohren haben.»

Amelie straffte ein wenig die Schultern. «Als ob ich das nicht wüsste», erwiderte sie so erhaben, als hätte sie nicht erst gestern Abend bei der ersten Berührung des verhassten Waschlappens Zeter und Mordio geschrien. «Und viel Schmuck muss sie haben.»

«Rubine oder Smaragde?», erkundigte sich Rachel, deren gesamter Schmuck aus einer kleinen goldenen Uhr bestand, einem Geschenk ihrer Mutter zum Schulabschluss. Sie wollte gar nicht daran denken, wie viele zusätzliche Klavierstunden ihre Mutter dafür hatte geben müssen, wie oft sie auf den Zucker im Tee verzichtet hatte.

«Blaue», erklärte Amelie entschieden. «Sie passen am besten zu Sophies Schärpe.»

Sophie war Amelies Lieblingspuppe; einst chic wie eine Pariser Dame, war sie mittlerweile recht ramponiert von dem rauen Leben, das sie bei Amelie führte.

«Ja, das sieht sicher hübsch aus», meinte Rachel lächelnd. Die drei Mädchen taten ihr manchmal leid. So verwöhnt sie waren, so sehr fehlte es ihnen offensichtlich an Wärme. Sie schienen einzig darauf gedrillt, die gesellschaftlichen Erwartungen zu erfüllen: eine standesgemäße Heirat, mit einem Stadtpalais in Paris und einem Schloss auf dem Land. Ob sie den Mann, der zu dieser ganzen Pracht gehörte, liebten, spielte dabei allem Anschein nach eine untergeordnete Rolle. Diesen Eindruck jedenfalls hatte Rachel in den letzten sieben Jahren ihrer Tätigkeit bei verschiedenen reichen Familien gewonnen.

Manchmal kam sie sich vor wie eine Forscherin, die die Sitten und Gebräuche eines exotischen Stammes studierte.

Rachel hatte immer gewusst, dass sie später einmal würde arbeiten müssen. Sie und ihre Mutter waren nicht arm, sie hatten ein Dach über dem Kopf, und sie hatten zu essen, doch für Extrawünsche war nie Geld da. Ihre Mutter schlug sich mit Klavierstunden durch, eine nach allgemeiner Auffassung angemessene Tätigkeit für eine in Not geratene Witwe aus besseren Kreisen, nicht unvereinbar mit dem Freitagabend-Sherry beim Pastor und der Ausrichtung des Wohltätigkeitsbasars beim alljährlichen Frühlingsfest.

Wäre es nach Rachel gegangen, so hätte sie nach der Schule einen Sekretärinnenkurs besucht und sich danach in die schöne neue Welt der Bürokräfte gestürzt. Aber es gab Momente, da konnte ihre Mutter ihre viktorianische Erziehung nicht verleugnen. Sobald sie von dem Sekretärinnenkurs hörte, sagte sie nein und ließ nicht mehr mit sich reden. Undenkbar, dass Rachel außer Haus zur Arbeit ging und sich täglich den mehr oder weniger aufdringlichen Aufmerksamkeiten fremder Männer aussetzte.

Alle Proteste und Vorhaltungen Rachels, dass es bei den Frauen von heute ganz normal sei, arbeiten zu gehen, prallten an ihr ab.

Eine Anstellung in einer guten Familie, erklärte ihre Mutter beharrlich, das sei die geeignete Tätigkeit für eine junge Dame.

Als Rachel entgegnete, die Welt habe sich seit *Jane Eyre* ein Stück weitergedreht, meinte ihre Mutter nur nachsichtig: «Es ist ja nicht alles Thornfield Hall. Würdest du denn nicht gern etwas von der Welt sehen? Du könntest reisen. Du könntest im Ausland arbeiten. Das ist doch viel besser als so ein muffiges Büro.»

Rachel hätte widersprechen, hätte – wie sie das bei anderer Gelegenheit erfolgreich getan hatte – sich auf die Hinterbeine stellen können, doch sie hatte den Verdacht gehabt, dass es hier weniger um ihre jungfräuliche Tugend ging als um Geld. Der Sekretärinnenkurs war zwar nicht übermäßig teuer, dennoch wäre die Ausgabe für ihr mageres Budget eine Belastung gewesen.

Und wenn sie dafür ihre goldene Uhr verkauft hätte, so wäre das für ihre Mutter schlimmer gewesen als ein Schlag ins Gesicht. Es hätte sie daran erinnert, was sie sich alles nicht leisten konnten. Es wäre einem Vorwurf an ihre Mutter gleichgekommen, die sich seit dem Tod von Rachels Vater Tag und Nacht abrackerte, um sich und Rachel über Wasser zu halten.

Rachel hatte also alle Einwände hinuntergeschluckt und war nach Frankreich gegangen. Und Frankreich hatte wirklich einiges für sich. Staunend hatte sie all das Neue und Fremde, das ihr dort begegnete, aufgesogen; gewiss, der Krieg hatte Narben hinterlassen, doch das Land war immer noch beeindruckend in der Vielfältigkeit seiner Landschaft und seiner besonderen Lebensart. Und Paris, diese schillernde Stadt, schien seinen früheren Glanz uneingeschränkt wiedergewonnen zu haben.

Sie hätte nicht gesagt, dass sie nach sieben Jahren Aufenthalt diesen Glanz nicht mehr wahrnahm, doch er war ihr mittlerweile zur Selbstverständlichkeit geworden. Louis-quinze-Sessel und goldgerahmte Porträts alter Meister gehörten zur Kulisse wie zu Hause das Klavier ihrer Mutter und das alte Schachspiel ihres Vaters. Den Mittelpunkt ihres Lebens jedoch bildeten die Kinder, mit denen sie lernte und übte, die ihre eigenen kleinen Kämpfe ausfochten, manchmal Trost und manchmal, besonders an Regentagen, Unterhaltung brauchten.

Über Marmorböden zu schlittern, war eine herrliche Möglichkeit, einen Regentag totzuschlagen. Allerdings nicht, wenn die Gräfin zu Hause war.

«Miss?»

Rachel, die mit den drei Mädchen am Geländer kauerte, drehte sich um und stand auf. Zu Hause wurde sie Rachel genannt oder Miss Woodley, je nachdem, doch im Haus de Brillac wurde sie stets ‹Miss› gerufen.

«Ja?» Sie strich ihren Rock glatt. Manon, das Dienstmädchen, das für die Kinderzimmer zuständig war, kam leise und sichtlich bedrückt auf sie zu. «Ach, du lieber Gott. Nicht schon wieder das heiße Wasser?»

Die sanitären Anlagen im Schloss, die noch aus einer Zeit stammten, als eine heiße Badewanne Luxus gewesen war, hatten ihre Launen. Im Allgemeinen lieferten sie genug heißes Wasser für die Kinder, aber wenn die Gästescharen aus Paris sich im Haus niederließen, kam es vor, dass eine Katzenwäsche genügen musste.

«Nein, Miss.» Beinahe verstohlen hielt das Mädchen Rachel ein knittriges Stück Papier hin. «Ein Telegramm, Miss. Aus Paris.»

«Heute Abend?» Automatisch griff Rachel nach dem Papier. Kein Wunder, dass Manon die Verantwortung weitergeben wollte, wenn es etwas Wichtiges war. Die Gräfin reagierte bei Festlichkeiten auf Störungen höchst ungnädig. «Hoffentlich sind es keine schlechten Nachrichten. Ich bringe es gleich –»

Rachel brach ab, als sie auf das Telegramm hinunterblickte. Es kam nicht aus Paris, es war nach Paris geschickt worden. Und nicht an die Gräfin gerichtet, sondern an sie.

`R. Woodley, Hôtel de Brillac, Paris.`

Der Text darunter war englisch, nicht französisch.

```
Mrs. Woodley erkrankt. Influenza.
Empfehle sofortige Heimkehr. J.S.
```

Influenza! Rachel starrte wie gebannt auf das gefürchtete Wort. Die Influenza hatte Netherwell schon früher heimgesucht, gleich nach dem Krieg. Rachel konnte jetzt noch das endlose dumpfe Läuten der Kirchenglocke hören, Tag für Tag, bis schließlich der Glöckner selbst erkrankt war, und da war die plötzliche Stille beinahe noch schlimmer gewesen als das unablässige Gebimmel.

Doch das lag acht Jahre zurück. Inzwischen hatte man doch sicher ... Und Jim Seddon war ein guter Arzt, ein moderner Arzt, ein weit besserer als der alte Dr. Potter, der immer den Eindruck erweckt hatte, was für Hippokrates gut genug gewesen war, sei auch für ihn gut genug.

Rachel, die unwillkürlich die Luft angehalten hatte, atmete tief durch. Jim Seddon war nicht nur ein guter Arzt, er war auch mit Rachels bester Freundin verheiratet. Und ihre Mutter – ihre Mutter erfreute sich einer robusten Gesundheit, so zart sie in ihren Kattunkleidern und Spitzenkrägelchen wirkte. Die Influenza mochte zahllose andere getötet haben, Katherine Woodley würde sie nicht umwerfen.

Aber Jim würde sie nicht zur Heimkehr drängen, wenn es keinen triftigen Grund gab.

Sie musste sofort nach Calais. Wenn sie einen Wagen bekommen konnte, der sie zum Bahnhof brachte, konnte sie den nächsten Zug nach Paris nehmen und von dort aus nach Calais weiterreisen; von Calais aus mit der Fähre nach Dover, dann weiter nach London und King's Lynn und schließlich mit dem Bummelzug nach Netherwell.

Es war Montagabend. Mit etwas Glück, und wenn es den Bahnarbeitern zwischen hier und Calais nicht gerade einfiel, in Streik zu treten, könnte sie morgen um diese Zeit zu Hause sein.

Das hieß ... Rachel suchte das Datum auf dem Telegramm und wollte ihren Augen nicht trauen. Es war bereits am vergangenen Mittwoch in Paris eingetroffen, also vor fünf Tagen.

Rachel sah das Mädchen ungläubig an. «Aber das Telegramm ist fünf Tage alt!»

Manon senkte den Blick. «Ich weiß auch nicht. Hector hat's erst heute mitgebracht, als er mit dem Herrn Grafen raufgekommen ist.»

Hector, der Kammerdiener des Grafen, war ein eingebildeter Schwätzer, der sich für unwiderstehlich hielt. Rachel, die anderer Meinung war und ihm das auch unmissverständlich klargemacht hatte, konnte sich vorstellen, dass er das Telegramm aus reiner Bosheit liegengelassen hatte, um ihr eins auszuwischen.

«Natürlich, natürlich, dafür kannst du nichts, Manon», sagte Rachel hastig. «Danke dir, dass du es mir gebracht hast.» Sie war wütend und empört über diese Nachlässigkeit ihr gegenüber, doch es wäre ungerecht gewesen, Manon Vorwürfe zu machen. Wichtig war im Moment nur, möglichst schnell zum Bahnhof zu kommen. «Würdest du bitte die Mädchen nach oben bringen», sagte sie deshalb nur sehr beherrscht. «Ich muss mit der Gräfin sprechen.»

Sie wandte sich den drei Mädchen zu. «Tut mir leid.»

Sie lächelte bedauernd. «Ihr geht jetzt brav mit Manon hinauf, ja? Ich komme gleich nach. Macht euch schon mal fertig und vergesst nicht, euch die Zähne zu putzen.» Sie strich den zwei kleineren über die Köpfe und nickte Albertine zu, als die drei ein wenig widerwillig ihren Beobachtungsposten verließen, um der wartenden Manon zu folgen.

Unten hielt sie einen der Diener auf, der mit einem Tablett voller Champagnergläser aus dem Saal kam. Sie kannte das Personal nicht sehr gut; die meisten der Leute waren im Pariser Haus beschäftigt und nur aus Anlass des Fests aufs Land mitgekommen. Doch jeder wusste, wer sie war: die englische Erzieherin der Mädchen.

Der livrierte Diener begab sich auf die Suche nach der Gräfin, während Rachel im Hintergrund wartete und sich krampfhaft bemühte, ihre Ungeduld zu bezähmen.

Mittwoch. Ihre Mutter war schon seit Mittwoch krank, und das Telegramm hatte einfach irgendwo herumgelegen. Aber warum hatte Jim Seddon nicht noch einmal versucht, sie zu erreichen? Er hätte doch ein zweites Telegramm schicken oder telefonieren können ...

Der Diener trat zu ihr. Madame erwarte sie im kleinen Salon.

Der sogenannte kleine Salon war etwa doppelt so groß wie ihr ganzes Cottage daheim in Netherwell, mit einer Pracht aus Gold und Spiegeln ausgestattet, die darauf angelegt war, ehrfürchtiges Staunen hervorzurufen. Genau wie Madame, die am offenen Kamin stand und ungeduldig mit dem juwelenbesetzten Pumps wippte.

«Was gibt es denn so Unaufschiebbares, Mademoiselle?», fragte sie mit einem ostentativen Blick zur vergoldeten Empire-Uhr auf dem Kaminsims. «Wenn eine meiner Töchter krank ist –»

Sie schien diese Möglichkeit eher lästig als besorgniserregend zu finden.

«Den Mädchen fehlt nichts», versicherte Rachel schnell. «Es geht um meine Mutter, Madame. Sie ist – sehr krank.» Es wurde beängstigend real, als sie es laut aussprach. «Ich muss unverzüglich zurück nach England. Ich kann – ich kann in einer Woche wieder hier sein. Solange kann mich vielleicht Manon vertreten.»

Der Blick der Gräfin war kalt. «Nein», sagte sie und wandte sich zum Gehen.

«Nein?», wiederholte Rachel, als hätte sie nicht verstanden.

Die Gräfin blieb stehen. «Nein», sagte sie noch einmal und fügte kurz hinzu: «Das passt im Moment nicht.»

Und das war alles.

Rachel konnte es nicht glauben. Sie lief ihr nach. «Meine Mutter braucht mich, Madame.» Ihre Mutter hätte sie schon vor Tagen gebraucht. «Sie hat nur mich. Mein Vater –»

Die Gräfin interessierte Rachels Vater nicht. «Gute Nacht, Miss Woodley.»

Gute Nacht? Rachel war wütend. So würde sie nicht mit sich umspringen lassen. «Es tut mir leid, Madame», sagte sie in perfektem Französisch und so kalt wie die Gräfin. Sie hatte hier unterrichtet, aber sie hatte auch gelernt. «Aber so geht das nicht. Wenn Sie mir keinen Urlaub geben können, muss ich kündigen. Fristlos.»

Die Gräfin, die schon die Tür erreicht hatte, blieb stehen und drehte sich um. Ihre Brillanten funkelten eisig im Licht des großen Kronleuchters. «Sie können sich Ihren Lohn bei Gaston abholen. Ach, und geben Sie ihm Ihre Schlüssel, bevor Sie abreisen.»

«Aber –» Rachel starrte sie sprachlos an.

«Leben Sie wohl, Mademoiselle Woodley», sagte die Gräfin mit einem kurzen herablassenden Nicken. Noch einmal richtete sie ihren kalten grauen Blick auf Rachel. «Ich nehme doch an, Sie erwarten kein Zeugnis von mir.»

Ein Zeugnis? Was bedeutete hier ein Zeugnis? Es ging um die Kinder – wie sollte sie es ihnen sagen?

Sie konnte der Gräfin nachlaufen, sie bitten, es sich noch einmal zu überlegen. Und dann? Bleiben? Ihre Mutter im Stich lassen?

Die Vorstellung war unerträglich. Im Cottage gab es kein Telefon; es gab nicht einmal elektrischen Strom. Das Haus stand am äußersten Rand des Dorfs, isoliert und abgeschieden. Es konnte Tage gedauert haben, bis überhaupt jemand gemerkt hatte, dass ihre Mutter krank war. Und nun sollte sie sie, schwach und von Fieber geschüttelt, wie sie vielleicht war, dort liegenlassen?

Die Luft im Saal war geschwängert vom schwülen Duft von Treibhausblumen und schwerer Parfums. Rachel fühlte sich benebelt von der aufdringlichen Süße. Keine Zeit, jetzt über Wenn und Aber nachzudenken, der Zug würde nicht auf sie warten.

Viel zu packen gab es nicht in ihrem kleinen Zimmer, ein paar Röcke und Blusen, ein kleiner Stapel Bücher, ein Hut, der in Paris gekauft war, aber keinen Anspruch auf ‹Pariser Chic› erheben konnte. Es passte alles in die eine Reisetasche, mit der sie gekommen war.

Und dann der Abschied.

Anne-Marie, die zu weinen begann. «Aber warum gehen Sie fort?»

«Weil sie dich nicht mag», versuchte Albertine zu spotten, doch Rachel hörte das Zittern in der kindlichen Stimme und wünschte, sie hätte sich mehr um Albertine bemüht. Es war schließlich nicht ihre Schuld, dass sie ihrer Mutter so ähnlich war.

Sie sagte es in einfachen Worten. «Meine Mutter ist sehr krank. Sie braucht mich jetzt.»

«Aber wir brauchen dich auch», entgegnete Amelie. Sie überlegte einen Moment. «Sophie wird dich vermissen.»

Oh, Sophie. Sophie und ihre Botschaften. Sie würde Sophie auch vermissen. Sie würde sie alle vermissen.

Wenn ihre Mutter auf dem Weg der Besserung war, konnte sie vielleicht –

Rachel dachte den Gedanken gar nicht zu Ende. Die Gräfin würde sie nicht wieder einstellen. Und selbst wenn sie es täte, Rachel hatte gelernt, dass es besser war, sich nicht zu tief einzulassen. Amelie mochte jetzt noch an ihr hängen, doch in ein paar Jahren würde sie ihre Haare hochstecken und die Kinderkittel ablegen, und Rachel würde weiterziehen zur nächsten Familie.

Auch wenn sie eine Zeitlang mit ihnen lebte, sie unterrichtete und sogar lieb gewann, sie waren nicht ihre Familie.

Die einzige Familie, die sie hatte, war ihre Mutter.

Indem sie den Chauffeur unverfroren belog und behauptete, die Gräfin habe ihr die Benutzung des Wagens gestattet, gelang es ihr, den Bahnhof rechtzeitig zu erreichen, um den Zug zu nehmen, der um 23 Uhr 15 nach Paris abfuhr. Im Wagen war es eiskalt und dunkel, die

Fenster beschlugen im Nu mit ihrer Atemluft; wenn sie hinauszuschauen versuchte, sah sie nur ihr eigenes Gesicht unter dem unmodischen Hut, den sie gegen die Kälte über die Ohren heruntergezogen hatte: hohe Wangenknochen, ein zu großer Mund, dunkles Haar, das blasse Haut umrahmte.

Nichts an diesem Gesicht war bemerkenswert, außer für ihre Mutter, die sie liebte.

Früher einmal, vor langer Zeit, waren sie zu dritt gewesen. Rachel konnte sich dieser glücklichen Tage noch erinnern. Es konnten nicht nur Sommertage gewesen sein, aber so hatte sie sie im Gedächtnis. Sie hatten in einem kleinen Haus mit Garten gewohnt, und auch wenn ihr Vater häufig abwesend war, so kam er doch jedes Mal zurück, und dann nahm er sie in die Arme und wirbelte sie herum, bis sie vor Freude jauchzte.

Bis er eines Tages nicht zurückgekommen war.

Er war gestorben, irgendwo in einem fernen Land, das auf der Landkarte nur ein kleiner Punkt war. Ihre Mutter hatte ihr erzählt, dass er Botaniker gewesen war und auf einer seiner Reisen zur Erforschung seltener Pflanzen an Tropenfieber erkrankt und gestorben.

Als sie noch klein gewesen war, hatte Rachel oft den Globus gedreht und auf der riesigen blauen Fläche des Ozeans diese kleinen Fleckchen Erde gesucht, die Namen trugen wie Martinique und St. Lucia, und sich gefragt, auf welchem von ihnen ihr Vater begraben lag. Sie hatte sich, wie Kinder das gern taten, ihre eigenen Geschichten zurechtgelegt. Ihr Vater war gar nicht tot, er war nur verschollen. Er war kein Botaniker gewesen, sondern ein Spion auf tödlicher Mission. Oder der Erbe eines verloren

Königreichs, der untertauchen musste, um den Heeren der Aufständischen zu entkommen, die sein Land besetzt hielten.

Ihr Vater war eine Phantasiegestalt, doch ihre Mutter gab es wirklich, und sie war immer da, wenn Rachel sie brauchte. Sie war die kühle Hand auf Rachels Stirn, wenn sie krank war; sie war die Stimme, die ihr Märchen vorlas; sie war die feste Hand, die morgens ihren Mantel zuknöpfte, bevor sie sich auf den Schulweg machte. In den letzten Jahren war sie oft ein Brief mit einer englischen Marke; ein Päckchen mit einem Paar warmer Handschuhe, einem Stück Plumpudding zu Weihnachten. Mit liebevollen Kleinigkeiten, die Rachel ein Stück Zuhause in die Ferne brachten.

Ihre Mutter verstand sich auf liebevolle Kleinigkeiten.

In dem kalten Abteil kroch Rachel tiefer in ihren Mantel und wünschte, der Zug würde schneller fahren. Lieber Gott, das Ding zuckelte ja vor sich hin wie ein Pferdegespann.

Es war nach zwei Uhr morgens, als sie an der Gare du Nord ausstieg. Die Schalter und der Wartesaal waren geschlossen. Die wenigen gestrandeten Reisenden, die hier und dort, auf ihren Koffern hockend, auf ihren Anschluss warteten, wirkten verloren in der hohen, zugigen Halle.

Der Zug nach Calais sollte laut Fahrplan um drei abfahren. Rachel dachte an die endlosen Stunden Fahrt, die vor ihr lagen. Es war verrückt, dass man Nachrichten per Draht innerhalb von Minuten an die entferntesten Orte senden konnte, das Reisen jedoch immer noch fast genauso mühselig war wie im letzten Jahrhundert. Sie wünschte sich, sie hätte eine Zeitmaschine, wie H. G. Wells sie in seinem Roman entwarf, die sie zurückversetzen könnte in die Zeit vor fünf Tagen. Nein, weiter zurück in die Zeit vor dreiundzwanzig Jahren, als sie noch alle drei zusammen gewesen waren. Dann könnte sie verhindern, dass ihr Vater abreiste, dass ihre Mutter krank wurde ...

Und was dann? Ihre ganze Geschichte würde sich verändern. Sie wären nie nach Netherwell gezogen; sie wäre ganz anders aufgewachsen. Nichts als sinnlose Spekulation, mit der sie sich die Wartezeit verkürzte.

Der Zug nach Calais war um diese Zeit fast leer, sie fand mühelos einen Platz. Nur noch zwölf Stunden, dann würde sie wieder daheim sein, in Netherwell in dem Cottage, in dem sie groß geworden war.

Und ihre Mutter ... ihre Mutter würde vielleicht schon wieder aufrecht in ihrem Bett sitzen und ungeduldig verlangen, endlich aufstehen zu dürfen, um Himmels willen endlich wieder etwas tun zu dürfen. Wie die meisten Menschen, die mit einer robusten Gesundheit gesegnet waren, war ihre Mutter eine schwierige Patientin. Rachel fiel es schwer, sich ihre Mutter untätig vorzustellen; sie war immer auf den Beinen, immer mit irgendetwas beschäftigt.

Nun ja, sie hatte ja auch keine Wahl gehabt, sie hatte arbeiten müssen. Botaniker verdienten offensichtlich nicht gerade üppig. Die Hinterlassenschaft ihres Vaters hatte ausgereicht, um die Kosten für das Cottage und ihr tägliches Leben zu decken; mehr nicht.

Selbst heute noch hatte Rachel die dunklen albtraumhaften Tage unmittelbar nach dem Tod ihres Vaters in bedrückender Erinnerung, den Klang ihrer eigenen kindlichen Stimme, wenn sie immer wieder gefragt hatte: «Wo ist Papa? Wo ist Papa?»; das starre Gesicht ihrer Mutter mit den rot geränderten Augen, den plötzlichen Aufbruch, als sie praktisch von heute auf morgen ihr Haus verlassen und nur die Dinge mitgenommen hatten, die ihrer Mutter am meisten am Herzen lagen: ihr Klavier, das Schachspiel ihres Mannes, den ovalen goldenen Anhänger mit den ineinander verschlungenen Buchstaben E und K, den sie an einer Kette um den Hals trug.

Ihre Mutter erlaubte sich in dieser ganzen Zeit keine Schwäche. Sie trocknete Rachels Tränen, packte ihre wenigen Besitztümer zusammen, richtete ein neues Zuhause ein, suchte nach Möglichkeiten, ihr mageres Einkommen aufzubessern. Sie hatte ihr Leben fest in die Hand genommen.

Morgen. Als der Zug in Calais einfuhr, ging gerade die Sonne auf und färbte das Wasser des Ärmelkanals mit rotgoldenem Glanz. Im ersten Licht des neuen Tages erschienen Rachel, die müde und zerschlagen aus dem Zug stieg, die Ängste der vergangenen Nacht wie Hirngespinste. Wenn der Zustand ihrer Mutter sich verschlechtert hätte, hätte Jim ihr das doch mitgeteilt. Er hätte es gewiss nicht bei dem einen Telegramm belassen.

An Deck der Fähre hob sie das Gesicht in die salzige Luft und genoss den scharfen Zug des Windes auf ihrer Haut. Es war ein guter Wind, der ihr entgegenblies, er roch nach England und Ausflügen ans Meer.

Mit dem Zug nach London, dort umsteigen und dann noch einmal in King's Lynn. Rachels Ängste ließen nach, je näher sie ihrem Zuhause kam. Die Luft draußen war noch winterlich kühl, doch die Sonne, die hell von einem blauen Himmel herab schien, tauchte das Land in freundliche Verheißung, und Rachel begann allem Bangen zum

Trotz, sich auf das Wiedersehen mit ihrer Mutter zu freuen.

Die Lokalbahn zuckelte von Ort zu Ort, Hausfrauen mit vollen Einkaufstaschen und schnatternde Schulmädchen stiegen aus. Rachel hatte einmal zu diesen Mädchen gehört. Als sie in Netherwell zum Bahnsteig hinuntersprang, sah sie sich wieder, wie sie damals gewesen war, mit ihrem Tornister in der Hand und einem Strohhut mit steifer Krempe auf dem Kopf. Der Kies auf der Schotterstraße knirschte unter ihren Stiefeln, es roch nach modrigem Laub und Lehm, ein Hauch Kohlerauch hing in der Luft.

Es gab eine Abkürzung durch ein Wäldchen, die unter einem natürlichen Laubdach hindurch nicht ins Dorf selbst führte, sondern nur wenige Meter vom Cottage entfernt wieder in die Straße einmündete, so nahe, dass Rachel die altvertrauten grauen Mauern erkennen konnte, teilweise von Efeu überwachsen, der ihnen etwas Verwunschenes gab.

Sie atmete auf vor Erleichterung, als sie den Rauch sah, der aus dem Kamin aufstieg, eines der alten Sprossenfenster stand offen. Sie lief schneller, die Reisetasche hing beinahe gewichtslos in ihrer Hand, als sie den Gartenweg hinaufeilte. Sie kannte jede der alten geborstenen Platten, sie wusste, dass sie nicht zu klopfen brauchte, weil die Tür nie abgesperrt war.

«Mutter!» Sie stieß die Tür auf. Einen Flur gab es nicht. Durch die Haustür trat man direkt ins Wohnzimmer mit den burgunderroten Plüschsesseln und dem durchgesessenen Sofa, alles nicht besonders ansehnlich, aber gemütlich, zu Hause eben.

Vor dem offenen Kamin, der leicht einmal qualmte, stand eine Frau und stocherte vorsichtig mit dem Schürhaken im Feuer. Aber es war nicht ihre Mutter. Diese Frau war zu klein und zu schmächtig, ihre Haare waren nicht braun, sondern rotblond.

Rachel ließ die Reisetasche fallen. «Alice?»

Rachels beste Freundin fuhr zusammen. «Rachel!» Sie steckte den Schürhaken zurück in den Ständer. «Gott sei Dank! Ich hatte schon Angst, dir wäre etwas passiert.»

Keine Zeit jetzt für Erklärungen. Rachel wandte sich der Treppe zu. «Mama? Ist sie –?»

Alice lief Rachel entgegen und nahm sie trotz ihrer kohlegeschwärzten Hände in die Arme. «Rachel! Es tut mir so leid.»

KAPITEL 2

Das tiefe Bedauern in Alice' Blick weckte namenlose Ängste.

«Wo ist sie? Oben? Im Bett?»

Krank. Hinfällig. Zu schwach, um aufzustehen. Ganz gleich, jetzt war sie – Rachel – ja da. Sie würde ihre Mutter wieder gesund pflegen. Ihre Mutter hatte Kraft und einen starken Willen. Sie konnte alles besiegen, selbst die Influenza.

Sie schob Alice weg, doch die nahm ihre Hand. «Rachel – deine Mutter ist tot.»

«Tot?» Rachel begriff nicht.

«Es tut mir so leid», sagte Alice leise und hilflos.

Die Stille im Haus war erstickend. Oben rührte sich nichts. Keine Schritte, kein Rascheln von Bettzeug. Und hier unten nur das Knistern des Feuers.

«Tot?», fragte Rachel noch einmal. Sie konnte es nicht fassen, dass ihre Mutter für immer gegangen sein sollte; dass sie nie wieder ihre Schritte auf der Treppe, nie wieder ihre Stimme hören würde. Ihr Duft hing noch in der Luft, Lavendel und schwarzer Tee.

Alice nickte nur.

«Wann?», fragte Rachel und erkannte kaum ihre eigene Stimme.

«Am Freitag.»

Vor vier Tagen. Was hatte sie selbst an diesem Tag getan? War es passiert, während sie auf dem Schloss die Kinder badete? Während sie Albertine die englischen Könige abfragte? Während sie ihre Haare machte, ihre Strümpfe stopfte, mit irgendeiner von hundert belanglosen Kleinigkeiten beschäftigt war?

Ihre Mutter war gestorben, und sie war nicht bei ihr gewesen.

Alice trat voll Unbehagen von einem Fuß auf den anderen. «Wir haben dir ein Telegramm geschickt. Wir konnten uns nicht erklären, warum du nicht –»

«Ich weiß.» Rachel hatte das Gefühl, keine Luft zu bekommen. «Das Telegramm ist liegengeblieben. Ich habe es viel zu spät bekommen.»

Wenn sie Hector gegenüber nicht so schroff gewesen wäre ... Wenn sie das Telegramm sofort erhalten hätte ... Wenn sie gleich den ersten Zug genommen hätte ...

Wenn, wenn, wenn.

Alice missverstand ihr Schweigen. «Jim hat mehrmals versucht, dich in Paris anzurufen, aber er hat nie eine Verbindung bekommen.»

«Wir waren nicht in Paris, wir waren in der Normandie.»

Sie waren immer in der Normandie. Wenn Alice ihre Briefe richtig gelesen hätte, wüsste sie das. Aber für Alice war Frankreich einfach Frankreich.

Nein, das war hässlich und ungerecht. Alice konnte überhaupt nichts dafür. Jim und Alice hatten ihr Bestes getan, ihnen war weiß Gott kein Vorwurf zu machen.

«Jim hat wirklich alles versucht», sagte Alice wie zur

Bestätigung, «aber als endlich jemand merkte, dass sie krank war, war die Krankheit schon zu weit fortgeschritten –»

«Ich weiß.» Rachel rieb sich mit beiden Händen die brennenden Augen. Ruß und Qualm nach der endlosen Bahnfahrt. «Er musste sich ja auch noch um andere Patienten kümmern.»

Es kostete sie Mühe, sich das in diesem Moment abgrundtiefer Verzweiflung ins Gedächtnis zu rufen. Warum, warum, hätte sie am liebsten geschrien, habt ihr euch nicht mehr bemüht, warum hat er es nicht so lange versucht, bis er jemanden erreichte, der mich in Brillac hätte anrufen können, dann hätte ich wenigstens die Möglichkeit gehabt –

Selbst jetzt war es ihr unfassbar, dass sie nichts, absolut nichts mehr tun konnte.

«Ach, Rachel, du kannst es dir nicht vorstellen.» Alice' Stimme war tränenerstickt. «Wir hatten so viele Kranke im Dorf und niemanden, um sie alle zu pflegen. Als mein Vater irgendwann sagte, dass deine Mutter nicht in der Kirche gewesen war –»

«Bitte! Du brauchst mir nichts zu erklären.» Hör auf, bitte, hör auf, hätte Rachel am liebsten gerufen. Sie wollte es nicht hören. «Sie war meine Mutter. Ich hätte bei ihr sein müssen.» Sie kämpfte die aufsteigenden Tränen nieder und straffte die Schultern. «Die Beerdigung – ich muss mich jetzt erst einmal um alles kümmern.»

Alice senkte den Blick. «Die Beerdigung war gestern.»

Es war, als würde ihr der Boden unter den Füßen weggezogen. Das ganze Zimmer schien zu schwanken wie das Deck der Fähre während der stürmischen Überfahrt.

Grauer Nebel wogte um sie herum, sie hielt sich hastig am Treppengeländer fest. «Was?»

«Rachel, komm, setz dich erst einmal. Du hast ja noch nicht einmal deinen Mantel abgelegt. Wann hast du das letzte Mal etwas gegessen?»

Rachel atmete tief ein und aus. «Irgendwo in der Nähe von Calais, keine Ahnung.» Der Schwindel ließ ein wenig nach. Sie musste sich jetzt zusammennehmen. «Die Beerdigung war gestern?»

Alice senkte den Kopf, als fühlte sie sich schuldig. Rachel verstand es nicht. Sie, Rachel, war es doch, die das Begräbnis ihrer Mutter versäumt hatte. «Wie gesagt, wir konnten dich einfach nicht erreichen. Wir haben wirklich alles versucht. Und», fügte sie zögernd hinzu, «wir wollten es nicht zu lange hinausschieben.»

Rachel stieß das Bild weg, das sich ihr aufdrängen wollte.

Nein. Nein.

«Es war alles so, wie deine Mutter es sich gewünscht hätte», setzte Alice hastig hinzu und verhaspelte sich beinahe, so wie früher in der Schule, wenn sie beim Aufsagen der gelernten Gedichte vor lauter Nervosität immer schneller gesprochen hatte. «Dein Onkel – der aus Oxford – ist hergekommen und hat sich um alles gekümmert. Es war eine schöne Feier, wirklich, mit Veilchen auf dem Sarg – dein Onkel sagte, dass deine Mutter Veilchen geliebt hat –, und Mrs. Trotter kriegte mitten im dreiundzwanzigsten Psalm einen ihrer hysterischen Anfälle.»

«Natürlich, das musste sein.» Rachel musste bei allem Kummer beinahe lachen. Mrs. Trotters hysterische Anfälle waren legendär. Rachels Mutter hatte immer gesagt –

Rachel drückte einen Moment beide Hände auf ihre Augen. «Es – danke euch, dass ihr euch um alles gekümmert habt. Danke.»

Ihren Vater hatten sie nie beerdigen können. Er war irgendwo in der Ferne gestorben. Und nun ihre Mutter ...

Rachel meinte jetzt den Sinn der Beerdigung zu erkennen. Ohne Aufbahrung, ohne den dumpfen Aufprall der Erde auf dem Sarg blieb alles irreal.

«Aber mit dem Stein haben wir gewartet. Den musst du aussuchen», sagte Alice, als könnte das ein Trost sein.

Rachel begann zu lachen und konnte kaum wieder aufhören. Sie drückte die Hände auf den Mund. «O Gott, entschuldige. Danke, danke für alles, Alice.»

Die Freundin musterte sie ängstlich. «Komm, ich mache dir eine Tasse Tee. Oder irgendetwas anderes. Du siehst todmüde aus.»

«Ich bin seit gestern Abend unterwegs. Ich bin sofort losgefahren, als ich das Telegramm bekam.» Sie war immer noch im Mantel.

In demselben Mantel, den sie vor einer Ewigkeit in ihrem Zimmer auf Schloss Brillac übergeworfen hatte. Es war warm im Zimmer dank dem Feuer, das Alice angezündet hatte, doch Rachel empfand den Mantel wie eine schützende Hülle, die sie am liebsten nie wieder abgelegt hätte.

Ungeduldig mit sich selbst, riss sie die Knöpfe auf und warf das Kleidungsstück über das Treppengeländer. «Ja, eine Tasse Tee wäre wunderbar.»

Alice stieß einen tiefen Seufzer der Erleichterung aus. «Ich habe das Wasser schon aufgesetzt.» Sie wandte sich zur Küche. «Es ist bloß leider keine Milch da –»

«Das macht nichts.» Rachel folgte ihrer Freundin in die Küche. Sie kam sich vor wie Besuch in ihrem eigenen Zuhause, fremd und befangen. «Ich habe seit Monaten keine anständige Tasse Tee mehr getrunken.»

Der Kessel auf dem Herd begann schon zu zischen. Alice häufte Tee aus der Dose in die Kanne. «Wissen denn die Franzosen nicht, wie man Tee kocht?»

«Ich glaube, sie sind eher Kaffeeliebhaber.» Rachel bemühte sich krampfhaft, eine Atmosphäre von Normalität zu bewahren, obwohl ihr beinahe die Tränen kamen, als das dampfende Wasser aus dem Kessel in die alte braune Kanne mit der angeschlagenen Tülle strömte und der Duft des irischen Tees, den ihre Mutter so gern getrunken hatte, sich ausbreitete. Im Krieg hatten sie die Teeblätter immer wieder aufgegossen, bis schließlich kaum noch mehr als bräunlich gefärbtes Wasser in ihren Tassen war. Sie konnte sich noch genau an die erste richtige Tasse Tee nach dem Krieg erinnern, an die spürbare Befriedigung ihrer Mutter, als sie ihnen das dunkle, duftende Gebräu aus ebendieser Kanne eingeschenkt hatte.

Sie merkte plötzlich, dass Alice sie ansah. Zwischen ihren Brauen stand eine kleine Falte. «Entschuldige, was hast du eben gesagt?»

«Ach, nichts», antwortete Alice abwehrend und stellte die Kanne auf den braunen Holztisch.

Unzählige Male hatten sie zusammen an diesem Küchentisch gesessen und ihre Hausaufgaben gemacht oder geschwatzt, während im Wohnzimmer eine der Schülerinnen ihrer Mutter auf dem Klavier ihre Fingerübungen machte.

Einen Moment lang hatte Rachel den Eindruck, das

Klavierklimpern aus dem Nebenzimmer zu hören. Dann brach es ab, und nichts blieb als die dumpfe Stille im Haus. Sie nahm sich einen der Kekse, die Alice hingestellt hatte, und kaute mechanisch, während sie darüber nachdachte, wie es jetzt weitergehen würde. Sie würde den Anwalt ihrer Mutter aufsuchen müssen. Oder hatte er ihr vielleicht schon geschrieben? Alice nach der Post fragen, mit Norris wegen der Miete sprechen ...

«Was wirst du jetzt tun?», fragte Alice, die sich zu ihr gesetzt hatte, zaghaft. «Hast du vor, nach Frankreich zurückzukehren?»

Rachel brauchte nur an das Gesicht der Gräfin zu denken, um zu wissen, dass es eine solche Rückkehr nicht gab. Diese Tür hatte sie endgültig zugeschlagen. «Nein, ganz sicher nicht.» Sie umfasste die Teetasse mit beiden Händen. «Weißt du, ich bin nicht im Guten gegangen. Ich vermute, die Gräfin wird mir nicht einmal ein Zeugnis geben. Jedenfalls keines, das vorzeigbar wäre.»

«Was willst du dann tun?»

«Ich weiß es noch nicht.» Sie hatte gar keine Zeit gehabt, sich darüber Gedanken zu machen. «Wahrscheinlich bleibe ich erst einmal hier. Bis ich eine neue Stellung habe jedenfalls.» Als sie Alice' Blick bemerkte, fragte sie scharf: «Was denn? Was ist?»

Alice drehte ihre Teetasse auf der Untertasse hin und her. «Mr. Norris war bei der Beerdigung. Er hat gesagt, er – er muss dir fristlos kündigen.»

«Kündigen? Warum denn?»

«Er behauptet, die Miete sei letzte Woche nicht pünktlich bezahlt worden – was ja wohl verständlich ist, oder? Jeder hier weiß, dass das nur ein Vorwand ist. Er bildet sich ein, er kann das Cottage an irgendwelche reichen Londoner als Wochenendhaus vermieten. Ein grässlicher Mensch. Deswegen bin ich auch hergekommen Ich wollte sehen, dass du auch deine Sachen bekommst – das Klavier deiner Mutter –»

Rachel konnte es nicht glauben. «Norris will mich rauswerfen?»

«Er konnte es gar nicht erwarten», sagte Alice aufgebracht. «Nur deswegen ist er überhaupt zur Beerdigung gekommen. Du musst dich wehren.» Alice rückte ihren Stuhl näher an den Tisch. «Dagegen muss man doch etwas tun können. Die Miete ist gerade mal eine Woche überfällig. Wenn ich auch nur die geringste Ahnung gehabt hätte, hätte ich sie sofort bezahlt, das weißt du hoffentlich.»

«Ja, natürlich, das weiß ich», bestätigte Rachel immer noch wie benommen. Sie sah Alice an. «Wie sagt Mrs. Spicer immer? Ein Unglück kommt selten allein. Recht hat sie.»

Alice legte Rachel die Hand auf den Arm. «Du weißt, dass du jederzeit bei uns wohnen kannst, solange du willst.»

«Braucht ihr eine Erzieherin?» Rachel rieb sich die Schläfen. «Ich muss arbeiten, Alice. Und das kann ich auch. Ich möchte nicht eure Freundschaft ausnutzen.»

«Was heißt ausnutzen? Wir sind praktisch Schwestern, weißt du nicht mehr?»

Sie musste lächeln bei der Erinnerung. Es hatte eine Zeit gegeben, da hatten sie und Alice die wildesten Pläne geschmiedet, um Alice' Vater, dessen Frau kurz nach Alice' Geburt gestorben war, und Rachels Mutter miteinander zu verheiraten. Sie hatten sich vorgestellt, wie großartig das wäre. Sie wären dann richtige Schwestern und hätten ein gemeinsames Zimmer und könnten nachts immer bis in alle Ewigkeit aufbleiben und reden. Und später, wenn sie einmal aus dem Haus gingen, wären Alice' Vater und Rachels Mutter nicht einsam. Alice' großes Ziel war es gewesen, den Prinzen von Wales zu heiraten, während Rachels Ehrgeiz darauf gerichtet war, Polarforscherin zu werden und eine Expedition mit Hundeschlitten und allem Drum und Dran in die Arktis anzuführen.

Es war ein famoser Plan gewesen – mit dem einzigen Haken, dass die beiden fraglichen Erwachsenen nicht im Geringsten an einer Heirat interessiert waren.

Alice' Vater, der Pastor von Netherwell, war mit seiner Arbeit an einer theologischen Abhandlung verheiratet, der er sich seit zwanzig Jahren mehr oder weniger erfolgreich widmete.

Und Rachels Mutter hatte sich ihre Tochter vorgeknöpft und ihr freundlich, aber bestimmt erklärt, dass es nicht ihre Aufgabe sei, sich in das Leben anderer einzumischen.

«Ich kann Mr. Treadwell nicht heiraten», hatte sie nur gesagt.

«Aber warum nicht?», fragte Rachel enttäuscht.

«Du vergisst, dass ich verheiratet bin. Und ich werde es sein bis zu meinem Tod.»

Ihre Worte beschämten Rachel, die Erinnerung an ihren Vater stand plötzlich greifbar zwischen ihnen. Wie hatte sie ihren Vater einfach vergessen, wie hatte sie annehmen können, die Liebe ihrer Mutter wäre geringer geworden, nur weil Zeit vergangen war?

Dann also keine richtigen Schwestern. Sie und Alice hatten sich geschlagen gegeben und damit abgefunden, dass sie immer nur Seelenschwestern bleiben würden.

Aber selbst Seelenschwestern lebten sich auseinander. Rachel liebte Alice und würde sie immer lieben. Die innere Verbindung zwischen ihnen würde bestehen bleiben. Doch der tägliche lebendige Austausch, von dem ihre Freundschaft gelebt hatte, gehörte der Vergangenheit an. Sie kommunizierten jetzt mittels Briefen, die oft Monate und in vieler Hinsicht Welten auseinanderlagen.

Alice würde immer zu ihrer Vergangenheit gehören, das wusste Rachel, doch die Vorstellung, sich jetzt in ihr Leben zu drängen oder sich gar von ihr abhängig zu machen, war abschreckend. So etwas konnte einer Freundschaft nur schaden.

«Ich weiß nicht, womit ich eine Freundin wie dich verdient habe, ehrlich.» Rachel drückte kurz Alice' Hand. «Aber kannst du dir mich als nörgelnde alte Jungfer in eurem Gästezimmer vorstellen?»

«Du brauchst doch nicht zu nörgeln», entgegnete Alice. «Und wer sagt, dass du nicht heiraten wirst?»

Rachel warf ihr einen leicht ironischen Blick zu. «Der einzig erstrebenswerte Mann weit und breit war Jim, und der ist seit geraumer Zeit in festen Händen, soviel ich weiß. Oder meinst du, ich sollte Mr. Norris anpeilen? Er ist ja Witwer.»

«Igitt», sagte Alice voll Abscheu. Sie sah Rachel fragend an. «Ist denn etwas –»

«– Geld da, meinst du? Nein.» Rachel schüttelte den Kopf.

Es konnte natürlich sein, dass eine Überraschung auf

sie wartete, doch sie bezweifelte es. Da müsste ihre Mutter schon einen geheimen Schatz unter ihrem Bett versteckt haben. Auf ihrem Konto hatten nie mehr als fünfzig Pfund gelegen.

Fünfzig Pfund, ein altes Klavier und ihre goldene Uhr. Damit konnte man keine großen Sprünge machen. Nein, sie musste sich einfach schnellstens eine neue Anstellung suchen. Sie schob ihre Teetasse weg. «Hast du eine Ahnung, wie schnell ich hier rausmuss?»

«Wenn ich diesen fürchterlichen Norris richtig verstanden habe, so schnell wie möglich», antwortete Alice bedrückt. «Als ich nachfragte, sagte er, er könne dir vierzehn Tage Zeit geben – zu einem angemessenen Preis.»

«Natürlich. Wie großzügig von ihm.»

Sie schwiegen beide voll Unbehagen. Dann stand Alice auf. «Ich muss los, Annabelle das Abendessen machen. Bitte, komm doch jetzt erst mal mit zu uns.» In heiterem Ton, der ziemlich künstlich klang, fügte sie hinzu: «Annabelle fragt schon dauernd nach ihrer Tante Rachel.»

Rachel stand ebenfalls auf. Sie fühlte sich zerschlagen und merkwürdig benommen. «Du meinst, sie hofft, dass ich ihr etwas mitgebracht habe.»

«Das sicher auch.» Alice nahm ihren Hut. «Komm, du fällst ja gleich um vor Müdigkeit. Bleib wenigstens heute Nacht bei uns. Das Bett im Gästezimmer ist gemacht. Schlaf dich erst mal richtig aus.»

Rachel zwang sich zu einem Lächeln. «Während Jim schreiende Babys holt?»

«Er holt sie selten im Gästezimmer.» Alice drückte ihren Hut auf den Kopf. «Ich will dich heute Nacht nicht hier allein lassen.»

«Hast du Angst, Mr. Norris könnte versuchen, mich zusammen mit dem Haus zu vermieten?»

«Das ist nicht lustig.» Trotzdem konnte Alice ein Lächeln nicht unterdrücken. Sosehr Rachels manchmal recht lockere Bemerkungen sie schockierten, so sehr amüsierten sie sie auch. Diese unverblümte Direktheit war eine der Eigenschaften, die sie an Rachel liebte. «Dann komm wenigstens zum Abendessen mit.»

Doch Rachel konnte sich jetzt ein gemütliches Abendessen unter Freunden nicht vorstellen. Sie brauchte erst einmal Zeit für sich, sie konnte sich nicht mit einem künstlichen Lächeln an einen Tisch sitzen und Konversation machen und so tun, als wäre nichts geschehen.

«Sei mir nicht böse, Alice, aber ich glaube, ich gehe jetzt einfach schlafen.» Eine der letzten Nächte in ihrem eigenen Bett. Unvorstellbar, dass das Zimmer, das sie so lange bewohnt hatte, bald leer stehen und auf einen neuen Bewohner warten würde. Sie schüttelte den Kopf. Nicht melodramatisch werden. Was war schon ein Haus? Ein Kasten voller Schubladen.

«Morgen sehen wir weiter», sagte sie. «Ich werde wohl zuerst mal nach Oxford fahren, um Onkel David zu danken, dass er sich um alles gekümmert hat.»

Und um ihn zu fragen, was sie ihm schuldete. Nichts, würde er natürlich sagen, doch sie wollte ihn die Kosten für die Beerdigung auf keinen Fall allein tragen lassen. Irgendwie würde sie das schon bezahlen können, und wenn sie dafür ihre Uhr verkaufen musste.

«Kann ich wirklich nichts für dich tun?» Alice stand mit ihrem Mantel über dem Arm unschlüssig an der Tür.

«Du hast schon genug getan. Und du hast mich daran

erinnert, dass ich nicht ganz verwaist bin», sagte sie dankbar und nahm Alice kurz in den Arm, bevor sie sie sachte zur Tür hinausschob. «Geh schon, deine Kinder warten auf dich.»

Als Alice gegangen war, deckte sie den Küchentisch ab und spülte das Geschirr, das ebenso Mr. Norris gehörte wie das Küchenbuffet, in dem sie es verstaute. Müde trocknete sie sich die Hände. Morgen würde sie das Haus durchsehen und eine Bestandsaufnahme der Dinge machen müssen, die ihr gehörten, um sie eventuell zu verkaufen. Viel war es ohnehin nicht, ihre Mutter hatte das Cottage damals möbliert gemietet. Im Grund nannte sie nicht viel mehr ihr Eigen als ihre Kleider, ein paar Bilder, das Schachspiel ihres Vaters und das Klavier ihrer Mutter.

Der Gedanke, sich von dem Klavier zu trennen, tat ihr weh. Aber was sollte sie mit dem Instrument anfangen? Sie hatte nie die Geduld aufgebracht, darauf spielen zu lernen, und sie würde es ganz sicher nicht mitnehmen können wie eine Schnecke ihr Haus.

Aus dem Erlös für das Klavier ließe sich vielleicht ein Schreibmaschinenkurs bezahlen.

Rachel packte energisch ihre Reisetasche, die immer noch am Fuß der Treppe lag, und ging Stufe um Stufe nach oben, setzte den Fuß auf der vierten, die immer knarrte, mit Vorsicht und spürte mit der Hand bewusst die Glätte des vielbenutzten Handlaufs des Treppengeländers. Mit jedem Ding in diesem Haus verband sie eine Beziehung, und das Gefühl bevorstehender Trennung drohte sie zu überwältigen. Sie merkte, dass sie angespannt lauschte, als müsste sie jeden Moment die Schritte ihrer Mutter hören, die Klänge des Klaviers unter ihren Fingern, die geliebte Stimme, die nach ihr rief.

Die Tür zum Zimmer ihrer Mutter war geschlossen, dahinter regte sich nichts. Rachel trat in ihr eigenes Zimmer und ließ die Reisetasche neben der Tür fallen. Der Spiegel hing zu tief; sie musste in die Knie gehen, um sich sehen zu können, als sie die Nadeln aus ihren Haaren nahm. Sie zog ihre Schuhe aus und ließ sie vor dem Bett liegen. Vielleicht tat Mr. Norris in seiner Profitgier ihr einen Gefallen. Sie konnte entweder hier verharren, in ihrem Mädchenzimmer, und auf einen Ruf warten, der niemals kommen würde, oder sie konnte sich auf den Weg machen in ein eigenes Leben.

Wie ihre Mutter es getan hatte. Rachel hatte den Aufbruch aus ihrem alten Zuhause nur noch verschwommen im Gedächtnis. Es war alles so schnell gegangen. Eines Tages war ein Brief gekommen, und eine Woche später hatten sie mit vollgepackten Taschen und Koffern in einem Zug gesessen, der sie unwiderruflich aus ihrem alten Leben forttrug.

Sie hatte diesen überstürzten Aufbruch damals mit ihren vier Jahren nicht verstanden. Jetzt meinte sie nachfühlen zu können, was ihre Mutter getrieben hatte. Der Geist ihres Vaters wäre überall im Haus gewesen. Es war leichter gewesen, einen Neuanfang zu versuchen, anstatt inmitten von Erinnerungen zu verweilen.

Rachel hatte instinktiv gewusst, dass sie nicht nach ihrem Vater fragen durfte, dass jede Frage nur diese Starre im Gesicht ihrer Mutter hervorrufen würde. Es musste, sagte sie sich jetzt, ungeheuer schwer gewesen sein für ihre Mutter. Sie konnte heute noch die Liebe zwischen ihren Eltern spüren, erinnerte sich der zärtlichen Berührungen, die sie im Vorübergehen tauschten, der Blicke, die mehr sagten als Worte, der Wärme und der Fürsorge, die sie ihr im Übermaß gegeben hatten. Alles weggefegt, über Nacht. Und ihre Mutter hatte sie an der Hand genommen und hatte den nächsten Schritt getan. So wie sie jetzt den nächsten Schritt tun musste.

Beklommen ging Rachel hinüber zur Zimmertür ihrer Mutter und öffnete sie zaghaft. Das Bett war notdürftig gemacht, die Tagesdecke lose über Laken und Kopfkissen geworfen. Jemand hatte gelüftet, aber es roch immer noch wie in einem Krankenzimmer nach Kampfer und Schweiß.

Ach, Mama.

Sie lief zum Bett ihrer Mutter, wie sie es damals, nach dem Tod ihres Vaters, beinahe jede Nacht getan hatte. Tagsüber war sie mit ihrem neuen Leben ganz gut zurechtgekommen, doch nachts, wenn die Dunkelheit des ihr noch fremden Hauses in ihr Zimmer kroch, brauchte sie die Nähe ihrer Mutter, die Schutz und Geborgenheit bedeutete.

Weinend legte sie sich auf das Bett, das der kleinen Rachel so hoch erschienen war, und umschlang mit beiden Armen das Kopfkissen.

Unter ihren Fingern knisterte etwas. Erstaunt setzte sie sich auf und schob das Kissen auf die Seite. Ein Blatt Papier flatterte zu Boden. Es war kein Brief. Das Papier war dünn und glänzend wie aus einem exklusiven Journal und doppelt gefaltet. Rachel konnte eine Reklame für türkische Zigaretten erkennen.

Ihre Mutter hatte nicht geraucht. Was also – vielleicht

war Jim das Faltblatt versehentlich aus der Tasche gefallen. Ja, natürlich, so etwas trugen Ärzte ja ständig mit sich herum. Rachel beugte sich aus dem Bett, hob das Blatt auf und entfaltete es.

In körnigem Schwarzweiß blickte ihr das Bild ihres Vaters entgegen.

Sie kniff ungläubig die Augen zusammen, das Bild blieb. Mit zitternden Händen strich sie es auf dem Bett glatt. Wie lange hatte sie nicht geschlafen? Vielleicht schlief sie jetzt gerade, vielleicht träumte sie das alles. Es war auf jeden Fall so unwirklich wie ein Traum: das Bild; das von einem Blitzlicht festgehaltene Gesicht; der in diskreten schwarzen Lettern gedruckte Name der Zeitschrift in der oberen rechten Ecke des Blatts – *Tatler*. Das allein war seltsam genug. Ihre Mutter hatte immer nur die *Morning Post* gelesen. Der *Tatler* war ein Magazin für Leute, die sich für Gesellschaftsnachrichten, Kunst und Mode interessierten, lauter Dinge, für die ihre Mutter gar keine Zeit gehabt hatte.

Und das Bild selbst ... Der Mann darauf war ihr Vater und nicht ihr Vater. Hochgewachsen wie ihr Vater, ja, mit den hellen Haaren, die Rachel nicht geerbt hatte, und den tiefliegenden grauen Augen, die er ihr mitgegeben hatte. Die Brille mit dem Goldrand war so vertraut wie die leicht gebeugte Haltung.

Sie konnte sogar den Schatten einer Narbe an seinem Kinn erkennen, an die sie sich aus ihrer Kindheit erinnerte.

Doch dieser Mann war älter, viel älter als ihr Vater überhaupt geworden war. So alt, wie er jetzt wäre, würde er noch leben. Und so gekleidet wie auf diesem Bild hatte

Rachel ihn nie gesehen – im Abendanzug, mit Zylinder und lose geschlungenem, weißem Schal und einem Ordensband an der Brust. Neben ihm, ihren Arm in seinen geschoben, stand eine blonde junge Frau.

Der Titel unter dem Bild lautete: *Lady Olivia Standish in Begleitung ihres Vaters, des Grafen von Ardmore.*

In Klammern stand das Datum: Dezember 1926. Fünf Monate war das her.

KAPITEL 3

Ihr Vater ... und doch nicht ihr Vater.

Was für ein Unsinn! Rachel erwachte mit einem Ruck aus dem tranceartigen Zustand, in den sie verfallen war, und schob das Papier energisch weg. Ihr Vater war vor dreiundzwanzig Jahren gestorben. Und es war anzunehmen, dass sie davon gewusst hätte, wenn er von Adel gewesen wäre.

Ardmore ... Der Name war ihr nicht unbekannt. Er war immer wieder einmal in ihren Geschichtsbüchern aufgetaucht. Im Gefolge Wilhelms des Eroberers hatte es einen d'Ardmore gegeben; ein Lord Ardmore hatte in der Schlacht von Bosworth die Seiten gewechselt; ein neu in den Adelsstand erhobener Graf von Ardmore war nach der glorreichen Revolution heimlicher Berater Wilhelms von Oranien gewesen. Lauter mächtige Männer, so weit entfernt von Rachels Welt, als wohnten sie auf dem Mond.

Und wie zuverlässig war ihre Erinnerung überhaupt? Wann hatte sie sich das letzte Mal ein Bild ihres Vaters angesehen? Was sie vor allem von ihm im Gedächtnis hatte, waren Gesten, Berührungen - eine kalte Wange und das Kratzen seines Mantelkragens auf ihrer Haut an einem Wintertag; seine Hände, die ein Buch hielten, während er ihr vorlas; die Wärme seiner Lippen auf ihrer Stirn.

Rachel atmete ein paarmal tief durch und zwang sich, nüchtern zu denken. Logisch betrachtet, war nichts Wundersames daran, dass sie sich einbildete, ihren Vater zu sehen. Es war ja nicht das erste Mal. Als sie klein gewesen war, hatte sie sich ständig eingebildet, ihn irgendwo zu sehen.

Und jetzt – jetzt, mit dem Verlust ihrer Mutter hatte sie ihren Vater noch einmal verloren. Sie hatten nie von ihm gesprochen, aber er war immer da gewesen.

Mit Tränen in den Augen betrachtete Rachel das Blatt aus der Zeitschrift. Das Papier war knitterig, das Foto unscharf. Sie hätte sich, dachte sie, ihren Vater genauso leicht in eine Anzeige für Herrenhüte – oder eben für türkische Zigaretten hineinphantasieren können.

Trotzdem, nur zur Sicherheit ... Rachel wusste, dass in der Nachttischschublade ihrer Mutter ein Bild von ihrem Vater lag. Sie hatte es immer typisch für ihre Mutter gefunden, es so versteckt zu halten. Das war ihre Art gewesen – Persönliches ging andere nichts an.

Rachel zog die Schublade auf, und da lag das Bild, gleich obenauf: eine vergilbte Daguerreotypie in silbernem Rahmen. Sie zeigte einen schmalen, hochgewachsenen Mann mit hellen Haaren und Brille, nicht besonders gut aussehend, nicht besonders bemerkenswert, bis auf die Liebe in seinem Blick, der die Frau an seiner Seite umfing, Rachels Mutter, achtzehn Jahre alt und strahlend in ihrem hochgeknöpften altmodischen Kleid mit dem langen Rock, der gerade die Fußspitzen frei ließ.

Rachel nahm das Bild aus der Schublade und legte es neben die Seite aus dem *Tatler*.

Sie hätten Vater und Sohn sein können, nur war solche

Ähnlichkeit, die sich bis zu der schattenhaften Narbe am Kinn beider Männer erstreckte, schlicht unwahrscheinlich. Ihr Vater alterte vor ihren Augen, und an seiner Seite stand eine andere Frau, seine Tochter.

Seine andere Tochter.

Absurd. Völlig absurd. Es musste eine vernünftige Erklärung geben. Vielleicht kamen derart frappierende Ähnlichkeiten zwischen zwei Menschen eben doch hin und wieder vor.

Und die Narbe?

Zufall, sagte sich Rachel fest. Die Vorstellung, ihr Vater könnte noch am Leben sein – nein, nein und nochmals nein. Mein Vater, der Graf – wie aus einem Kitschroman.

Außerdem, sagte sich Rachel sachlich, hatte der Graf von Ardmore eine Tochter, Lady Olivia Standish. Also hatte er vermutlich auch eine Ehefrau. Es musste eine Lady Ardmore geben – oder gegeben haben.

Frauen wie ihre Mutter bekamen keine unehelichen Kinder. Nach Rachels Erfahrung wuchsen uneheliche Kinder bei schlampigen Müttern auf, die sich nicht um den Haushalt kümmerten, ihren Kindern die Haare nicht regelmäßig wuschen, schlimmsten Dialekt sprachen und von Wordsworth nie gehört hatten. So wie die Trotters unten am Fluss eben.

Niemand wusste genau, wer die Väter von Dorcas Trotters Kindern waren, am wenigsten Dorcas Trotter selbst, was, wie Mrs. Spicer sagte, kein Wunder war, da ja Dorcas' Mutter nicht besser gewesen war. Der Apfel fiel eben nicht weit vom Stamm.

Rachels Mutter hatte die Trotters manchmal besucht und ihnen etwas vorbeigebracht, für die Kleinen Kleider, aus denen Rachel herausgewachsen war, im Winter Suppe, Seife und Putzmittel, zu Weihnachten Orangen und Plätzchen. Rachel, die ihre Mutter bei diesen Wohltätigkeitsbesuchen begleitete, fühlte sich in ihren adretten Kleidchen und sauberen Handschuhen immer angenehm überlegen.

«Steh auf, es ist die Dame vom Ivy Cottage», hatte die alte Mrs. Trotter immer scharf zu Dorcas gesagt, wenn sie an die halb offen stehende Tür geklopft hatten. Sie nannten Rachel ‹Miss› und ihre Mutter ‹Ma'am›, und Rachel hatte das als völlig angemessen betrachtet.

Der Gedanke, dass sie – dass ihre Mutter – nein. Ausgeschlossen. Ihre Mutter hatte jeden Freitag mit dem Pastor Tee getrunken und regelmäßig mit ihm Schach gespielt.

Nein, dachte Rachel. Niemals. Ihre Mutter war die Wohlanständigkeit in Person gewesen. Diese Ähnlichkeit war reiner Zufall, sonst nichts. Nur deshalb hatte ihre Mutter den Ausschnitt vermutlich aufgehoben, weil auch ihr die außergewöhnliche Ähnlichkeit aufgefallen war. Rachel hatte zwar nie einen *Tatler* im Haus gesehen, aber vielleicht hatte Alice ihrer Mutter die Zeitschrift mitgebracht, als sie krank gewesen war. Und sie hatte das Bild gesehen und ihren Mann wieder lebendig geglaubt.

Ihren Mann, Edward Woodley, Botaniker. Allein sich den Namen ihres Vaters zu wiederholen, war beruhigend. Edward Woodley. Nicht Edward Standish, Graf von Ardmore. Dass beide Männer Edward hießen, bedeutete nichts. Der Name war in England keine Seltenheit.

Trotzdem steckte Rachel den Ausschnitt in ihre Handtasche, bevor sie am nächsten Morgen nach Oxford fuhr. Als eine Art Kuriosität, sagte sie sich.

Onkel David war der Einzige, der sie noch aus der Zeit vor Netherwell kannte. Er hatte Rachel bei ihrer Taufe im Arm gehalten, hatte ihre ersten tapsigen Schritte im Garten des halb erinnerten Hauses ihrer Kindheit begleitet und ihr später, als die Süßigkeiten im Dorfladen lockten, Shillingstücke geschickt, die er unter das Siegel seiner Briefe an sie klebte, geradeso, sagte er, wie das sein Patenonkel bei ihm getan hatte, als er noch ein Schuljunge im Internat gewesen war.

Vielleicht war der Graf von Ardmore ein entfernter Verwandter. Onkel David würde ihr das sagen können. Er war schließlich Historiker.

Und es war leichter, dachte Rachel spöttisch, als sie am Bahnhof in Oxford aus dem Zug stieg, sich romantische Geschichten zusammenzuspinnen, als sich über die Realität Gedanken zu machen, die sie erwartete.

Rachel zog ihren Mantel fester um sich. Der Winter wollte dem Frühling nicht weichen; es lag Frost in der Luft, und vom dunklen Himmel drohte Regen. Oxford, dessen Sandsteinmauern im Sommer leuchteten, empfing sie glanzlos und grau.

Studenten mochten kommen und gehen, vor dem Pförtnerhaus im Merton College sah es aus wie immer, Fahrräder in Mengen, mit vollgestopften Körben, in denen sich von Bücherstapeln bis zu zusammengeknüllten schwarzen Talaren so ziemlich alles tummelte, was ein Student brauchte oder auch nicht.

Der Pförtner wirkte grimmig unter seiner schwarzen Melone, doch als er Rachel erkannte, lachte er. «Beinahe hätte ich Sie nicht erkannt, Miss. Sie waren ja so lange nicht mehr hier. Ich habe Sie für eins von diesen studierenden Frauenzimmern gehalten.» Sein Ton verriet, wie wenig er von diesen Frauenzimmern hielt. Suggs war Purist, was sein College anging. Seiner Meinung nach gehörten Frauen, wenn sie schon unbedingt studieren mussten, in ihre eigenen Colleges, wie das früher in Oxford gewesen war.

Rachel gab ihm die Hand. «Guten Tag, Mr. Suggs. Wie geht es Ihnen?»

Wenn sie als kleines Mädchen Onkel David besucht hatte, hatte Suggs Bonbons für sie aus seinem Hut gezaubert. Immer hatten ein paar kleine Fussel an ihnen geklebt, aber Rachel hatte sie alle gegessen, ohne Ausnahme. Man dürfe Suggs auf keinen Fall kränken, hatte ihre Mutter gesagt.

«Hab schon bessere Zeiten erlebt», sagte Suggs knurrig. «Aber jetzt sind Sie ja hier, Miss, ein richtiger Sonnenschein an diesem grauen Tag, wenn ich das mal sagen darf. Ist doch schön, wenn Frauen noch wie Frauen aussehen.» Und er warf einen unmutigen Blick die Straße hinunter, wo eine Studentin mit fliegendem Talar in Richtung High Street radelte.

«Ich bin gerade aus Frankreich zurückgekommen», sagte Rachel, ohne auf die Klage oder das Kompliment einzugehen. «Es ist schön, wieder hier zu sein.»

Suggs nickte. «Sie wollen sicher zu Ihrem Onkel.»

«Ja. Ist er da?» Rachel wusste nicht, was sie tun würde, wenn er nicht da sein sollte. Vor seiner Tür kampieren?

«Aber natürlich», sagte Suggs. «Für Sie ist er immer da, Miss.»

«Danke. Auf Wiedersehen, Mr. Suggs», sagte Rachel

höflich und stieg die Treppe hinauf zu den Räumen ihres Onkels im zweiten Stockwerk. Sie klopfte der Form halber an die dicke Eichentür, bevor sie eintrat. Sie waren nur vielleicht drei-, viermal im Jahr hierhergekommen, aber sie war in diesen Räumen vom ersten Tag an wie zu Hause gewesen.

Es roch wie früher nach Onkel Davids alten Büchern und seinem Tabak. Der Stuhl, auf dem ihr als kleines Mädchen manchmal die Zeit lang geworden war, stand immer noch neben dem Fenster mit den alten Scheiben, in denen Sprünge und Luftbläschen interessante Muster bildeten.

Onkel David saß wie gewohnt in seinem Sessel in Reichweite des Bücherregals, hinter sich eine Stehlampe und zu seinen Füßen ein mit Bücherstapeln beladenes Sitzkissen. Die Bücher mochten im Lauf der Jahre gewechselt haben, Sessel und Sitzkissen waren immer noch dieselben.

Als Rachel eintrat, sprang er auf. «Rachel!»

«Onkel David», sagte sie nur und bot ihm die Wange zum Kuss, wie sie es schon als Kind getan hatte. Sie umarmten sich nicht – ihr Patenonkel war ein eher zurückhaltender Mann –, doch sie merkte, wie gut ihr seine freundliche Nähe tat, wie sie endlich aufatmen konnte. «Danke, dass du dich um alles gekümmert hast.»

«Ich kann dir nicht sagen, wie traurig ich bin.» Onkel David sah müde aus. «Wir haben versucht, dich zu erreichen, aber –»

«Ich weiß.» Rachel schluckte. «Der Kammerdiener des Grafen war schuld – er hat das Telegramm einfach liegenlassen. Ich bin so wütend. Ich habe erst am Montag erfahren, dass sie krank war.»

Onkel David tätschelte ungeschickt ihren Arm. «Du darfst dir keine Vorwürfe machen.» Dann wies er zum Teetisch, ein Achteck aus dunklem Walnussholz mit kunstvoll geschnitztem Rand. «Möchtest du vielleicht einen Kaffee? Keine Sorge, es ist nicht die Brühe, die man in der Mensa bekommt. Spence kocht richtigen Kaffee. Spence!» Er rief den Mann herein, der seit Jahren in seinen Diensten stand.

Rachel versuchte abzuwehren. «Danke, danke, aber ich habe heute schon so viel Tee getrunken. Mach dir bitte keine Umstände –»

«Unsinn. Das macht keine Umstände. Zwei Tassen Kaffee, bitte, Spence», sagte er, als der Mann hereinkam, und meinte, sobald er mit dem Kaffeetablett wieder verschwunden war: «Hm, irgendwo müsste ich noch einen Kognak haben ...»

Er öffnete den Schrank unter dem Bücherregal und begann die Flaschen herumzuschieben, die dort in großer Zahl durcheinanderstanden.

«Bitte, Onkel David, wenn ich jetzt Kognak trinke, schlafe ich bestimmt ein, bevor Spence den Kaffee bringt.» Rachel tippte ihm leicht auf die Schulter. «Lass doch, es ist wirklich nicht nötig.»

Onkel David richtete sich langsam auf. «Ich wollte, ich könnte ...»

«Ich weiß.» Sie wollte jetzt auf keinen Fall Mitleid und Bedauern, auch nicht von Onkel David. Oder gerade nicht von Onkel David. Sie wechselte deshalb schnell das Thema, um sich ins Sachliche zu retten. «Soviel ich weiß, hast du dich um Mamas Angelegenheiten gekümmert, ja?»

«Ja, ja. Lass mich nur die Unterlagen heraussuchen ...» Er kramte in einem Papierstapel auf einem der Tische. Der Anschein der Unordnung täuschte. Onkel David wusste immer, wo die Dinge lagen, die er brauchte. Im Nu hatte er ein dünnes Bündel Papiere aus dem Stapel gezogen und reichte es Rachel. «Das müsste alles sein.»

Obenauf lag das Testament, ein kurzes, einfaches Schriftstück von der Hand ihrer Mutter, bezeugt von Jim und Pastor Treadwell. Die Schrift war zittrig und ungelenk, kaum wiederzuerkennen. Es wäre, dachte Rachel, die mit Mühe die Tränen zurückhielt, ihrer Mutter nie in den Sinn gekommen, ein Testament zu machen. Vorher.

Dem Testament folgte das Sparbuch, das ein Guthaben von hundertachtunddreißig Pfund auswies. Einen Moment musste Rachel um Fassung ringen. «Ich stehe besser da, als ich dachte», sagte sie mit zitternder Stimme. «Wenn ich das gewusst hätte, hätte ich mir eine Bahnkarte zweiter Klasse geleistet.»

Onkel David sah sie besorgt an. «Es ist herzlich wenig. Was hast du denn jetzt vor? Gehst du zurück nach Frankreich?»

«Alle scheinen ganz erpicht darauf zu sein, mich nach Frankreich zurückzuschicken. – Danke.» Rachel setzte sich auf den Stuhl, den er ihr hinschob, und steckte Testament und Sparbuch in ihre Handtasche. «Wenn ich das Geld dafür zusammenkratzen kann, nehme ich einen Schreibmaschinenkurs und suche mir eine Stellung als Sekretärin.»

Onkel David räumte einen Bücherstapel aus dem Weg und setzte sich ihr gegenüber. «Wenn du eine Ausbildung machen möchtest», sagte er, «kann ich sicher hier etwas für dich finden. Und danach – die Dekanin am Somerville College könnte vielleicht eine neue Sekretärin gebrauchen.»

«Du meinst, du willst sie fragen, ob sie nicht zufällig eine neue Sekretärin gebrauchen kann?», erwiderte Rachel, von seiner Fürsorge gerührt. «Nein, Onkel David, du brauchst nicht meinetwegen deine Beziehungen spielenzulassen. Ehrlich gesagt, freue ich mich auf die Herausforderung.» Sie brachte sogar ein kleines Lachen zustande.

Er konnte seine Erleichterung nicht ganz verbergen. Rachel wusste, dass Onkel David sie als Nichte liebte, doch er hegte keinerlei Verlangen nach einer Tochter. «Wenn du etwas brauchst, ich bin immer – Ah, danke, Spence.»

Rachel wartete, bis Onkel David Zucker in seinen Kaffee gegeben hatte, bevor sie leise fragte: «Hast du Mama noch einmal gesehen, bevor ...?»

«Ja.» Onkel David rührte seinen Kaffee und schien gar nicht mehr damit aufhören zu wollen. «Ich war Freitagmorgen in Netherwell.»

«Hat sie –» Rachel sah ihn an. «Hat sie etwas gesagt?»

Ein Schatten flog über sein Gesicht. «Sie war wirr», antwortete er schließlich. «Im Fieberwahn. Aber sie hat mich gebeten, dir das hier zu geben.»

Er griff in seine Westentasche und zog einen ovalen goldenen Anhänger an einem dünnen Kettchen heraus. Einen Moment schloss er die Finger darum, dann hielt er ihn Rachel hin.

«Hier, Kind.»

Das altmodische goldene Schmuckstück lag schwer auf Rachels geöffneter Hand, ein fein ziseliertes Oval mit den ineinander verschlungenen Initialen *E* und *K*. Edward und Katherine. Ihre Mutter hatte früher noch mehr Schmuck besessen, einen Perlenring, eine Anstecknadel mit Saatperlen, ein schweres goldenes Armband, das von Rachels Großmutter stammte. Diese Stücke waren alle nach und nach verschwunden, um den Bäcker, den Fleischer und, später, Rachels Schuldgeld zu bezahlen.

Doch den Anhänger hatte sie immer getragen.

«Danke.» Rachel drückte den Schmuck an sich. «Ich glaube, sie hat ihn nie abgelegt.»

«Ja», sagte Onkel David. «Er war eines der wenigen Dinge, die ihr von deinem Vater geblieben waren.»

Rachel blickte auf die beiden auf ewig miteinander verflochtenen Buchstaben hinunter und musste an den Zeitungsausschnitt denken, den sie unter dem Kopfkissen ihrer Mutter gefunden hatte. «Onkel David, ich muss dich etwas fragen. Ich weiß, es klingt verrückt – aber ist der Graf von Ardmore ein Verwandter meines Vaters?»

Onkel Davids Hand, die die Kaffeetasse hielt, zuckte ein wenig, und ein paar Spritzer aus der Tasse trafen sein Jackett. «Gott, wie ungeschickt», murmelte er und tupfte mit der Serviette. «Warum fragst du?»

Rachel nahm das gefaltete Blatt aus dem *Tatler* aus ihrer Tasche. «Das habe ich gestern Abend bei Mama im Bett gefunden. Unter ihrem Kopfkissen.»

Onkel David zog das Blatt zu sich heran und öffnete es langsam.

«Ist das nicht merkwürdig?» Sie hätte diesmal darauf

vorbereitet sein müssen, doch es war so bestürzend wie zuvor, das Gesicht ihres Vaters zu sehen, wie es vielleicht wäre, wäre er noch am Leben.

«Hm. Ja. Merkwürdig.» Onkel Davids Miene war starr und reglos, während er den kleinen Ausschnitt betrachtete. Er räusperte sich. «Ich wusste gar nicht, dass deine Mutter den *Tatler* gelesen hat.»

«Hat sie auch nicht. Jedenfalls meines Wissens nicht. Ich vermute, Alice hat ihn ihr mitgebracht, als sie krank war. Oder eine Pflegerin. Aber das ist ja eigentlich nicht die Frage, nicht? Als ich das Bild sah – als ich es sah, dachte ich im ersten Moment, das könnte mein Vater sein. Natürlich war mir sofort klar, wie absurd das ist», fügte sie hastig hinzu. «Aber die Ähnlichkeit ist frappierend, findest du nicht auch?»

«Ja.»

Seine kurzen Antworten, seine weiterhin unbewegte Miene irritierten Rachel. Sie rutschte weiter nach vorn auf ihrem Stuhl. «Deswegen frage ich. Ich meine, könnte da eine Verwandtschaft bestehen? Die Ähnlichkeit ist ja wirklich auffallend.»

Jetzt hätte Onkel David sagen können, ja, der Graf sei ein weit entfernter Verwandter, doch er nickte nur hölzern wie eine Puppe. «Ja. Wirklich auffallend.»

«Du wirst mich wahrscheinlich für verrückt halten.» Rachels Stimme klang laut und schrill in der Stille. «Aber mir sind wirklich die abwegigsten Dinge durch den Kopf geschossen. Er sieht meinem Vater so ähnlich. Aber mein Vater ist doch tot.»

Schweigen.

Rachel sah Onkel David an. «Er ist doch tot.»

«Ich habe deiner Mutter immer gesagt, dass es früher oder später herauskommen würde.» Onkel David sprach so leise, dass sie die Worte kaum verstand. «Ich wollte es dir sagen. Vor Jahren schon.»

«Dann sag's mir. Bitte!»

«Die Ähnlichkeit ist kein Zufall.» Onkel David richtete sich auf seinem Stuhl auf. Seine Stimme war immer noch leise, aber er sprach sehr deutlich. «Der Graf von Ardmore sieht deinem Vater so ähnlich, weil er dein Vater ist.»

KAPITEL 4

Das ist nicht komisch», sagte Rachel scharf.

«Es soll auch nicht komisch sein. Bitte –» Onkel David stand halb auf. «Komm, setz dich wieder. Dann sag ich dir alles, was ich weiß.»

Rachel hatte nicht bemerkt, dass sie aufgesprungen war. «Mein Vater war Botaniker. Er ist gestorben, als ich vier Jahre alt war.»

«Wir hielten es damals für das Beste –», begann Onkel David und schüttelte dann den Kopf. «Das sollte nicht ich mit dir besprechen. Du müsstest das von deiner Mutter –»

Aber ihre Mutter war tot. Sie würde nie wieder irgendetwas mit ihr besprechen können. Die Vorstellung, dass ihre Eltern nun wenigstens wieder zusammen wären, war ihr ein gewisser Trost gewesen. Doch dies – nein, es konnte nicht sein. Dieser Unsinn, dass ihr Vater am Leben sein sollte – es war genau das, blanker Unsinn.

«Ich glaube das nicht.» Rachel ließ sich auf ihren Stuhl fallen. «Mein Vater ist tot.»

Sie sah das Unbehagen in Onkel Davids Gesicht, das Schuldbewusstsein und, am schlimmsten von allem, das Mitleid.

«Er war Botaniker», rief sie beinahe panisch, «und er ist

auf einer Expedition gestorben. Das weißt du doch. Du warst doch bei uns. Du hast uns geholfen. Du hast uns beim Umzug geholfen.»

Sie erinnerte sich genau. Sie wusste noch, wie sie sich weinend an ihre Mutter geklammert hatte, als sie auf dem dunklen Bahnsteig in den Zug gestiegen waren.

«Deine Mutter dachte, es wäre leichter für dich, wenn sie dich glauben ließe, dein Vater sei gestorben.» Auf Onkel Davids Stirn glänzte Schweiß, obwohl es im Zimmer kühl war. «Und gewissermaßen war er ja für dich auch gestorben.»

«Gewissermaßen?», rief Rachel. «Man stirbt nicht gewissermaßen. Man ist entweder tot oder man ist es nicht.»

Ihr Vater musste tot sein. Denn wenn er nicht tot war, so hieß das, dass er ihre Mutter und sie verlassen hatte. Einfach weggeworfen.

«Ich hätte es für richtig gehalten, dir gleich die Wahrheit zu sagen», erklärte Onkel David, «aber deine Mutter meinte, anders wäre es besser. Sie hatte Angst, es würde dich – verwirren.»

Verwirren? Das traf es nicht im Entferntesten. Der Ausschnitt lag immer noch auf dem Tisch.

Lady Olivia Standish in Begleitung ihres Vaters, des Grafen von Ardmore.

Ihr Vater.

Rachels Vater.

«Und jetzt soll es weniger verwirrend sein?», fragte Rachel, verzweifelt um Haltung bemüht. «Ihr habt mir vorgemacht, mein Vater wäre tot. Entschuldige, wenn mich diese plötzliche Auferstehung etwas aus der Fassung bringt.»

«Ach, Kind.» Onkel David ging einen Schritt auf sie zu und blieb stehen. «Es tut mir so leid.»

Warum hatte Onkel David nicht einfach gelogen? Er hätte doch sagen können, die Ähnlichkeit sei Zufall. Er hätte ihr ihren Vater lassen können, den Vater, den sie in Erinnerung hatte, von dem sie geglaubt hatte, er liebe sie.

Sie drückte einen Moment ihre Hände auf die Augen. Dann hob sie mit einem Ruck den Kopf. «Er lebt. Er war die ganze Zeit am Leben. Er hat uns einfach verlassen.»

«So war es nicht.»

«Wie denn dann? Ist er vielleicht von Zigeunern geraubt worden? Hat er das Gedächtnis verloren? Oder hat er einfach den Weg zu uns nach Hause nicht mehr gefunden?» Sie war jetzt wütend.

«Er – er wusste nicht, wo ihr wart, Rachel. Deine Mutter wollte eine klare Trennung.»

«Meine Mutter hat meinen Vater geliebt!»

«Und dein Vater hat deine Mutter geliebt», sagte Onkel David.

«Bloß nicht genug, um sie zu heiraten.»

Onkel David antwortete mit einer hilflosen Handbewegung. «Die Umstände ...»

«Umstände? Was für Umstände?»

Es hatte nie eine Hochzeit gegeben. Der Trauring am Finger ihrer Mutter, das Schwarz, das sie nach ihrem Umzug nach Netherwell ein Jahr lang getragen hatte – alles Lüge. Die ganze aufrechte Wohlanständigkeit, in die Rachels Leben so warm eingehüllt gewesen war, nichts als Attrappe.

Onkel David griff nach einer Kristallkaraffe und stellte sie schwer auf den Tisch. «Dein Vater dachte nie daran, dass er einmal den Titel würde übernehmen müssen. Als sein älterer Bruder starb, geriet seine ganze Welt aus den Fugen.» Ratlos sah er Rachel an, den Kristallstöpsel in einer Hand. «Ich wünschte, ich könnte dir begreiflich machen, welche Verpflichtungen danach auf ihn zukamen, was von ihm erwartet wurde. Er musste alle persönlichen Wünsche und Ambitionen aufgeben.»

«Auch seine Tochter?», fragte Rachel heftig.

Onkel David wich ihrem Blick aus und sah hinunter zu dem Ausschnitt auf dem Tisch. «Möchtest du – möchtest du vielleicht einen Sherry? Er ist wirklich nicht übel.»

«Nein, vielen Dank.» Als wäre ihr jetzt nach Konvention und Sherry zumute. «Es war also alles Lüge? Bist du überhaupt mein Onkel?»

Er brachte ein schiefes Lächeln zustande. «Ja, zweiten Grades, auch wenn es dir vielleicht nicht gefällt.» Er hielt einen Moment inne, dann fügte er hinzu: «Die Mutter deines Vaters und meine Mutter waren Schwestern.»

«Kein Wunder, dass du seine Partei ergreifst», sagte sie bitter.

Onkel David schüttelte den Kopf. «Dein Vater würde es nicht so sehen. Ich habe nicht mehr mit ihm gesprochen seit – ach, es ist lange her.»

«Dreiundzwanzig Jahre?»

«Ich –» Er schenkte sich einen Sherry ein und trank ihn in einem Zug hinunter. «Wir drei sind zusammen aufgewachsen. Ich habe deine Mutter wie eine Schwester geliebt», sagte er mit belegter Stimme.

Rachel war, als sähe sie ihren Onkel zum ersten Mal. «Aber du hast sie in ihr Unglück rennen lassen.»

Und ihre Mutter hatte sich verführen lassen. Sie war

die heimliche Geliebte des Grafen von Ardmore geworden, der sie in einem hübschen kleinen Cottage auf dem Land vor der Welt versteckt hielt.

Kein Wunder, dass es keine anderen Verwandten gab. Kein Wunder, dass sie außer Onkel David niemals Gäste gehabt hatten. Kein Wunder, dass sie so weit weg gezogen waren, bis nach Netherwell, ein kleines Dorf, in dem niemand sie kannte, wo niemand auch nur ahnte, dass die zurückgezogen lebende, reizende Mrs. Woodley eine zweifelhafte Person mit einem unehelichen Kind war.

«Rachel –» Der sonst so zurückhaltende Onkel David wollte sie in den Arm nehmen.

Sie wich ihm aus und begann plötzlich zu lachen. «Und ich dachte immer, mein Vater wäre Botaniker.»

«Er wäre Botaniker geworden», sagte Onkel David schnell, «wenn sein Bruder nicht gestorben wäre. Das war ja das Tragische.»

«*Das* war das Tragische? Dass er nicht Botaniker werden konnte?»

«Nein, so habe ich das nicht gemeint. Versteh doch – dein Vater –» David geriet ins Stocken, als er Rachels Blick bemerkte, dann setzte er tapfer von neuem an. «Dein Vater hatte nie Interesse daran, den Titel zu übernehmen. Er hätte Botaniker werden können. Er hätte –», er holte einmal tief Atem – «deine Mutter heiraten können. Wenn sein Bruder nicht gestorben wäre.»

«Mir kommen gleich die Tränen», sagte Rachel sarkastisch. «Vielleicht hätte er das bedenken sollen, anstatt seine Hochzeitsnacht vorwegzunehmen.»

«Dein Vater hat dich geliebt, Rachel», versicherte Onkel David hilflos. «Er hat euch beide geliebt.»

«Der Graf von Ardmore», entgegnete Rachel laut und heftig, «ist nicht mein Vater. Mein Vater ist tot. Er ist gestorben, als ich vier Jahre alt war.»

Ihre Hände waren zu Fäusten geballt, und sie atmete so mühsam, als wäre sie gerannt.

Eine männliche Stimme, kultiviert und deutlich amüsiert, drang in die Stille ein. «Ich störe nur ungern ...»

Ein Mann lehnte mit verschränkten Armen entspannt am Türrahmen, weltmännisch und elegant in einem maßgeschneiderten grauen Anzug. Das Gesicht unter dem kurzgeschnittenen, welligen dunklen Haar war schmal und wirkte beinahe ein wenig spöttisch, doch die schwarzen Augen waren hellwach, ihr Blick, der auf Rachel haftete, allzu scharf.

Rachel wurde rot. «Ich wollte gerade gehen», sagte sie kurz und wandte sich Onkel David zu. «Du brauchst mich nicht hinauszubringen. Ich weiß den Weg.»

«Rachel –»

Der Mann an der Tür richtete sich auf. «Lassen Sie sich von mir nicht stören. Ich wollte nur das hier zurückbringen.»

Das hier war ein in Leder gebundenes, unverkennbar vielgelesenes Buch.

Onkel David blickte von dem unerwartete Besucher zu Rachel. Drei kleine Fältchen bildeten sich zwischen seinen Augenbrauen. «Simon Montfort», sagte er, «meine Nichte – Rachel Woodley.»

Er zögerte kurz, bevor er ihren Namen nannte, und Rachel brauchte nur einen Moment, um zu verstehen, warum. Ihr Name – Gott ja, wie hieß sie denn eigentlich? Woodley war der Name des fiktiven Vaters, des Botanikers, der nie existiert hatte. Neue Panik stieg in ihr auf, nicht einmal ihr Name gehörte ihr.

Es war ein schreckliches Gefühl, als wäre man voll bekleidet auf die Straße getreten und merkte plötzlich, dass alle Nähte geplatzt waren und man splitternackt dastand. Mit Mühe nahm sich Rachel zusammen und nickte steif. «Ich gehe jetzt, Onkel David. Auf Wiedersehen.»

«Rachel», sagte er beinahe flehend. «Bleib doch noch einen Moment.»

Wozu? Sie hatte nur den Wunsch, sich irgendwo zu verkriechen. «Ich muss wirklich los, Onkel David. Auf Wiedersehen, Mr. Montfort.»

Sie sah sich nicht um, als sie auf wackeligen Beinen aus dem Zimmer ging. Hinter sich hörte sie Onkel David leise fragen: «Was hast du gehört?»

«Ich höre nichts Böses und ich sehe nichts Böses. Ich bin stumm und taub.»

«Das ist nicht zum Lachen, Simon.» Onkel David sprach leise; Rachel schnappte nur dies und jenes auf, als sie den Flur entlangging. «Kein Futter geben ... nicht an die Öffentlichkeit ... die Peinlichkeit ... unglückselige ...»

Peinlichkeit? Die Hand am Treppengeländer, blieb Rachel stehen. Natürlich. Sie war eine Peinlichkeit. Das unerwünschte, heimliche Kind des Grafen von Ardmore. Ein Schandfleck für die Familie.

«Hallo!» Simon Montfort kam mit langen Schritten durch den Flur. «Miss – Woodley, richtig?»

Rachel sagte nur kurz «Richtig» und setzte entschlossen ihren Weg die Treppe hinunter fort.

Sie sah ihn nicht an, doch sie merkte, wie er sie musterte, mit einer Direktheit, die an Unhöflichkeit grenzte. «Sie sind also Ardmores Tochter.»

Ihr Vater hatte eine zweite Tochter, eine anerkannte Tochter, eine Tochter mit modisch frisierten blonden Haaren und eleganten Kleidern, eine Tochter, die sich sehenlassen konnte.

Nein, nicht ihr Vater. Der Mann, der sie gezeugt hatte. Ihr wahrer Vater, der Mann, der sie auf dem Arm gehalten, mit ihr gespielt, ihre kindlichen Ängste beruhigt hatte, war seit dreiundzwanzig Jahren tot.

«Nein», entgegnete sie tonlos. «Lady Olivia Standish ist seine Tochter.»

«Dann eben seine andere Tochter.» Montfort war vor ihr an der Tür zum Innenhof und öffnete sie ihr mit höflicher Geste. «Von der niemand weiß.»

Nun ließ Rachel sich doch zu einer Entgegnung hinreißen. «Warum es beschönigen?», fragte sie aufgebracht. «Warum sagen Sie nicht einfach unehelich, und fertig.»

«Weil ich noch nicht fertig bin.» Die Hände in den Taschen, ging er neben ihr her und sah sie aufmerksam an. «Sie ähneln ihm nicht –»

«Danke», sagte Rachel wütend.

«– bis auf die Augen. Das sind seine Augen. Typisch Standish. Die sollten Sie schön gesenkt halten, sonst erkennt man Sie auf der Stelle. Es sei denn», fügte er spottend hinzu, «Sie wollen genau das.»

Rachel taten die Schultern weh, so sehr strengte sie sich an, stolz und aufrecht zu wirken, obwohl sie am liebsten davongelaufen wäre, mitten durch den Nieselregen, der jetzt eingesetzt hatte und sich kalt auf ihr Gesicht setzte.

«Glauben Sie im Ernst, ich möchte mit diesem Mann irgendetwas zu tun haben?»

In dem Blick, mit dem Montfort sie betrachtete, glaubte sie Mitleid zu erkennen. «Aber Sie brennen doch auf Rache», sagte er. «Das sieht jeder, der hinschaut.»

Das Schlimme war, dass er recht hatte. «Niemand hat Sie eingeladen hinzuschauen.»

«Natürlich nicht», gab Montfort amüsiert zurück. «Wenn ich darauf warten würde, eingeladen zu werden, würde ich nie irgendwo hinkommen. Ich wurde gebeten, eine Tasse Tee mit Ihnen zu trinken.»

«Betrachten Sie den Dienst als abgeleistet.» Rachel winkte Suggs zu, der vor dem Pförtnerhaus eine Zigarette rauchte. «Auf Wiedersehen, Mr. Suggs.»

«Miss Woodley.» Der Pförtner nickte Montfort respektvoll zu und sage: «Schön, Sie mal wieder hier zu sehen, Sir.»

«Ganz meinerseits, Suggs.» Montfort passte seinen Schritt dem Rachels an. «Lassen Sie mich raten. Sie werden jetzt schnurstracks nach Ardles stürmen und den Grafen mit der Tatsache Ihrer Existenz konfrontieren. Worauf es zu einer tränenreichen Szene kommen wird – nicht von Ihrer, sondern von seiner Seite –, in deren Verlauf er Sie, von tiefer Reue ergriffen, zu seinem größten Schatz und seiner Alleinerbin erklären wird.»

«So ein Quatsch», sagte Rachel.

«Stimmt. Völliger Quatsch. Wahrscheinlicher ist, dass der Butler Sie gar nicht hineinlassen wird.»

«Macht es Ihnen eigentlich Spaß, grausam zu sein?» Rachel klappte den Kragen ihrer Jacke hoch und wünschte, sie hätte daran gedacht, ihren Regenmantel mitzunehmen.

Aus dem Sprühregen war ein regelrechter Guss geworden. Das Wasser lief ihr wie Tränenströme über das Gesicht, und die Haare, die lang unter ihrem Hut herabhingen, klebten feucht und kalt an ihren Wangen. Sie hatte ihren Schirm bei Onkel David stehengelassen, doch nichts auf der Welt hätte sie jetzt dazu bewegen können, umzukehren und ihn zu holen, selbst wenn Simon Montfort sich nicht beharrlich an ihre Fersen geheftet hätte wie ein boshafter Geist.

«Das ist nicht grausam, das ist realistisch.» Montfort spannte einen Schirm auf. «Bitte sehr.»

«Wie ritterlich», sagte Rachel sarkastisch. «Da ist eine Pfütze. Wollen Sie nicht Ihr Jackett darüberbreiten?»

Montfort trat näher an sie heran, damit auch sie unter dem Schirm Platz fand, und lachte. «Nicht einmal für Ihr reizendes Füßchen. Ich mag diesen Anzug. Und Ritterlichkeit ist das nur zum Teil. Ich bin Ihrem Onkel etwas schuldig.»

«Dann suchen Sie sich eine andere Möglichkeit, Ihre Schuld abzutragen. Irgendwo gibt es bestimmt einen Drachen, der erschlagen werden muss.»

«Ach, kommen Sie.» Montfort schob eine Hand unter ihren Ellbogen. «Ich will mich nicht mitten in St. Giles mit Ihnen streiten. Trinken wir doch einfach irgendwo einen Tee zusammen.»

Rachel schüttelte seine Hand ab. «Ich will keinen Tee.»

«Wie wär's mit Gin?»

«Nein.»

«Gut, dann also doch Tee», sagte Montfort unerschüttert. «Und hier ist praktischerweise auch gleich ein Fuller's.»

Rachel blieb stehen und drehte sich ihm herausfordernd zu. «Sie sollen mich wohl unter allen Umständen davon abhalten, m–», beinahe hätte sie ‹meinen Vater› gesagt–, «den Grafen von Ardmore zu belästigen?»

Er sah ihr direkt in die Augen. Seine waren tiefdunkel, so dunkel, dass zwischen Pupille und Iris kein Unterschied zu erkennen war. «Der Graf von Ardmore ist mir völlig egal. Aber ich habe Ihrem Onkel ein Versprechen gegeben. Er sorgt sich um Sie.»

Der Regen rann Rachel kalt in den Jackenkragen. Das Fuller's lockte hell und freundlich, und selbst Simon Montforts Gesellschaft erschien ihr in diesem Moment erträglicher, als mit ihren Gedanken allein zu sein.

«Also gut», sagte sie resigniert. «Es ist mir zu anstrengend, mich mit Ihnen zu streiten.»

«Das habe ich schon von vielen gehört.» Er verneigte sich mit einem mokanten Lächeln vor der Tür des Restaurants, um ihr den Vortritt zu lassen.

Als sie einen Tisch gefunden und sich gesetzt hatten, fragte Rachel: «Kennen Sie den Grafen von Ardmore» – sie brachte es nicht über sich, ‹meinen Vater› zu sagen – «persönlich?»

Montfort zog ein Zigarettenetui aus seiner Brusttasche. «Ich habe nach dem Krieg eine Zeitlang in Caffers gelebt.» Als er Rachels verständnislosen Blick sah, erklärte er: «Carrisford, Carrisford Court. Sitz der Familie Standish seit undenklichen Zeiten – oder jedenfalls seit der dritte Graf den ganzen alten Kasten abreißen und neu erbauen ließ.»

«Ich weiß nichts über diese Familie.»

«Es ist Ihre Familie.»

«Wohl kaum.» Weshalb sollte sie auf eine Familie Anspruch erheben, die von ihr nichts wissen wollte? Sie war bisher sehr gut ohne die Standishs zurechtgekommen, und sie würde auch weiter gut zurechtkommen. «Ich hatte bis heute nie von diesen Leuten gehört.»

«Ich kann nur hoffen, dass Sie kein Geld von Ardmore erwarten.» Montfort betrachtete sie mit so nüchternem Blick, als hätte er ein Stück wissenschaftliches Untersuchungsmaterial vor sich. «Sonst werden Sie nämlich eine herbe Enttäuschung erleben. Alles, was er besitzt, gehört seiner Frau.»

Rachel starrte ihn an. «Ach so, weil ich unehelich bin, muss ich scharf auf Geld sein?» Sie schloss ihre Finger fest um die schmale Handtasche, die sie auf dem Schoß hielt. «Keine Sorge, ich komme sehr gut zurecht.»

Montfort winkte der Kellnerin. «Eine Kanne Lapsang, bitte. Und ein Stück Nusskuchen für die Dame.»

«Ich hasse Nusskuchen.» Rachel öffnete ihre Serviette. «Wie gesagt, Sie brauchen sich um mich nicht zu sorgen, ich habe etwas Geld. Jedenfalls genug zum Leben, bis ich eine neue Anstellung gefunden habe.»

Montfort klopfte die unangezündete Zigarette mit dem Mundstück auf den Tisch. «Oh? Und was machen Sie?»

«Ich bin Erzieherin», sagte Rachel. «Sie brauchen gar nicht so ein Gesicht zu machen. Ich kann mir schon vorstellen, dass Sie als Kind jeder Erzieherin das Leben zur Hölle gemacht hätten.»

«Stimmt», bekannte Montfort lachend. Er lehnte sich zurück, um sein Feuerzeug aus der Tasche zu holen. «Zigarette?»

Rachel schüttelte nur wortlos den Kopf. Das war doch alles völlig verrückt. Da saß sie mit einem wildfremden Menschen beim Tee und ließ es sich gefallen, dass er ungeniert in ihren persönlichsten Angelegenheiten herumstocherte. Sie fühlte sich nackt und ungeschützt, jetzt, da alles, was sie für ihr Leben gehalten hatte, auf den Kopf gestellt war.

«Sie brauchen mich nicht so kritisch zu mustern», sagte Montfort lächelnd. «Wenn ich Sie verführen wollte, würde ich es wohl kaum mit Tee versuchen.»

Jetzt musste sie doch lachen. In ihrem braven Hut und dem strengen Kostüm gab sie weiß Gott kein Bild ab, an dem sich männliche Leidenschaft entzünden konnte. «Vergessen Sie nicht den Nusskuchen.»

«Speise der Götter. Eher der rachsüchtigen. – Ah, danke», sagte er zu der Kellnerin, die den Tee und den verachteten Nusskuchen brachte. «Soll ich oder –»

Rachel ergriff die Teekanne. «Ich schenke schon ein.»

«Damit ich Ihnen nicht irgendein geheimnisvolles Pulver in den Tee kippe?»

«Was lesen Sie eigentlich, Mr. Montfort», sagte Rachel kühl. «Zucker?»

«Nur jeden zweiten Dienstag.» Montfort wies mit einer Kopfbewegung auf ihren Teller. «Essen Sie Ihren Kuchen. Dann wird es Ihnen gleich bessergehen.»

Rachel griff zur Kuchengabel. Aus reinem Trotz nicht zu essen, wäre albern gewesen. Zumal Nusskuchen, anders als sie Montfort gegenüber behauptet hatte, ein Lieblingsgebäck von ihr war.

Montfort saß ihr schweigend gegenüber und rauchte gelassen seine Zigarette. In einer halben Stunde würde jeder von ihnen seiner Wege gehen. Es war unwahrscheinlich, dass ihre Pfade sich noch einmal kreuzen würden.

Aber er kannte ihren Vater. Schnell, ehe sie es sich anders überlegen konnte, legte Rachel die Gabel aus der Hand. «Was können Sie mir über – meinen Vater erzählen?»

Montfort zog eine Augenbraue hoch.

«Sie sagten doch, dass Sie ihn kennen. Ich werde vermutlich nie wieder jemandem begegnen, der mir etwas über ihn sagen kann.» Es war ein bestürzender Gedanke. Hätte sie nicht diesen Zeitungsausschnitt gefunden, so wäre sie vielleicht ihr Leben lang ahnungslos geblieben. «Können Sie nicht verstehen, dass ich neugierig bin? Gerade unter den gegebenen Umständen?»

«Unter den gegebenen Umständen.» Montfort streckte seine langen Beine aus, während er sie nachdenklich betrachtete in ihrem biederen Hut, unter dem die langen Haare feucht und leicht gelockt herabfielen. «Doch, das kann ich sehr gut verstehen.»

Rachel spürte, wie sie rot wurde. «Sein Geld interessiert mich nicht. Ich möchte nur –» Ja, was denn? Wissen, was für ein Mensch er war? Warum er so gehandelt hatte? Sie öffnete ihre Handtasche. «Ach, lassen Sie es gut sein. Es spielt keine Rolle. Und ich muss meinen Zug erreichen. Was schulde ich Ihnen für den Tee?»

«Ich schicke Ihrem Onkel die Rechnung.» Sie zuckte zusammen, als er flüchtig ihre Hand berührte. «Was Ihren Vater angeht – Ardmore gilt allgemein als das Idealbild des englischen Gentleman. ‹Ein Kavalier gegen einen Kavalier, ein Mann gegen einen Mann›.»

In seiner Stimme schwang ein leicht ironischer Ton.

Rachel ließ ihre Tasche sinken und sah ihn scharf an. «Sie sind anderer Meinung?»

«Na ja, immerhin wären da ja Sie.» Er sagte es so nonchalant, dass Rachel einen Moment brauchte, um zu begreifen. «Ihre Existenz wäre nicht halb so schockierend, wenn Ardmore nicht in diesem Ruf des Ritters ohne Furcht und Tadel stünde.»

«Ich könnte eine Betrügerin sein.»

Montfort sagte nur: «‹Ich hielte es für eine Prellerei, wenn's der weißbärtige Kerl nicht sagte.› *Viel Lärm um nichts.*»

«Ich weiß.» Sie hatten in der Schule genug Shakespeare gelesen.

«Mit anderen Worten», erklärte Montfort. «Da David es sagt, muss es wahr sein. Er würde nicht lügen.»

Der Kuchen schmeckte Rachel plötzlich nicht mehr. «Ach nein?»

Montfort schnippte Asche von seiner Zigarette. «Wir beide sind wahrscheinlich verwandt – um ungefähr zwanzig Ecken. Ihre Familie und meine sind mit Wilhelm dem Eroberer hier gelandet und lassen das seither niemanden vergessen.»

«Mit anderen Worten», gab Rachel schlagfertig zurück, «Schmarotzer im Gefolge eines Opportunisten.»

«Und ungewisser Herkunft», sagte Montfort, und Rachel erkannte, dass sie sich irgendwie selbst da hineinmanövriert hatte. «Aber wen interessieren schon ein paar Heiratsurkunden mehr oder weniger, wenn man erst mal eine Krone trägt.»

Rachel schob ihren Kuchen weg. «Wenn ich eine Lektion in Geschichte gewollt hätte, hätte ich mich an Onkel

David gewandt. Das mag ja alles recht geistreich sein, aber –»

«Ihr Onkel David war mein Tutor.» Montfort trank einen Schluck von seinem Tee. «Das zwölfte Jahrhundert ist sein Spezialgebiet, aber wenn es um die Zeit der normannischen Eroberung geht, wackelt er ein bisschen.»

«Oh?», sagte Rachel, der dieser plötzliche Themawechsel etwas überraschend kam. «Und sind Sie auch Dozent in Oxford?»

Montfort lehnte sich zurück. «Das Reich der höheren wissenschaftlichen Lehre ist mir verschlossen geblieben. Wir leben in prosaischen Zeiten. Geistige Bildung schön und gut, aber *plus valet pecunia*.»

«Übersetzen bitte», sagte Rachel. «Ich bin Erzieherin, keine Altphilologin.»

«Ich habe in Oxford studiert. Jetzt muss ich leider statt der Wissenschaft dem schnöden Mammon dienen, um mein Leben zu finanzieren. Mit Tratsch- und Klatschgeschichten für den *Daily Yell*.» Er wischte ein unsichtbares Stäubchen von seiner blütenweißen Manschette. «Sie ahnen nicht, wie lukrativ ein bisschen mehr oder weniger üble Nachrede sein kann.»

Ein Klatschkolumnist. Und Rachel war auf ihn hereingefallen.

«Kein Wunder, dass Sie mit mir Tee trinken wollten», sagte Rachel, so ruhig es ging, obwohl sie Montfort am liebsten den Tee ins Gesicht gekippt hätte. «Verschollene Grafentochter vertraut sich unserem Kolumnisten an … mehr auf Seite 6?»

KAPITEL 5

Wie hatte sie so vertrauensselig sein können? Er musste es ihr angesehen haben, dachte Rachel erbittert.

Sie beugte sich über den Tisch. «Hat Onkel David Sie überhaupt gebeten, mit mir Tee trinken zu gehen? Oder ist das hier einfach eine kleine Investition in einen möglichen Knüller?»

«So tief bin ich noch nicht gesunken.» Montfort kniff die Augen zusammen und zog hastig an seiner Zigarette. «Ich habe doch versprochen, stumm und taub zu sein. Ihr dunkles Geheimnis ist bei mir sicher aufgehoben.»

«Das dunkle Geheimnis meines Vaters, meinen Sie.» Er war getroffen, das war ein kleiner Trost. «Gibt es den geringsten Grund, warum ich Ihnen trauen sollte?»

«Nein», antwortete Montfort freimütig. «Ich kann nicht verlangen, dass Sie sich auf mein Wort verlassen. Worte sind billig. Sagen wir einfach, dass sich in diesem Fall unsere Interessen treffen.»

«Das sehe ich anders. Sie brauchen eine Geschichte. Ich liefere sie.»

«Ich würde lieber in der städtischen Müllhalde herumstochern», entgegnete Montfort drastisch. «Das gäbe weniger Stunk.»

«Für Sie vielleicht.»

Gestern noch unbekannte Erzieherin, heute Skandalfigur. Wie würde sich das auf ihre Hoffnung auf eine neue Anstellung auswirken? Rachel konnte sich nicht vorstellen, dass eine Firma daran interessiert wäre, die uneheliche Tochter eines Grafen einzustellen, deren Name gerade von der Klatschpresse durch den Schmutz gezogen wurde, und ganz sicher würde keine Familie, die etwas auf sich hielt, einer solchen Person die Erziehung ihrer Kinder anvertrauen wollen.

«Hören Sie, Miss Woodley.» Montfort stützte die Ellbogen auf den Tisch und beugte sich vor. «Meine Arbeit basiert auf dem Einverständnis meiner – äh, sagen wir mal, Opfer. Es gefällt ihnen, im *Daily Yell* von sich zu lesen – vorausgesetzt, die Lektüre tut nicht allzu weh. Ich schreibe darüber, wer sich wie kleidet, wer sich mit wem trifft, wer möglicherweise mit wem verlobt ist.» Er hielt inne und führte die Teetasse zum Mund. «Bahnbrechende Informationen, ich weiß.»

«Und was wollen Sie damit sagen?»

Montfort seufzte. «Wenn sich herumspricht, dass ich alte Skandale ausgrabe, wird kein Mensch mich mehr irgendwohin einladen. Und wenn ich nicht eingeladen werde, komme ich nicht an Material. So einfach ist das. Ihr Onkel hat mich gebeten, Sie sicher zum Zug zu bringen. Mehr ist da nicht.»

Rachel runzelte skeptisch die Stirn. «Ich dachte, er hätte Sie gebeten, eine Tasse Tee mit mir zu trinken.»

«Das auch», bestätigte Montfort ruhig.

Sie wusste nicht, ob sie ihm glauben konnte. Und wenn nicht? Konnte sie dann irgendetwas tun? Sie hielt die

Chancen für gering. Simon Montfort machte auf sie den Eindruck eines Mannes, der tat, was er für richtig hielt, und sich wenig um die Konsequenzen kümmerte.

Am liebsten hätte sie gesagt, er könne schreiben, was er wolle. Sollte die Welt doch erfahren, was der ehrenwerte Graf von Ardmore, dieser Ausbund an Ehrenhaftigkeit, in Wirklichkeit für ein Mensch war. Aber wollte sie bei allem, was er ihr und ihrer Mutter angetan hatte, wirklich so böswillige Rache üben? Ging es denn überhaupt um Rache?

Montfort sah auf seine Uhr. «Ich möchte Sie nicht drängen, aber ich muss langsam los. Ich muss in einer Stunde bei einer Abendgesellschaft auf dem Land erscheinen. Kann ich Sie irgendwohin mitnehmen? Mein Auto steht im Clarendon Yard.»

Das war wenigstens ein Angebot. «Wenn Sie mich am Bahnhof absetzen könnten.»

Montfort legte etwas Geld auf den Tisch. «Wohin müssen Sie denn genau?»

«Nach Norfolk.» Sie hatte Alice versprochen, zum Abendessen zu ihr zu kommen. Was sollte sie Alice erzählen? «Aber machen Sie sich keine Mühe.»

«Ganz so weit kann ich Sie nicht bringen», sagte Montfort. «Aber ich kann Ihnen wenigstens das Umsteigen ersparen. Ich kann Sie» – er überlegte einen Moment – «bis Loughboro fahren. Von dort müssten Sie einen direkten Zug nach King's Lynn bekommen.»

«Das ist sehr nett von Ihnen», sagte Rachel.

Montfort antwortete mit einem Schulterzucken. «Es liegt auf meinem Weg.»

Es hatte aufgehört zu regnen, doch die Wolken hingen

immer noch tief am Himmel und sorgten für vorzeitige Dunkelheit. Rachel folgte Simon Montfort durch die gewundenen Gassen von Oxford, so malerisch von ferne gesehen, so düster und eng, wenn man sich mitten darin befand.

Wenn Alice erfuhr – Alice, Tochter des Pastors und Ehefrau des Dorfarztes, die Ehrbarkeit in Person. Wie würde sie reagieren, wenn sie hörte, dass ihre Freundin das Produkt eines heimlichen Verhältnisses war?

Alice würde sie in die Arme nehmen und erklären, das spiele überhaupt keine Rolle. So war Alice. Aber es spielte eben doch eine Rolle. Das Dorf war klein. Die Leute würden tuscheln, und auf alle, die sie liebte, würde etwas von ihrer Schande abfärben.

Ihre Schande. Alles in Rachel wehrte sich gegen dieses Wort. Konnte man es denn ihr vorwerfen, dass ihre Eltern nie geheiratet hatten? Nein, diesen Stempel würde sie sich nicht aufdrücken lassen.

«Da ist mein Wagen.»

Rachel war so vertieft in ihre Gedanken, dass sie beinahe gegen die Tür gelaufen wäre, die Simon Montfort ihr aufhielt. Es war ein großes, schwarzes Automobil mit einer endlos langen Motorhaube und dicken, runden Lampen auf beiden Seiten.

Aufatmend ließ sie sich in die schwarzen Lederpolster sinken. Sie fühlte sich plötzlich völlig ausgebrannt, trotzdem ließen die Gedanken an ihren Vater sie nicht los.

«Hinten liegt eine Wolldecke», sagte Montfort.

«Danke, es geht schon. Wo lebt mein Vater eigentlich?», fragte sie, als Montfort sich hinter das Lenkrad setzte.

«Die meiste Zeit auf dem Land, in Carrisford.» Er

sprach es aus wie ‹Cafford›. Er schlug die Tür zu und wandte sich Rachel zu. «Sie haben doch nicht vor, das Schloss zu stürmen?»

«Warum nicht?» Hatte ihr Vater in den vergangenen dreiundzwanzig Jahren jemals an sie und ihre Mutter gedacht? Sich über sie Gedanken gemacht? «Was habe ich denn zu verlieren?»

«Ein Stück von Ihrem Stolz?» Montforts Ton war überraschend teilnehmend. «Sie hätten kaum eine Chance, hineingelassen zu werden», fügte er dann realistisch hinzu. «Es sei denn, Sie gäben sich für eine andere aus. Wenn meine Cousine, eine Miss ...» Montfort sah zum Fenster hinaus und begann plötzlich zu lachen, dass seine Zähne blitzten. «Wenn plötzlich eine Miss Merton in der Stadt aufkreuzte ... hm, das wäre etwas ganz anderes.»

Rachel musste laut sprechen, um das Donnern des Motors zu übertönen. «Das würde doch jeder merken.»

Montfort ließ sich das durch den Kopf gehen. «Oh, ich habe Unmengen von Cousinen, die meisten unglaublich langweilig. Wenn man ein paar Ecken dazwischenschiebt, wird sich bestimmt keiner die Mühe machen, die komplizierten Verwandtschaftsverhältnisse zu entwirren.» Er trommelte mit den Fingern aufs Lenkrad. «Eigentlich eine spannende Idee. Wenn ich einen Niemand in die Gesellschaft einschleusen würde – das wäre der Knüller aller Knüller. Die geheimnisvolle und allseits umworbene Miss Merton – Miss Vera Merton. Mit Ihrem ausdrucksstarken Gesicht könnten Sie gut eine Vera sein.»

Absurd, sich davon schmeicheln zu lassen, trotzdem konnte Rachel nicht umhin, sich ein klein wenig ausgezeichnet zu fühlen. Sie konnte sich Vera Merton vorstellen, mit langen roten Fingernägeln, elegantem Pagenschnitt, eine selbstbewusste Frau, die das Leben auf die leichte Schulter nahm. Vera Merton würde nicht brav vor der Tür warten, sie würde unbekümmert am Butler vorbeiflattern und jeden mit einem hingehauchten ‹Darling› begrüßen.

Vera Merton würde sich mit der jungen Garde von Rachels hochwohlgeborenen Verwandten zum Cocktail treffen; sie würde sie alle beim Vornamen nennen, mit ihnen tuscheln und kichern.

Wie wäre es, so eine Frau zu sein? Nicht die ernsthafte, strebsame Rachel Woodley – die Rachel Woodley, die es eigentlich gar nicht gab –, sondern ganz anders. Spielerisch. Mondän.

Simon Montfort sagte mit einer wegwerfenden Handbewegung: «Garderobe und Haare stimmen natürlich überhaupt nicht –»

«Was passt Ihnen an meinen Haaren nicht?» Rachel war immer ein bisschen stolz gewesen auf ihre vollen dunklen Haare, die so lang waren, dass sie sich beinahe daraufsetzen konnte.

«Eine Erzieherinnenfrisur», erklärte Simon Montfort lapidar.

Haare konnte man schneiden. «Wenn ich die richtige Frisur und die richtige Garderobe hätte ...»

Die Tiefe ihrer Sehnsucht nahm ihr fast den Atem, auch weil das Gefühl in seiner Heftigkeit sie so unerwartet überfiel. Wie auf einer Endlosspule liefen immer wieder dieselben abgerissenen Bilder ab – ein Garten hinter dem Haus, an das sie sich kaum erinnern konnte. Ihr Vater, der sie hoch in die Luft schwang. Ihr entzücktes

Jauchzen. Die funkelnden Lichtreflexe auf dem Rand seiner Brille.

Wie oft hatte sie sich diese Szene vorgestellt? Wie oft hatte sie davon geträumt, dass ihr Vater nach Hause käme?

«Warum sollte es nicht klappen?» Rachel drehte sich auf ihrem Sitz und hob eine Hand, um ihre Augen gegen den grellen Schein der Straßenlampen abzuschirmen. «Sie haben es doch selbst gesagt – es wäre der Knüller aller Knüller.»

«Das war doch nur Spaß.» Er bremste den Wagen ab, als sie sich einer Ampel näherten. «Es ist nur dann ein Knüller, wenn jemand mitbekommt, dass es gelungen ist.»

«Sie würden es doch mitbekommen.» Sie wollte, dass er Ernst machte. Sie wollte es unbedingt und vergaß darüber alle Zurückhaltung. «Überlegen Sie doch mal, was das für ein Gefühl wäre, alle hinters Licht zu führen.»

Montfort sah sie stirnrunzelnd an. «Sie würden eine Wohnung brauchen.»

«Ein möbliertes Zimmer –»

«– im falschen Viertel? Nein.» Ehe Rachel etwas erwidern konnte, sagte er langsam, wie zu sich selbst: «Die Wohnung meiner Mutter. Sie hat immer irgendwelche Verwandten bei sich wohnen.»

«Und sie hätte nichts dagegen?»

«Sie ist zurzeit in Amerika. In New York.» Montfort hielt den Blick auf die Straße gerichtet. «Ich könnte die gesamte russische Balletttruppe einladen, und sie würde nicht mit der Wimper zucken. Es würde ihr wahrscheinlich sogar gefallen.»

«Ich möchte Ihnen nicht zur Last fallen.»

«Keine Sorge, ich habe meine eigene Wohnung am Piccadilly. Absolut seriös.» Er sah Rachel kurz an. «Sie müssten eine gute Erklärung dafür haben, dass bisher niemand je von Ihnen gehört hat.»

«Ich habe in Frankreich gelebt ... mit meiner kränkelnden Mutter.» Im Auto, in der dichter werdenden Dunkelheit, konnte Rachel beinahe glauben, der Plan sei durchführbar, Schritt für Schritt, Lüge für Lüge. Ihre Erregung wuchs. «In irgendeinem obskuren Heilbad.»

«Das würde auch erklären, warum Sie in unserer Welt nicht so ganz zu Hause sind», meinte Montfort und gab Gas, um einen bummelnden Morris zu überholen.

«Wieso? Ich bin doch keine Landpomeranze», protestierte Rachel.

Sie kannte die Welt. Sie hatte einiges gesehen und gehört, wenn auch nur in Bruchstücken und häufig aus ungewöhnlichen Perspektiven und Quellen: etwa, wenn sie die Kinder hinuntergebracht hatte, damit sie ihren Eltern gute Nacht sagen konnten, oder wenn sie sich den Klatsch der Dienstboten angehört hatte. Sie hatte oft genug heimlich die Reichen und Vornehmen beobachtet, wenn sie in erlesenen Roben und mit funkelndem Schmuck behangen ihre rauschenden Feste gefeiert hatten.

«Es gibt Welten und Welten», erklärte Simon Montfort. «Diese besondere Welt ist sehr klein und geschlossen. Sie hat ihre eigenen Regeln und ihre eigene Sprache.»

«Haben Sie Angst, ich könnte Ihnen peinlich werden? Ich weiß, wann man welche Gabel benutzt.»

«Sie haben wirklich keine Ahnung, hm?» Er lenkte den Wagen in eine schmale Seitenstraße zwischen dichten Hecken. «Nein. Ich lasse zwar gern mal eine Katze auf den Taubenschlag los, aber einem Kätzchen mit ungeschärften Krallen würde ich das nicht zumuten.»

«Ach, das ist doch lächerlich.» Im Gegensatz zu ihrer Schwester, der reizenden Lady Olivia, war Rachel keine verwöhnte höhere Tochter. Sie hatte ihr Leben an dem Tag, an dem sie volljährig geworden war, selbst in die Hand genommen. «Ich bin siebenundzwanzig – fast achtundzwanzig. Meine Krallen sind geschärft. Ich kenne mich aus.»

Die Straße vor ihnen wurde breiter. Montfort trat das Gaspedal so weit durch, dass der große Wagen mit einem Sprung vorwärtsschoss.

Rachel hielt sich an den Sitzkanten fest.

Montfort schnippte lässig seinen Zigarettenstummel zum Fenster hinaus. «Aber nicht in diesen Kreisen – Vera.»

«Das war ein billiger Trick.»

«Das ganze Leben ist ein billiger Trick. Haben Sie das noch nicht gemerkt?»

«Bis heute nicht, nein.» Sie hatte immer geglaubt, wenn man seine Pflicht tat, wenn man den anderen achtete und bei der Kollekte spendete, würde das Leben entsprechend antworten. So hatte ihre Mutter sie gelehrt, und Rachel hatte nie Anlass zu Zweifel gesehen. Sie besaßen vielleicht nicht viel, aber doch mehr als viele andere. Und sie hatten einander.

Aber ihre Mutter hatte gelogen, dachte sie, plötzlich voll Zorn und Empörung. Onkel David hatte gelogen. Das Leben war ungerecht.

«Wenn Sie mir nicht helfen wollen, können Sie mir dann wenigstens versprechen, mich nicht zu verraten?»

Etwas in ihrer Stimme, Verzweiflung vielleicht, ließ Montfort aufhorchen. Er bremste ab und hielt den Wagen an. Dann drehte er sich ihr zu. «Sie sind fest entschlossen, wie?»

Rachel nickte nur. Sein dunkler, forschender Blick war so intensiv, dass sie unwillkürlich den Atem anhielt. Um sie herum war es dunkel und still bis auf das gedämpfte Brummen des Motors.

Mit einer abrupten Bewegung legte Montfort endlich den Gang ein. «Gut, ich helfe Ihnen. Aber ich habe meine eigenen Gründe dafür. Andere als Sie.»

Sein Blick war auf die Straße gerichtet. Rachel sah ihn nur im Profil, die lange Linie seines Halses, die starre Haltung der Schultern. Augenblicklich argwöhnisch, fragte sie: «Was für Gründe?»

Er lachte kurz. «Nichts dergleichen.»

Rachel setzte sich aufrechter. «Ich dachte nicht an –»

«Nein? Sollten Sie aber.» Montfort warf ihr einen kurzen Blick zu, der ihr die Röte ins Gesicht trieb. Ehe ihr eine Entgegnung einfiel, sagte er trocken: «Meine Kolumne leidet an Eintönigkeit. Woche für Woche dieselben alten Namen. Sie wären eine willkommene Abwechslung. Die schöne und geheimnisvolle Miss Vera Merton –»

«Nicht zu geheimnisvoll», unterbrach Rachel. «Ich brauche diese Einladung –»

«– nach Caffers», vollendete Montfort. «Kurz für Carrisford Court, von jeher Stammsitz der Grafen von Ardmore. Das Haus am Eaton Place heißt Ardmore House, kurz Ardles genannt.»

Er betete das alles herunter wie im Schlaf. Rachel sah ihn unbehaglich von der Seite an. Sie wusste nichts von diesem Mann. Außer dass er einmal Onkel Davids Schüler gewesen war. Wenn die Behauptung stimmte.

Doch eins schien klar: Er kannte die Welt ihres Vaters, gehörte zu den Eingeweihten.

«Ich regle das mit der Wohnung», sagte er so beiläufig, als ginge es darum, eine Tasse Tee zu bestellen. «Und kümmere mich um Ihre Garderobe.»

«Sie machen sich sehr viel Mühe.»

«Wenn es mühsam wäre, würde ich es nicht tun», versetzte er kurz und abweisend, wie um weiteren Fragen von ihr entgegenzutreten.

Rachel warf ihm einen Blick zu. Er saß scheinbar locker und entspannt in seinem Sitz, doch seine Hände am Lenkrad wirkten verkrampft, sie sprachen eine andere Sprache. *Ich habe meine eigenen Gründe*, hatte er gesagt. *Andere als Sie.*

Die Welt hinter dem regennassen Fenster wirkte verschwommen und seltsam substanzlos, wie durch eine zitternde Seifenblase gesehen.

Wie schlimm konnte es sein? Er würde sie wohl kaum in die Sklaverei verkaufen, sagte sich Rachel. Simon Montfort bot ihr eine Unterkunft und ein Entree in die Kreise ihres Vaters. Es wäre dumm, ein solches Angebot auszuschlagen. Ganz gleich, welche Gründe er dafür hatte.

Rachel straffte die Schultern. «Was muss ich als Erstes tun?»

KAPITEL 6

Der Frisiersalon, bei dem Simon Montfort Rachel angemeldet hatte, befand sich in einer Seitenstraße von King's Lynn. Die Fenster waren schmuddelig, das kühne Gold der Lettern auf dem Ladenschild blätterte. Der helle Frühlingssonnenschein offenbarte gnadenlos jeden kahlen Fleck und jeden Riss im Gold, jeden Seifenspritzer auf den Fenstern. Der ganze Laden hatte etwas Heruntergekommenes, was sie normalerweise davon abgehalten hätte, ihn überhaupt zu betreten.

Aber das war ja Teil des Plans, sagte sich Rachel. Solange ihre Verwandlung nicht vollzogen war, sollte sie sich keinesfalls irgendwo sehen lassen, wo man sie womöglich wiedererkennen würde. Niemandem in diesem traurigen kleinen Frisiersalon würde es einfallen, zwischen Miss Woodley in ihrem biederen Hut mit der mondänen Miss Vera Merton, dem Liebling der Londoner Regenbogenpresse, eine Verbindung herzustellen.

Vorausgesetzt, Simon Montfort hielt sich an seine Versprechen. Knapp zehn Tage waren seit dem regnerischen Nachmittag in Oxford vergangen. Was ihr in der unwirklichen Atmosphäre jenes Abends in Montforts Wagen ganz logisch erschienen war, stellte sich jetzt im klaren Licht des Maimorgens längst nicht mehr so überzeugend dar.

Aber darüber durfte sie nicht nachdenken. Blick nach vorn, hieß die Parole. Sie hatte schweren Herzens begonnen, die Sachen ihrer Mutter zu sortieren und in Kartons zu packen, immer auf der Suche nach einem Hinweis auf deren geheime Vergangenheit. Es gab keinen. Abgesehen von dem verräterischen Ausschnitt aus dem *Tatler* hatte sie nichts Unerwartetes entdeckt.

Alice hatte sie nichts davon gesagt, was sie vorhatte. Sie hatte ihr stattdessen erzählt, sie habe genug Geld beisammen, um den Schreibmaschinenkurs in London nehmen zu können. Alice, von Annabelle und Charles und Jims Patienten auf Trab gehalten, hatte nicht weiter nachgefragt, und Rachel war das recht gewesen. Sagte sie sich jedenfalls.

«Miss Woodley.» Ein langer grauer Schatten löste sich von der Mauer neben dem Fenster. «Auf die Minute pünktlich, wie ich sehe.»

«Mr. Montfort.» Von der Sonne geblendet, hatte sie ihn nicht bemerkt. Sie blinzelte in die Helligkeit, die seinen Kopf wie eine Gloriole umgab, während seine Gesichtszüge im Schatten blieben. «Ich habe nicht erwartet, Sie hier zu sehen.»

Das gehörte nicht zum Plan. Eigentlich hätten sie keinerlei Kontakt mehr miteinander haben sollen, bevor Vera Merton wie ein fremder Stern am Londoner Society-Himmel auftauchte. Sie waren sich einig gewesen, das wäre das Sicherste.

Simon Montfort hielt ihr ein großes Paket hin. «Ich dachte mir, es wäre Ihnen lieber, wenn Ihnen das nicht der Dorfpostbote bringt. Und das da» – er wies mit träger Geste auf Rachels Kostüm, dasselbe, das sie in Oxford getragen hatte – «ist für Ihren Auftritt in Mayfair wenig geeignet.»

Er half ihr, die Verschnürung um das Paket zu öffnen. Unter knisterndem Seidenpapier kam ein cremefarbenes, mit Dunkelblau abgesetztes Kleid aus Seidencrêpe zum Vorschein, das Oberteil eng geschnitten, der weite Rock plissiert. Gesondert eingepackt fand sie Handschuhe, eine Handtasche und eine Kappe mit einer pfiffigen Schleife auf einer Seite – alles passend zum Kleid.

Es war ein Ensemble wie aus einer Modezeitschrift, und während Rachel noch sprachlos auf die Pracht hinuntersah, bemerkte Montfort beiläufig: «Der Rest Ihrer Garderobe wartet in der Wohnung.»

Der Rest Ihrer Garderobe? Er hatte zwar gesagt, dass er sich um ihre Garderobe kümmern werde, doch so etwas hatte sie nicht erwartet. Sie empfand es als beunruhigend intim, dass er ausgesucht hatte, was sie auf ihrer Haut tragen würde.

Rachel legte die Sachen wieder in die Schachtel. «Sie sind wirklich ein gründlicher Pygmalion.»

Simon Montfort verzog das Gesicht. «Meiner Meinung nach hat ein Mann, der es nötig findet, sich seine Geliebte aus Marmor zu erschaffen, einen ziemlichen Schaden. Ich bin nicht auf der Suche nach einer Galatea. Das hier ist eine rein geschäftliche Vereinbarung.»

Rachel jonglierte mit der Kleiderschachtel. «Und wenn die Sache schiefgeht?»

Montfort nahm ihr die Schachtel ab und klemmte sie ohne große Umstände unter seinen Arm. «Dann wird die flatterhafte Vera Merton wieder in der Versenkung verschwinden und die zuverlässige Rachel Woodley zurückkehren – mit einem flotten Haarschnitt und ein paar schicken Klamotten.»

«Ach, ja», sagte Rachel. «Wegen der Kleider. Sie müssen mir sagen, was ich Ihnen –»

«Das sind ausgemusterte Sachen», unterbrach er sie, und als sie protestieren wollte, setzte er hinzu: «Das würde Ihre Möglichkeiten entschieden übersteigen.»

Da hatte sie es. «Von Ihrer Geliebten, nehme ich an», sagte Rachel schnippisch.

«Von meiner Schwester.»

Montfort lachte über ihr verdattertes Gesicht. «Was ist daran so überraschend? Meine Schwester stammt aus der –», er zählte an den Fingern ab – «vierten Ehe meiner Mutter mit einem amerikanischen Kupfermagnaten. Schwimmt im Geld. Sie hat eine ähnliche Figur wie Sie, groß und schlank, und vermisst die Sachen bestimmt nicht.»

«Aber wird sie es nicht merken?» Sie musste an Goldlöckchen denken, das sich in das Haus der drei Bären eingeschlichen, von ihrem Brei gegessen und in ihren Betten geschlafen hatte.

«Das ist etwas, was Sie ganz schnell lernen müssen, meine liebe Miss Woodley: diese braven bürgerlichen Aufwallungen zu unterdrücken. Was ist denn schon ein Kleid mehr oder weniger?»

«Oder drei Dutzend mehr», warf Rachel ein.

«Oder drei Dutzend mehr», stimmte Montfort freundlich zu. «Sie haben bisher zu der Klasse von Leuten gehört, die nur das kaufen, was sie sich leisten können. Ich vermute zum Beispiel, dass Sie niemals ein Taxi nehmen würden, wenn Sie nicht das nötige Geld hätten.»

«Nein, ganz bestimmt nicht.»

«Wenn dieser Bluff gelingen soll, müssen wir Ihnen Ihre spießbürgerlichen Skrupel austreiben.» Montfort schwenkte den freien Arm in Richtung Frisiersalon. «Weg mit den Locken und den Skrupeln.»

Rachel warf ihm einen vernichtenden Blick zu. «Ich glaube nicht, dass das eine zwangsläufig zum anderen führt.»

«Da könnten Sie recht haben», räumte Montfort ein. «Aber probieren wir es doch aus, ja?» Er zog mit großer Geste die Tür zum Frisiersalon auf.

Es war gefährlich leicht, sich von Simon Montforts ans Unverschämte grenzender Respektlosigkeit, seiner Art, sich über alltägliche Konventionen lustig zu machen, blenden zu lassen. Wie ein Clown, dachte Rachel, der sich hinter einer Maske versteckte. Doch sie war nicht bereit, sich täuschen zu lassen. Hinter der unbekümmerten Fassade verbarg sich etwas ganz anderes, etwas Dunkles und Bedrohliches und Tiefernstes.

Wollte sie sich dem wirklich ausliefern?

«Wenn Sie natürlich lieber nach Hause fahren möchten», sagte Montfort höflich.

Nach Hause. Nach Netherwell, wo ihre gepackten Sachen warteten. Und danach in ein Zimmer in einer Mietskaserne, wo es kein heißes Wasser gab und die Benutzer des Gemeinschaftsbads sich darüber stritten, wer wessen Seife genommen hatte.

«Machen Sie sich keine Hoffnung», sagte Rachel und ging an ihm vorbei in den Salon. «Ich springe bestimmt nicht ab.»

Die Friseuse arbeitete flink. Büschel dunkler Haare

fielen rund um sie herum zu Boden. Rapunzelhaare. Am Ende nahm sie Rachel das Tuch von den Schultern und fegte mit einer weichen Bürste die letzten Härchen von ihrem Rücken.

Rachel kam sich fremd vor und nackt. Unwillkürlich blickte sie zu der Haarfülle auf dem Boden hinunter. Sie hatte Jahre gebraucht, um ihre Haare so lang wachsen zu lassen, und nun – alles weg, innerhalb von Augenblicken.

Simon Montfort legte seine Zeitung auf die Bank und kam zu ihr. Sie hatte erwartet, dass er gehen würde, nachdem er sein Paket abgeliefert hatte, doch er war geblieben und hatte, in der für ihn typischen Haltung, eine Schulter entspannt an die Wand gelehnt, seine sarkastischen Kommentare zu den Zeitungsnachrichten abgegeben, während die Friseuse sich mit ihren Haaren beschäftigte.

«Kopf hoch», sagte er jetzt, «Sie haben ja nicht Ihre Seele verkauft.»

«Nein, nur meine Haare.» Die Friseuse drehte den Stuhl und hielt Rachel einen Spiegel hin, damit sie sich von hinten betrachten konnte.

Rachel erkannte die Frau kaum, die sie im Spiegel sah, doch sie gefiel ihr. Montfort hatte recht gehabt, dank dem kürzeren Haar kam ihr Gesicht – ‹ausdrucksstark› hatte er es genannt – klarer zur Geltung.

Sie schaute zu ihm hinauf. «Und? Wie finden Sie es?», fragte sie herausfordernd.

«Nicht übel», sagte er kurz.

Rachel schüttelte probeweise den Kopf, dass ihre Haare flogen, und genoss das neue Gefühl von Leichtigkeit und Freiheit. «Wenn Sie mir weiter solche Komplimente machen, werden sie mir noch zu Kopf steigen.»

Er ging nicht auf die Spitze ein. «Wann können Sie frühestens nach London kommen?», fragte er, während er seine Zeitung faltete und an sich nahm.

Rachel rutschte aus dem Sessel. Eine Geschäftsbeziehung, hatte er gesagt. Jetzt dachte er nur ans Geschäft. Sie folgte ihm zur Tür hinaus. «Ich brauche noch eine Woche, um meine Angelegenheiten zu regeln.» Eine Woche, um ihr altes Leben in Koffer und Kartons zu verfrachten. «Sie scheinen ja plötzlich sehr interessiert zu sein.»

Obwohl ‹interessiert› eigentlich nicht das passende Wort war. Er wirkte eher wie jemand, der schnellstens zum Zahnarzt wollte, um sich einen schmerzenden Zahn ziehen zu lassen. Nicht sehr schmeichelhaft, dachte Rachel.

Aber man konnte es ihm wahrscheinlich nicht übelnehmen. Schließlich stand sein Ruf genauso auf dem Spiel wie ihrer. Wenn herauskäme, dass er vorgehabt hatte, eine Falschspielerin in die High Society einzuführen, und dabei gescheitert war – mindestens würde er eine Menge Spott und Häme über sich ergehen lassen müssen.

Konnte er deswegen vielleicht sogar seine Anstellung verlieren?

Montfort zuckte mit den Schultern. «Ich mache gern Nägel mit Köpfen. Oder bekommen Sie kalte Füße?»

«Höchstens vom Herumstehen hier draußen.» Rachel nahm ihm entschlossen die große Schachtel ab und blickte blinzelnd in die Sonne. Wennschon, dennschon. «Sagen wir Donnerstag in einer Woche?»

«Hier ist es, Miss.» Der Taxichauffeur hielt vor einem modernen Wohnhaus in der South Audley Street an.

«Danke.» Rachel drückte dem Mann das abgezählte Geld in die Hand und stieg aus. Die hohen Absätze ihrer Pumps klapperten auf den Pflastersteinen, der Plisseerock schwang ihr leicht um die Beine. Das Schaufenster des Blumenladens gegenüber gab ihr Bild wieder – eine Modepuppe von der blauen Kappe bis zu den passenden Pumps. Die Seidenstrümpfe – echte Seide, kein Rayon – schmiegten sich angenehm glatt um ihre Beine.

In einem Glaskasten saß ein Pförtner. Rachel nahm Kurs – sie wusste genau, was sie sagen würde –, doch ehe sie ihn erreichte, trat Simon Montfort aus dem Foyer.

«Cousine Vera!» Er küsste Rachel flüchtig erst auf die eine, dann auf die andere Wange. «Ich hoffe, du hattest eine gute Reise.» Leise, sodass nur sie es hören konnte, fügte er hinzu: «Wenn Sie so glotzen, merkt jeder gleich, dass Sie nicht hierhergehören.»

«Simon, wie schön!» Rachel stellte sich auf Zehenspitzen und drückte ihm ihren rot gefärbten Mund so fest auf die Wange, dass ein verschmierter Abdruck zurückblieb. Der Lippenstift war nicht mit der Kleiderschachtel geliefert worden, den hatte sie sich selbst besorgt, bei Woolworth. «Das ist wirklich lieb von dir, mich hier zu erwarten.»

Montfort drückte ihre Taille. «Mamas Wunsch ist mir immer Befeh... Hallo, Simms. Könnten Sie uns vielleicht mit dem Gepäck helfen?»

«Ich lasse es sofort nach oben bringen, Sir.»

Montfort blieb einen Moment stehen und sagte mit einer Handbewegung zu Rachel: «Oh, das ist übrigens meine Cousine, Miss Merton. Sie logiert bei uns.» Zu Rachel gewandt, fügte er hinzu: «Mit Simms musst du dich gut stellen, Vera, er kennt alle Leichen im Keller.»

Simms lachte. «Denken Sie sich nichts, Miss. Mr. Montfort hat immer einen Scherz auf Lager.» Er hob die Hand an seine Mütze. «Ich wünsche Ihnen einen angenehmen Aufenthalt.»

«Danke, Simms.» Sie hörte sich an wie ein braves Schulmädchen.

Rachel mied Simons Blick und konzentrierte sich darauf, in ihren ungewohnt hohen Absätzen nicht zu stolpern. Nur die Generalprobe, sagte sie sich. Eine verpatzte Generalprobe verhieß eine gelungene Premiere.

«Wenn du gestattest.» Montfort schob seinen Arm unter Rachels, um ihr Halt zu geben.

«Danke», murmelte Rachel, als er sie zum Fahrstuhl führte. In der Theorie war das alles viel einfacher gewesen als jetzt, in der Praxis. Im Taxi noch hatte sie sich in ihrer eleganten Aufmachung so selbstsicher gefühlt. Aber zwischen Schein und Sein bestand eben ein Unterschied. Es war ein Fahrstuhl ohne Führer. Als die Türen sich hinter ihnen geschlossen hatten, waren sie allein.

Das Käsebrot, das sie im Zug hinuntergeschlungen hatte, lag ihr wie ein Stein im Magen. Ihre Hände in den teuren Handschuhen wurden feucht.

Montfort beugte sich über sie. «Sie sehen ja ganz blass aus, Schätzchen. Haben Sie etwa Angst, dass ich gleich hier im Lift über Sie herfalle?»

Rachel entriss ihm ihren Arm und lachte mit Mühe. «Es ist nur Ihr Toilettenwasser. Es ist ja betäubend.»

«Ja, es bringt alle Frauen zum Schmelzen», sagte Montfort geschmeidig. «Jedenfalls, wenn man der Reklame glaubt. Möchten Sie vielleicht ein Urteil abgeben? ‹Mir wurde ganz anders›, sagt Societystar Miss Vera Merton ...»

«Ungefähr wie vom Geruch der Themse an einem heißen Tag.» Rachels Magen beruhigte sich; der Anflug von Panik legte sich. Mr. Montforts Spöttelei hatte etwas Entspannendes.

«Die Themse wurde gründlich gesäubert.»

Die Aufzugtüren öffneten sich, und sie traten in einen Flur mit vier Türen. Montfort wies Rachel zu der Tür ganz rechts.

«Ich würde trotzdem nicht darin schwimmen wollen», entgegnete Rachel.

Montfort schob den Schlüssel in das blank polierte Messingschloss. «Das ist wahrscheinlich auch nicht ratsam. Das Wasser ist tief und hat starke Strömungen. Da muss man schon ein guter Schwimmer sein. Sind Sie das?» Er stieß die Wohnungstür auf.

«Ich kann jedenfalls den Kopf über Wasser halten», gab Rachel zurück und trat über die Schwelle. Sie war so sehr damit beschäftigt, ihm Paroli zu bieten – und sich auf ihren wackeligen Absätzen im Gleichgewicht zu halten –, dass sie sich erst nach ein paar Schritten umsah, die Wohnung, die in den nächsten Wochen ihr Zuhause sein sollte, wirklich wahrnahm. «Du meine Güte!»

«Gefällt es Ihnen?», fragte Montfort, amüsiert über ihre Reaktion.

«Ich bin geblendet.» Sonnenlicht, das schräg durch die hohen Fenster fiel, fing sich blitzend in der Glasplatte eines Chromtischs. Über einem breiten schneeweißen Sofa hing ein venezianischer Spiegel, der aussah, als wäre er von seinem Schöpfer in einem Anfall kreativen Irrsinns aus lauter Scherben kreuz und quer zusammengesetzt worden.

Rachel hatte geglaubt, an die Launen der Reichen gewöhnt zu sein. Das Stadtpalais der Brillacs in Paris hatte mit vergoldeten Wänden und Goldbronzeverzierungen und Spiegelgalerien geprotzt, die den Prunkgemächern Ludwigs XIV. Ehre gemacht hätten.

Dies hier jedoch – dies war etwas ganz anderes.

Nichts in diesem Raum war ganz das, was es zu sein schien. Der Wandanstrich changierte von einem dunklen Blau in Bodennähe zu immer heller werdenden Tönen, die sich unter der Zimmerdecke fast in Weiß auflösten. Die Übergänge waren so sanft fließend, dass man beim Hinschauen einen Moment brauchte, um den Wechsel der Nuancen überhaupt zu bemerken. Rachels Augen empfanden dieses Vexierspiel eher als anstrengend. Dabei war das nur der Anfang. Die Türen eines chinesischen Lackschränkchens im Stil des 18. Jahrhunderts öffneten sich einer reich bestückten Bar komplett mit Cocktailgeräten in blinkendem Silber. Ein Grammophontrichter gähnte diskret aus einer Louis-quatorze-Kommode, kostbare antike chinesische Vasen konkurrierten mit hohen Porzellanskulpturen.

Der ganze Raum war eine gigantische visuelle Illusion, bei der das Auge von Blickfang zu Blickfang gejagt wurde.

Rachel wagte sich vorsichtig auf den weißen Teppich. «Springt die, wenn ich meine Tasche darauf ablege?» Sie wies auf die Glasplatte des Couchtischs.

«Seien Sie nicht albern.» Montfort nahm ihr die Tasche aus der Hand und warf sie auf den Tisch.

«Ich wollte nicht sieben Jahre Pech riskieren», sagte sie.

«Das gilt nur für Spiegel, nicht für Glastische.» Er steuerte zielstrebig den antiken Barschrank an. «Was nehmen Sie?»

Sie hatte hin und wieder einmal einen Sherry getrunken, aber von Cocktails hatte sie keine Ahnung.

«Ich verlasse mich auf Ihr Urteil.»

«Ihr Vertrauen ehrt mich!»

«Wenn Sie vorhätten, über mich herzufallen, wie Sie es formulierten, hätten Sie es schon getan.»

Die Worte rutschten Rachel heraus, bevor sie nachdenken konnte. Wieder einmal hatte sie sich von ihrem bisweilen halsbrecherischen Hang zur Direktheit hinreißen lassen.

Montfort zog eine Augenbraue hoch. «Vielleicht habe ich nur gewartet, bis ich Sie in meiner Höhle habe.» Er hantierte geschäftig mit Flaschen und Cocktailshaker. «Mal sehen, ob ich Ihr Vertrauen verdiene.» Glas und Silber klimperten leise. Dann drehte er sich um. «Eine Eigenkreation. Voilà, Mademoiselle Merton.»

Das Lächeln, mit dem er ihr den Drink brachte, war so natürlich und offen, dass Rachel einen Moment völlig verwirrt war. Sie nahm das kühle Glas entgegen, und Simon Montfort wandte sich ab, um zum Barschrank zurückzugehen, und alles war wieder wie vorher. Es musste an dem verrückten Spiegel liegen und dieser Vexierwand, sagte sich Rachel; die konnten einen ja wirklich irremachen. Wie albern, so aus der Fassung zu geraten, nur wegen eines scheinbaren Aufblitzens ganz gewöhnlicher – was? Liebenswürdigkeit?

Simon Montfort war sicher vieles, aber sie bezweifelte, dass seine Liebenswürdigkeit echt war. Das sollte sie sich merken.

Sie waren Geschäftspartner, sonst nichts.

Wenn er ihre vorübergehende Verwirrung registriert hatte, so ließ er das in keiner Weise erkennen. Er war schon dabei, den nächsten Drink zu mixen, kippte mit geübter Hand ein wenig von diesem und ein wenig von jenem in den Shaker. Trotzdem wandte sich Rachel, um Gelassenheit vorzutäuschen, ostentativ den Gemälden zu, die die Wände schmückten.

Es waren lauter moderne Werke, viele so abstrakt, dass sie ihr unverständlich blieben. Bis auf das Porträt, das allein an einer Wand hing. Es zeigte eine nach der Mode der Jahrhundertwende gekleidete Frau mit hoch aufgetürmter Frisur und übermäßig langem Hals. Ihre Arme umfassten ein lockenköpfiges Kind in einem Kittelchen aus weißer Spitze.

Auf den ersten Blick schien das Bild eine friedvolle häusliche Szene darzustellen. Bei näherem Hinsehen jedoch glaubte Rachel in den dunklen Augen des Lockenköpfchens einen mutwilligen Funken zu entdecken. Schwarze Augen, so dunkel, dass zwischen Iris und Pupille kein Unterschied zu erkennen war.

«Wie reizend!» Rachel versuchte ihre Nervosität mit Spott zu kaschieren. «Waren Sie das?»

«Ich war es und bin es.» Montfort goss sich seinen Drink ein. «Ohne die Locken natürlich.»

«Und das ist Ihre Mutter?» Das Bild war zu stilisiert, um echte Ähnlichkeit erkennen zu lassen, dennoch erinnerte sie der Schnitt des Gesichts stark an Simon Montfort. Es war ein ungewöhnliches Gesicht, wenn auch nicht unbedingt eins, das innere Ruhe ausstrahlte.

«Wie haben Sie das nur erraten?», fragte Montfort. Er ließ eine Kirsche in Rachels Glas fallen. «Die schönste Debütantin ihres Jahrgangs und eine absolut skandalöse Person.»

Rachel schnupperte vorsichtig an ihrem Drink. «Tja, da haben wir etwas gemeinsam. Skandalöse Mütter.»

«Meine hat ihre Männer geheiratet. Einen nach dem anderen.» Bevor Rachel sich entscheiden konnte, ob sie das als Beleidigung auffassen sollte, fragte Montfort mit einer Geste zu ihrem Glas: «Wollen Sie das trinken oder nur bewundern?»

Rachel blickte skeptisch in die trübe Flüssigkeit mit der Kirsche in der Mitte. «Was ist es?»

«Ein Montfort original natürlich.»

War das hier eine Prüfung? Das Glas unter Rachels Händen war glitschig. Oder vielleicht waren ihre Hände glitschig. Sie versuchte, Zeit zu gewinnen. «Original wie einmalig?»

Montfort kippte die Hälfte seines Drinks hinunter. Den Kopf noch leicht nach hinten geneigt, sagte er in Gedanken: «Nichts auf dieser Welt ist einmalig, auch wenn wir es gern anders hätten. Wir spielen alle nur Variationen eines Themas.»

Rachel sah ihn mit zusammengekniffenen Augen an. «Wie unambitioniert von Ihnen.»

Montforts Aufmerksamkeit kehrte zu ihr zurück. Unerwartet lächelte er und hob sein Cocktailglas wie zum Salut. «Na, Sie zeigen mir aber ordentlich meine Grenzen.»

Rachel ließ sich vorsichtig auf dem schneeweißen Sofa nieder. «Tja, wissen Sie, das ist meine Erzieherinnenmentalität», entgegnete sie. «Sie sind noch Gold im Vergleich zu den kleinen Fratzen, mit denen ich es schon zu tun hatte.»

«Ab ins Kinderzimmer mit mir», sagte er lachend und ließ sich neben ihr aufs Sofa fallen. «Aber es besteht da tatsächlich eine gewisse Ähnlichkeit. Sie liegen keineswegs falsch, wenn Sie sich die Clique, in die ich Sie einzuführen gedenke, als einen Haufen ungezogener Kinder vorstellen. Sie werfen gern mit Sand und lassen sich im Allgemeinen mit einer Flasche beruhigen. Sie sind außerdem», fügte er hinzu, «unglaublich jung. Daneben sind Sie fast eine Greisin, aber ich bin sicher, das lässt sich vertuschen.»

«Ich werde darauf achten, dass meine alten Knochen nicht zu laut knirschen», sagte Rachel.

«Immerhin ist das Grau noch nicht auf dem Vormarsch.» Simon Montfort neigte sich ihr zu, um ihr eine widerspenstige Locke hinters Ohr zu streichen.

Es war eine ganz spontane Geste, trotzdem verkrampfte sich Rachel augenblicklich.

Montfort blickte zu ihr hinunter, sehr nahe, aber ohne sie zu berühren. «Wir sind doch Verwandte.»

Nervös lehnte sich Rachel zurück und schob dieselbe Haarsträhne noch einmal hinter ihr Ohr. «Entfernte Verwandte, dachte ich.»

Er rutschte weg zum dicken Polster am anderen Ende. «Ist Ihnen das entfernt genug?» Der Spott war zurück.

Rachel ärgerte sich, über sich und über ihn. Über sich, weil ihr die Nähe fehlte, obwohl sie wusste, dass sie nur

Illusion war, und über ihn, weil er diese Situation provoziert hatte.

«Ja, danke», sagte sie knapp.

Mit diesem aufreizend exaltierten Nuscheln, das die Upperclass kultivierte, sagte Montfort: «Gott, Sie waren ja so lange in Frankreich. Als ich Sie das letzte Mal gesehen habe – waren Sie eine kleine Krabbe mit dünnen Beinen und Zöpfen. Denken Sie doch mal, wie erstaunt ich war, Sie groß und erwachsen zu sehen.»

«Und denken Sie mal, wie erstaunt ich war», versetzte Rachel, «Sie als kümmerlichen Klatschkolumnisten wiederzusehen.»

Montfort lachte. «Na, na, nicht gemein werden. Sie sollten froh und dankbar sein, dass es meine erbärmliche Kolumne gibt. Ohne sie wären Sie nicht hier.»

Rachel kreuzte die Beine. «Ein Geschäft.»

«Ganz recht.» Er musterte sie unter halbgesenkten Lidern hervor. «Wenn wir diesen kleinen Coup landen wollen, sollten wir uns zumindest vor anderen duzen, und Sie sollten mich Simon nennen. Wenn Ihre Prinzipien das erlauben.»

«Oh, ich glaube, das schaffe ich.» Wie naiv sie doch war. Es war alles nur gespielt. Auch diese Geste vorhin, nichts als Spiel. Verwandtschaftliche Nähe.

Montfort – Simon – nahm ein herausgerissenes Zeitungsfoto aus seiner Jacke und legte es vor Rachel hin. Er hatte es so gefaltet, dass der Untertitel nicht zu sehen war. «Erkennen Sie ihn?»

Der Mann auf dem Bild war in Reitermontur gekleidet, das Gesicht beschattet und unscharf unter dem Schild seines Helms. In der einen Hand hielt er eine Champagnerflasche; mit der anderen den Zügel eines Pferds. Eine Frau mit einer buschigen Pelzstola, die bis zum Boden reichte, lächelte von der Seite künstlich ins Bild.

Rachel schüttelte den Kopf. «Nein. Sollte ich?»

Simon warf ihr einen Blick zu, in dem sich Spott und Vorwurf mischten. «Ja, sollten Sie. Das ist Ihr Bruder, der Viscount Summerton. Besser bekannt als Jicksy.»

Sie hatte einen Bruder? Rachel spürte, wie sich ihr Puls beschleunigte. Wieso erschütterte sie das so heftig? Sie wusste, dass ihr Vater eine Tochter hatte, eine Tochter, die Seide und Perlen trug und einen Titel. Aber sie hatte nie daran gedacht, dass es weitere Geschwister geben könnte.

Es kostete sie Mühe, den Zeitungsausschnitt nicht an sich zu reißen. «Halbbruder.»

«Wie Sie wollen.» Montfort - Simon - breitete das Blatt aus, sodass sie das ganze Bild samt dem Untertitel sehen konnte. «Er ist zurzeit oben in Oxford. Theoretisch jedenfalls. Er hält sich mehr in London auf als an der Universität. Seine Eskapaden sind für uns Zeitungsleute sehr ergiebig. Wenn er nicht gerade mit seinem Auto Telegraphenmasten umfährt, klaut er mindestens einem Polizisten den Helm, oder beides zusammen.»

Und dafür hatte ihr Vater sie verlassen? «Scheint ja ein sehr origineller Junge zu sein.»

«Er ist ein wandelndes Klischee», widersprach Simon wegwerfend. «Seine Dummejungenstreiche würden nicht halb so viel Aufsehen erregen, wenn Ardmore nicht diesen untadeligen Ruf hätte.»

«Und warum wird er Jicksy genannt?», fragte Rachel. «Das kann doch unmöglich sein richtiger Name sein.»

«Ein Kosename aus der Kinderzeit wahrscheinlich. Sie werden sich daran gewöhnen müssen. Das gehört alles zum Jargon. Man sollte mal ein Sprachlexikon zusammenstellen. Mayfair ins Englische, eine Anleitung für den gemeinen Bürger.»

Hatte er Rachel zuliebe das Thema gewechselt, um ihr Gelegenheit zu geben, sich zu fassen? Spontan fragte sie: «Hat meine Schwester auch einen Spitznamen?»

«Nein.» Simon schob den Ausschnitt weg.

Rachel hätte es dabei bewenden lassen können, doch das Bild aus dem *Tatler* hing ihr immer noch nach, die andere Tochter, kultiviert und selbstsicher, am Arm ihres Vaters. «Und was sollte ich über Lady Olivia wissen?»

Simon nahm sich Zeit, trank tief aus seinem Glas. «Lady Olivia hat vor kurzem ihre Verlobung mit einem aufstrebenden jungen Parlamentarier der Konservativen bekanntgegeben. Er gehört zwar nur dem niederen Adel an, aber man ist sich allgemein einig, dass er es weit bringen wird. Es wird die Hochzeit des Jahres werden – wenn sie jemals ein Datum festsetzen.»

«Wie schön für sie.» Glück und Zufriedenheit rundherum. Ihr Neid erschreckte sie. «Und gibt es noch andere Kinder?», fragte sie tapfer.

«Nur eins. Soviel ich weiß.»

Sie begriff nicht gleich. «Mich, meinen Sie?»

Simon prostete ihr zu. «Wen sonst?»

Ja, das war die Frage. Rachel trank einen Schluck von ihrem eigenen Drink, süß im ersten Moment, doch mit einer nachfolgenden brennenden Schärfe. Wer konnte wissen, ob ihr Vater nicht ein weiteres Dutzend unehelicher Kinder auf dem Land versteckt hielt, auf kleine Dörfer wie Netherwell verteilt. Wie kam sie auf den Gedanken, sie wäre die Einzige? Einzigartig waren lediglich ihre Erinnerungen an ihn.

Sie unterdrückte die aufsteigenden Tränen. «Entschuldigung, Sie haben gerade etwas gesagt?»

«Schall und Wahn.» Simon sah sie forschend an. «Wir können das hier abbrechen, wenn Sie wollen.»

«Ich soll kneifen?» Rachel schüttelte den Kopf. «Kommt nicht in Frage. Ich will das. Wirklich.» Sie merkte selbst, wie wenig überzeugend sie sich anhörte. «Also? Haben wir einen Plan?»

«Wir?» Simon sparte nicht mit dem Sarkasmus, aber er versuchte nicht, wie Rachel fast erwartet hatte, ihr die Sache auszureden. «Vorausgesetzt, dass Jicksy sich nicht vor dem dritten August in ein frühes Grab trinkt, wird es eine Riesenfete zu seinem einundzwanzigsten Geburtstag geben, zu der alles, was Rang und Namen hat, in Caffers anrollen wird. Ein Erbe ist ein Erbe», fügte er hinzu, «und wenn er der größte Taugenichts ist. Und die Gräfin bietet ihren Pächtern gern mal ein Spektakel.»

«Was hat das mit mir zu tun?» Rachel, der das Sofa zu weich war, versuchte, sich anders zu setzen.

Simons Augen waren sehr dunkel und sehr ausdruckslos. «Wenn unser Bluff gelingen soll, müssen wir Ihnen eine Einladung zu Jicksys Einundzwanzigstem besorgen.»

«Bis zum dritten August sind es zwei Monate», protestierte Rachel. «Wollen Sie mich im Ernst so lange am Hals haben?»

«Wenig genug Zeit, um die Leute davon zu überzeugen, dass Sie wirklich dazugehören.» Simon drehte sein Glas in der Hand und betrachtete das Spiel des Lichts in der Flüssigkeit. «Bei einem so großen Ereignis ließe sich eine Vera Merton sicher einschmuggeln. Vorausgesetzt, Sie knüpfen bis dahin die richtigen Beziehungen.»

Rachel kam das irgendwie nicht ganz geheuer vor, sie hätte allerdings nicht sagen können, warum. Vielleicht lag es daran, dass Simon sie nicht ansah, sondern nur sein Glas fixierte.

Oder vielleicht war es einfach so, dass alles in ihr sich dagegen auflehnte, an einer Feier zu Ehren des Sohnes teilzunehmen, den ihr Vater mit einer anderen Frau gezeugt hatte.

Sie stellte ihr Glas auf den Tisch. «Aber –»

Simon redete weiter, als hätte sie kein Wort gesagt, hob sogar noch die Stimme, um sich besser Gehör zu verschaffen. «Wir werden ganz sicher früher oder später über Ihren Bruder stolpern, wahrscheinlich eher früher. Er führt ein ausgesprochen flottes Luxusleben, um nicht zu sagen, Lotterleben.»

Rachel kam fast um vor Ungeduld. Ihr Bruder interessierte sie nicht im Geringsten, allenfalls als Mittel zum Zweck. «Und – ist das der Plan? Ich knüpfe eine Beziehung zu – zu Jicksy und hoffe, dass ich eine Einladung zu seinem Geburtstag bekomme?»

«Sie knüpfen eine Beziehung? Nett gedacht, aber nein. Mal ganz abgesehen von einer Lappalie wie Inzest –» Simon sprach noch einmal lauter, um ihren angewiderten Ausruf zu übertönen – «Ihr Bruder hat für nette junge Mädchen nichts übrig, und die Art von Frauen, mit denen er verkehrt, würden seine Eltern nie in ihr Haus lassen.»

«Ja, wie soll es denn dann gehen?»

«Es geht nicht darum, dass Sie sich Ihrem Bruder annähern.» Wieder hob Simon sein Glas und trank, kippte den Gin hinunter, als wäre er Wasser. «Sondern Ihrer Schwester. Jicksys Freunde werden in Caffers nicht empfangen. Olivias schon.»

Natürlich. Olivia. Das Lieblingskind, dachte Rachel angewidert. «Ach, und Olivia führt kein flottes Luxusleben?»

«Nein», antwortete Simon. «Olivia ist alles Reine und Gute.»

Rachel fühlte sich von einer heftigen, völlig irrationalen Abneigung überkommen. «Wenn das so ist, wie –»

«Aber», unterbrach Simon, «sie hat eine Cousine, die das flotte Leben und den Luxus umso mehr liebt. Cecelia Heatherington-Vaughn. Von den unersättlichen jungen Dingern der Jeunesse dorée treibt Cece es am tollsten. Eine Fete ohne sie ist nichts. Wir können Sie zwar nicht mit Olivia in Kontakt bringen, aber mit Cece.»

Das alles klang allmählich immer unsicherer. «Wenn Cece es so toll treibt, wieso sollte die edle Olivia dann etwas auf ihre Meinung geben?»

«Trotz all ihrer Sünden – und sie kann weiß Gott ein beeindruckendes Register vorweisen – wird Cece immer noch empfangen. Ihre Mutter, Lady Fanny Heatherington-Vaughn, gehört zu diesen ehrfurchtgebietenden Matronen, denen man lieber nicht in die Quere kommt. Cece liefert Ihnen das Entree zu Olivia, dann brauchen Sie sich nur noch mit Olivia anzufreunden – und die Türen von Carrisford Court stehen Ihnen offen.»

«So simpel?», fragte Rachel sarkastisch.

«Wenn es Ihnen simpel erscheint, haben Sie schon zu

viel von diesem Zeug getrunken.» Simon stand vom Sofa auf und nahm sein leeres Glas mit. «Aber Sie müssen mit irgendeinem Clou aufwarten.»

«Mit einem was?»

«Einem Clou», wiederholte Simon, mühsam Geduld bewahrend. «Etwas, was Sie für Cece interessant macht. Und für meine Leser.»

Sie hatte seine Kolumne fast vergessen. «Clous sind im Vertrag nicht vorgesehen.»

«Diese ganze Maskerade ist doch ein Clou», sagte Simon, während er die letzten Tropfen aus dem Shaker in sein Glas kippte. «Aber wir können ihn nicht nutzen, um bei Cece und ihren übersättigten Freunden Aufsehen zu erregen. Sie könnten vielleicht versuchen, barbusig auf dem Tisch zu tanzen –»

«Also wirklich, Simon –»

«Wie leicht Ihnen mein Name über die Lippen kommt.» Simon hob eine Hand. «Beruhigen Sie sich, Schätzchen. Das wäre nichts Neues. Niemand würde zweimal hinschauen.»

Rachel war nicht sicher, wie sie das auffassen sollte; als Besänftigung oder als Beleidigung?

«Ich könnte ja jonglieren lernen», schlug sie ironisch vor.

«Nicht ausgefallen genug.» Simon stellte Glas und Shaker auf dem Barschrank ab. «Sie spielen nicht zufällig Ukulele?»

«Ich weiß nicht mal, was das ist.» Rachel wollte aufstehen, doch Simon bedeutete ihr, sitzen zu bleiben.

«Keine Sorge. Wir finden schon eine Lösung.» Mit Schwung fegte Simon seinen Hut von dem Tischchen neben der Tür und drückte ihn sich schräg auf den Kopf. «Denken Sie darüber nach. Ich hole Sie um neun ab.»

«Morgen?»

«Heute Abend.» Ihr Plagegeist war schon auf dem Weg zur Tür, blieb nur noch einmal kurz stehen, um ihr eine letzte Anweisung zu geben. «Ziehen Sie etwas Dekadentes an.»

KAPITEL 7

Neun Uhr war lang vorbei, als Simon läutete. Rachel griff nach dem Perlentäschchen, das zu ihrem Kleid gehörte, und ging, mit einer reichen Auswahl an Kommentaren über Pünktlichkeit gerüstet, zur Tür.

Doch der Simon, der vor ihr stand, überraschte sie, so anders sah er aus in dem wie angegossen sitzenden Abendanzug. Nichts von der Stange für Simon Montfort. Seine Garderobe trug den unerkennbaren Stempel eines Schneiders aus der Savile Row, Hose und Jackett perfekt auf seine langgliedrige Gestalt zugeschnitten. Die Manschettenknöpfe aus Perlmutt hatten den gleichen schimmernden Glanz wie seine Augen.

Einen Moment fühlte sich Rachel so, wie das Bettlermädchen sich einst gefühlt haben musste, als König Cophetua es mir nichts, dir nichts in die Arme schloss und heimführte: erschrocken über die große Kluft, die sie trennte, und sich der eigenen Unzulänglichkeiten schmerzlich bewusst.

Gott, wie albern konnte man eigentlich sein. Wie beeindruckend auch immer, es war nur ein gutgeschnittener Anzug. Deswegen blieb der Mann doch ein Klatschkolumnist, der anderer Leute Geheimnisse ausplauderte, um sich sein Brot zu verdienen. König Cophetua hatte hier nichts zu suchen.

«Sie sind spät dran», sagte Rachel, aber ihren Worten fehlte der beabsichtigte Biss.

Er musterte sie von den hochhackigen Sandaletten bis zu dem aus Goldfäden geflochtenen Stirnband.

«Sie haben mich beim Wort genommen», sagte er.

«Wegen – ach, so.» *Ziehen Sie etwas Dekadentes an.* Hastig legte sich Rachel den dünnen Hauch einer Stola um, die zum Kleid gehörte und kaum etwas verbarg. «Die Garderobe haben Sie gestellt.»

Es musste angenehm sein, einen Kupfermagnaten zum Vater zu haben. Die Kleider in dem großen weißen Schrank im Zimmer von Simons Schwester mochten vom letzten Jahr sein, aber es war nicht eins darunter, das nicht die Pariser Haute Couture verriet. Anfangs hatte Rachel gezögert. Das gesamte Geld auf ihrem Sparbuch würde nicht einmal reichen, um einen abgerissenen Volant an einem dieser Kleider zu bezahlen.

Doch Simon hatte gesagt, sie könne sich bedienen, und so hatte schließlich die reine Lust gesiegt. Sie hatte ein feuerrotes Chiffonkleid gewählt, mit unregelmäßig fallendem Rock und dezenter Perlenstickerei auf dem Oberteil, das vorn hochgeschlossen war, jedoch Schultern und Rücken frei ließ.

Und nach seinem Blick zu urteilen, billigte Simon ihre Wahl.

«Ehre, wem Ehre gebührt.» Auf dem Weg zum Aufzug legte Simon ihr die Hand in den Rücken, eine durchaus konventionelle Geste, die allerdings infolge des ungewohnten Hautkontakts etwas Aufregendes bekam. «Man kann immer nur mit dem Material arbeiten, das einem zur Verfügung steht.»

Simons Atem streifte die kurzen Härchen vor ihrem Ohr. Rachel roch Alkohol. Kognak vielleicht? Sie war nicht Kennerin genug, um es sagen zu können.

Rachel ging vorsichtig. Die eleganten Sandaletten waren ihr ein wenig zu groß. Sie hatte versucht, das auszugleichen, indem sie die Fersenriemchen enger gezogen hatte, aber ideal war diese Notlösung nicht. «Ich dachte, Pygmalion zu spielen, interessiere Sie nicht.»

«Es ist mehr der Marmor, der mich nicht interessiert.» Simons Finger streichelten kaum merklich ihren bloßen Rücken. Und stachen plötzlich zu. Fest.

Rachel zuckte zurück. «Au! Was soll das?»

«Ihre Haltung. Sie ist viel zu gut. Lassen Sie die Schultern ein bisschen hängen. Sie sehen aus, als gingen Sie zum Tee beim Herrn Pastor.»

«Bestimmt nicht in so einem Kleid.»

«Das kommt auf den Herrn Pastor an. Ah, Simms!» Simon hob locker die Hand zum Gruß und wehrte so eine Erwiderung von ihr ab. «Steht mein Taxi noch draußen?»

«Selbstverständlich, Sir.»

Rachel folgte Simon in den Juniabend hinaus. Der leichte Wind spielte mit den Chiffonbahnen ihres Rocks, ein wenig Kühle drang durch den zarten Stoff. Der Blumenladen und die Apotheke gegenüber waren geschlossen, die Rollläden heruntergelassen.

Die Scheinwerfer des Taxis, das vor dem Haus wartete, warfen lange Schatten in die Dunkelheit. Der Fahrer hing entspannt in seinem Sitz und rauchte, und zwar nicht die erste Zigarette, wie die Zahl der Stummel auf der Straße verriet. Rachel rechnete, all diese Zigarettenstummel ließen sich in Minuten umsetzen, und die Minuten in Shilling und Pence. Für einen Mann, der behauptete, er müsse sich seinen Lebensunterhalt mit eigener Hände Arbeit verdienen, ging Simon auffallend großzügig mit seinem Geld um.

Bürgerlich, würde Simon sie nennen. Aber sie war ja auch bürgerlich aufgewachsen.

Was für ein Irrwitz, dieser ganze Plan. Landpomeranze blieb Landpomeranze, ob man sie nun in ein Pariser Modellkleid steckte oder nicht. Ein Wort aus ihrem Mund, und alle würden sofort Bescheid wissen. Sylvia und –

Nein, nicht Sylvia. Es war ein anderer Name. Cecily – nein, Cece. Lieber Gott. Die Prüfung hatte noch gar nicht angefangen, und sie war schon durchgefallen.

Rachel stolperte und wäre gestürzt, hätte Simon sie nicht gehalten. Als sie hinten in den Wagen stiegen, warf der Fahrer seine Zigarette zum Fenster hinaus und fragte: «Wohin jetzt, Sir?»

«Dean Street», antwortete Simon kurz.

«Dann mal los.» Der Fahrer fuhr mit quietschenden Reifen an, vorbei an den verrammelten Geschäften und dunklen Fenstern. Hier und dort tauchte ein Mensch im Licht der Straßenlampen auf, der eilig irgendwohin strebte oder aus einem Taxi stieg, sonst waren die Straßen still und leer, die ordentlichen Bürger schon daheim in ihren Betten.

«Was ist in der Dean Street?» Rachel zog ihre Stola enger um die Schultern. Im Taxi roch es muffig und verqualmt.

«Der Gargoyle-Club.»

Simon schob eine Hand unter seine Weste und zog ein schmales silbernes Zigarettenetui heraus. Er klopfte es einen Moment zerstreut auf seine Hand, bevor er sich eine seiner türkischen Zigaretten herausnahm. Sein halb abgewandtes Gesicht wurde periodisch vom Schein der Straßenlampen erhellt.

«Heißt er so? Klingt ziemlich schrecklich.» Rachel strich mehrmals nervös ihren Rock glatt.

Die Cousine hieß Cece. Sie war Vera. Sie hatte in Frankreich gelebt. Über Dinge wie Taxipreise zu sprechen, war tabu.

«Er heißt so», antwortete Simon. Er knipste ein Feuerzeug an, ein kleines Flämmchen sprang zwischen ihnen auf und beleuchtete flackernd die Konturen seines kräftigen Kinns. Weniger kurz angebunden fügte er hinzu: «Es ist ein Nachtlokal in Soho, wo vor allem Künstler verkehren. Der Aristokrat David Tennant hat den Club gegründet, um sich dort ungestört mit Hermione Baddeley treffen zu können.»

Rachel griff die einzige Bemerkung auf, die sie verstanden hatte. «Ist Miss Heatherington-Vaughn Künstlerin?»

Wenn ja, dann steckte Rachel in Schwierigkeiten. Sie hatte keine Ahnung von Kunst, abgesehen von den Stillleben, die sie in der Schule hatte produzieren müssen.

Simon schien Mühe zu haben, sich aus irgendwelchen fernen Gedanken zu reißen. «Keine Spur. Aber es ist eben en vogue, ein bisschen Boheme zu spielen. Jeder malt, schreibt oder bildhauert.»

«Lassen Sie mich raten», sagte Rachel. «Sie schreiben an einem Roman.»

Simon blickte zu ihr hinunter. «Und besudele diese kostbaren Finger mit Tinte? Ich mache mir nicht gern die Hände schmutzig.»

«Große Worte aus dem Mund eines Klatschkolumnisten», stellte Rachel fest.

«Oh, da besteht aber ein Unterschied. Ich decke die Schwächen anderer auf, nicht meine eigenen.» Flüchtig glaubte Rachel in seinem Gesicht etwas zu erkennen, etwas Unverhülltes, Ehrliches. Dann jedoch zuckte er die Schultern und sagte leichthin: «Man kann keinen Roman schreiben, ohne die eigene Seele bloßzulegen. Wirklich, wenn man es sich mal überlegt, ist das ganze Unternehmen ziemlich schamlos.»

Rachel hielt ihr Täschchen fest, als das Taxi scharf um eine Ecke bog. Hier waren die Lichter heller, die Straßen belebter. «Das käme doch auf die jeweilige Seele an, meinen Sie nicht?»

«Fromme Romane sind mit dem neunzehnten Jahrhundert aus der Mode gekommen. Nach dem letzten Ausstoß an Schlüsselromanen zu urteilen, sind die heutigen Seelen schmutziger als jedes Taxifenster.»

«Das sie gerade mit Rauch einnebeln», bemerkte Rachel.

«Ach, wir machen doch alle mit.» Simon stieß die nächste Rauchwolke ins Taxi. «Einer wie der andere. Aber wenn Rom schon brennt, warum soll man sich dann nicht an den Flammen eine Zigarette anzünden?»

«Ich glaube, im alten Rom gab es gar keine Zigaretten», sagte Rachel lachend. «Tabak ist ein Produkt der Neuen Welt, soviel ich weiß.»

Sie wollte noch etwas sagen, beließ es aber dann bei einem Kopfschütteln. Man musste es Simon lassen: Er verstand es, ihre Nerven zu beruhigen. Ob das allerdings Absicht war oder ob Simon eben nur Simon war, konnte sie nicht sagen.

Bei Simon, begann sie langsam zu ahnen, konnte man nie mit Sicherheit sagen, woran man war.

«Wenn ich mit Ihnen rede», sagte sie mehr erheitert als vorwurfsvoll, «geht es mir immer wie Alice hinter den Spiegeln. Ich verliere irgendwie die Orientierung.»

«Immer hart Nord», sagte Simon. «Wenn Sie mich als verrückt betrachten, Nordnordwest.»

«Nur jemand mit kerngesundem Geist könnte sich so überzeugend verrückt stellen», erklärte Rachel.

«Da würde ich lieber keine Wetten drauf abschließen, aber ich gebe Ihnen insofern recht, als ich nicht verrückter bin als alle anderen, die ich kenne. Was allerdings nicht viel heißen will.»

«Also sind wir hier alle verrückt?»

«Sie fangen langsam an zu begreifen.» Er kniff die Zigarette zwischen Daumen und Zeigefinger ab und warf sie zum Fenster hinaus. «Ah, hier sind wir schon.» Er beugte sich vor, um dem Chauffeur auf die Schulter zu tippen.

«Hier?» Rachel sah zweifelnd aus dem Fenster. Vor der Tür stand eine kleine Gruppe auffallend geschminkter Frauen mit gebleichten Haaren, so gewagt gekleidet, dass Rachels feuerrote Chiffonkreation im Vergleich züchtig wirkte. Und das breite Cockney, das bis zum Auto zu hören war, erinnerte stark an Shaws Eliza Doolittle. «Sind das –»

«– *filles de joie?*» Simon, der schon ausgestiegen war, bot Rachel die Hand. «Ja, auch wenn heutzutage ein Unterschied kaum noch zu erkennen ist.»

«Und wer ist hier jetzt bürgerlich?», fragte Rachel ein klein wenig spitz, während sie sich von ihm aus dem Wagen helfen ließ.

Simon zog eine Braue hoch. «Habe ich mich beschwert?»

Rachel blickte unsicher noch einmal zurück zu den provozierend aufgetakelten Frauen vor der Tür und war sich plötzlich der eigenen Blößen sehr stark bewusst in ihrem ‹dekadenten› geliehenen Kleid, das Arme und Rücken frei ließ.

Sie fühlte sich überhaupt nicht attraktiv und luxuriös; nur billig.

Als sie an der Gruppe von Prostituierten vorbei eine lange Treppe hinaufstiegen, sagte sie leise: «Mit meiner Schwester würden Sie bestimmt nicht hierhergehen, oder?»

Die Treppe schien kein Ende zu nehmen. «Mit Ihrer Schwester gehe ich nirgendwohin.»

Der geballte Schall traf Rachel zuerst, mit dem Furor einer entgegenkommenden Lokomotive, brandete ihr in einer so gewaltsamen Welle entgegen, dass sie das Gefühl hatte, es blase ihr die Haare nach hinten. Das Jaulen des Saxophons konkurrierte mit Gläsergeklapper, dem knallenden Stakkato hoher Absätze und dem ohrenbetäubenden Geschnatter schriller Stimmen.

Der Mann an der Tür kannte Simon. Bei dem ungeheuren Lärm schnappte Rachel nur die Worte ‹Cousine› und ‹Liste› auf. Ein Geldschein wechselte die Hände, und sie wurden durchgewinkt in einen Raum mit glasglitzernden Böden, mosaikartig dekorierten Wänden, deren Muster das Auge bedrängten; zusammengesetzt aus Tausenden winziger Spiegelscherben, die nichts wiedergaben als sich ständig bewegende Bildfragmente. Es war, als befände man sich in einem Kaleidoskop.

Rachel war der Effekt nicht unbedingt sympathisch. Sie sah sich lieber in einem Stück.

«Vera. Vera!» Simon gab ihr einen leichten Schubs.

Rachel fuhr zusammen. Sie würde hier wohl kaum Furore machen, wenn sie sogar ihren Namen vergaß. «Ist meine Haltung nicht schlecht genug?»

«Darum geht's nicht.» Er strich ihr mit einem Finger über die Wange und schob eine dünne Strähne dunkles Haar zurück unter das goldene Stirnband. «Flirten Sie mit mir.»

«Pardon?»

Simon lächelte, doch er verdrehte dabei ungeduldig die Augen. «Machen Sie nicht so ein kritisches Gesicht. Die Leute sind hier, um zu trinken und zu tanzen und ihre Sorgen zu vergessen. Und übrigens auch, um zu flirten.»

«Soll das der Clou an mir sein?», fragte Rachel.

«Nein. Das ist ganz einfach normales menschliches Verhalten. Hier.» Er drückte ihr eine Zigarettenspitze aus glänzendem Ebenholz in die Hand. «Wenn Sie nicht flirten wollen, dann posieren Sie eben als rauchumhüllter Vamp. Sie werden im Nu von Verehrern umschwärmt sein. Hier, ich gebe Ihnen mein Etui dazu.» Er steckte ihr das flache Ding in das Täschchen.

Rachel drehte die Zigarettenspitze in den Händen. Sie

war in ihrer Art ein kleines Kunstobjekt mit schmalen goldenen Ringen, die in das schwarze Holz eingelassen waren. «Ich rauche nicht.»

«Dann halten Sie sich einfach daran fest.»

«Ach, ich dachte, dafür hätte ich Sie.»

«Auf mich sollten Sie sich lieber nicht verlassen.» Der Raum flirrte in Zigarettenqualm, der sich wie ein feiner Film auf die Spiegel setzte. «Am Ufer halb, halb schon zur See, reizt, lockt ihn nur das Neue.»

«Das ist nichts als Schwäche, Angst, sich festzulegen», gab Rachel zurück. «Und sich im Voraus dafür zu entschuldigen, macht es nicht besser.»

Simon lächelte entwaffnend. «Aber es ist eine faire Warnung, finden Sie nicht?»

«Manche würden es als Herausforderung betrachten.»

«Tun Sie's nicht.» Bevor sie etwas erwidern konnte, hob Simon winkend die Hand und flötete in zuckersüßem Falsett: «Cece, meine Wonne. Es ist einfach fabelhaft, dich hier zu sehen.»

Eine junge Frau in einem eisblauen Kleid stand in der Mitte einer plappernden Gruppe, eine Zigarette gefährlich locker zwischen den Fingern der einen Hand, ein Cocktailglas schief in der anderen.

Als sie Simons Stimme hörte, warf sie sich ihm entgegen und schlang ihm zwei schlanke Arme um den Hals, ohne darauf zu achten, dass ihr Drink auf die dunkle Wolle seines Jacketts tropfte. «Simon, Darling! Bist du gekommen, um mich vor dem Tod durch Langeweile zu retten?»

Mit ihrer aufgeworfenen kleinen Nase und dem spitzen Mündchen hatte Cecelia Heatherington-Vaughn eine gewisse Ähnlichkeit mit einem verzärtelten Mops. Einem

Mops in eisblauem Satin mit Kristallperlenstickerei. Ihre Haare waren eher farblos, ein nichtssagendes Aschblond, der Teint wirkte fahl trotz des Puders.

«Ich liebe dich von Herzen, aber für wohltätige Arbeit war ich noch nie zu haben.» Simon befreite sich aus ihrer Umschlingung und legte ihr stattdessen einen Arm um die Taille, vermutlich um sie davor zu bewahren, kopfüber in den Champagnerkühler zu stürzen. «Cece, meine Cousine, Vera Merton. Vera, das ist die Frau, von der ich dir erzählt habe, die unnachahmliche Cecelia Heatherington-Vaughn.»

«Guten Abend», sagte Rachel höflich.

Sie hätte ebenso gut stumm bleiben können. Cece schubste Simon schwankend weg. «Du kannst so ein Ekel sein, Simon.»

Er hielt sie am Arm fest, bevor sie fallen konnte, und drehte sie zu Rachel herum. «Bitte sehr. Das habt ihr schon einmal gemeinsam. Ihr könnt mich gemeinschaftlich beschimpfen.»

«Sei nicht blöd.» Cece starrte Rachel mit verschwommenem Blick an. Ihre Augen waren blassblau, wässrig und standen leicht hervor. Unattraktiv, hätte man meinen sollen, aber so war es nicht. Sie verliehen ihr etwas ein wenig Hilfloses, ein Mädchen in Not, das einen Retter braucht. Die tiefschwarz gefärbten Wimpern ließen ihre Augen noch größer und blasser wirken. «Merton ... kenne ich nicht.»

«Das ist kein Wunder», sagte Simon. «Sie kommt gerade aus Frankreich.»

Cece zuckte verdrossen mit den Schultern. «Du kannst nicht erwarten, dass ich deine sämtlichen Cousinen im

Kopf habe.» Sie zog Simon am Arm, als wäre Rachel gar nicht da. «Wenn du schon so unausstehlich sein musst, dann tanze wenigstens mit mir.»

«In diesem Gewühl? Hast du dafür nicht deine dressierten Affen?»

«Eifersüchtig?»

«Immer. Wer ist es heute Abend?»

«Goff.» Es klang wie ein Husten. Rachel begriff mit etwas Verspätung, dass es ein Name war. «Eine absolute Schlafmütze.»

«Du meinst, er füllt dein Glas nicht schnell genug nach.» Simon hob schwungvoll die Champagnerflasche aus dem Kühler und schenkte Cece ein. «Hier, trink, dann geht's dir gleich besser. Braves Kind.» Er angelte mit einem Fuß einen Stuhl unter dem Tisch hervor, setzte sich und zog Cece neben sich hinunter. «Also. Erzähl uns, was wir verpasst haben.»

«Warum? Du brauchst wohl Stoff für deine Kolumne?» Ohne auf eine Antwort von ihm zu warten, fuhr sie fort: «Der ganze Abend war absolut tödlich. Die beiden Evelyns haben nur in der Ecke gesessen und geturtelt. Elizabeth Ponsonby hat sich das Kleid zerrissen, als sie über einen Stuhl stolperte, und ist nach Hause gefahren. Brenda –»

Niemand schob Rachel einen Stuhl hin, also holte sie sich selbst einen. Die normalen Anstandsregeln waren an Orten wie diesem anscheinend aufgehoben. Oder es war einfach Simon, der ihnen keine Geltung beimaß.

Sollte sie nicht eigentlich Ceces Aufmerksamkeit auf sich ziehen?

Simon neigte sich Cece näher zu und lauschte mit gespannter Aufmerksamkeit dem endlosen Monolog. Oder tat jedenfalls so. Sein Blick flog zu Rachel, und er machte eine kurze Kopfbewegung.

Sitz? Bei Fuß? Kusch?

Rachel breitete den flatternden Chiffon um sich aus und bemühte sich, ruhig zu sitzen. Was würde Vera Merton tun?

«– und Brian flirtet die ganze Zeit schamlos mit einem der Kellner –»

Im Kühler auf dem Tisch stand der Champagner, aber es war nur ein Glas da, Ceces. Rachel nahm die schwarze Zigarettenspitze aus ihrem Täschchen und schob eine Zigarette aus dem Etui hinein, das Simon ihr in kluger Voraussicht zugesteckt hatte.

«Darf ich dir Feuer geben?» Simons Hand tauchte plötzlich unter ihrer Nase auf. «Cece, Zigarette?»

«Oh, danke, Darling.» Cece nahm sich wie selbstverständlich eine von Rachels Zigaretten. Dann wandte sie sich wieder Simon zu und seufzte gequält. «Es ist alles so wahnsinnig öde. Ich weiß wirklich nicht, warum ich mir überhaupt die Mühe mache.»

Cece zog tief an ihrer Zigarette und blies Rauch und Verdrossenheit in die Luft. Rachel kam sich wieder vor wie die Erzieherin, die ganz unten am Tisch saß, wo keiner sie wahrnahm.

So viel zum Effekt eines sündteuren feuerroten Fähnchens.

«Morgen und morgen und dann wieder morgen», nuschelte Simon teilnahmsvoll. «Es macht krank. Was soll man nur mit sich anfangen?»

«Haben Sie's mal mit Kinderbetreuung versucht?»,

murmelte Rachel. Das würde ihr die Langeweile im Nu vertreiben.

Simon warf ihr einen warnenden Blick zu.

Lauter sagte Rachel: «In Frankreich haben wir uns im Schloss die Zeit immer mit Kartenlesen vertrieben, wenn uns langweilig war.»

Sie hatte nicht erwartet, dass das bei Cece ankommen würde. Doch diese drehte abrupt den Kopf und richtete ihren wasserblauen Blick zum ersten Mal interessiert auf Rachel, anstatt durch sie hindurchzusehen. «Oh?»

Simon lachte. «‹O, mein prophetisches Gemüt›?»

Rachel ärgerte es, dass er sie einander nur formlos vorgestellt hatte, nicht so, wie es sich gehörte. Kein Wunder, dass Cece sie ignorierte. Sie schnippte Asche von ihrer Zigarette, an der sie nicht einmal gezogen hatte. «Falsches Stück. Das ist *Hamlet*.»

«Tja, ich bin eben nichts als ein lärmendes Nichts zusammengeklaubten Wissens», meinte Simon sichtlich amüsiert.

«Alles Schall und Wahn, der nichts bedeutet», versetzte Rachel pointiert.

«Ein Märchen, erzählt von einem Dummkopf», stimmte Simon zu. «Was Fliegen sind dem müß'gen Knaben – und so weiter und so fort.» Er wandte sich Cece zu. «Da hast du dein Mittel gegen die Langeweile, Darling. Öffne deine Hand, und alles wird dir offenbart. Die Münzen vorn in den Kasten, Spötter und Zweifler ganz nach hinten. Ich präsentiere dir meine Cousine Vera, Meisterin der Geheimen Künste.»

Seine Worte wirkten prompt.

Cece beugte sich vor und stützte die Ellbogen auf den

Tisch. Das Funkeln ihres Brillantarmbands stach Rachel direkt in die Augen.

«Können Sie wirklich die Zukunft vorhersagen?»

KAPITEL 8

Na ja ...» Ein boshafter kleiner Kobold ergriff von Rachel Besitz. Hatte Simon nicht gesagt, sie müsse mit einem ‹Clou› aufwarten? «Ich wollte es zuerst selbst nicht glauben. Kartenlesen, Wahrsagen. Das ist doch nichts als alberner Aberglaube, dachte ich. Aber dann passierte diese Geschichte mit Jean-Luc ...»

«Jean-Luc?»

Rachel schüttelte ihr dunkles Haar zurück und beugte sich vor wie ihre gespannte Zuhörerin. «Wir haben gelacht, als wir die Karten sahen ... aber als dann sein Pferd ohne ihn in den Stall zurückkam ...»

«Eine böse Überraschung», warf Simon trocken ein.

Ceces Augen waren so glasig wie die Spiegelscherben an der Wand. «War er tot?»

Rachel überlegte schnell. «Zum Glück hatte sein Reitknecht von der schrecklichen Verheißung der Karten gehört – ihr wisst ja, wie Dienstboten tratschen – und fand ihn, bevor es zu spät war. *Er* glaubte daran. Und dann», fuhr sie fort, «kam das mit Leonie. Die Karten warnten sie vor Bekanntschaften mit brünetten Männern. Aber glaubt ihr, sie hätte auf sie gehört?»

«Ach Gott, ja», sagte Simon todernst. «Die arme Leonie. Eine schockierende Geschichte. Zu tragisch.»

Rachel sah ihn warnend an. Aber sie hätte sich nicht zu sorgen brauchen, Cece sog es auf. «Können Sie mir die Zukunft vorhersagen?»

«Vielleicht.» Rachel lehnte sich auf ihrem Stuhl zurück und schlug die Beine übereinander, wie Cece es getan hatte. Die goldenen Reifen an ihrem Arm klirrten. «Ich erwarte kein Honorar, aber einen Schluck Champagner würde ich nicht ablehnen.»

«Das lässt sich machen.» Simon winkte einem vorübereilenden Kellner. Beide Hände emporhaltend, murmelte er im Ton eines Geisterbeschwörers: «Die Jenseitigen sagen mir ... dass du morgen einen fürchterlichen Kater haben wirst.»

«Sei still, Simon. Also?» Gebieterisch hielt Cece Rachel ihre geöffnete Hand hin.

Gegen ihren Willen fühlte Rachel sich plötzlich beinahe gerührt. Cece wirkte so sicher und überlegen in ihrem Ton und ihrem Auftreten, aber ihre Hand war klein wie die eines Kindes, an der die funkelnden Ringe billige Jahrmarktspreise hätten sein können.

Aber das waren sie eben nicht. Und Cece Heatherington-Vaughn war kein Kind mehr. In ihrem Alter hatte Rachel bereits ihren eigenen Lebensunterhalt verdient.

«Darling!» Rachel imitierte Ceces affektiertes Trillern. Geistesgegenwärtig sagte sie: «Nur Zigeuner lesen aus der Hand. Ich bin ohne meine Karten verloren.»

«Haben Sie sie mit?»

«Ja, Cousinchen?» Simon beobachtete sie ungefähr wie einen Tanzbären, der versuchte, einen Stepptanz hinzulegen, beeindruckt, amüsiert und ein wenig ungläubig. «Hast du sie mit?»

Rachel wies zu ihrem zierlichen Abendtäschchen. «Sie sind zu Hause», sagte sie und erwartete beinahe, dass Cece ihr befehlen würde, augenblicklich ein Taxi zu nehmen und sie zu holen.

Doch Cece sagte nur gebieterisch: «Gut, dann am Donnerstag. Meine Mutter hat irgendeinen sterbenslangweiligen Menschen eingeladen, einen Vortrag zu halten. Du kannst sie mitbringen, Simon.»

«Einer dieser Vorträge, die deine Mutter so liebt?» Simon tat so, als müsste er ein Gähnen unterdrücken. «Darling, da müssten wir wirklich verrückt sein.»

Rachel versuchte verzweifelt, seinen Blick einzufangen. Eine Einladung in Ceces Elternhaus? Besser hätte es nicht kommen können.

Und sie hatte nicht einmal barbusig auf dem Tisch tanzen müssen.

«Nein, wirklich. Ihr müsst kommen. Wir verschwinden einfach ins Schreibzimmer.» Dies beschlossen, hob Cece einen Arm und winkte müde einer Gruppe Männer, die hinter ihnen standen. «Brian! Darling! Sieh mal, wen ich aufgestöbert habe.»

«M-M-Montfort.» Rachel schluckte ihren Ärger über die Störung hinunter, als ein dunkelhaariger Mann zu ihnen trat, der, fand Rachel, aussah wie ein wohlgenährter Kater. «Auf der J-Jagd nach Sk-kandalen für Ihre herzerfrischende kleine Kolumne?»

«Immer.» Simon warf Rachel einen letzten nachdenklichen Blick zu, ehe er sich dem Neuankömmling zuwandte. «Etwas beizusteuern, alter Knabe? Oder ist es immer wieder nur mehr desselben?»

«Auf mich d-dürfen Sie nicht setzen, mein Freund.

Ich bin die T-Tugend in Person.» Sein Blick schweifte träge zu Rachel. «Und wer ist dieses hinreißende Geschöpf?»

Cece hing betrunken auf ihrem Stuhl, die Beine übereinandergeschlagen, einen teuren Seidenpumps locker baumelnd an der Zehenspitze. «Das ist Simons Cousine Sarah –»

«Vera», korrigierte Rachel tapfer lächelnd, obwohl sie so nervös und angespannt war wie ein Soldat in der Schlacht.

«– die mir meine Zukunft vorhersagen wird.»

«W-wie originell.» Brian nippte mit vornehmer Zurückhaltung an seinem Drink, einem schaumigen Gebräu aus Sahne und irgendwelchen anderen Zutaten. «S-soll ich Sie Sylphide oder S-Sibylle nennen?»

Seine Pose wirkte müde und gelangweilt, doch die halbgeschlossenen Augen blitzten neugierig. Der nimmersatte Kater, der einen Braten roch?

Rachel setzte sich mit ihrer Zigarettenspitze in Positur. «Sie können mich so oder so nennen – aber richtig ist Vera.»

«Vera ... veritas ...» Brian ließ den Namen auf der Zunge zergehen. «Gekommen, um die Wahrheit zu sprechen?»

«Gekommen, um Champagner zu trinken», sagte Simon, als der Kellner eine frische Flasche in den Kühler stellte und Gläser auf dem Tisch verteilte. «Vera?»

«Ich sage niemals nein», sagte Vera forsch und streckte den Arm nach dem Glas.

Ihre Hand streifte Simons. Als er ihr das Glas reichte, waren sie einen Moment lang von den anderen abgewandt, seine Lippen nahe an ihrem Ohr. «Nicht übel für jemanden, der so lange in Frankreich gelebt hat», murmelte er.

Rachel spürte, wie es in ihr prickelte. «Ich habe meine Rollen immer schon schnell gelernt – Cousin Simon.»

Trotzdem war jetzt sicher nicht der Moment, um ihm von der Theatergruppe des Pastors zu erzählen.

Brian klappte seinen Schwalbenschwanz hoch und setzte sich neben sie. «Also. H-heraus mit der Sprache. Wo hat der g-gute Simon Sie versteckt gehalten?»

Rachel setzte an, um angemessen ausgeschmückt die ausgedachte Geschichte von ihrem Auslandsaufenthalt zu präsentieren, doch Simon kam ihr zuvor.

Mit einem trägen Lächeln sagte er: «Das wird nicht verraten.»

Brian drückte beide Hände auf die Brust und tat, als taumelte er unter einem Schlag. «Mein B-B-Bester! Sie spannen mich aber auf die F-Folter. Im Ernst.»

«Gut», sagte Simon, fasste Rachel bei der Hand und zog sie von ihrem Stuhl hoch. «Wenn ihr uns jetzt entschuldigt. Ich musste Vera versprechen, ihr den Matisse auf der Treppe zu zeigen.»

«Oh, von der Muse geküsst?»

«Leider nicht», sagte Rachel hastig. «Ich kann nicht einmal eine gerade Linie ziehen.»

«Meine L-Liebe! Wie erfrischend.» Brians affektiertes Gestammel begann ihr auf die Nerven zu gehen. «Jetzt sagen Sie mir nur noch, dass Sie keinen Roman schreiben, und wir werden F-F-Freunde fürs Leben.»

«Warum sollte man das Leben niederschreiben, wenn man es leben kann?»

«Alter Junge –», Brian blies Simon einen Rauchring entgegen – «wo haben Sie diesen Schatz aufgespürt?»

«Laune des Schicksals», sagte Simon salopp. «Komm, Vera. Den Matisse musst du unbedingt sehen.»

Über ihre Schulter hinweg klimperte Rachel Cece und Brian mit den Fingern zu. «Er will mich unbedingt bilden», erklärte sie vergnügt und flüsterte Simon zu: «Sie haben versprochen, dass ich nicht künstlerisch sein muss.»

«Das war, bevor ich den vollen Umfang Ihrer Talente erkannt hatte.» Simon senkte den Kopf vertraulich zu ihr hinunter. «Können Sie wirklich Karten lesen?»

«Spätestens morgen Abend kann ich es.»

Es gab bestimmt Bücher dazu. Wenn die Köchin in Brillac es konnte, konnte sie es auch. Schlimmstenfalls musste sie improvisieren. Von Champagner und Gin benebelt, würde Cece das kaum merken.

Simon zog die Brauen hoch. «Sie besitzen echtes Betrugstalent.»

Rachels Lächeln wurde ein wenig starr. «Das liegt mir im Blut.»

«Ein nützliches Erbe.» Simon schob seine Hand unter ihren Ellbogen, als sie sich gemeinsam durch das Gedränge auf der Tanzfläche kämpften.

Rachels Hochgefühl über den Erfolg ihres ersten Ausflugs in die große Welt verpuffte. Sie fror und sie war müde. «Unter den gegebenen Umständen, ja.»

«Unter allen Umständen. Wir sind doch alle Betrüger, Schätzchen. Die einen nur bessere als die anderen.»

Wenn sie jetzt zu argumentieren anfing, würde sie wieder hinter den Spiegeln landen und das Gespräch sich im

Kreis drehen, bis der ursprüngliche Kern im Geschwafel untergegangen war. Simon war da sehr geschickt. Sie versuchte, streng bei der Sache zu bleiben.

«Wer war das eigentlich? Dieser Freund von Cece?»

«Brian, meinen Sie? Brian Howard, selbsternannter Literat und stadtbekannter Dandy. Seine Meinung genießt bei der Bagage hier Geltung.» Mit einem Blick zu ihr hinunter fügte Simon hinzu: «Sie sind gut mit ihm fertiggeworden.»

Wieso sollte sie sich von einem kleinen Lob so geschmeichelt fühlen. Sie zuckte mit den Schultern und sagte brüsk: «Das war nicht ich, das war Vera.»

«Dann geben Sie mein Kompliment an Vera weiter.» Auf halbem Weg die Treppe hinauf berührte Simon leicht ihren Arm und blieb stehen. «Hier haben wir den berüchtigten Matisse. Ich muss rasch noch mit einem Mann sprechen, wegen eines Hundes. Kommen Sie so lange allein zurecht?»

«Aber –» Rachel schluckte den Protest hinunter.

Simon wartete.

«Diese Einladung», sagte Rachel schnell. «War das gut?»

Wenn Simon wusste, dass es nicht das war, was sie eigentlich hatte sagen wollen, so ließ er sich nichts anmerken. «Sie meinen, wird sich Cece morgen in nüchternem Zustand noch daran erinnern? Ja. Und wenn nicht, werde ich sie mit einem Anruf daran erinnern. Und mich dabei ordentlich zieren. Soviel ich weiß, hat meine Cousine schon eine andere Verabredung ... aber vielleicht lässt sie sich überreden, aus Gefälligkeit auf einen Sprung vorbeizukommen.»

«Aber vorsichtig.» Sie wollte nicht mit einem neuen ‹Clou› aufwarten müssen.

«Ich weiß, was ich tue.» Simon trat zur Seite, als ein paar Frauen schwatzend die Treppe herunterkamen. «Vertrauen Sie mir.»

«Das ist das Letzte, was ich tun würde», versetzte Rachel schnippisch.

Simon lachte, echt und offen. Er wirkte viel jünger. «Kluges Kind. Ich kann Sie jetzt einen Moment allein lassen, ja?»

Wenn sie nein sagte, würde er dann bleiben? So ein Quatsch. Simon war nicht der Typ, der meinte, Kindermädchen spielen zu müssen. Und sie war nicht der Typ, der klammerte. Auch wenn sie es gern getan hätte.

Sie trank einen tiefen Schluck von ihrem Champagner. Er war warm und begann schon schal zu werden. «Machen Sie sich nur keine Gedanken. Sie haben Ihren Teil des Vertrags erfüllt.»

«Meine Liebe, wir sind erst am Anfang.» Simon blieb drei Stufen weiter oben noch einmal stehen und nickte in Richtung des Champagnerglases. «Seien Sie vorsichtig.»

«Was dem einen recht ist», konterte sie aufmüpfig und genoss das zweifelhafte Vergnügen, dafür ein flüchtiges Lächeln von Simon zu sehen zu bekommen.

Dann war er weg, verschwunden hinter einer Tür im oberen Flur, und Rachel stand mit ihrem halbgeleerten Champagnerglas allein da und starrte ein Gemälde an, mit dem sie in seiner absichtsvollen scheinbaren Kunstlosigkeit nichts anfangen konnte. Nicht ganz allein, sagte sie sich. Sie konnte jederzeit in den Saal zurückgehen und sich Cece Heatherington-Vaughn oder diesem Brian anschließen. Aber sie war sich nicht sicher, ob das klug wäre. Sie wollte die Geheimnisvolle bleiben und die anderen raten lassen. Sie mochte Simon mit ihrer Vorstellung flüchtig beeindruckt haben, doch sie konnte sich nicht darauf verlassen, dass sie längerer Prüfung standhalten würde.

Rachel blickte suchend die Treppe hinauf. Keine Ahnung, was sich dort oben befand oder wie lange dieser Mann mit dem Hund – mit welchem Hund überhaupt? – Simon aufhalten würde.

Warum nicht einfach nach Hause fahren? Die Treppe hinuntergehen und sich ein Taxi nehmen. Der Gedanke war verlockend. Es war sicher schon nach Mitternacht, und die Füße taten ihr weh vom Balancieren in den schlechtsitzenden Sandaletten. Aber sie konnte nicht gehen, ohne Simon Bescheid zu geben.

Einen Moment, hatte er gesagt. Wie lang war ein Moment?

Rachel trat unbehaglich von einem Bein auf das andere, kam sich unbeholfen und fehl am Platz vor. Würde Simon nur recht geschehen, wenn er sie bei seiner Rückkehr nicht mehr vorfand. Sie hätte es gleich vorschlagen sollen, noch bevor er gegangen war.

Ja, nur schaffte sie es irgendwie nie recht, ihre fünf Sinne beisammenzuhalten, wenn es um Simon ging. Es lag wahrscheinlich an seinen ständigen Gedankensprüngen, die einen genauso ratlos machen konnten wie das Gemälde, das vor ihr an der Wand hing.

«So schlecht kann es doch nicht sein.» Die Stimme war angenehm, eine weiche Tenorstimme, etwas höher als Simons und ohne das immer etwas herablassend klingende Genuschel. Rachel drehte sich um. Der Mann stand zwei

Stufen tiefer, die Hand auf dem Treppengeländer. Mit einer Kopfbewegung wies er auf das Gemälde. «Das Bild.»

Rachel antwortete, ohne zu überlegen. «Ich finde, es sieht aus, als wäre es von einem zehnjährigen Jungen gemalt, der keine Ahnung von Perspektive hatte.»

«Pscht», sagte der Mann, «die werfen Sie hier hinaus, wenn sie das hören. Auch wenn ich persönlich ganz Ihrer Meinung bin. – John –» Sein Nachname ging im Aufschrei eines Saxophons unter.

Rachel nickte distanziert und schaute wieder die Treppe hinauf. Keine Spur von Simon. «Vera Merton.»

John, wie immer er auch weiter heißen mochte, wahrte respektvoll die zwei Stufen Abstand. Er war mittelgroß, mit hellbraunen Haaren, sympathisch und absolut nicht bedrohlich. «Haben Sie Ihre Begleiter verloren?»

«Sie sind mir irgendwo auf der Tanzfläche abhandengekommen», log Rachel. «Das ist ja ein ziemliches Getümmel da draußen.»

«Das reinste Schlachtfeld.» In seiner rechten Wange zeigte sich ein Grübchen, als er lächelte. «Meine Freunde waren auch plötzlich weg.»

Rachels Misstrauen legte sich. Ein Mann mit einem Grübchen in der Wange konnte so gefährlich nicht sein. «Sollen wir einen Suchtrupp losschicken?»

«Zu riskant», antwortete John trocken. «Der würde womöglich auch im Getümmel untergehen, und was tun wir dann?»

Rachel hob ihr Glas. «Trinken Sie den ganzen Champagner allein aus?»

«Das überlasse ich lieber trinkfesteren Leuten.» Auch er hielt ein Glas in der Hand, schien es aber kaum angerührt zu haben. Seine Stimme war so klar wie seine Augen. «Sind Sie zum ersten Mal im Gargoyle?»

So viel zu ihrem schauspielerischen Talent. «Merkt man das?»

«Na ja ...» Da war wieder dieses etwas selbstironische Lächeln, das seinem sonst wenig bemerkenswerten Gesicht einen starken Charme verlieh. In seinen braunen Augen blitzten grünliche Sprenkel. «Sagen wir mal, Ihnen fehlen die obligatorischen Augenringe.»

«Ihnen aber auch. Wie ein Nachtschwärmer sehen Sie wirklich nicht aus.»

«Bin ich auch eigentlich nicht», bekannte er. «Ich bin nur aus Gefälligkeit hier.»

Zigarettenspitze in einer Hand, Champagnerglas in der anderen, warf Rachel sich in Pose. «Das habe ich doch schon mal gehört.»

«In meinem Fall trifft es zu. Ich bin nur mitgekommen, um dafür zu sorgen, dass mein Freund am Ende der Nacht sicher nach Hause kommt. Das letzte Mal, als er allein unterwegs war, hat er einem Polizisten den Helm gestohlen und wollte ihn oben auf Nelsons Säule deponieren.»

Rachel lachte. «Nelson trägt doch schon einen Hut. Einen ziemlich ausladenden.»

«Ja, ganz zu schweigen davon, dass er in ziemlichen Höhen schwebt. Der Junge konnte von Glück reden, dass er sich nicht das Genick gebrochen hatte.» Als Rachel ihn fragend ansah, fügte er lächelnd hinzu: «Er landete direkt auf dem Polizisten.»

«Ich sollte eigentlich nicht lachen, aber – der arme Mann.»

«Welcher?»

«Der Polizist natürlich.»

«Hier würde man das ein bisschen anders sehen. Polizeihelmklau ist das städtische Pendant zur Fuchsjagd.» Johns lachendes Gesicht wurde ernst. «Es ist schon eine traurige Verschwendung.»

«Wegen der paar Helme?»

«Nein, darum geht's nicht. Es ist eine Verschwendung von Zeit und Talent. Wo sind die Männer, die uns eigentlich Vorbild und Führer sein sollten? Sie vertun ihre Zeit mit Dummejungenstreichen. Wenn nur die Hälfte von ihnen sich ihrer Verantwortung stellen und etwas Nützliches mit ihrer Zeit anfangen würde. – Wie können wir von den einfachen Leuten erwarten, dass sie ihren Beitrag leisten, wenn wir unseren nicht leisten?»

Rachel Woodley war seiner Meinung. Vera Merton durfte es nicht sein. «Ist es nicht ein ziemlich mühsames Geschäft, immer dekorativ sein zu müssen? Schön zu sein, ist auch ein Dienst am Volk.»

«So hat Marie Antoinette bestimmt auch gedacht», sagte John grimmig.

«Droht uns also ein Sturm auf die Bastille?», fragte Rachel bewusst unbekümmert.

«Es ist noch kein Jahr her, da mussten wir den Ausnahmezustand verhängen», sagte John ernsthaft. «Wir können froh und dankbar sein, dass der Generalstreik rechtzeitig endete. Friedlich. Die Preise sind hoch, die Löhne niedrig, die Bolschewiken gießen vom Ausland her Öl ins Feuer ...»

«... und wir fiedeln, während Rom brennt.»

Simon hätte wahrscheinlich etwas gesagt wie, das Liedchen sei doch recht flott. Johns Gesicht war bitterernst. «Ja, so ungefähr. Wenn wir noch einmal einen Sommer bekommen wie den letzten ...»

«Da war ich gar nicht hier», bemerkte Rachel. «Ich war im Ausland. In Frankreich.»

«Und jetzt verderbe ich Ihnen die Heimkehr mit Weltuntergangsstimmung.» Er schwieg einen Moment, dann fragte er zerknirscht: «Darf ich es mit einem Drink wiedergutmachen?»

Beim Blick in seine warmen braunen Augen verspürte Rachel prickelnde Befriedigung. Es tat ausgesprochen gut, von einem netten Mann zu einem Drink eingeladen zu werden.

Sie rief sich zur Ordnung. Sie war nicht zum Flirten hier, sie war hergekommen, um Bekanntschaft mit Cece Heatherington-Vaughn zu schließen. Und das hatte sie geschafft. Und sobald sie das Zusammentreffen mit ihrem Vater gesichert hatte, das ihr wichtiger war als alles andere, würde Vera Merton aus der Londoner Society-Szene verschwinden, als hätte es sie nie gegeben.

Sie hob ihr Glas. «Das ist nett, aber Sie sehen, mein Glas ist noch lange nicht leer. Und Sie brauchen sich wirklich nicht zu entschuldigen. Es war mir ein – Vergnügen.»

Er lächelte. «Hauptsache, ich habe Ihnen nicht den Abend verdorben.»

«Ganz im Gegenteil. Ich fand es sehr erfrischend – bis auf die Aussicht auf den Sturm auf die Bastille», fügte sie mit einem leichten Lachen hinzu. «Es war eine angenehme Abwechslung, einmal nicht nur Unsinn durch das Getöse brüllen zu müssen.»

John sah sie forschend an. «Wenn Sie keinen Unsinn mögen ... Was hat Sie dann heute Abend hierhergeführt?»

Rachel entschied sich für eine Version der Wahrheit. «Mein Cousin hatte die Idee ...» Sie blickte nach oben, und wie auf Kommando erschien Simon auf dem Treppenabsatz. Rachel hob die Hand. «Da ist er schon.»

Sie registrierte den Moment, als Simon John bemerkte. Er fuhr ein klein wenig zurück, so flüchtig, dass es Rachels Blick beinahe entgangen wäre. Dann ging er weiter, mit einer eleganten Lässigkeit, die, gerade weil sie so kontrolliert war, aggressiv wirkte.

«Trevannion.» Er schnurrte praktisch. «Ich sehe, Sie haben meine Cousine schon kennengelernt.»

«Montfort.» Trevannion schnurrte nicht. Sein Rücken war sehr gerade. Er wandte sich Rachel zu und verneigte sich förmlich. «Miss Merton, es war mir ein Vergnügen, Ihre Bekanntschaft zu machen.»

«Ganz meinerseits», erwiderte Rachel, doch er hatte ihr schon den Rücken zugedreht.

Simon sah zu Rachel hinunter. Er lächelte, doch sein Blick war kalt. «So, so», sagte er leise. «Die stillen Wasser.»

Rachel zog ihren Chiffonschal um ihre Schultern. «Haben Sie Ihren Hundemann gesprochen?»

«Ja. Samt seiner riesigen blaffenden Dogge. Aber Sie haben offenbar noch größere Beute gemacht.»

«Ich verstehe nicht.»

«Nein? Das, meine Liebe, war John Trevannion.»

Der Name sagte ihr nichts. «Und?»

«Sie haben wirklich keine Ahnung, nicht?»

Er starrte düster auf Trevannions Rücken. Aber vielleicht war es auch gar nicht Trevannion. Es war schwer, in dieser wogenden Menge einen dunkel gekleideten Mann von einem anderen zu unterscheiden.

«Was ist denn so interessant an Mr. Trevannion?», fragte sie ungeduldig.

«Schlicht gesagt, John Trevannion ist der Verlobte Ihrer Schwester.» Simon hob wie zum Toast sein leeres Glas.

KAPITEL 9

Es bestand überhaupt kein Grund für Schuldbewusstsein, trotzdem reagierte Rachel, als wäre sie bei etwas Verbotenem ertappt worden, ja, schlimmer noch, etwas irgendwie Schäbigem.

Der Verlobte ihrer Schwester?

Na und? Sie hatte das schließlich nicht gewusst. Und selbst wenn ...

Rachel schaffte es nicht, dem Gedanken bis ins Letzte nachzugehen. Wenn sie es gewusst hätte, hätte sie höchstwahrscheinlich überhaupt nicht mit ihm gesprochen. Er entsprach nicht im Geringsten dem, was sie sich für die wohlfrisierte Society-Schönheit auf dem Bild aus dem *Tatler* vorgestellt hätte. Er war - sympathisch gewesen. Mehr nicht. Sympathisch.

Und schäbig war an dem Ganzen gar nichts gewesen.

Rachel tat erfreut. «Ah, kann er mich dann vielleicht in Carrisford Court einführen? Da könnte ich mir die Mühe mit der Kartenleserei sparen.»

«Sparen Sie sich lieber Ihre Verführungskünste», meinte Simon spöttisch. «Nur die Gräfin vergibt Einladungen nach Caffers.»

Rachel wurde ärgerlich. Sie hatte sich mit dem Mann

lediglich höflich unterhalten. «Und sie hielt Sie einer Einladung für würdig.»

«Das beruht auf einer besonderen Situation.» Bevor Rachel nachhaken konnte, rief er über ihre Schulter hinweg laut: «Waugh! Ich habe Stoff für Ihre Kolumne. Vera, das ist mein Rivale beim *Daily Express*.»

Rachel zwang sich zu einem freundlichen Lächeln, als der dandyhaft gekleidete schlanke Mann, der die Treppe herunterkam, stehen blieb.

«Nicht mehr», sagte er. «Sie haben mich an die Luft gesetzt.»

«In diesem Fall», erwiderte Simon trocken, «werde ich Ihnen den Namen meiner Cousine nicht buchstabieren.»

«Gut, aber achten Sie darauf, dass Sie meinen richtig schreiben.» Waugh wollte schon weitergehen, als ihm noch etwas einfiel. «Ach, da ich das nun nicht mehr verwenden kann ... Haben Sie gehört, was Sybil und Mamie mal wieder fertiggebracht haben?»

«Im üblichen Rausch?» Simon unterhielt sich mit einer Ruhe, als hätte er es überhaupt nicht eilig, nach Hause zu kommen.

Rachel blickte sehnsüchtig zum Fuß der Treppe hinunter.

Waugh stützte einen Ellbogen auf das Treppengeländer, um in aller Gemütlichkeit zu erzählen. «Ja, sie hatten ihren Wohnungsschlüssel zu Hause liegengelassen, und einen Nachtportier gibt es bei ihnen nicht. Also klopften sie einen Nachbarn heraus.» Seine Augen blitzten amüsiert. «Sie müssen ziemlich besoffen gewesen sein. Die Adresse war zufällig – Downing Street Nummer zehn.»

«Der Premierminister?», fragte Rachel ungläubig.

«Genau der.» Waugh schien höchst zufrieden mit der Wirkung seiner Geschichte. «Können Sie sich das Entsetzen der konservativen Frauenvereine vorstellen? Betrunkene Frauenzimmer um Mitternacht vor der Tür des Premierministers. Orgien in Nummer zehn! Die Opposition in Aufruhr, protestierende Grubenarbeiter ... Wir können nur hoffen, dass das nicht die Regierung zu Fall bringt.»

«Heben Sie sich das am besten für Ihr Buch auf», sagte Simon. «Für meine Kolumne ist das ein zu heißes Eisen.»

«Oh, werde ich tun. Werde ich tun.» Mit einem nachlässigen Winken in ihre Richtung setzte der Mann nicht unbedingt sicheren Schrittes seinen Weg treppab fort. «Keine Sorge. Ich finde auch für Sie einen Platz darin, Montfort.»

«O Freude, o Wonne», murmelte Simon. «Wie alle anderen arbeitet auch Waugh an einem Roman.»

«Na ja, das ist alles schön und gut», sagte Rachel, «aber mich würde vielmehr interessieren, wie Sie es geschafft haben, nach – Caffers eingeladen zu werden.»

«Bravo», lobte Simon. «Sie haben den Namen beinahe so ausgesprochen, als bedeute er Ihnen etwas. Versuchen Sie es das nächste Mal ohne die Pause.»

Rachel reichte Simon ihr leeres Champagnerglas. «Sie weichen meiner Frage aus.»

«Ach ja?» Er stellte das Glas auf ein Tablett, und während sie zusammen die Treppe hinuntergingen, fragte er im Konversationston: «Haben Sie genug für einen Abend, oder möchten Sie sich Cece noch zu einem Streifzug durch die Clubs anschließen?»

Rachel spürte förmlich, wie das Kajal um ihre Augen in

der Hitze zerfloss, ihr Chiffonrock wirkte welk, an einem Fuß begann sich eine Blase zu bilden.

«Das geht noch weiter?»

«Na schön, Aschenputtel.» Fürsorglich legte Simon ihr die Hand in den Rücken und führte sie die Treppe hinunter. «Sie haben Ihre Sache fürs erste Mal sehr gut gemacht. Ich bringe Sie zu einem Taxi.»

«Und Sie?», Rachel fröstelte, als sie an die frische Luft traten.

Gerade stieg eine Gruppe Nachtschwärmer aus einem Taxi, lachende junge Leute, alle nicht mehr sicher auf den Beinen. Eine Frau trat auf den Saum ihres langen Kleids, das mit einem lauten Ratsch zerriss. Sie schienen das alle zum Kaputtlachen zu finden.

Simon winkte dem Fahrer. «Haben Sie während ihres Frankreichaufenthalts mal den netten Spruch von den Katzen und der Peitsche gehört? Schlicht gesagt, *j'ai d'autres chats à fouetter.*»

Rachel kannte die Redewendung, sie war umgangssprachlich und brüsk, eine klare Absage. «Ich dachte, es ging um einen Hund.»

«Ich habe vielerlei Interessen.» Simon half ihr in den Wagen und nannte dem Fahrer die Adresse seiner Mutter. Mit einem letzten Blick zu Rachel sagte er: «Schlafen Sie sich aus. Sie müssen morgen bei Lady Fanny Eindruck machen.»

Rachel drückte sich in den Rücksitz. Ihr war kalt. Sie hatten erreicht, was sie sich für den Abend vorgenommen hatte, dachte sie, während der Wagen durch die mitternächtlichen Straßen fuhr.

Warum war sie dann so angespannt?

Rachel träumte, sie befände sich auf einem Schiff. Der Kapitän läutete die Alarmglocke, um alle zu den Rettungsbooten zu rufen. Die Menschen rannten chaotisch durcheinander, stießen und drängten, und immerfort läutete die Glocke, laut und unerbittlich. John Trevannion bot ihr die Hand, um ihr in eines der Boote zu helfen, aber ihre Mutter war noch unten in ihrer Kabine und schlief. Ohne sie konnte Rachel nicht gehen.

Sie musste nur irgendwie die Treppe erreichen. Simon Montfort und Cece Heatherington-Vaughn standen ihr mit Champagnergläsern in der Hand im Weg. Sie musste an ihnen vorbei, um zur Tür zu gelangen, doch im Gegensatz zu allen anderen schienen sie es nicht eilig zu haben wegzukommen.

«Ertrinken – wie langweilig», sagte Cece.

Rachel versuchte, sich an ihnen vorbeizudrängen, aber Simon stellte sich ihr in den Weg und ließ eine Rettungsweste vor ihrer Nase baumeln. «Hast du nicht etwas vergessen?»

Rachel stieß ihn mit der Schulter zur Seite. Das Schiff hatte Schlagseite, und die Glocke läutete und läutete ...

Sie hörte einen lauten Ruf. Das letzte Boot hatte abgestoßen. Als Rachel ins schäumende Wasser hinunterblickte, sah sie flüchtig das Gesicht ihres Vaters – dann wurde sie wach, und das Läuten entpuppte sich als das Schrillen des Telefons auf dem Nachttisch.

Rachel starrte es an, schaudernd und kalt trotz der Decken um sie herum. Ein Traum. Nur ein Traum. Mit der Erkenntnis stellten sich Erleichterung und ein schreckliches Verlustgefühl ein. Ihre Mutter war nicht in der Kabine. Ihre Mutter war nicht mehr da.

Das Telefon bimmelte ein letztes Mal, dann war es still. Rachel drückte ihr Gesicht ins Kopfkissen und atmete einmal zitternd tief durch. Der Bezug lag weich an ihrer Wange, ein schwacher fremder Duft ging von ihm aus. Nach einer Weile hob Rachel den Kopf und sah sich um. Es hatte etwas Verwirrendes, in einem Bett zu erwachen, das einem nicht vertraut war, auch wenn sie nie zuvor in einem so luxuriösen Bett geschlafen hatte.

Vielleicht gerade deshalb.

Kein Vergleich mit den groben Laken, die die Gräfin von Brillac für eine Erzieherin für ausreichend gehalten hatte; kein Vergleich mit den tausendmal geflickten Bezügen daheim im Cottage, die vom vielen Waschen weich und mürbe waren. Die Kissen waren mit Daunen gefüllt, und halb vom Bett geglitten hing ein blassgrüner Satinüberwurf, farblich auf Vorhänge und Tapeten abgestimmt.

Das feuerrote Kleid, das sie am Abend getragen hatte, lag müde über einer Stuhllehne, auf dem Boden die marternden Sandaletten.

Das Telefon begann von neuem zu läuten.

Rachel griff nach dem Hörer. «Hallo?», krächzte sie heiser.

«Guten Morgen, Verehrteste.» Die Stimme war unverwechselbar. «Ich hoffe, Sie wurden von Lerchengesang geweckt.»

«In London gibt es keine Lerchen.» Rachel räusperte sich. «Wie spät ist es?»

«Nach zehn.» Simon hörte sich hellwach an für jemanden, der sich die Nacht weiß Gott wie um die Ohren geschlagen hatte.

«Nach zehn?» Rachel fuhr mit einem Ruck in die Höhe. Sie hatte noch nie so lange geschlafen. Meistens war sie um sechs auf den Beinen.

«Ich habe mit Cece gesprochen», fuhr Simon fort. «Sie werden um halb vier in der Familienvilla erwartet.»

«Und wo ist das?» Rachel schob den heruntergerutschten Träger ihres Nachthemds hoch.

«Park Lane. Der Taxifahrer kennt es bestimmt. Ziehen Sie das Cremeseidene mit Dunkelblau an.»

Rachel hielt den Hörer ein Stück von ihrem Ohr ab. «Wollen Sie nicht auch gleich Schuhe und Handtasche bestimmen?»

Doch Simon hatte schon aufgelegt.

Rachel trug das Cremeseidene mit Dunkelblau. Sie nahm kein Taxi. Es war eine kleine Trotzreaktion, aber sie fühlte sich beim Gehen wieder mehr wie sie selbst. Und dieses Gefühl tat ihr gut.

Es war ein schöner Tag, ein Tag, der einen für das Wetter den Rest des Jahres über entschädigte. Die Sonne glänzte auf schwarzem Schmiedeeisen und den glatten Karosserien der Autos, überwarf das Laub der Bäume mit einem goldenen Schimmer und beschwingte die Kindermädchen, die ihre Schützlinge zum Park schoben.

Der Spaziergang hätte eine Wohltat sein können, doch sie war in ständiger Unruhe, musterte jedes entgegenkommende Gesicht, als müsste plötzlich ihr Vater vor ihr auftauchen. Es nützte nichts, sich daran zu erinnern, dass Simon gesagt hatte, er halte sich im Allgemeinen auf dem Land auf; sie befand sich in seinem Territorium, mitten im Herzen von Mayfair, und ihre Phantasie ließ ihn überall plötzlich auftauchen.

Hatte ihre Mutter, fragte sie sich verspätet, deshalb darauf bestanden, dass sie nach Frankreich statt nach London ging, als sie sich entschlossen hatte, als Erzieherin zu arbeiten? Nicht wegen des Schliffs, den ein Auslandsaufenthalt ihr geben würde, wie sie behauptete, sondern aus Angst, dass sie irgendwo unversehens ihrem Vater begegnen könnte?

Würde ihr Vater den Vortrag besuchen? Der Gedanke traf Rachel wie ein elektrischer Schlag. Die kühle Vernunft sagte ihr, dass das nicht zu erwarten war, trotzdem begann sie sofort, sich alles Mögliche vorzustellen, den Ausdruck in seinem Gesicht, wenn er sie bemerkte, Verwirrung, die zu Erkennen wurde, Erkennen zu Bestürzung. Wie würde er reagieren? Mit Ablehnung? Ausflüchten?

Oder würde er vorgeben, sie gar nicht zu kennen?

Heatherington House war ein imposanter klassizistischer Palast von monumentalen Ausmaßen. Rachel hatte keinen Zweifel, dass man ganz Netherwell in einem einzigen seiner Flügel hätte unterbringen können. Die Gäste stiegen die Vortreppe hinauf, doch von Simon war keine Spur zu sehen.

Rachel blieb stehen und tat so, als suchte sie etwas in ihrer Handtasche. Halb vier, hatte Simon gesagt. Es war schon darüber. Konnte es sein, dass er ohne sie hineingegangen war? Sie war eingeladen, gewiss, aber Cece war am Abend nicht in der Verfassung gewesen, viel im Kopf zu behalten. Am wenigsten wahrscheinlich Rachel.

Am Bordstein reihten sich die Wagen der Gäste, ein Taxi fuhr vor, ein Mann stieg aus, sein braunes Haar glänzte in der Sonne.

Erleichtert ging sie ihm entgegen, darauf bedacht, keine Eile zu zeigen. «Mr. Trevannion?», sagte sie herzlich. «Sind Sie auch wegen des Vortrags hier?»

«Miss Merton.» Trevannions reservierte Begrüßung stand in scharfem Gegensatz zu seiner Offenheit am Abend zuvor. «Ja. Das Thema interessiert mich.»

Ja, dachte Rachel, sie hätte wahrscheinlich gut daran getan, sich im Voraus über das Thema kundig zu machen. Jetzt war es zu spät.

«Ja, das kann ich verstehen», sagte sie unbestimmt und ging neben ihm her die Treppe hinauf. «Ist Ihr Freund gestern gut nach Hause gekommen?»

Trevannions Ton wurde einen Hauch wärmer. «Er schläft wahrscheinlich noch, aber wenigstens in seinem eigenen Bett. Nett, dass Sie nach ihm fragen.»

Rachel lächelte. «Und wie geht es Lord Nelson?»

«Lord Nelson hat eine ruhige Nacht verbracht», versicherte ihr Trevannion. Sie hatten fast den Portikus erreicht, wo ein sehr wichtig aussehender Mann die Gäste einließ. «Ihr Cousin ist nicht hier?»

«Oh, er kommt bestimmt gleich», antwortete Rachel mit einem Blick die Treppe hinunter. Ältere Damen in Perlen und gediegenen Ensembles, ein alter Mann, der mühsam am Stock ging.

Und wo blieb Simon? Ein Nachtlokal war das eine, da kam jeder hinein, solange er bezahlte. Das hier war etwas ganz anderes, eine andere Welt. Es war an den Leuten zu erkennen, die sich hier ein Stelldichein gaben, an der Sprache, die sie pflegten, an den pompösen Porträts in der Vorhalle mit der breiten Treppe. Hier hatte nur die gesellschaftliche Elite Zutritt.

Mit einem falschen Lachen der Sorglosigkeit sagte Rachel: «Ich hoffe, Lady Frances wird nicht glauben, ich wollte mich hier uneingeladen einschleichen. Eigentlich sollte Simon mich einführen.»

«Oh?» Trevannions Mund bekam einen grimmigen Zug. Er sah Rachel an, wollte offenbar eine Bemerkung machen, sah wieder weg und sagte dann abrupt: «Sie waren im Ausland, sagten Sie?»

«Ja», antwortete Rachel, sofort auf der Hut. Hoffentlich wollte er jetzt nicht wissen, wo genau oder mit wem. «Ich war eine ganze Weile weg. Meiner Mutter ging es nicht gut.»

Trevannion musterte sie mit unsicherem Blick. «Dann können Sie nichts gehört haben.»

Sie waren stehen geblieben. Um sie herum bewegte sich die Menge der Gäste. Rachel sah ihn fragend an. «Wovon?»

Trevannion lächelte schnell und wenig überzeugend. «Von Lady Frances natürlich.»

Rachel war sicher, dass er eigentlich etwas ganz anderes hatte sagen wollen. Doch ehe sie nachfragen konnte, schob Trevannion seine Hand unter ihren Ellbogen. «Gestatten Sie mir, Ihren Cousin zu vertreten.»

Sowenig sie sich bei ihrer Maskerade Cece gegenüber gedacht hatte, jetzt bekam sie doch Gewissensbisse. Indem Trevannion sie hier einführte, übernahm er bis zu einem gewissen Grad die Verantwortung für sie. Und wenn sie ertappt wurde ...

«Sie sind sehr freundlich», sagte sie.

Er lachte kurz. «Nicht so freundlich, wie ich sein sollte. Aber ich kann Sie immerhin mit unserer Gastgeberin bekannt machen.»

Trevannion führte sie am Butler vorbei in die Vorhalle mit der beeindruckenden Marmortreppe, die sich, in zwei Bogen verzweigt und mit maurisch anmutenden Säulenreihen geschmückt, nach oben schwang. Am Fuß dieser Treppe wartete die Gastgeberin.

Die Schlange der Gäste bewegte sich nur langsam vorwärts, die Leute vor Rachel versperrten ihr den Blick. Sie holte tief Atem und widerstand dem Impuls, an den falschen Perlen in ihren Ohren zu nesteln. Rein äußerlich füllte sie ihre Rolle ganz aus. Sie trug dank Simons ziemlich autoritärem Rat das richtige Kleid, sie konnte sich kultiviert ausdrücken, dafür hatte ihre Mutter gesorgt, doch sie sprach nicht ihre Sprache, kannte nicht ihre Redensarten und ihre privaten Scherze.

Wenn Lady Frances sie als Betrügerin erkannte –

– zu spät. Die Schlange war bereits weiter vorgerückt, und Trevannion sagte mit seiner angenehmen Tenorstimme: «Lady Frances, darf ich Ihnen Miss Vera Merton vorstellen?»

Das war Lady Frances? Nach Simons Beschreibung hatte sich Rachel eine hochbebuste Matrone in steifem Stehkragen vorgestellt. Stattdessen sah sie eine zierliche Person, einen halben Kopf kleiner als Rachel, mit gezupften Augenbrauen, elegant gewelltem Haar und einem Kleid, dessen Rock gerade noch ein Paar wohlerhaltene Knie bedeckte. Rachel kam sich plump vor neben ihr.

«Guten Abend.» Sie hatte die gleichen blauen Augen wie ihre Tochter, nur war ihr Blick weit klarer. In ihren Ohren schimmerten Saphire. «Sie müssen eine Freundin meiner Tochter sein.»

Rachels Mund war trocken. «Mein Cousin, Simon

Montfort, hat uns freundlicherweise miteinander bekannt gemacht. Ich bin erst vor kurzem aus dem Ausland zurück –»

«Montfort ...» Lady Frances nickte wie zu sich selbst. Rachel hatte den Eindruck, sie ging im Geist eine Kartei durch. «Sind Sie eine von Callistas Töchtern? Oder von Penelopes?»

Die Menschenreihe hinter Rachel begann sich zu stauen, sie hörte die Stimmen der Wartenden. Wenn sie jetzt vor aller Augen hinausgesetzt wurde, wäre das die Höhe der Peinlichkeit und Schande.

«Es ist eine etwas entferntere Verwandtschaft», begann Rachel.

Im selben Moment rief hinter ihr jemand «Hallo, Vera», und Simon lief mit langem Schritt an den Wartenden vorbei direkt Lady Frances entgegen, ergriff ihre ringgeschmückte Hand und küsste sie. «Liebste Fanny, verzeih mein Säumen.»

«Wenn ich das tue, wirst du es nur noch schlimmer treiben», sagte Lady Frances, doch den scharfen Worten widersprach die Herzlichkeit, mit der sie seinen Arm drückte. «Wie geht es deinem Vater?»

«Oh, schlecht gelaunt wie immer. Letzte Woche hat er einen Stiefel nach mir geworfen.»

«Ich bin sicher, du hattest es verdient. Und Hypatia?»

«Strolcht immer noch mit meinem Stiefvater in den Kolonien herum.»

«Dann richte ihr aus, dass ich ihre sofortige Heimkehr befehle. London ist ohne sie kaum zu ertragen.» Sich wieder Rachel zuwendend, sagte sie unpersönlich: «Ich hoffe, der kleine Vortrag wird Sie unterhalten, Miss Merton. Ein sehr interessantes Thema, meinen Sie nicht auch? – Ah, Helen! Wie schön, dich zu sehen.»

Erst jetzt, als sie aufatmete, merkte Rachel, dass sie die ganze Zeit die Luft angehalten hatte.

«Vorwärts, Transuse» hauchte Simon ihr ins Ohr, und sie folgte ihm automatisch die Treppe hinauf zum ersten Stockwerk.

«Halb vier?», fragte sie mit einem honigsüßen Lächeln.

Simon lächelte zurück. «Pünktlichkeit schränkt so ein.» Als sie oben stehen blieben, nickte er jemandem hinter ihr zu. «Ich sehe, du hast dich über meine Abwesenheit hinweggetröstet. Guten Abend, Trevannion.»

Sie hatte gar nicht gemerkt, dass Trevannion direkt hinter ihnen war. Sie trat von Simon weg an seine Seite. «Mr. Trevannion war so freundlich, mich mit Lady Frances bekannt zu machen, da du ja nicht da warst.»

«Es war das Mindeste, was ich tun konnte», versicherte Trevannion mit einem ostentativen Blick zu Simon.

«So», sagte Simon in schleppendem affektiertem Ton und lehnte sich betont lässig an eine der Säulen. «Sehr ritterlich von Ihnen, Trevannion. Aber nichts anderes hätte ich natürlich erwartet.»

«Wollen wir uns nicht einen Platz suchen?», fragte Rachel, die die Spannung spürte, die sich zwischen den Männern aufbaute. «Ich möchte den Vortrag nicht verpassen.»

«O doch, möchtest du», entgegnete Simon, ohne auch nur daran zu denken, seine Stimme zu senken. «Das kann nur Blech sein. Der Mann glaubt allen Ernstes, man brauchte einem Kriminellen nur irgendein Schweinesekret in die Leber zu spritzen, um ihn von seinen verbrecherischen Neigungen zu heilen.»

«Soll das ein Scherz sein?» Rachel blickte von Simon zu Trevannion und merkte, dass es keiner war. Hastig sagte sie: «Ich wusste gar nicht, dass Schweine solche Muster an Friedfertigkeit sind.»

«Vorausgesetzt, sie haben die richtige Menge Schmutz, um sich darin zu suhlen», sagte Simon boshaft.

Rachel fühlte sich aufgerufen, für den netten Mr. Trevannion in die Bresche zu springen. «Der ihnen von der Klatschspalte des *Daily Yell* geliefert wird?»

Simon senkte zustimmend den Kopf. «Volltreffer. Das Prinzip ist im Wesentlichen das gleiche.» Er wies über die Brüstung zu den Leuten in der Halle hinunter. «Brot und Spiele für die Menge. Oder, in diesem Fall, Klatsch und Tratsch.»

«Na ja, deswegen werden doch aus den Leuten keine Schweine», sagte Trevannion unverdrossen. «Ich kann ja nicht behaupten, dass ich das wissenschaftliche Prinzip verstehe –»

«Dr. Radletts Theorien sind ungefähr so wissenschaftlich wie die Idee, die Leute zur Ader zu lassen, um den Ausgleich der Körpersäfte herzustellen.» Simon nahm Pose an. «Leidet Ihr Nachbar an einem Übermaß schwarzer Galle? Haben Sie an Ihrem Ehepartner Anzeichen für zu viel gelbe Galle bemerkt? Ihnen kann geholfen werden. Schweinemilz wirkt Wunder.»

«Ein wenig schlicht.» Trevannion richtete das Wort nur an Rachel. «Die Untersuchungen –»

«Schlichtes für die Schlichten.»

Trevannions Lächeln war angestrengt. «Selbst Sie müssen doch zugeben, dass das vielversprechende Möglichkeiten sind, Montfort.»

«Muss ich das?» Simon zog sein Zigarettenetui aus der Jackentasche. «Mir persönlich wäre es lieber, nicht mit Schweineextrakt vollgepumpt zu werden.»

Trevannion kehrte Simon demonstrativ den Rücken und wandte sich voll ungebrochenem Enthusiasmus Rachel zu. «Seit Jahrhunderten ringen wir mit unseren niederen Trieben.»

«Sie vielleicht», murmelte Simon. «Ich pflege meine und führe sie zum Tee aus.»

Rachel musste ihr Lachen mit einem Hüsteln kaschieren, ihr Lächeln hinter der vorgehaltenen Hand. Sie konnte sich nicht vorstellen, dass Trevannion ihre Erheiterung teilte.

Der beachtete Simon scheinbar gar nicht, sondern konzentrierte sich weiter auf Rachel allein. «Im Moment können wir die Übeltäter höchstens bestrafen. Unsere Gefängnisse sind voll von Männern, die ihren animalischsten Instinkten zum Opfer fielen. Wenn wir aber Mittel und Wege finden können, die Impulse zu neutralisieren, die solches Verhalten verursachen ...» Eine Haarlocke fiel ihm in die Augen. Er schob sie ungeduldig zur Seite, sein Gesicht glühte. «Überlegen Sie nur einmal, welche Fortschritte wir erzielen könnten! Stellen Sie sich eine Welt ohne Verbrechen vor – ohne Krieg!»

Simon prustete geringschätzig. «Erst wenn der Mensch aus anderem Material als Erde geschaffen wird. Bis dahin schlägt man am besten zu, wenn man sich schützen will, hart und schnell, bevor der andere zuschlagen kann.»

«Das ist doch ziemlich archaisch», meinte Rachel. «Auge um Auge?»

Simon stieß eine Rauchwolke aus. «Nicht, wenn man den Gegner vorher blendet.»

Trevannion sah Simon immer noch nicht an, sondern hielt den Blick auf seine Zigarette gerichtet. «Das ist die alte Denkweise. Sie hat uns das letzte Mal nicht sehr weit gebracht.»

«Das letzte Mal», versetzte Simon grimmig, «haben wir versucht, uns an die Queensberry-Regeln zu halten. Aber im Krieg wird ohne Bandagen gekämpft. Wenn die Herren im Kabinett das erst einmal begriffen haben, werden wir uns, verdammt noch mal, weit besser halten.»

«Es geht doch darum», erklärte Trevannion geduldig, «dass es Krieg überhaupt nicht zu geben braucht. Was das letzte Mal passierte, war bedauerlich –»

«Bedauerlich?» Simon verschluckte sich am Rauch seiner Zigarette. «Das müssen Sie mir erklären, alter Junge.»

«– aber wenn Gewalt eine Krankheit ist, kann sie geheilt werden.»

Er schien auf Rachels Reaktion zu warten. «Das ist natürlich eine verlockende Vorstellung, aber – was ist mit all den Krankheiten, die wir bisher nicht heilen können?» Sie konnte noch den grauen Friedhof vor sich sehen, das Läuten der Glocken hören. «Wenn wir nicht einmal der Influenza Herr werden können, wie wollen wir dann die Natur des Menschen ändern?»

«Es geht nicht», sagte Simon schroff. «Der Mensch tut Böses, weil er im Grunde seines Wesens böse ist.»

Trevannions Mund wurde schmal. «Wenn Sie das alles so absurd finden, Montfort, warum sind Sie dann hier?»

Simon schnippte Asche von seiner Zigarette. «Warum gehen Leute ins Monstrositätenkabinett? Es macht Spaß, den Monstren bei ihren Faxen zuzusehen.»

Die Gehässigkeit der Bemerkung erstaunte Rachel. Sie sah Simon überrascht an. «Aber –»

Keiner der beiden Männer beachtete sie.

«Wenigstens», entgegnete Trevannion, sichtlich um Fassung bemüht, «versuchen einige von uns, das Los des Menschen zu verbessern.»

«So viel rührende Sorge um die Massen –», Simon lehnte sich zurück und sog an seiner Zigarette – «von einem Mann, der demnächst die Tochter eines Grafen heiraten wird.»

In der Stille, die den Worten folgte, hörte Rachel das Klappern von Absätzen auf der Treppe und dann eine atemlose Stimme. «John?»

Und als sie sich umdrehte, sah sie, was Simon schon gesehen hatte.

Eine junge Frau kam mit leicht erhitztem Gesicht die Treppe heraufgelaufen. Sie hatte Simon nicht bemerkt, der im Schatten einer Säule stand, und wenn sie Rachel bemerkt hatte, so überging sie sie. Ihre ganze Aufmerksamkeit war auf Trevannion gerichtet.

«Entschuldige, dass ich so spät komme», sage sie, und Rachel brauchte das sarkastische Lächeln um Simons Mund gar nicht zu sehen, um zu wissen, wer die Frau war.

Lady Olivia Standish.

Ihre Schwester.

KAPITEL 10

Halbschwester.

Lady Olivia hielt Trevannion beide Hände hin, zierliche Hände in blassblauen Glacéhandschuhen. «Tante Fanny sagte, du seist schon hinaufgegangen.»

Sie war kleiner, als Rachel erwartet hatte. Auf dem Bild in der Zeitschrift hatte sie größer ausgesehen, vermutlich eine Effekt der Perspektive, aus der das Bild aufgenommen worden war. Tatsächlich war sie gut einen Kopf kleiner als Rachel. Alles an ihr war gedämpft, vom blassen Blau ihres Kostüms bis zu den weichen Konturen ihres Gesichts. Wie in Aquarell gemalt, dachte Rachel. Ihr Haar hatte keinen goldenen Schimmer; es war aschblond, zu matt, um zu glänzen.

Wie das ihres Vaters.

Rachel hätte sich am liebsten umgedreht und wäre davongelaufen. Im Innersten hatte sie vielleicht immer noch gehofft, es sei alles nicht wahr. Doch eine jener seltenen sonnenhellen Kindheitserinnerungen zeigte ihr ihren Vater barhäuptig im Garten. Er musste sie in die Höhe gehalten haben, denn ihre kleinen Hände waren in seine Haare gegraben. Sie konnte sie noch in ihren Fingerspitzen, in ihren Handflächen spüren, viel feiner als ihre eigenen Haare und die ihrer Mutter.

Diese Frau, diese Lady Olivia Standish, hatte genau die Haare ihres Vaters.

«Olivia», sagte Trevannion mit einer Hinwendung zu Rachel und Simon.

Lady Olivia bemerkte es gar nicht. In einem Zug sagte sie schnell: «Vielen Dank, dass du dich gestern so lieb um Jicksy gekümmert hast. Ich mag mir gar nicht vorstellen, was sonst vielleicht passiert wäre.»

Die Worte durchdrangen das Dröhnen in ihren Ohren. Der Freund – der Junge, der Lord Nelson mit einem Polizeihelm hatte krönen wollen –, das war Lady Olivias Bruder?

Ihr Bruder.

Sie spürte einen ersten Anflug von Kopfschmerzen, wie früher, wenn sie an einem heißen Julitag zu lange mit Alice am Teich geblieben war und ihre Mutter sie im verdunkelten Zimmer und mit einer kalten Kompresse auf der Stirn ins Bett gepackt hatte. Alles tat weh, und kleine Lichter tanzten vor ihren Augen.

«Sicher nichts allzu Drastisches», wiegelte Trevannion ab.

Lady Olivia schüttelte den Kopf. «Noch ein Skandal ... Ich glaube nicht, dass Vater damit fertiggeworden wäre.»

Die Röte ihrer Wangen brachte die ungewöhnliche Farbe ihrer Augen, ein helles Grau, zur Geltung. Die gleichen Augen sah Rachel jeden Morgen in ihrem Spiegel, mit dunkleren Wimpern gewiss, doch im Übrigen zum Verwechseln ähnlich. Ihre Augen im Gesicht einer Fremden, die alles hatte, was sie nicht hatte.

Rachel war plötzlich wütend, wütend auf Lady Olivia mit ihrem hausbackenen Kostüm und ihrem runden alltäglichen Gesicht. Lady Olivia, die ganz selbstverständlich die war, die sie war.

Die Tochter ihres Vaters.

«Olivia», sagte Trevannion mit sichtlichem Unbehagen. «Ich glaube, du hast Mr. Montforts Cousine noch gar nicht kennengelernt, Miss – Merton?»

Dieses kleine bewusste Zögern war wie eine Ohrfeige. Rachel richtete sich auf und lächelte strahlend mit knallroten Lippen. «Ja. Lady – Olivia?»

Nach dem ersten erstaunten Blick schienen Lady Olivias Züge in sich zusammenzufallen und allen Ausdruck zu verlieren. «Verzeihen Sie», murmelte sie. «Ich hatte nicht – Guten Abend, Miss Merton. Mr. Montfort. Ich dachte, Sie wären – verreist.»

Ihre Stimme war leise und ein wenig rau, und in ihrem Ton lag eine gewisse Distanz. Sie wirkte, dachte Rachel, beinahe weltfern, eine Frau, die streng behütet aufgewachsen und mit dem realen Leben kaum in Berührung gekommen war.

«Ich war verreist», sagte Simon. «Und jetzt bin ich wieder da.»

«Wie ein hartnäckiger Schnupfen», bemerkte Rachel krampfhaft scherzend. Sie musste weiterspielen, sonst würde sie auf der Stelle zusammenklappen wie eine Papierpuppe. «Man wird ihn einfach nicht los.»

«Mich kann man zehnmal in die Gosse werfen», sagte Simon und legte wie freundschaftlich seinen Arm um Rachel. «Ich krieche immer wieder heraus.»

Sein Ton war liebenswürdig und scherzhaft, trotzdem erblasste Lady Olivia und sah weg.

«Waren Sie schon einmal in Heatherington House,

Miss Merton?», erkundigte sie sich dann in höflichem Ton.

«Nein, ich bin zum ersten Mal hier.» Es widerstrebte Rachel, das zu bekennen, insbesondere vor Lady Olivia, die hier offensichtlich ganz zu Hause war. «Wir sprachen gerade über Dr. Radlett, bevor Sie kamen. Was halten Sie denn von seinen Theorien?»

«Ich bin da leider nicht sehr beschlagen ...» antwortete sie, ganz vornehme Zurückhaltung.

«Geben Sie es zu», warf Simon ein. «Sie halten es doch für blanken Unsinn.»

«Das Gleiche dachte die Inquisition über Galilei.» Trevannion trat etwas näher an Lady Olivia heran.

«Der arme Galilei tut mir wirklich leid», sagte Simon trocken. «Er wird von jedem Scharlatan zum Beweis irgendeiner hanebüchenen Theorie ausgegraben. Lady Olivia? Wir kennen Mr. Trevannions Meinung. Wie stehen Sie zu der Sache?»

Lady Olivia spielte mit den Perlenknöpfchen an ihrem Handschuh. «Meiner Meinung nach», erklärte sie steif, «sollte Galilei für jeden, der ein Interesse an den Naturwissenschaften hat, Inspiration sein.»

Simon verneigte sich spöttisch. «Ganz wie es sich für die Ehefrau eines Politikers gehört.»

Es klang nicht nach einem Kompliment.

Entschuldigend sagte Lady Olivia: «Ich möchte nicht urteilen, solange ich nicht mehr weiß.»

«Natürlich», stimmte Simon geschmeidig zu. «Eine Meinung zu haben, ist gefährlich.»

Lady Olivia sah Simon mit ihren großen grauen Augen an, und mit einem Schock nahm Rachel die Verbindung zwischen den beiden wahr, den stummen Austausch, der weit mehr sagte als ihre Worte. Dies war keine lose Bekanntschaft. Es war etwas, das viel tiefer ging.

«Käme das nicht auf die Meinung an?», fragte Lady Olivia.

«Also, vor dem Cocktail verkneife ich mir jede Meinung», verkündete Rachel. Ihre Stimme klang viel zu laut, zu forsch. Sie wandte sich dem Verlobten ihrer Schwester zu. «Wie ist es mit Ihnen, Mr. Trevannion?»

«Tja», antwortete er mit einem Lächeln, «eine Meinung zu haben, gehört bei mir zum Handwerk. Ich spreche allerdings lieber vom Mut der Überzeugung.»

Rachel fühlte sich irgendwie beschämt durch die Art, wie er es sagte.

«Na ja, wenn man ehrlich an etwas glaubt –», begann sie und brach ab. Wer war sie denn schon? Nichts als eine Blenderin.

«Und woran glaubst du, Vera, Schätzchen?», fragte Simon seidenglatt, doch mit einer Warnung im Blick. «Außer an einen gut gemixten Cocktail, meine ich.»

Als er sich auf ihren wahnwitzigen Plan eingelassen hatte, war ihr das genial erschienen, zu schön, um wahr zu sein. Genau das war es vielleicht. Rachel fühlte sich plötzlich angeekelt von sich selbst, von ihrer gemeinsamen Gaunerei, von allem.

«An Gerechtigkeit», sagte sie trotzig. «Ich glaube an Gerechtigkeit.»

Simons Antwort wurde ihr durch ein metallisches Dröhnen erspart, das durch den Raum schallte, einmal, zweimal und ein drittes Mal.

«Das ist der Gong.» Lady Olivia legte ihre Hand

leicht auf Trevannions Arm. «Wir müssen jetzt wirklich –»

Sie wurde von Cece unterbrochen, die in Wolken von Parfumduft die Galerie entlangflog. «Ihr Schätze! Gott sei Dank. Ich bin fast umgekommen vor Langeweile.»

Rachel schaffte es, nicht zurückzufahren, als Cece sich zuerst Simon und dann ihr entgegenwarf und ihnen ihre gepuderte Wange ins Gesicht drückte.

«Ach, und Olivia, mein Engel! Was für ein – süßes Kostüm. John, du mein Herzblatt. Ich will euch Mummy nicht vorenthalten. Sie erwartet die Getreuen im roten Salon.» Nachdem sie sich so derer entledigt hatte, die nichts zu ihrer Unterhaltung beizutragen hatten, wandte sie sich wieder Rachel zu. «Haben Sie Ihre Karten mitgebracht?»

«Karten?», fragte Trevannion mit einem verwunderten Blick zu Rachel. «Spielen Sie Bridge?»

Cece hakte Rachel unter. «Simons hinreißende Cousine hat versprochen, mir die Karten zu legen.»

Lady Olivia machte Anstalten zu gehen, in Richtung zum roten Salon, vermutete Rachel, doch Trevannion blieb zurück. «Glauben Sie etwa an so etwas?»

«Warum nicht?», fragte Simon mit leisem Spott. «Haben Sie nicht eben für den Mut der Überzeugung geworben?»

«Stimmt ...», räumte Trevannion ein. «Aber zwischen Überzeugungen und Aberglauben besteht ein Unterschied.»

«Was dem einen sein Aberglaube», versetzte Simon, «ist dem anderen seine Wissenschaft. Siehe Dr. Radlett.»

Cece verdrehte die Augen. «Hört mir auf mit diesem Langweiler.»

«Ich dachte, du hältst nichts von Dr. Radlett», warf Rachel ein.

«Richtig», bestätigte Simon. «Aber wenn man bereit ist, die eine Form von abergläubischem Hokuspokus zu akzeptieren, sollte man sich über andere Formen davon nicht lustig machen. Scheinheiligkeit ist nie schön.»

Trevannion kniff die Augen zusammen. «Sie würden auch noch mit dem Teufel streiten, wie, Montfort?»

«Besser mit dem Teufel zu streiten», warf Lady Olivia unerwartet ein, «als das Gegenteil.» Die Stimme war leise und höflich, doch sie ließ die anderen aufhorchen. «Denken Sie nur an den armen Faust.»

Simon lachte. «Oh, er hat gestritten. Nur nicht sehr gut.»

Trevannion schien nicht erfreut darüber, dass seine Verlobte sich bemüßigt fühlte, Simon zu verteidigen. «Sie würden es sicher besser machen, wie?»

«Ach, die Teufelspakte überlasse ich den Politikern.» Simon lächelte Trevannion freundlich an. «Mir reicht es, auf meine Art zum Teufel zu gehen.»

«Dann beeil dich», sagte Cece und zupfte ihn ungeduldig am Arm. «Sonst erwischt Mummy uns noch, und wir müssen uns den ganzen tödlichen Vortrag anhören. Schnell jetzt.»

«Apropos Teufel –», sagte Simon.

«Pscht. So kannst du nicht über Mummy reden.»

«Ich meinte nicht deine verehrte Frau Mutter. Ich sprach von der Kartenleserei.»

Rachel merkte deutlich, wie Trevannion sie ansah. «Am Kartenlesen ist nichts Teuflisches. Das ist keine schwarze Kunst, das ist einfach ein – Talent.» Das auf dreistündiger gründlicher Lektüre eines Tarotbuchs beruhte. Den Eingeweihten in der Küche von Schloss Brillac hätte sie kaum etwas vormachen können, doch sie vertraute darauf, dass ihre Künste für Cece reichen würden. Einladend sah sie zuerst Lady Olivia an, dann Trevannion. «Kommen Sie doch mit. Dann zeige ich es Ihnen.»

Lady Olivia gab die Antwort für beide. «Danke, ein andermal vielleicht.»

Reine Höflichkeit. Ein anderes Mal würde es nicht geben. Sie würde jetzt gehen, und fertig. Ende einer flüchtigen Bekanntschaft. Rachel kam sich vor, als grapschte sie verzweifelt nach einem Halt vor dem Abgrund, in den sie gleich stürzen würde.

«Dann nächsten Donnerstag», sagte sie schnell, bevor ihre Schwester sich entfernen konnte. «Ich gebe eine kleine Gesellschaft in meiner Wohnung.»

«Oh?» Simon zog die Brauen hoch.

Rachel ignorierte ihn. «Es sollte eigentlich nur eine Cocktailparty werden, aber wir können es ja zu einer kleinen Séance erweitern. Mit Karten und Kristallkugel und allem, was dazugehört.»

«O ja, Cocktails und Karten, perfekt», rief Cece begeistert. «Wir können allen sagen, sie sollen sich als Zigeuner verkleiden. Könnt ihr euch Brian mit einem Schlapphut und goldenen Reifen in den Ohren vorstellen? Das ist wirklich brillant.»

«Brillant», wiederholte Simon, den Blick auf Rachel gerichtet. Sie konnte nicht erkennen, ob er beeindruckt war oder verstimmt. «Unsere Vera ist doch immer für eine Überraschung gut.»

Cece plante schon. «Wir werden kaum alle in Ihre

Wohnung passen. Der obere Saal im Golden Calf wäre vielleicht geeignet. Wie wollen wir es nennen? Tanz um die Kristallkugel? Oder Karten und Cocktails?»

«Wie wär's mit irrer Zauber?», meinte Simon nonchalant.

Rachel konzentrierte sich auf Lady Olivia. «Wollen Sie nicht kommen und hören, was die Zukunft für Sie bereithält? Ach, bitte, sagen Sie ja. Es wird bestimmt ein Spaß.»

Simon warf Trevannion einen ironischen Blick zu. «Oder fürchten Sie sich vor dem, was vielleicht in der Zukunft wartet?»

Trevannion antwortete mit einem ebenso ironischen Lächeln. «Ich kann mich auf keinen Fall von Montfort einen Feigling nennen lassen.» Er nahm Olivias zierliche Hand. «Was meinst du, Liebes?»

Lady Olivia wirkte verwirrt. «Ich habe Mutter versprochen, dass wir sie zum Ball bei den Massinghams begleiten ...»

«Dann hinterher», sagte Rachel aufmunternd. «Sie können in Ballgarderobe kommen und uns alle mit Ihrem Glanz überstrahlen.»

«Warum nicht?», meinte Trevannion.

«Vielleicht sagen Ihnen die Karten, ob Sie Ihre nächste Nachwahl gewinnen», bemerkte Simon.

Lady Olivia sah ihren Verlobten an und sagte pflichtschuldig: «Dazu brauchen wir keine Karten.»

«Nein, nur einen sicheren Sitz im Parlament», versetzte Simon und fügte mit einer galanten Geste hinzu: «Aber wo sind meine Manieren geblieben? Ich möchte Sie auf keinen Fall davon abhalten, Dr. Radletts Worten unsterblicher Weisheit zu lauschen. Ich stelle mich inzwischen brav an und warte nach dem Vortrag auf meine Spritze, um danach für immer ein beispielhaftes Mitglied unserer Gesellschaft zu werden.»

«Guten Abend, Montfort.» Trevannion bot seiner Verlobten den Arm. «Miss Merton.»

Lady Olivia neigte kaum merklich den Kopf, dann gingen sie gemeinsam durch einen Torbogen in die Galerie, und Rachel blieb ernüchtert und aufgewühlt mit den anderen zurück.

Wer hatte behauptet, Blut sei dicker als Wasser? Wäre nicht Trevannion gewesen, so hätte Lady Olivia sie wahrscheinlich nicht einmal eines Nickens für würdig erachtet. Unwillkürlich fragte sich Rachel, was der Mann in ihr sah? Besaß sie verborgene Qualitäten?

Oder machte sie schlicht die Tatsache attraktiv, dass sie von Adel war?

Rachel verscheuchte den hässlichen Gedanken. «Nicht vergessen», rief sie sonnig. «Nächsten Donnerstag.»

Lady Olivia blickte über die Schulter zurück, aber nicht zu Rachel. Der Blick ihrer großen grauen Augen flog zu Simon, wo er kurz verweilte, ehe sie sich schnell wieder abwandte.

Dann waren sie weg, und Rachel verspürte nichts als ein eigenartiges Gefühl der Leere.

Was hatte sie erwartet? Dass Lady Olivia die Arme ausbreiten und sie als die lang verlorene Herzensschwester erkennen würde? Sie hatten nichts miteinander gemein.

Außer, wie es schien, Simon Montfort.

«Das klappt nie», sagte Cece. Rachel wusste nicht

gleich, wovon sie redete. «Bis Donnerstag schaffen wir das unmöglich. Vielleicht Donnerstag in vier Wochen – ach, was ist denn, Daisy?»

«Telefon für Sie, Miss Cecelia.»

«Also wirklich, Diana kann keine zehn Minuten – Ich bin gleich wieder da. Wartet im Schreibzimmer auf mich. Ihr werdet mich doch nicht im Stich lassen?»

«Ich verspreche nichts», sagte Simon.

«Das tust du nie.» Cece warf ihm einen vorwurfsvollen Blick zu und wirbelte hinaus.

Simon führte Rachel Ceces Weisung gemäß in einen schmalen Raum und schloss sorgfältig die Tür. «Eine Cocktail-Séance. Sehr originell.»

«Es wundert mich, dass Sie das nicht haben kommen sehen.» Rachel ging unruhig vom offenen Kamin zum Fenster. Sie fühlte sich wie eingesperrt in dem kleinen, dunkel getäfelten Raum. Vielleicht kam es daher, dass sie sich von den Plänen und Absichten der anderen bedrängt fühlte, von unterschwelligen Strömungen, die sie nur ahnte. «Haben Sie etwas dagegen, wenn ich in der Wohnung Ihrer Mutter ein kleines Fest gebe? Ich weiß, ich hätte vorher fragen sollen, aber die Gelegenheit ergab sich ganz zufällig, und –»

«Sie können in der Wohnung tun und lassen, was Sie wollen. Wenn Sie nur das Silber nicht verpfänden.» Simon kehrte ihr abrupt den Rücken.

Sie wurde ärgerlich. «Sie haben nie erwähnt, dass Sie mit Lady Olivia so gut bekannt sind.»

«Ich bin mit jedem bekannt.» Simon hielt eine Fotografie in silbernem Rahmen ans Licht und stellte sie wieder hin. «Ich kann keinen Salon betreten, ohne mindestens sechzehn Cousins und Cousinen sechsten Grades in die Arme zu laufen – zum Glück für Sie.»

«Lady Olivia ist keine Cousine sechsten Grades», widersprach Rachel und trat an den Tisch voller Fotografien, vor dem Simon stand.

Sie sah Cece, ätherisch wie eine Elfe in ihrem Debütantinnenkleid; einen jungen Mann in Uniform; Kinder beim Krocketspielen; einen Mann mit kurzem Bart wie Eduard VII. und verschwommenem Blick.

Simon faltete die Hände auf dem Rücken und ging zum Fenster. «Nein. Sie ist eher so etwas wie eine von zwanzig Cousinen fünfzehnten Grades. Sie können es im *Debrett's* nachschlagen, wenn Sie es genau wissen wollen.»

So hatte sie es überhaupt nicht gemeint. Sie war der Spielchen müde. «Sie haben doch ein starkes Interesse an Lady Olivia», sagte sie ganz direkt.

Simon sah sie nicht an. «Natürlich, Ihretwegen. War das nicht der Zweck der Übung? Ohne Lady Olivias Zutun werden Sie niemals eine Einladung nach Caffers erhalten.»

Rachel starrte auf seinen Rücken. «Behaupten Sie.»

«Haben Sie einen besseren Plan?» Seine Stimme war ohne jeden Ausdruck.

«Nein», bekannte Rachel widerstrebend.

«Ihre kleine Cocktail-Séance ist auf ihre Art eine geniale Idee. Sie wird eine Menge Stoff für meine Kolumne liefern.» Simon schnippte ein unsichtbares Stäubchen von einem der schweren Vorhänge. «Sie haben ein Gespür für den besonderen Effekt. Wenn man es nicht besser wüsste, könnte man wirklich glauben, Sie wären das, was Sie zu sein vorgeben.»

«Danke.» Rachel widerstand der Versuchung, ihm eine schnippische Antwort zu geben.

«Aber», fuhr Simon in demselben gönnerhaften Ton fort, der sie so sehr reizte, «sie wird, fürchte ich, ihren Zweck nicht erfüllen.»

«Ich dachte, es ginge darum, dass ich Lady Olivia näherkomme.»

Simon seufzte. «Und wie, meine liebe Lady Machiavelli, wollen Sie das auf einem Fest erreichen, bei dem Sie die Gastgeberin sind? Sie werden viel zu viel damit zu tun haben, Gläser zu füllen und sich um gekränkte Eitelkeiten zu kümmern, um sich bei Lady Olivia lieb Kind zu machen. Wenn sie überhaupt kommt.»

Er hatte recht, aber das würde sie niemals zugeben.

«Na schön. Was schlagen Sie vor?»

Simon ging rastlos im Zimmer umher. «Ich habe heute Morgen mit Lady Ardmores Sekretärin gesprochen, eine ganz reizende Person. Sie hat mir erzählt, dass Lady Olivia morgen bei Debenham ein Paar Handschuhe abholt. Sie gibt mir Bescheid, für welche Zeit Lady Ardmore den Wagen bestellt.»

«Debenham, aha», sagte Rachel.

«Ein Warenhaus», erklärte Simon hilfsbereit. «In der Oxford Street.»

Rachel stemmte die Hände in die Hüften. «Ich weiß, wo Debenham ist.» Es stimmte nicht, aber es hätte ja sein können. «Wenn das von Anfang an Ihr Plan war, wieso sind wir dann hier?»

«Hier», sagte Simon, «ist ein weiter Begriff. Im Heatherington House? In Mayfair? Im Schreibzimmer Ihrer lieben Tante Fanny?»

Einen Moment lang glaubte Rachel, er hätte sich versprochen. Lady Frances war nicht ihre Tante Fanny. Eine weitläufige Verwandte vielleicht, wenn sie weiterhin vorgeben wollten, sie sei eine entfernte Cousine von Simon. Oder – Rachel hob den Kopf, als sie begriff, was Simon meinte.

«Vor ihrer Heirat», klärte Simon sie auf, «war Lady Frances Frances Standish. Sie ist die Schwester Ihres Vaters.»

Ihre Tante. Das hieß, dass Cece ihre Cousine war. Sie hatte Mühe, sich das klarzumachen. Es wollte ihr nicht in den Kopf.

«Das hätten Sie mir auch früher sagen können.»

«Sie hätten im *Debrett's* nachsehen können.» Simon beobachtete sie. «Warum haben Sie es nicht getan?»

Weil sie nicht an das andere Leben ihres Vaters denken wollte. Sie wollte ihn so zurückhaben, wie er gewesen war, als er zu ihr und ihrer Mutter gehört hatte, damals, in dem kleinen Haus in einem Dorf, dessen Namen sie lange vergessen hatte.

Atme, befahl sie sich. Atme. Es war alles nur Ablenkung, eins dieser Spielchen, die Simon ständig spielte.

Mit einem Schulterzucken sagte sie: «In unseren Kreisen schleppen wir keinen Adelskalender mit uns herum.»

Die gerahmten Fotografien auf dem Tisch. Cousins und Cousinen. Sie hatte Verwandte. Sie hatte eine Tante. Sie hatte nie an eine solche Möglichkeit gedacht. Sie war es gewohnt gewesen, mit ihrer Mutter allein zu sein.

Hör auf, darüber nachzudenken, sagte sie sich. Für diese Leute existierst du sowieso nicht. Für sie existiert nur Vera Merton, Simon Montforts Cousine.

«Wenn Sie von vornherein dieses Zusammentreffen mit Lady Olivia beim Einkaufen geplant hatten, warum dann das ganze Theater mit Cece?»

«Damit sie Sie kennt», erklärte Simon mit unabweisbarer Logik. «Sie hätten ja wohl kaum eine Wildfremde in der Handschuhabteilung überfallen können.»

«Sie kennt mich nicht», entgegnete Rachel. «Und ich kenne sie nicht.» Und wollte sie auch nicht kennen.

Simon beugte sich über sie, eine Hand an die getäfelte Wand hinter ihrem Kopf gestützt. «Sie kennen sie gut genug, um sie anzusprechen. Sie sind einander vorgestellt worden.»

«Wenn man es so nennen kann.» Rachel sah zornig zu ihm auf. «Ich hatte nicht den Eindruck, dass sie Wert darauf legte, die Bekanntschaft zu vertiefen.»

«Dafür ist morgen da», sagte Simon. «Sie müssen ihr Vertrauen gewinnen.»

«In der Handschuhabteilung.»

«Ward je in dieser Laun ein Weib gefreit? Wenn es Richard III. gelang, Königin Anna im Angesicht ihres toten Manns zu gewinnen, dann werden Sie doch wohl Lady Olivia in der Handschuhabteilung bezirzen können.» Er schwieg einen Moment, bevor er wie beiläufig hinzufügte: «Sie liest gern Gedichte. Tennyson. Sie könnten ‹Die Dame von Shalott› erwähnen.»

«Trug die Dame Handschuhe?», fragte Rachel spitz. «Was ich nicht verstehe», setzte sie dann aufrichtig hinzu, «ist, warum Lady Olivia ein Interesse daran haben sollte, sich mit einer – einer völlig Fremden anzufreunden.»

Es gelang ihr nicht ganz, den bitteren Unterton zu unterdrücken. Was sollte Lady Olivia schon von ihr wollen?

Sie hatte eine Mutter, einen Vater, einen Bruder, Cousins und Cousinen, Onkel und Tanten. Sie war der Mittelpunkt einer Welt, zu der Rachel keinen Zugang hatte.

Simon lächelte schief. «Wer würde sich nicht im Glanz der außergewöhnlichen Vera Merton sonnen wollen, die gerade in aller Munde ist?»

Das war keine Antwort. «Ich bin weder außergewöhnlich noch in aller Munde», sagte Rachel patzig.

«Nein?» Simons Lächeln war entschieden selbstzufrieden. «Sie sollten sich vielleicht die heutige Ausgabe des *Daily Yell* besorgen.» Er stieß sich von der Wand ab, und die Maske freundlicher Unverbindlichkeit fiel wieder herab. «Ah! Cece, Darling, ich habe schon gefürchtet, du wärst dem Charme des guten Dr. Radlett erlegen ...»

KAPITEL 11

An der Ecke South Audley Street war ein Zeitungsstand. Rachel nahm sich die oberste Ausgabe des ausgelegten *Daily Yell* und blätterte an Morden, kommunistischen Verschwörungen und steigenden Preisen vorbei direkt zur Klatschspalte. ‹In bester Gesellschaft› lautete die Überschrift, ein Verfasser war nicht angegeben. Sie fand es nicht verwunderlich, dass Simon seinen Namen unterschlug. Der Beruf des Klatschkolumnisten war nicht unbedingt etwas, womit man sich brüsten konnte.

Die ersten Absätze entsprachen dem, was man erwartete. Töchter des Hochadels, die ihre Knickse machten und auf Tischen tanzten; Blumenausstellungen und opulente Feste. Elizabeth Ponsonbodys Name wurde immer wieder genannt, genau wie der von Brian Howard, Stephen Tennant, den Schwestern Lygon und Cece Heatherington-Vaughn, Rachels Cousine.

Rachel schob den Gedanken weg und stöberte weiter, ohne Rücksicht auf die Spuren, die die frische Druckerschwärze auf dem hellen Leder ihrer Handschuhe hinterließ.

Sie musste noch drei Absätze überfliegen, bevor sie auf ihren angenommenen Namen stieß. Beinahe hätte sie ihn übersehen. Der Bericht begann harmlos genug: ‹*Es war eine ausgelassene Clique am Mittwochabend in der Dean Street.›* Die bekannten Namen wurden genannt. Bonmots von Brian Howard kolportiert. Von Brillanten und Langeweile wurde berichtet, die schwer an der unvergleichlichen Cecelia Heatherington-Vaughn hingen. Evelyn Waugh war vom *Express* entlassen worden, sodass er sich nun ganz Miss Evelyn Gardner widmen konnte: Würden die beiden sich das Jawort geben und eine Schar kleiner Evelyns großziehen?

Dann kam es:

‹Zusätzlich Glanz und Farbe verlieh der munteren Gesellschaft die geheimnisvolle Erbin Miss Vera Merton. Miss Merton, die für gewöhnlich dem Segelsport an der südfranzösischen Küste frönt oder in Argentinien das Reiten auf einem der zahlreichen Pferde auf der Hazienda ihres Stiefvaters genießt, machte ihren Auftritt auf der Londoner Bühne in feuerrotem Chiffon, als einziges Accessoire eine Zigarettenspitze aus schwarzem Ebenholz mit Goldintarsien, die, so wird gemunkelt, das Geschenk einer äußerst hochgestellten Persönlichkeit ist, deren Name hier aus bestimmten Gründen nicht genannt werden kann. Auch wenn sie das Gerücht weder bestätigte noch zurückwies, ist allgemein bekannt, dass der fragliche Gentleman nur einer ihrer zahlreichen Verehrer ist. Sie trägt heute noch gelegentlich den aus Familienbesitz stammenden Rubin, den ihr kein anderer als der Radscha von Kildapur zum Geschenk machte.

Wenn sie nicht gerade in ihrem Flugzeug über den Weiten Kenias kreist oder die Herzen exotischer Herrscher bricht, entzückt Miss Merton ihre Freunde mit ihren bravourösen Darbietungen auf dem Clavichord.›

Das Papier zwischen Rachels Fingern knisterte. Das Clavichord? Sie war nicht einmal sicher, was ein Clavichord überhaupt war. Ein Instrument vermutlich. Vorzugsweise ein stumpfes.

«Miss? He, Miss!» Der entrüstete Ruf des Zeitungshändlers riss Rachel aus ihren Gedanken. «Das ist hier keine Leihbibliothek.»

«Bitte.» Rachel drückte ihm einen Shilling in die Hand, klemmte die Zeitung unter den Arm und ging.

Wie eine Herzensbrecherin fühlte sie sich gerade gar nicht. Die Haare unter ihrem knapp sitzenden Hut waren schweißfeucht, der Stoff ihres Kleides klebte ihr am Rücken. Kein Radscha, der etwas auf sich hielt, würde ihr einen zweiten Blick gönnen. Und eine gewisse hochgestellte Persönlichkeit? Rachel wusste nicht, ob sie lachen oder weinen sollte.

Absurd das alles. Wie sollte sie irgendjemandem vormachen, dass sie auch nur eine dieser Gegenden kannte? Kildapur, Kenia, oder auch den Süden Frankreichs. Sie kannte Paris, soweit man es kennenlernen konnte, wenn man es mit drei mehr oder weniger widerspenstigen Kindern im Schlepptau genoss, und sie kannte kleine Teile der Normandie und der Provence. Sehr kleine Teile. Und mit Pferden hatte sie das letzte Mal zu tun gehabt, als sie in ihrer Kindheit auf dem Rücken eines recht störrischen Ponys gesessen hatte.

Ein Clavichord war ihr noch nie untergekommen.

Wenn der Portier sich über die Wahl ihrer Lektüre wunderte, so ließ er sich nichts anmerken. Er grüßte sie mit einem Lächeln und einem Nicken, als hielte er ihre Anwesenheit hier für selbstverständlich.

Und warum hätte er das nicht tun sollen? Verglichen mit der Besteigung des Mount Everest oder was Miss Merton sonst angeblich vollbracht hatte, war eine Wohnung in Mayfair eine Alltäglichkeit.

Rachel sperrte die Wohnungstür auf, warf die Zeitung auf einen Tisch, zog ihre geschwärzten Handschuhe aus und ging schnurstracks zum Telefon.

«Das Clavichord?», fragte sie ohne Vorrede, als Simon sich meldete.

«Und Ihnen auch einen schönen Nachmittag, meine Beste. Ich nehme an, Sie haben sich die Zeitung geholt?»

Er hörte sich so widerlich selbstzufrieden an. Rachel holte tief Atem und zählte bis zehn, ehe sie in, wie sie hoffte, beherrschtem Ton sagte: «Sie hätten mich wenigstens fragen können.»

«Wäre Ihnen das Virginal lieber gewesen?» Ohne auf ihr Antwort zu warten, setzte er hinzu: «Es ist wenig wahrscheinlich, dass Ihnen ein Clavichord über den Weg laufen wird. Wenn doch, brauchen Sie nur bescheiden abzuwinken. Die meisten Leute sind heilfroh, wenn ihnen ein künstlerischer Vortrag erspart bleibt. Ich glaube nicht, dass man Sie drängen wird, Ihre Künste vorzuführen.»

«Darum geht es nicht», entgegnete Rachel zähneknirschend.

«Gibt es sonst noch etwas, wogegen Sie Einwendungen haben?» Simon wirkte zerstreut. Im Hintergrund raschelte Stoff.

«Ja! Gegen alles, was Sie da fabriziert haben. Was soll ich bitte tun, wenn jemand mich nach dem Radscha von – keine Ahnung, wo – fragt?»

«Von Kildapur, mein Kind. Der Radscha von Kildapur. Sie brauchen sich seinetwegen kein Kopfzerbrechen zu machen. Er ist ziemlich verblödet, besitzt allerdings durchaus kostbare Juwelen. Am liebsten spielt er mit seiner Modelleisenbahn.»

«Ah ja», sagte Rachel mit mühsam gezügelter Empörung. «Und was ist mit meinem Flugzeug?»

«Das haben Sie aufgegeben. Was soll spannend daran sein, über England herumzugondeln, wenn man Elefantenherden in wilder Flucht gesehen hat? Ein bisschen Phantasie, Schätzchen.»

Unter anderen Bedingungen hätte Rachel so viel Frechheit vielleicht amüsiert. Doch es war ihr Leben, mit dem Simon da spielte. Was, wenn es jemandem einfiel, Einzelheiten dieses absurden Märchens zu überprüfen?

Wenn sie als Lügnerin entlarvt wurde – würden ihr die Türen von Ardmore House für immer verschlossen bleiben. Sie spürte, wie ihr Vater in immer weitere Fernen rückte.

Sie umfasste den Hörer fester. «Ich wollte, Sie wären etwas weniger phantasievoll gewesen.»

«Es ging doch darum, Sie zu einer Sensation zu machen – und die werden Sie jetzt sein.»

«Bis jemand auf die Idee kommt nachzufragen», entgegnete Rachel.

«Per Telegramm nach Kenia? Selbst wenn – niemand gibt doch gern zu, dass er nicht informiert ist.» Simons Stimme klang einen Moment gedämpft. Anscheinend kleidete er sich gerade an, dachte Rachel. «Da findet sich bestimmt ein halbes Dutzend Leute, die schwören, dass sie gesehen haben, wie die berüchtigte Miss Merton im Muthaiga Club auf dem Billardtisch Rad geschlagen hat – und keiner wird ihnen widersprechen.»

«Sie scheinen sehr sicher zu sein.»

«Wer wagt, gewinnt.» Erneutes Rascheln und Knistern, dann wieder Simons Stimme. «Ich hole Sie um neun ab. Wir sind im Cave of Harmony verabredet.»

Das Letzte, wonach Rachel sich sehnte, war ein weiterer Streifzug durch das Londoner Nachtleben. «Ich bleibe zu Hause – und übe Clavichord.»

Simon achtete gar nicht auf sie. «Es ist irgendeine Schnitzeljagd geplant», fuhr er fort. «Polizistenhelme und eine Olive aus dem Ritz. Nehmen Sie einen warmen Mantel mit.»

Als wäre sie eine Schauspielerin in einem Stück unter seiner Regie. «Ich habe meine Schw– Lady Olivia bereits kennengelernt. Ich sehe den Sinn nicht.»

«Ach, holdes Vergessen.» Simons gutgelaunte Stimme, so anders als im Heatherington House, brachte sie fast auf die Palme. «Wir hatten eine Abmachung, meine Beste. Ein Entree für Sie, Material für mich.»

Rachel schlüpfte aus ihren unbequemen Schuhen und streckte in dem weichen weißen Teppich ihre Zehen. «Können Sie nicht einfach etwas erfinden? Außerdem soll ich doch geheimnisvoll sein.»

«Nicht so geheimnisvoll.» In der Stille, die folgte, hörte sie das Klicken des Feuerzeugs. «Umsonst ist der Tod. Betrachten Sie es als Preis für Kost und Logis.»

Wieso schockierte sie das? Die Bedingungen waren ihr doch von Anfang an bekannt gewesen. Aber so formuliert ... «Das klingt nach Erpressung.»

«Ich würde es lieber Miete nennen», erwiderte Simon. «Also, bis um neun.» Und weg war er.

Das große Wohnzimmer war hell und luftig, das Sonnenlicht, das durch die Fenster strömte, blitzte auf Chrom und altem Silber. Ihr Hut lag auf dem Glastisch, die Schlüssel lagen in einer Schale neben der Tür.

Es gab keinen Grund, sich plötzlich wie in einem Käfig zu fühlen.

Sie brauchte nur zu gehen. Miete, hatte er gesagt. Sie konnte jederzeit die Tür hinter sich zuschlagen. Die teuren Kleider und extravaganten Accessoires zurücklassen. Sie konnte sich eine bezahlbare kleine Wohnung in Holborn suchen. Niemand würde sie vermissen. Simon protegierte sie nur, weil sie ihn dazu gedrängt hatte.

Und sie wäre wieder da, wo sie vorher gewesen war. Im Ungewissen.

Rachel ließ sich auf das weiße Sofa fallen und starrte auf das Gemälde mit der Frau mit dem langen Hals, die den weiß gekleideten kleinen Lockenkopf mit den mutwilligen dunklen Augen umschlungen hielt.

Es ärgerte sie, wie eine Marionette gegängelt zu werden, aber sie konnte jetzt nicht einfach alles hinwerfen. Sie war mit diesen Leuten verbunden, ob sie es nun wussten oder nicht. Ein befremdlicher Gedanke, an den sie sich erst gewöhnen musste. Ihre Tante. Ihre Cousine. Ihre Schwester. Simon hatte ihr Einlass in diese andere Welt verschafft, indem er ihr die äußeren Mittel zur Verfügung gestellt hatte. Dafür würde sie sein Spiel spielen. Aber nur bis zu einer gewissen Grenze.

Es war Zeit, die Dinge selbst in die Hand zu nehmen.

Und sie glaubte auch schon zu wissen, wie sich das machen ließ.

Mit neuer Entschlossenheit stand Rachel auf und ging zurück zum Telefon. Das Amt konnte ihr die Nummer sagen; sie musste einen Moment warten, während ein Dienstmädchen durch Korridore eilte, Zeit genug, um sich zurechtzulegen, was sie sagen würde.

Als der Hörer aufgenommen wurde und eine Stimme «Hallo?» hauchte, war Rachel bereit.

«Cece? Darling. Vera Merton hier. Kann ich dich dazu überreden, mit mir zu Mittag zu essen?»

Rachel war unausgeschlafen, als sie am folgenden Tag zum Mittagessen losging.

Vom Cave of Harmony waren sie zu einem Ball in Mayfair weitergezogen, und Rachel hatte flüchtig ihre Schwester erblickt, die wohlerzogen mit Trevannion tanzte, bevor die ganze Gesellschaft wieder losgeschwirrt war, kreischend und lachend so eng in Privatautos und Taxis zusammengequetscht, dass die Leute zum Teil halb aus den offenen Fenstern hingen. Als man die lange Nacht mit starkem schwarzem Kaffee und dicken Schinkenbroten an einem der Stände beschloss, an denen gewöhnlich die Taxifahrer frühstückten, graute schon der Morgen.

Simon hatte sie lange vorher irgendwo im Getümmel verloren – hatte ihn seit dem Beginn der Jagd durch London nicht mehr gesehen –, dafür duzte sie sich mit allen möglichen fremden Leuten, unter ihnen eine Sportskanone mit sehr roten Wangen, eine Grafentochter namens Mamie und ein volltrunkener junger Mann, der gerade seine Stellung in einem Knabeninternat verloren hatte und irgendwo hinter dem Trafalgar Square sein gesamtes Abendessen zum Fenster hinaus von sich gab.

Sie alle hatten Rachel freudig und ohne Fragen als die akzeptiert, die sie zu sein vorgab. Sie wusste nicht recht, ob sie sich davon geschmeichelt oder alarmiert fühlen sollte.

Gleich vor der Wohnungstür lag ein kleines braunes Päckchen. Sie bückte sich langsam und vorsichtig, um es aufzuheben, und fand darin ein Bündel Briefe, alle an Rachel Woodley in Netherwell adressiert.

Rachel hatte niemanden gebeten, ihr die Post nachzuschicken, aber sie ahnte schon, wem sie diese Sendung zu verdanken hatte.

Mit gerunzelter Stirn sah sie den kleinen Stapel durch. Ein Schreiben vom Anwalt ihrer Mutter. Eine Antwort auf eine Anfrage wegen einer Wohnung. Kondolenzkarten von ehemaligen Schülerinnen ihrer Mutter. Rachel legte sie auf die Seite, um sie zu lesen und zu beantworten. Und ganz unten vier Kuverts mit Onkel Davids vertrauter flüssiger Handschrift.

‹Meine liebe Rachel …›, begann der erste Brief.

Rachel schob ihn zurück unter den Stapel. Er konnte sie ‹meine liebe Rachel› nennen, soviel er wollte, es änderte nichts daran, dass er sie belogen hatte und weiter belogen hätte, wenn er die Chance dazu gehabt hätte.

Wäre sie glücklicher, wenn sie ahnungslos geblieben wäre?

Sinnlos, darüber nachzudenken.

Die folgenden drei Briefe waren knapper, und es sprach zunehmende Besorgnis aus ihnen. Er habe bei der Post angerufen und gehört, dass sie verzogen sei. Als Adresse habe man ihm nicht mehr als ein Postfach in London nennen können. Er mache sich Sorgen um sie. Er fühle sich verantwortlich. Er hoffe von Herzen, sie werde nichts Unbesonnenes tun. Es gebe einiges, was sie erfahren müsse ...

Rachel verzog den Mund. Ach, jetzt musste sie es plötzlich erfahren? Das war doch einmal etwas ganz Neues.

Der letzte Brief war offensichtlich in Eile geschrieben. Er sei auf dem Weg nach London, um in der British Library einige Dokumente einzusehen. Er werde in seinem Club logieren. Wenn sie ihn besuchen wolle – jederzeit ... Er sei, wie gesagt, die nächsten vierzehn Tage im Marlborough-Club zu erreichen.

Nun war Rachel doch gerührt. Ein weiches Lächeln flog über ihr Gesicht. Lieber Onkel David. Wer wohl während seiner Abwesenheit seine Kurse übernommen hatte? Er konnte nicht rundheraus sagen, dass er ihretwegen nach London gekommen war. Doch er würde in seinem Club sein, falls sie ihn brauchte.

Einen Moment lang erwog sie, ihn aufzusuchen. Aber was würde er ihr sagen? Dass es der Wunsch ihrer Mutter gewesen war? Dass sie die Vergangenheit ruhenlassen solle?

Nein. Sie musste ihren eigenen Weg gehen.

Und als die mondäne Miss Vera Merton einige Zeit später das Restaurant des Ritz betrat, wurde sie schon von Cecelia Heatherington-Vaughn, der Skandalkönigin der Saison, erwartet.

Cece winkte der neuen Freundin zu. «O Gott, mein Kopf», sagte sie statt einer Begrüßung.

Sie hatte bereits einen Cocktail vor sich stehen, dessen giftiges Grün zur knalligen Farbe ihres Kleides passte.

«Meiner auch.» Rachel setzte sich ihr gegenüber und

versuchte so zu tun, als sei Lunch im Ritz für sie eine Alltäglichkeit. «Ich frage mich, was für Zeug das in Tommy Digbys Taschenflasche war.»

«Benzin, vermute ich», sagte Cece schaudernd. «Mit Crème de Menthe gemixt.»

Rachel wies mit einer Kopfbewegung zu Ceces Glas. «Und du folgst seinem Beispiel?»

«*Sans* Benzin.» Cece hob das Glas, zuckte mit den Schultern und trank. «Im Namen des Katers.»

«Na dann», meinte Rachel und versuchte, nicht an den Preis zu denken, «nehme ich auch einen.»

«Bringen Sie zwei», befahl Cece dem Kellner, bevor sie unverkennbar stolz zu Rachel sagte: «Wir sind heute beide drin.»

«Drin?»

«Im *Tatler.*» Cece legte eine schon aufgeschlagene Zeitschrift auf den Tisch.

Rachel betrachtete ihr Bild. Das Gesicht war vom Blitzlicht zu modischer Blässe gebleicht, die Haare schmiegten sich in makellosem Schwung um ihre Wange, der gefärbte Mund wirkte fast schwarz in dem weißen Gesicht.

Miss Cecelia Heatherington-Vaughn und Miss Vera Merton stand unter dem Foto.

«Gott, ich sehe furchtbar aus. Dass sie einen nie aus vorteilhaftem Winkel aufnehmen können! Grauenvoll.»

«Grauenvoll», wiederholte Rachel. Sie wirkte auf dem Bild genau so, wie sie es sich vorgenommen hatte. Nicht wie eine Erzieherin, die täglich ihrer Arbeit nachging. Nicht wie die uneheliche Tochter, die man verstecken musste. Sie wirkte wie eine reiche, anspruchsvolle, verwöhnte Frau.

«Da ist Tante Violet», sagte Cece. «Liegt praktisch auf den Knien vor dem Prinzen von Wales. Devoter geht's wirklich nicht.»

Die Bemerkung riss Rachel mit einem Ruck aus ihren Betrachtungen. Auf der gegenüberliegenden Seite war die Gräfin von Ardmore abgebildet, die Frau ihres Vaters. Sie war breit und kompakt, ein Eindruck, der noch verstärkt wurde durch ein Kleid mit zu üppigem Rock und einen Hut mit Wagenradkrempe im neuen romantischen Stil. Es sah aus, als wollte sie den Prinzen von Wales in Tüllwolken ersticken.

Rachel räusperte sich. «Das ist Lady Olivia, hinter ihr, nicht?»

«Ja.» Cece griff dankbar nach ihrem frischen Cocktail. «Die arme Tante Violet. Sie hätte den Kronprinzen biestig gern mit Livvy verkuppelt. Die beiden haben ein einziges Mal miteinander getanzt, und sie hätte am liebsten gleich Krönchen in Olivias Unterwäsche sticken lassen.»

Rachel kannte den Prinzen von Wales aus der Wochenschau. «Da wartet doch bestimmt schon eine standesgemäße deutsche Prinzessin in den Kulissen», meinte sie leicht ironisch.

Cece lächelte sie über ihr Glas hinweg verschmitzt an. «Wir leben in modernen Zeiten. Wenn Elizabeth Bowes-Lyon sich den Herzog von York angeln konnte, warum dann nicht den Prinzen von Wales für eine Standish. Wenigstens sah es Tante Violet so. Auch wenn sie immer noch nach sauren Gurken riecht.»

«Nach sauren Gurken?»

«Oder waren es Konservenbohnen? Irgendwas in der Art. Es ist zum Lachen, wie prätentiös sie tut. Dabei hat ihr Vater mal in einer seiner eigenen Fabriken angefangen.»

Sie fand Ceces unbekümmerten Snobismus abstoßend. «Aber Herkunft ist doch nicht alles. Du sagst selbst, wir leben in modernen Zeiten.»

«Das sollte mal jemand Tante Violet sagen», meinte Cece mit müder Geste. «Sie ist so verbissen viktorianisch.» Sie stopfte die Zeitschrift wieder unter den Tisch. «Nimmst du etwas zu essen? Ich glaube, ich würde keinen Bissen hinunterbringen.»

«Nach den Schinkenbroten heute Morgen habe ich das Gefühl, ich kann nie wieder etwas essen.»

«War dieser Taxifahrer nicht hinreißend? Sein Frühstück mit uns zu teilen.» Cece studierte die Speisekarte und legte sie weg. «Trotzdem solltest eigentlich gerade du dich nicht über Tradition und Familienstolz lustig machen. Die Montforts strotzen doch davon.»

«Ich bin keine Montfort, ich bin eine Merton.» Aus einer verrückten Idee in einem Teesalon geboren.

Flüchtig fragte sich Rachel, ob es echte Mertons gab. Oder war die Familie ausgestorben wie so viele andere Adelsgeschlechter, die eine Glanzzeit hatten und dann erloschen waren?

Cece wedelte lässig mit der Hand. «Simons Blut ist so was von blau, blauer geht es nicht. Und in der Familie seiner Mutter ist es noch schlimmer. Aber für Tante Violet zählte das nicht. Wir dachten alle, sie würde der Schlag treffen, als ... du weißt schon.»

Rachel machte ein vielsagendes Gesicht. «Als Simons Mutter auf und davon ging?»

«Beim wievielten Mal?» Mit dem Glas in der Hand

lehnte Cece sich entspannt zurück. Sie schien sich bestens zu amüsieren. «Vera, sag bloß, du weißt das nicht. Das weiß doch jeder.»

«Ich war so viel im Ausland ...»

«Sie wollten es geheim halten – aber, mein Gott, da konnte natürlich keiner widerstehen. Monatelang wurde über nichts anderes getratscht.»

«Was denn?» Rachel versuchte nicht einmal, so zu tun, als hätte sie eine Ahnung.

«Du meine Güte.» Cece richtete sich auf und hielt ihr Glas hoch. «Olivias Verlobung mit Simon.»

KAPITEL 12

Sie waren verlobt?»

«Es war alles streng geheim.» Zufrieden mit der Wirkung ihrer Worte, ließ Cece sich auf ihrem Stuhl zurücksinken. «Ich hätte wahrscheinlich nichts sagen sollen. Es ist ewig her.»

«Aber Lady Olivia ist doch gerade erst – zweiundzwanzig?» Als hätte Rachel das Alter ihrer Halbschwester nicht bis auf die Minute gewusst.

«Dreiundzwanzig», korrigierte Cece, die den Klatsch sichtlich genoss. Mit blitzenden Augen beugte sie sich vor und stützte die Ellbogen auf den Tisch. «Das war ja ein Teil des Skandals. Livvy war – sechzehn? Man würde ihr das gar nicht zutrauen, nicht?»

«Nein.» Rachel hatte Mühe, ein Wort hervorzubringen. Diese auffallende Vertrautheit. Die Spannung zwischen Simon und Trevannion. Simons Eifer, sie bei ihrem Plan zu unterstützen, der nie ganz mit seinem journalistischen Ehrgeiz zu erklären gewesen war. Sie hatte von Anfang an gespürt, dass mehr dahintersteckte. Sie hatte nur nicht gewusst, was genau. «Was ist dann passiert?»

«Du meinst, nachdem Tante Violet ihren hysterischen Anfall bekommen hatte? Onkel Edward hat es natürlich sofort unterbunden.»

In ihrer Verwirrung brauchte Rachel einen Moment, um die Verbindung herzustellen. «Onkel Edward – der Graf?»

Aus weiter Ferne konnte sie die Stimme ihrer Mutter hören. «Edward ...»

Vor sieben Jahren, hatte Cece gesagt. Damals hatte Rachel gerade ihre erste Stellung in Frankreich angetreten. Aber davon hatte ihr Vater natürlich nichts gewusst. Er war mit seiner anderen Tochter beschäftigt gewesen.

Rachels Hals war wie zugeschnürt. Mühsam sagte sie: «Er war nicht einverstanden?»

Cece zog ein goldenes Feuerzeug heraus und zündete sich eine ihrer ägyptischen Zigaretten an. Nachdem sie genüsslich den ersten Zug gemacht hatte, sagte sie: «Simon war ja so viel älter – und dann die ganzen Skandale mit seiner Mutter. Sie wird nirgends empfangen – jedenfalls nicht von den Kleinkarierten. Und du kannst dir vorstellen, zu welchem Lager Tante Violet gehört.» Cece blies eine lange Rauchfahne in die Luft. «Sie hat Ansichten wie aus biblischen Zeiten. Ginge es nach ihr, so würde wahrscheinlich die Steinigung wieder eingeführt werden.»

Einigermaßen grotesk, wenn man daran dachte, dass hier im Ritz die uneheliche Tochter ihres eigenen Ehemannes saß. Oder durften Männer tun, was ihnen beliebte, während Frauen über jeden Verdacht erhaben zu sein hatten?

«Ich finde das ziemlich ungerecht.» Es kostete sie Anstrengung, einen leichten Ton anzuschlagen. «Die Kinder für die Sünden der Mutter büßen zu lassen.»

«Ach Gott! Wann war die Welt je gerecht?» Cece schnippte Asche in die Luft. «Und es lässt sich ja nicht leugnen, dass Simon reichlich exzentrisch aufgewachsen ist – Palazzi in Italien und Rinderfarmen in Amerika und weiß der Himmel was noch. Brian erzählt die tollsten Geschichten – die meisten wahrscheinlich nur zur Hälfte wahr. Trotzdem ...»

Rachel trank von ihrem Cocktail. Er war viel zu süß und klebrig. «Kein Wunder, dass das keine passende Partie war.»

Nicht für Lady Olivia Standish.

Man konnte doch nicht zulassen, dass die gesittete Tochter des Hauses sich an einen Mann von zweifelhaftem Ruf wegwarf.

Rachel kämpfte gegen Erbitterung und Neid.

«Nein, für Simon bestimmt nicht», sagte Cece loyal. «Wenn ich mir vorstelle, er wäre mit Olivia verheiratet! Sie ist ja wirklich lieb, aber leider so unglaublich langweilig. Und Tante Violet. Wehe dem, der sie als Schwiegermutter bekommt.» Sie schauderte theatralisch. «Ehrlich, Simon sollte heilfroh sein. Ich kann mir nicht vorstellen, was er und Livvy je miteinander zu reden hatten.»

So viel rührende Sorge um die Massen, hatte Simon über Trevannion gesagt, *von einem Mann, der demnächst die Tochter eines Grafen heiraten wird.*

«Vielleicht ging es ihm gar nicht ums Reden.» Rachel erschrak selbst über ihren bitteren Ton. Was war nur los mit ihr?

Cece lachte anzüglich. «Du bist ja eine Schlimme. Aber mal ehrlich – Olivia? Der Typ ist sie wahrhaftig nicht.»

So hatte Rachel es überhaupt nicht gemeint. Aber wenn Cece es glauben wollte ... Sie sagte nichts.

Ceces helle Augen begannen wieder zu blitzen. «Außerdem hätte sie dann schon sehr raffiniert sein müssen. Tante Violet wacht über ihre Tochter wie eine viktorianische Gouvernante.» Cece drückte ihre Zigarette aus. «Es ist wirklich kein Wunder, dass der arme Jicksy seine Abende lieber mit einer Flasche Gin verbringt als daheim bei dieser bigotten Lady Macbeth.»

Ceces Geplapper war wie ein Sturzbach voll glitzernder, äußerst scharfkantiger Steinchen. Es hörte sich so seicht an, dass die scharfen Spitzen hinter ihren Worten aus dem Nichts zu kommen schienen, und bis man sie registrierte, war sie schon beim nächsten Thema.

«Aber mit Mr. Trevannion ist Lord Ardmore anscheinend einverstanden?»

«Oh, das hat Tante Violet eingefädelt.» Cece schlug ein seidenbestrumpftes Bein über das andere. «Livvy kam nicht an, weißt du. Keinen Funken Sex-Appeal, das arme Ding. Liegt natürlich auch daran, dass ihre Mutter ihr vorschreibt, wie sie sich anzuziehen hat.»

Cece streckte träge die schlanken Arme über ihrem Kopf in die Höhe, wie um allseits zu zeigen, dass es ihr an diesem geheimnisvollen Reiz, der sich Sex-Appeal nannte, ganz und gar nicht mangelte.

«Nach der dritten Saison hatten sie alle Hoffnung aufgegeben.»

Olivia begann Rachel beinahe leidzutun. «Das klingt scheußlich.» Sie kramte eine Zigarette aus ihrer Tasche. «Parade laufen, um sich einen Mann zu angeln.»

«Darling, ich sage doch, neben Tante Violet war Königin Viktoria Avantgarde.»

Das Gleiche hatte Rachel manchmal von ihrer Mutter gedacht. Eine überwältigende Sehnsucht ergriff sie plötzlich. Natürlich hatten sie ihre Auseinandersetzungen gehabt, aber sie hatte immer die Liebe gespürt, auch wenn ihre Mutter noch so streng gewesen war.

Und, dachte Rachel jetzt, ihre Mutter hatte aufgrund ihrer eigenen Erfahrungen vielleicht mehr Anlass gehabt, sich um ihre Tochter zu sorgen, als diese gewusst hatte.

Cece plapperte immer noch fröhlich fort. «Tante Violet bildet sich ein, sie könnte aus jedem Mann etwas machen, und da der arme Onkel Edward partout nichts aus sich machen lässt ...» Mit gekrümmten Schultern beugte sich Cece über den Tisch, als wollte sie Rachel ein Geheimnis anvertrauen. «So hat sie John für Olivia eingefangen. Sie veranstaltet ständig irgendwelche ‹kleinen politischen Abendgesellschaften›. Zum Gähnen.» Sie hielt demonstrativ die Hand vor den halbgeöffneten Mund. «Aber keiner hat den Mut, nein zu sagen.» Sie lachte ein wenig. «Er ist trotzdem ein ziemlicher Schatz, nicht? Wenn er nur nicht so wahnsinnig engagiert wäre.»

Gerade das Engagement hatte Rachel gefallen. Trevannion, der sagte, was er meinte, und meinte, was er sagte, stand wie ein Pfeiler beruhigender Zuverlässigkeit mitten in diesem allgemeinen Wirbel von Eitelkeit und Lügen. Auch wenn er sich damit dem Spott blasierter Lackaffen aussetzte.

«Weiß Mr. Trevannion von Simon?»

Cece zückte ihr goldenes Feuerzeug, als Rachel ihre Zigarette hob. «Bestimmt.» Das Licht des Flämmchens fiel auf die Initialen aus Smaragd. «Es sei denn, er hat aus Prinzip etwas gegen Simon. Simon bringt ja gern mal andere gegen sich auf.»

Rachel hielt ihre Zigarette vorsichtig zwischen den Fingern. «Ganz bewusst, habe ich den Eindruck.»

Cece klappte ihr Feuerzeug zu. «Dabei ist er so ein Lämmchen.»

Mit Reißzähnen, ja. «Kennst du Simon schon lange?»

«Seit ich noch im Kinderwagen lag. Seine Mutter ist gleich mit dem Ersten – dem Italiener – durchgebrannt. Gott, das ist ewig her. Er kam immer in den Schulferien zu uns –» Cece richtete sich abrupt auf und reckte den Hals nach dem Kellner, wedelte mit der Hand, um ihn auf sich aufmerksam zu machen. «Bringen Sie mir doch bitte noch einen, ja?» Ebenso abrupt wandte sie sich wieder Rachel zu. «Du hast noch kein Wort über das Fest gesagt, das du planst. Du musst mich bei den Vorbereitungen unbedingt helfen lassen.»

Der plötzliche Themawechsel brachte Rachel einen Moment aus dem Konzept. «Ich habe ehrlich gesagt nicht viel darüber nachgedacht.»

Es war eine spontane Idee gewesen, sie war selbst nicht sicher, ob sie ihrem Wunsch entsprungen war, engeren Kontakt zu ihrer Schwester zu bekommen, oder einem Bedürfnis, John Trevannion zu beeindrucken. Was auch immer, sie passte Simon offensichtlich nicht in den Kram.

Simon hatte sie belogen. Eigentlich keine Überraschung. Der ganze Plan war ja auf Lüge aufgebaut. Aber warum hatte er sie in Bezug auf Olivia belogen? Warum hatte er vorgegeben, sie kaum zu kennen?

Angst, eine Blöße zu zeigen? Oder einfach, weil er sich nicht gern in die Karten schauen ließ?

«– Fenster mit roten Tüchern verhängen», sagte Cece. «Wie in einem Zigeunerwagen ...»

Simon täuschte gern, aus welchem Grund auch immer. Dieses ganze Gerede, er brauche Material für seine Kolumne – das stimmte vielleicht bis zu einem gewissen Grad, aber es konnte nicht sein Hauptmotiv sein.

Alles lief auf ihre Schwester hinaus. Auf Lady Olivia, mit der sie sich unbedingt anfreunden sollte.

Aber nach seinen Vorgaben.

Hoffte er nach so langer Zeit immer noch, Olivia zu erobern? Die Vorstellung, dass Simon, der spöttische, kultivierte, selbstsichere Simon auf Knien um Liebe warb, und ausgerechnet um die Liebe einer Frau wie Lady Olivia, war wenig überzeugend. Ceces Urteil war sicher mit einem dicken Korn Salz zu nehmen, doch es ließ sich nicht leugnen, dass es Olivia an Ausstrahlung fehlte. Sie war nicht mehr als ein Zittern in der Luft, so substanzlos wie der dünne Rauchfaden einer gelöschten Kerze.

Sofort meldeten sich Zweifel. Es war eine Versuchung, ihre Schwester als nichtssagend abzutun, aber das erlaubte ihre Ehrlichkeit nicht. Flüchtige Reflexe, die hier und dort aufgeblitzt waren, ließen anderes ahnen, auch wenn es vielleicht nur ein Blick gewesen war, ein Wort, ein gewisser Tonfall, etwas, das so unterschiedliche Männer wie Simon Montfort und John Trevannion anzog.

Es war unfair, Olivia Abneigung entgegenzubringen, nur weil sie die Tochter ihres Vaters war. Dennoch konnte Rachel nicht vergessen, wie kühl sie ihr gegenüber gewesen war, dass sie durch sie hindurchgesehen hatte, als wäre sie gar nicht vorhanden. Das war eine viel verletzendere Art des Dünkels als Ceces unbekümmertes snobistisches Geplapper. Sie verriet Olivias völliges Desinteresse an jedem, der nicht ihrer Welt angehörte.

«Ich habe Stephen Tennant schon gesagt, dass er sich als altes Hexenweib verkleiden muss», berichtete Cece. «Sonst ist er einfach zu hübsch.»

«Hm», sagte Rachel und nickte dankend dem Kellner zu, der ihr einen zweiten Cocktail brachte. Cece war schon beim dritten, ohne offenbar im Geringsten beeinträchtigt zu sein.

Sieben Jahre lang einer verlorenen Liebe nachtrauern, das war eine lange Zeit.

«– Dienstag in einem Monat, würde ich sagen. Wir können das unmöglich früher auf die Beine bringen. Ende Juli. Oder Anfang August. Aber es muss vor dem zwölften sein, sonst ist kein Mensch mehr in der Stadt ...»

Aber war es auch eine lange Zeit, um auf Rache zu sinnen? Es war so offenkundig, Rachel konnte nicht glauben, dass sie es nicht früher erkannt hatte. Stolz, hatte Cece gesagt. Genau. Simon mochte den Selbstironischen spielen, doch Rachel war bereit, darauf zu wetten, dass er so stolz war wie die ganze Sippe.

«Glaubst du, er hat sie wirklich geliebt?», fragte Rachel unvermittelt. «Simon Olivia, meine ich.»

Cece zog die sorgfältig gezupften Brauen hoch. «Simon und Liebe? Du meine Güte.»

Rachel zwang sich zu einem Lachen. «Ich bin anscheinend eine Romantikerin.»

«Wie süß», spöttelte Cece. «Gleich wirst du noch Gedichte lesen wie die arme Livvy!»

Die Dame von Shalott, hatte Simon gesagt. Rachel hatte die Ballade aus der Schulzeit noch vage im Gedächtnis. Die Dame, die in einem Zauber gefangen in ihrem magischen Spiegel das Leben vorbeiziehen sah, bis der Fluch sie traf und der Spiegel zerbrach. Und am Ende *sang sie ihre Seele aus.*

Alles aus Liebe.

Sie fragte sich zerstreut, wie Simons Pläne aussahen. Seine wahren Pläne. Die, die er ihr nicht anvertraut hatte. Eigentlich wäre es ganz romantisch, sich vorzustellen, dass sie in seinem Namen ihre Halbschwester mit viktorianischer Lyrik umwerben sollte wie ein ahnungsloser Cyrano. Rachel bezweifelte, dass etwas so Schwärmerisches dahintersteckte.

Er wünschte, dass sie Olivias Vertrauen gewann - aber wozu? Um ihm als Vermittlerin zu dienen? Um irgendwie eine kompromittierende Situation zu schaffen?

Dem Ruf ihres Vaters, dachte sie, täte es sicherlich nicht gut, wenn seine Tochter ihren Verlobten sitzenließ, um mit einem Klatschkolumnisten durchzubrennen, mochte er noch so viel blaues Blut in den Adern haben.

Wenn Simon sich am Grafen von Ardmore rächen wollte, wäre es dann nicht das Einfachste, Rachels Geschichte an die Zeitungen zu verkaufen? Er brauchte nicht einmal einen Käufer zu finden; er war ja die Zeitung. Er brauchte nur ein paar Andeutungen und Innuendos zu verstreuen oder, wenn er sich die Hände nicht schmutzig machen wollte, den richtigen Leuten ein paar Worte zuzuflüstern.

Warum hatte er das nicht getan?

Sie war nicht sicher, wie weit ihre eigenen Interessen und die Simons sich trafen. Sie war nicht auf Rache aus. Sie wollte ...

Im Grunde wusste sie es selbst nicht so recht. Sie wollte wissen, was damals passiert war. Warum ihr Vater ihre Mutter und sie verlassen hatte. Ob er jemals an sie gedacht, sie vermisst hatte.

Liebte er Olivia so sehr, wie er einst Rachel zu lieben schien?

Saß er Lady Ardmore morgens am Frühstückstisch gegenüber und stellte sich Rachels Mutter an ihrem Platz vor?

«Weißt du», sagte sie langsam, «eigentlich tut Lady Olivia mir leid. Sie lebt ja beinahe wie hinter Klostermauern. Da sollte wirklich einmal jemand eine Rettungsaktion unternehmen, sie aus dem goldenen Käfig locken.»

«Tante Violet bekäme einen Anfall.» Ceces blassblaue Augen glitzerten. Sie ließ ihre Zigarette in ihr Glas fallen, wo sie zischend erlosch. «Gute Idee. Die Zeit passt. Laden wir uns zum Tee ein.»

Wenn Cece einmal einen Beschluss gefasst hatte, war sie so bestimmend wie ihre Mutter. Sie winkte dem Kellner, bezahlte und schleppte Rachel ohne weitere Umschweife zum Ritz hinaus in ein wartendes Taxi, das sie zum Eaton Square brachte, wo Rachel von der Fassade nur einen flüchtigen Eindruck von viel Stein erhielt, bevor Cece sie die Treppe hinaufzog in eine Vorhalle mit Marmorboden und Topfpalmen.

Dem Erdgeschoss von Ardmore House fehlte die arabeske Luftigkeit der großen Vorhalle von Heatherington House. Der Raum hatte etwas von einem Kasten, groß zwar, aber kalt durch den Marmor und drückend durch das dunkle Holz.

«Hallo, Hutton», begrüßte Cece lächelnd den Butler und ließ ihre Jacke in seine dargebotene Hand gleiten.

«Tee in der Bibliothek? Sie brauchen uns nicht zu melden. Ich weiß den Weg.»

Sie bedachte ihn nochmals mit einem Lächeln und zog Rachel hinter sich her die glatte Eichentreppe hinauf. «Hutton ist wirklich ein Schatz», sagte sie zu Rachel. «Als Kind hatte ich immer ein bisschen Angst vor ihm, aber er ist nur ein Papiertiger.»

Die Wände waren praktisch von oben bis unten mit Gemälden behangen, aber es waren lauter Landschaften und Stillleben.

Was hatte sie erwartet?, fragte sich Rachel spöttisch. Porträts ihrer Vorfahren? Eine Dame in elisabethanischer Tracht, die ihr zum Verwechseln ähnlich sah?

Das einzige Porträt prunkte oben, über der Treppe, das Konterfei einer selbstgefälligen Frau in einem Kleid der Jahrhundertwende und mit üppigem Schmuck.

«Tante Violet», bemerkte Cece. «Grauenvoll, nicht?»

Die Gräfin von Ardmore gab ihren Anspruch klar zu erkennen. Sie war damals schlanker gewesen, vermittelte aber dennoch einen Eindruck strammer Kompaktheit. Sie stand da wie ein siegreicher Feldherr, beide Füße fest auf dem Boden, den Kopf erhoben, mit einem Blick, als wollte sie den Betrachter herausfordern, sie von der Stelle zu stoßen.

Hatte sie es gewusst? Rachel hatte sich bisher keine großen Gedanken über die Frau ihres Vaters gemacht. Jetzt aber fragte sie sich doch. Dieser kalte, blaue Blick hatte etwas Aggressives.

Das Geld komme von der Gräfin, hatte Simon gesagt. War das der Preis gewesen, den ihr Vater bezahlt hatte?

Sie merkte, dass sie versuchte, Entschuldigungen für

ihren Vater zu finden. Wie im Märchen, wo die böse Stiefmutter die Prinzessin mit einem Jäger in den tiefen Wald schickt, um sie töten zu lassen.

Aber wo waren die Väter in diesen Geschichten? Warum hatte nie einer von ihnen ein Machtwort gesprochen?

Die Flügeltür am Ende der Galerie war halb geöffnet. Dahinter konnte Rachel hohe Bücherschränke erkennen, gefüllt mit Bänden in Goldschnitt, in rotes, schwarzes, grünes und braunes Leder gebunden, abgegriffen, die Titel in Gold. Die tiefroten Samtvorhänge waren mit Goldkordel zurückgebunden.

Der massige offene Kamin hätte in einen Rittersaal gepasst. Davor stand ein Teebrett mit Gebäck und Brötchen, die Kanne auf einem kleinen Rechaud. Nur eine Tasse war benutzt worden. Sie stand auf einem Beistelltisch neben einem ausladenden Ohrensessel.

Cece eilte mit einem ausgelassenen «Livvy, Darling, Abwechslung naht» direkt ins Zimmer.

Doch in dem Sessel vor dem erloschenen Feuer saß nicht Lady Olivia.

Ein Mann erhob sich. Seine hellen Haare hatten sich gelichtet, die grauen Augen wirkten leicht verschwommen hinter den Gläsern der Lesebrille. Doch sie erkannte ihn sofort.

«Onkel Edward», rief Cece. «Mummy hat mir gar nicht erzählt, dass du in der Stadt bist.»

KAPITEL 13

«Cece, Kind.» Rachels Vater legte die Papiere weg, die er in der Hand hielt, und kam um den Sessel herum, um seiner Nichte einen Begrüßungskuss zu geben. «Ich habe gar nicht gehört, dass Hutton dich angemeldet hat.»

Rachel stand wie angewurzelt im Schatten der Tür, starr und stumm wie in einem dieser Albträume, in denen man weder sprechen noch eine Bewegung tun, nur mit aufgerissenen Augen schauen konnte.

Sie hätte ihn überall erkannt, trotz der Falten in seinem Gesicht, trotz des Graus in den ehemals blonden Haaren. In ihrer Erinnerung war er groß und mächtig, ein Riese, der sie in seinen Armen emporschwingen und sicher wieder zur Erde hinunterlassen konnte. In der Realität war er kleiner, schmächtiger, mit runden Schultern vom vielen Lesen.

Aber nicht die Zeichen der Zeit und der Veränderung waren schuld daran, dass sie kein Wort hervorbringen konnte. Es war die Bewegung, mit der er seine Brille abnahm, von links nach rechts, und sie einsteckte; eine erinnerte Haltung des Kopfes; eine bestimmte Art, die Brauen zu heben. All diese kleinen Gesten, die wir sehen, ohne sie zu sehen; die undefinierbaren Besonderheiten, die ein Bild schaffen und die, einzigartig und untilgbar wie ein Fingerabdruck, so schwer in Worte zu fassen sind.

«Ach, Hutton», sagte Cece mit einem Handwedeln. «Du weißt doch, wie er das Treppensteigen hasst.»

«Du meinst, du hast ihm gar nicht die Gelegenheit gegeben», versetzte Rachels Vater mit freundlicher Nachsicht.

Die Worte flogen an ihr vorbei, hinterließen nur die vertraute Melodie dieser Stimme, die ihr Gutenachtgeschichten vorgelesen und ihr lustige Lieder vorgesungen hatte. Eines hatte sie besonders geliebt, von einem kleinen Warzenschwein. Wie sie immer darum gebettelt hatte! Und er hatte es ihr immer wieder gesungen, so lange, bis sie eingeschlafen war.

Ihre Mutter hatte später versucht, es ihr vorzusingen, aber Rachel hatte das Gesicht zur Wand gedreht. Es war nicht dasselbe. Sie sang es nicht richtig.

Es war verwirrend, den Mann vor sich zu sehen, überlagert von diesen Bildern der Erinnerung: dasselbe Lächeln, dieselben Fältchen an den Augenwinkeln, auch wenn sie tiefer geworden waren, die Augen müder blickten als früher.

Papa.

Das Wort dröhnte in ihren Ohren, mit so starkem Schall, dass sie fürchtete, sie habe es laut ausgesprochen und es flöge nun zwischen den hohen Bücherwänden und den Büsten auf ihren Piedestalen herum.

Einen Moment lang war sie wieder ein Kind, und ihr Vater trat eine Reise an, nur eine kurze Reise, keine Sorge, er würde im Nu wieder zu Hause sein, und ach, sie wünschte sich so sehr, er würde nicht fahren, Papa, Papa ...

Er hatte sie hochgenommen und an sich gedrückt, dieses eine letzte Mal, seine Nase an ihren Hals geschoben und gepustet, sodass sie lachen musste.

Als wäre alles gut, als würde es immer so bleiben, wie es war.

«Du hast uns nicht gesagt, dass du in die Stadt kommst», beschwerte sich Cece.

Du hast uns nicht gesagt, dass du für immer gehst.

Rachel fühlte sich wie ein Blatt, das von einem heftigen Wind ergriffen flatterte und taumelte. Innerlich. Dort, wo Rachel Woodley versteckt war.

Im Spiegel konnte sie Vera Merton sehen mit ihrer schicken Frisur und den roten Lippen, das Gesicht so glatt und unbewegt wie die kostbaren Porzellanfiguren auf dem Kaminsims. Ein kaltes Bild. Verlogen.

Es riss sie in die Wirklichkeit zurück. Sie war kein Kind mehr, das mit fliegenden Zöpfen seinem Vater entgegenrannte. Sie hatte sich hier unter falschem Vorwand eingeschlichen, um ihrem Vater ins Auge zu sehen, der sie damals verlassen hatte.

«– nur ein paar Tage», erklärte ihr Vater und sagte etwas von einer Debatte im Oberhaus.

Rachel war heiß vor ängstlicher Erwartung. Wie sollte sie sich zu erkennen geben, was sollte sie sagen? Sollte sie einfach damit herausplatzen? Oder sich vorsichtig herantasten?

Im Moment war es genug, im Schatten zu stehen und wieder zur Ruhe zu kommen. Sie hatte geglaubt, nach der Begegnung mit den Fotos, nach den Gesprächen mit Simon sei sie auf diesen Moment vorbereitet, auf das Zusammentreffen mit ihrem Vater. Sie würde sich kühl und zurückhaltend geben, hatte sie beschlossen. Sie würde ihm die Hand bieten und distanziert sagen, «Hallo, Vater. Erinnerst du dich an mich?»

Aber nichts hatte sie auf ihre eigene Reaktion vorbereitet, auf dieses qualvolle Gefühl inniger Vertrautheit, das sie wieder zum Kind machte, mit der Liebe und der Sehnsucht eines Kindes, als wäre es nur Tage her, dass er fortgegangen war, und alles könnte wieder gut werden, wenn er sie nur wieder in die Arme nahm und an sich drückte.

«Himmel, beinahe hätte ich es vergessen. Vera, Darling, bitte verzeih mir.» Cece wandte sich mit gewinnendem Lächeln Rachel zu. «Onkel Edward, darf ich dir meine Freundin Miss Vera Merton vorstellen?»

Wie im Traum trat Rachel näher. Ihre Beine zitterten nicht, ihr Schritt war lautlos auf dem abgewetzten Axminster-Teppich.

Ihr Vater blickte ihr entgegen und bot ihr die Hand. «Guten Tag, Miss Merton.»

«Guten Tag.» Ihre Stimme klang ihr fremd in den Ohren.

Sie hob den Blick zu seinen Augen, die ihren so ähnlich waren. Standish-Augen hatte Simon sie genannt. Hell bewimpert bei ihrem Vater und Olivia, dunkel bei ihr. Der Atem staute sich in ihrer Brust, während sie wartete, ein Aufblitzen des Wiedererkennens, Verwirrung, irgendein Zeichen.

Doch ihr Vater hatte den Blick schon von ihr abgewandt und sah Cece an, die sagte: «Wir wollten eigentlich zu Livvy. Sie hat sich nicht zufällig hinter den Vorhängen versteckt?»

Ihr Vater lächelte, so vertraut, dieses Lächeln. «Tut mir leid, Olivia ist ausgegangen – wie Hutton dir gesagt hätte, wenn du ihm Gelegenheit dazu gegeben hättest.»

Rachel fühlte sich wie ausgesetzt. Das war alles? Kein zweiter Blick? Nicht einmal ein kurzes Zögern?

Aus weiter Ferne hörte sie Ceces perlendes Lachen. «Dann gehen wir eben wieder. Wir wollten sie eigentlich überraschen, nicht, Vera?»

«Ja», sagte Rachel automatisch. Nein, Vera. Hier war sie Vera. Nicht Rachel. Machte ein bisschen Farbe auf den Lippen einen solchen Unterschied? Hätte er sie erkannt, wenn er sie in Netherwell auf der Straße gesehen hätte, bevor – vor ihrer Verwandlung in eine glatte Schönheit mit ondulierten Haaren und gezupften Augenbrauen?

Ihr Vater griff schon zu seinen Papieren, Blätter, die mit einer klaren, wenn auch etwas gedrängten Schrift bedeckt waren. «Hutton wird euch sicher mit Vergnügen Tee servieren, wenn ihr auf sie warten wollt.»

Cece sah Rachel an und schnitt eine Grimasse des Schreckens. «Es würde mir nie einfallen, Hutton Umstände zu machen.»

«Eine außerplanmäßige Kanne Tee ist sicher Huttons geringste Sorge», sagte Rachels Vater.

Ceces Augen blitzten auf. «Es sind keine zwei Monate mehr bis zu Jicksys Einundzwanzigstem. Mummy sagte –» Mit einem neckisch schuldbewussten Blick zu ihrem Onkel brach sie ab.

«Besser, du verrätst es mir nicht», sagte er trocken. «Ich rufe deine Mutter morgen an.»

«Dann kann sie es dir selbst sagen, ja», versetzte Cece

übermütig. «Du brauchst uns nicht hinauszubringen. Wir finden allein hinaus, auch wenn Hutton schockiert sein wird.»

Hier war sie. Ihre Chance. Sich umzudrehen und zu sagen – irgendetwas.

Kennst du mich noch?

Weißt du nicht, wer ich bin?

Papa.

Doch ihr Vater machte es sich schon wieder in seinem Ohrensessel bequem, Brille auf der Nase, Papiere auf dem Schoß, und Cece hakte sie fröhlich unter und zog sie mit sich.

«... ein Riesenwirbel um Jicksys Einundzwanzigsten», plapperte sie. «Sie haben ihn bis zu dem großen Ereignis nach Caffers verbannt. Mummy sagt –»

Rachel hörte sie kaum. Sie waren jetzt in der Galerie, nur Schritte entfernt vom großen Porträt der Gräfin von Ardmore und von der Treppe, die in die Halle hinunterführte und zur Tür hinaus.

Rachel riss sich von Cece los. «Ich – ich hab einen Ring verloren. In der Bibliothek. Ich bin gleich wieder da.»

Ohne Cece Zeit zum Widerspruch zu lassen, lief Rachel mit fliegendem Rock und klappernden Absätzen durch die Galerie zurück. Sie stieß die hohe Tür so heftig auf, dass sie krachend gegen die Wand prallte.

Ihr Vater blickte auf und sah sie mit einem Ausdruck höflicher Frage an, der den Schwall der Worte auf ihren Lippen einfror. «Miss – Merton?»

Nichts. Nichts.

Rechts und links vom Spiegel über dem Kaminsims hingen zwei Porträts. Sie war vorher so auf ihren Vater konzentriert gewesen, dass sie sie nicht bemerkt hatte. Doch jetzt sah sie sie. Das eine zeigte Olivia, stark geschmeichelt, im Debütantinnenkleid mit den obligaten Federn im Haar. Das andere zeigte einen mürrisch dreinblickenden Jungen im Matrosenanzug. Olivia und Jicksy. Die Tochter und der Erbe, zwei blonde Kinder für das Haus Ardmore.

Da passte die brünette Rachel natürlich nicht dazu.

Rachels Lippen bewegten sich wie von selbst. «Ich dachte, ich hätte hier einen Ring verloren, aber es muss woanders gewesen sein. Entschuldigen Sie, dass ich Sie gestört habe.»

«Aber nein», sagte ihr Vater höflich.

Hals über Kopf floh Rachel in die Galerie hinaus und wäre beinahe mit Cece zusammengestoßen.

«Hast du ihn gefunden?»

Rachel sah sie verständnislos an.

«Den Ring», sagte Cece.

«Ach so.» Rachel lachte tonlos. Sie hob eine ringlose Hand, um sich die Haare aus dem Gesicht zu schieben. «Ich muss ihn im Ritz verloren haben. Spielt keine Rolle. Es war kein Wertstück.»

Sie hatte nichts verloren, was nicht schon vorher verloren gewesen war.

Doch.

Sie hatte ihren Traum von ihm verloren. Den Traum von dem Vater, der sie liebte und sich nach ihr sehnte, der nur durch ein schreckliches Missgeschick von ihnen getrennt worden war, der bei ihrem Anblick aufspringen und mit weit ausgebreiteten Armen rufen würde: «Meine einzige Rachel.» An dessen Brust geschmiegt sie um all die verlorenen Jahre hätte trauern können und weinen vor Glück, endlich wieder mit ihm zusammen zu sein, wieder ein Zuhause gefunden zu haben.

«– in einem Luftschiff. Du kommst doch auch?»

Rachel hatte keine Ahnung, wovon Cece sprach. «Ich hatte noch nicht ...»

«Es klingt so irrsinnig umständlich, mit den ganzen Tauen und Seilen, und was ist überhaupt der Sinn eines Luftschiffs, wenn man niemals abhebt? Aber ich konnte es Cecil nicht abschlagen. Wir sollen alle in Fliegermontur kommen.» Sie waren jetzt draußen in der hellen Junisonne, und Cece, die sie ansah, rief: «Du lieber Gott! Du bist ja richtig grün im Gesicht. Du kannst doch nicht jetzt schon luftkrank sein.»

Rachel schnitt ein Gesicht. «Tommy Digby», sagte sie, und Cece lachte.

«Whisky und Soda. Das hilft immer.» Ihre gepuderte Wange streifte kurz die von Rachel. «Soll ich dich irgendwo absetzen?»

«Danke, ich gehe zu Fuß.» Rachel zwang sich zu einem Lächeln. «Es ist so ein schöner Tag.»

«Wenn's dir Spaß macht», sagte Cece mit einem Schulterzucken. «Vergiss nicht. Heute Abend.»

«Heute Abend», bestätigte Rachel.

Da war sie nun also gelandet, in der falschgoldenen Welt des Nachtlebens. Miss Vera Merton hatte jetzt ihr Entree – aber nur in die Demimonde nächtlicher Streifzüge von Bar und Bar und Fete zu Fete. Sie war in ein Leben im Zwielicht verbannt. Das andere Leben, der helle Tag mit Freundschaftsbesuchen und Familientreffen, gehörte Cece und Olivia.

Sie hatte das Schachspiel in der Bibliothek gesehen, Figuren aus Elfenbein und Ebenholz, das Brett mit Perlmutt eingelegt. Er hatte das alte einfach ersetzt, so wie er sie ersetzt hatte.

Rachel taten die Füße weh vom Laufen. Sie achtete nicht darauf, ging nur noch schneller, spürte die Hitze der Sonne durch ihren Glockenhut, kniff die Augen gegen das flirrende Licht zusammen. Sie hatte Mayfair jetzt hinter sich gelassen, ohne eine Ahnung, wo sie war. Aber das spielte sowieso keine Rolle. Keinen Menschen interessierte, wo sie war.

Sie hatte plötzlich schreckliche Sehnsucht nach dem kleinen Cottage in Netherwell, wo das Wasser mit der Pumpe heraufgeholt werden musste und der Wind um das verzogene Fenster pfiff, das Mr. Norris trotz vieler Versprechungen nie repariert hatte.

Wo ihre Mutter treu auf sie gewartet hatte und ihr Vater und Mutter gewesen war.

Aber sie hatte ihre Mutter verloren und mit ihr ihr Zuhause. Wenn sie nur nicht so allein wäre. Wenn sie Geschwister hätte. Cousins und Cousinen. Jemanden, der mit ihr getrauert hätte. Ihr Vater hatte sie zu diesem einsamen Leben verdammt, er hatte ihr nicht nur das Recht auf einen Namen genommen, sondern auch alles, was damit einherging.

Aufgewühlt, wie sie war, wäre sie beinahe in einen Omnibus hineingelaufen, sah die Gefahr erst im letzten Moment und sprang zurück. Der Verkehr am Piccadilly Circus war das reine Chaos, der Polizist in der Mitte wedelte nur fruchtlos mit den Armen. Das Gewühl, der Motorenlärm und das Knallen der Fehlzündungen, das laute Stimmengewirr bildeten eine passende Kulisse für ihren inneren Aufruhr.

Rachels Blick fiel auf ihr Spiegelbild in einem der Schaufenster von Fortnum & Mason, das mit einer riesigen silbernen Schale voll kandierter Früchte dekoriert war. Was sollte sie jetzt tun? Es hatte keinen Sinn, weiter Vera Merton zu sein. Sie hatte erreicht, was sie sich vorgenommen hatte. Sie hatte ihren Vater gefunden. Sie hatte ihre Antwort bekommen.

Ja, das würde diesem Menschen so passen. Dass sie jetzt resigniert den Kopf hängen ließ und wieder in der Versenkung verschwand, in der anonymen Masse der arbeitenden Bevölkerung, eine kleine Stenotypistin mit einem praktischen Hut, die sich in der vollen Untergrundbahn an einen Haltegriff klammerte.

Während ihr Vater Delikatessen von Fortnum's kommen ließ und zur Feier der Volljährigkeit seiner anderen Kinder rauschende Feste gab.

Rachel dachte, sie würde sich gleich übergeben.

Ohne darüber nachzudenken, was sie tat, marschierte sie direkt auf ein Telefonhäuschen zu und schob einen Penny in den Zahlschlitz. Sie brauchte die Nummer nicht nachzusehen; sie wusste sie auswendig.

«Sind Sie zu Hause?», fragte sie schroff, sobald das Amt die Verbindung hergestellt hatte.

«Muss ich wohl sein», antwortete Simon amüsiert. «Sonst hätte ich mich kaum gemeldet.»

Rachel war, als fiele ihr eine riesige Last von der Seele, als sie seine Stimme hörte. Sie war sich nicht bewusst gewesen, wie sehr sie gehofft hatte, dass er da sein würde, der einzige Mensch, mit dem sie offen sein konnte.

«Kann ich vorbeikommen?» Ohne auf seine Antwort zu warten, fügte sie hinzu: «Ich bin ganz in der Nähe – auf der Höhe von Fortnum's.»

Wenn er überrascht war, so zeigte er es nicht. «Lassen Sie mir nur eine Sekunde Zeit, mich präsentabel zu machen. Ich möchte Sie nicht schockieren.»

«So leicht bin ich nicht zu schockieren», versetzte sie und hängte ein.

Die Wohnung war nicht schwer zu finden, eine kurze Treppe hoch, eine von zwei Türen im ersten Stock. Es war kein modernes Haus wie das seiner Mutter; es gab keinen Aufzug und keinen Portier. Der dunkle Gang mit der schlichten Tür hatte etwas klösterlich Strenges.

Sie schlug einmal kurz mit dem Messingklopfer auf das dunkle Holz.

Simon empfing sie in legerer Kleidung, Hemd und Hose, kein Jackett, offener Kragen.

«Ich hatte einen Morgenrock erwartet.» Jetzt, da sie hier war, wusste sie nicht mehr so recht, was sie eigentlich wollte.

«Ich habe Sie beim Wort genommen.» Er trat zur Seite, um sie einzulassen. Durch eine offene Tür hinter ihm fiel der Blick in ein gemütliches Wohnzimmer. Sie konnte nur einen abgenutzten Perserteppich sehen, einen kleinen Tisch mit einer Kaffeetasse, Zeitungen, die unordentlich auf einem Sessel lagen, alles in Sonnenlicht getaucht. «Womit habe ich dieses unerwartete Vergnügen verdient?»

Er sah sie fragend an, locker und entspannt auf eigenem Boden, und Rachel erkannte mit Beklommenheit, wie dreist es von ihr war, einfach so uneingeladen in Simons Privatsphäre einzudringen.

«Überfall, meinen Sie», sagte Rachel, die sich innerlich verwünschte. Sie war blindlings zu Simon gelaufen, dem Einzigen, der ihr eine Art Zuflucht bieten konnte, doch er war kein Freund. Er war nur ein Verbündeter und nicht einmal ein sehr zuverlässiger. «Keine Sorge, ich bleibe nicht lange.»

Simons Blick verriet nichts. «Ich mache mir keine Sorgen. Ich habe gerade Kaffee getrunken. Möchten Sie hereinkommen oder lieber hier draußen stehen bleiben?»

Rachel drückte kurz die Augen zu, wütend auf sich und die Welt. «Ich komme rein.» Sie fügte schnell hinzu: «Ich möchte nicht daran schuld sein, dass Ihr Kaffee kalt wird.»

«Er ist schon kalt. Aber kommen Sie trotzdem herein.»

Sie folgte ihm in das sonnige Wohnzimmer. Es entsprach in nichts dem, was sie erwartet hätte. Kein Chrom, keine farblichen Vexierspiele. Eine Wand war von Bücherregalen eingenommen, die andere in einem tiefen Waldgrün gestrichen. Die Bücher waren keine Renommierstücke; man sah ihnen an, dass sie gelesen worden waren.

In den Nischen zu beiden Seiten des offenen Kamins stand altes Porzellan, schwarz, rot und weiß, auf einem niedrigen Tisch eine Vase mit Chrysanthemen.

Es war ein Raum, dem man anmerkte, dass es seinem Bewohner mehr auf Wärme und Behaglichkeit ankam als darauf, zu beeindrucken. Rachel kam sich noch störender vor.

«Sie sind ja erstaunlich nett.» Rachel blieb unschlüssig an der Tür stehen, während Simon den Tisch mit dem Kaffee zur Seite schob und einen Stapel Papiere von einem chintzbezogenen Sofa entfernte.

Mit den Papieren in der Hand richtete Simon sich auf. «Wie darf ich das auffassen?», fragte er ironisch.

«Oh, ich wollte damit nicht –»

Sie wurde rot. Doch, genau das hatte sie sagen wollen.

«Schon gut.» Simon zog einen der Ledersessel näher zum Kamin. «Was wollen Sie, Rachel? Ich nehme doch an, dass Sie etwas von mir wollen?»

Sie hatte es gründlich verpfuscht. Wie sie alles verpfuscht hatte. Und was sie wollte ...

Simons Ton wurde weicher, die warme Teilnahme war beinahe schwerer zu ertragen als Verachtung. «Was ist los, Rachel?»

Rachel holte tief Atem. «Sie haben mich doch einmal gefragt – Sie haben einmal gefragt, ob ich Rache suche.»

Langsam legte Simon die Papiere auf ein Regal. «Soweit ich mich erinnere, sagten Sie nein», antwortete er betont sachlich.

Rachel blickte ihm trotzig in die Augen. «Ich hab's mir anders überlegt.»

KAPITEL 14

Und?» Warum sagte er nichts. «Wollen Sie nicht fragen, warum?»

«Ich glaube, ich kann's erraten.» Sein Ton war merkwürdig zart. «Sie waren bei Lord Ardmore.»

«Er hat mich nicht erkannt.» Rachel schaffte es mit Mühe, die Tränen zu unterdrücken. «Ich hätte sonst wer sein können. Irgendeine Wildfremde.»

Hinter Simon leuchteten die Blumen in der silbernen Vase in ungerührter Schönheit. «Na ja, es ist immerhin einige Zeit her.»

Sollte sie das trösten?

«Glauben Sie, das weiß ich nicht?» Sie ärgerte sich über das Zittern in ihrer Stimme und krampfte die Hände ineinander, bemüht, sich zu beherrschen. «Ich weiß nicht, warum ich dachte – Ach, egal. Es spielt jetzt keine Rolle mehr.»

«Doch.» Simon schob ihr die Hand unter den Arm und führte sie zu dem Sessel am offenen Kamin. Sie roch seine Seife, Sandelholz und Moschus. «Sonst wären Sie nicht hier.»

«All die Jahre.» Rachel setzte sich und lachte kurz. «Ständig habe ich an ihn gedacht, nach ihm Sehnsucht gehabt ... Und er war die ganze Zeit hier. Bei seiner neuen

Familie. Als ich hörte, dass er am Leben ist ... ich habe mich gefragt, ob er manchmal an uns dachte. Jetzt habe ich die Antwort.»

Simon kniete sich neben ihren Stuhl. «Sie sagten, Sie wollten ihn sehen.» Von draußen hörte Rachel eine Autotür knallen, eine laute zornige Stimme, aber hier drinnen war alles still. Simon sprach leise, in neutralem Ton. «Jetzt haben Sie ihn gesehen. Sie könnten Ihre Sachen packen und nach Hause fahren.»

«Welches Zuhause?» Ihr Zuhause gab es nicht mehr. Mr. Norris hatte es ihr genommen. Es war ja nur gemietet gewesen. Wie anscheinend auch ihr Vater und ihr Name und alles, wovon sie sonst geglaubt hatte, es sei ihres. Einen Moment war sie in Panik. Dann warf sie mit einer entschlossenen Kopfbewegung ihre vollen dunklen Haare zurück und sah Simon herausfordernd an. «Und was ist mit unserer Abmachung?»

Simon legte eine Arm auf die Sessellehne. «Ich habe nicht vor, auf mein Recht zu pochen.»

Seine Güte war schlimmer als sein Spott. Wenn er spottete, weckte er wenigstens ihren Kampfgeist. Am liebsten hätte sie einfach ihren Kopf auf diese Hand sinken lassen und sich all ihre Enttäuschung von der Seele geweint. Aber nein, das war Simon, der seine eigenen Pläne und Geheimnisse hatte. Abrupt sagte sie: «Sie haben mir nie gesagt, dass Sie mit Lady Olivia verlobt waren.»

Simons Gesicht verschloss sich. «Ah», sagte er. Und dann: «Ist das von Bedeutung?»

Rachel lachte erstickt. «Muss es ja sein. Warum sollten Sie mir sonst helfen?»

Er stand langsam auf. «Natürlich, absolut logisch. Wenn A, dann B.»

Sie musste den Kopf heben, um zu ihm hinaufzuschauen. «Hören Sie auf. Wenn es nicht wichtig ist, warum haben Sie es dann verschwiegen?»

«Könnten Sie sich vorstellen, dass es der Erwähnung nicht wert ist?»

«Sie vergessen», entgegnete Rachel aufgebracht, «dass ich Sie gestern in Heatherington House gesehen habe.» Da hatte noch etwas geschwelt, dessen war sie sicher, sie konnte nur nicht sagen, was. Und es ging sie auch nichts an. «Ich will lediglich sagen, dass unsere Interessen anscheinend auf einer Linie liegen.»

Simon ging zum Tisch, auf dem das Kaffeetablett stand. Silber schlug klingelnd an Porzellan. «Sie reden von enttäuschter Liebe?» Er reichte Rachel eine Tasse Kaffee, eiskalt und sahnig. «Sie wissen wohl, wenn es Ihnen um Rache geht, brauchen Sie mich nicht. Sie brauchen sich nur an die Zeitungen zu wenden.»

«Nein!» Die Ablehnung kam instinktiv und vehement.

Simon zog eine Braue hoch.

«Das wäre billig», sagte sie.

«Und Erpressung ist es nicht?»

Rachel stellte ihre Tasse weg. «Erpressung ist es nur, wenn man etwas fordert.»

Simon führte seine Tasse zum Mund und hielt inne. «Aber das tun Sie doch, oder nicht? Sie fordern Genugtuung – nur eben nicht in klingender Münze.»

Rachel verschränkte die Arme. «Wie Sie auch.»

«Zwei Schurken in einem Boot.» Er prostete ihr mit

seiner Porzellantasse zu. Als er ausgetrunken hatte, sagte er kurz: «Also gut. Was wollen Sie?»

Das eben war die Frage. Rachel wusste es selbst nicht so genau.

Erinnerungen gingen ihr durch den Kopf. Der letzte Morgen im Garten. Das Foto ihrer Eltern in der Kommodenschublade ihrer Mutter. Ein Schachspiel, das in Ehren gehalten wurde, weil es ihm gehört hatte. Abendessen im Pfarrhaus, Phantasien, wie es wäre, eine Familie zu haben, eine Schwester.

Erinnerungen und Träume. Träume, an denen sie viele Jahre festgehalten hatte.

Sie wandte sich ab, damit Simon ihr Gesicht nicht sehen konnte, und ging mit kurzen, heftigen Schritten zum Kamin.

«Er soll – sich erinnern. Er soll sich Gedanken machen. Wie ich es getan habe.»

«Na, für eine Racheaktion ist das ziemlich zahm», meinte Simon im Konversationston. «Keine Daumenschrauben.»

«Es gibt schlimmere Arten von Folter als die körperliche.» Rachel fragte sich, wie es all die Jahre über für ihre Mutter gewesen sein musste. Was hatte sie empfunden, als sie sein Bild zufällig in einer Zeitschrift gesehen hatte? Hatte sie ihn gehasst? Oder hatte sie ihn, wie sie behauptete, immer noch geliebt?

Ich bin verheiratet. Und ich werde es sein bis zu meinem Tod.

Ja, und ihr Vater war auch verheiratet. Mit Violet, Gräfin von Ardmore.

«Er hat gedacht, er wäre uns für immer los.» Die Erinnerung an die Umarmung ihres Vaters bereitete ihr körperliche Schmerzen. «Es wäre doch sicher ziemlich beunruhigend, glauben Sie nicht, plötzlich fürchten zu müssen, dass alles herauskommt?»

«Es gab herausragendere Männer, die schlimmere Skandale überstanden haben.»

«Ja, aber Cece sagt, dass Lady Ardmore peinlich auf Formen hält.» Rachel fiel gar nicht auf, mit welcher Selbstverständlichkeit ihr Ceces Name über die Lippen kam. «Und mein Vater genießt einen Ruf als hochanständiger Mann. Sie hätten also einiges zu verlieren.»

«Und ebenso Mr. Trevannion», warf Simon wie beiläufig ein. «Ein aufstrebender junger Parlamentarier kann bei der Wahl seiner Freunde nicht vorsichtig genug sein.»

Rachel warf ihm einen scharfen Blick zu.

«Wie Sie sagten», erläuterte Simon sachlich, «unsere Interessen liegen auf einer Linie.»

Auf diese Bestätigung hatte Rachel gehofft, doch statt Triumph empfand sie eine merkwürdige Enttäuschung. «Wollen Sie den Weg für sich frei machen», fragte sie, «oder nur Zwietracht säen?»

«Spielt das eine Rolle?»

Lieben Sie meine Schwester immer noch?

Rachel unterdrückte die Frage. Simon hatte recht; praktisch gesehen spielte es keine Rolle. Wichtig war nur, dass er ihr bei ihrem gemeinsamen Vorhaben half. Wenn er sich ihrer bediente, um Olivia nahezukommen – nun, sie bediente sich seiner ja auch. Wenigstens wussten sie beide, wo sie standen.

«Nein», sagte sie langsam, «wahrscheinlich nicht.»

«Gut.» Simon stellte seine Tasse aufs Tablett, dann

fragte er in nüchternem, geschäftsmäßigem Ton: «Also, was haben Sie vor?»

«Ich habe Fotografien», antwortete Rachel zögernd. «Eine von meinen Eltern gemeinsam.»

Dieses eine Bild, so kostbar, das einzige, das sie hatte. Sich von ihm zu trennen ... Aber was war es denn in Wirklichkeit? Zeugnis einer großen Lüge.

Rachel schluckte und setzte neu an. «Einige mit meiner Mutter und mir. Von vorher und von – später.» Nachdem ihr Vater sie beide verlassen hatte. «Wenn ich etwas mit der Post schicke, würde der Graf es dann selbst öffnen oder macht das ein Sekretär?», fragte sie schnell.

«Das macht er selbst», antwortete Simon ohne Zögern. «Die Gräfin hat eine Privatsekretärin – oder vielmehr eine ganze Truppe –, aber der Graf öffnet seine Post immer selbst. Sie wird ihm beim Frühstück hingelegt.»

«Sind Sie sicher? Es ist einige Zeit her ...»

«... seit Olivia mir den Laufpass gegeben hat, meinen Sie? Alte Gewohnheiten ändern sich nicht so leicht. Sie wollen die Fotos einzeln verschicken, nehme ich an?»

Rachel nickte, mit ihren Plänen beschäftigt. «In unregelmäßigen Abständen.»

«Um ihn im Ungewissen zu lassen?» Simons Gesicht verriet nichts. «Sie erschrecken mich. Man wird den Grafen zweifellos mit den Briefen in der starren Hand und einem stummen Schrei auf den erkalteten Lippen finden, ganz wie in einer Geschichte von Edgar Allan Poe.»

«Das», entgegnete Rachel bissig, «würde den Sinn verfehlen.»

«Ach so, ja, lebend und reumütig soll er sich die Haare raufen und auf die Brust schlagen und weh mir schreien.»

Rachel nahm ihre Handtasche. «Wenn Sie spotten wollen, gehe ich nach Hause – in die Wohnung, meine ich.»

Sie waren zurück beim alten Spiel, und das hatte etwas Beruhigendes.

Simon folgte ihr in die Diele hinaus. «Ist das mein Stichwort? Soll ich Sie anflehen zu bleiben? Möchten Sie eine Tasse Kaffee? Ein Taschentuch? Eine Schulter, um sich auszuheulen?»

«Ich heule nicht.»

«Nein, Sie planen. Bewundernswert.» Simon legte seine Hände auf ihre Schultern und blickte ihr ins Gesicht. In einem Ton, dem jeder Spott fehlte, sagte er: «Ist das wirklich das, was Sie wollen? Wenn Sie einmal den ersten Schritt gemacht haben ... gibt es kein Zurück.»

Er hatte recht, das wusste sie. Die Maskerade als Vera Merton ließ sich vielleicht noch als Jux abtun. Dies hier war weit ernster. Simon hatte von Erpressung gesprochen, und so unrecht hatte er da nicht.

Doch was blieb ihr sonst? Die Sache auf sich beruhen zu lassen und ihren Vater aufzugeben. So zu tun, als hätte es ihre Mutter und sie nie gegeben – wie er das tat. Nein, das konnte sie nicht.

Müde schüttelte sie den Kopf. «Ich kann es nicht einfach lassen, wie es ist.»

«Gut.» Simon drückte einmal kurze ihre Schultern, dann ließ er sie los. «Möchten Sie, dass die Gräfin die Bilder zu Gesicht bekommt?»

Diese abrupte Rückkehr zum Sachlichen brachte sie einen Moment aus der Fassung. «Das ist eine Sache zwischen mir und meinem Vater.»

Die Hand auf dem Türknauf, blieb Simon stehen. «Ihnen ist wohl klar, dass das Ganze wenig Sinn hat, wenn Sie keinen direkten Kontakt haben. Wie wollen Sie seine Reaktion abschätzen, wenn Sie sie nicht beobachten können?»

Rachel war sofort auf der Hut. «Sagen Sie mir jetzt nicht, ich soll mich mit Olivia anfreunden. Das würde Jahre dauern. So viel Zeit habe ich nicht.»

«Nein», stimmte Simon zu. «So viel Zeit haben Sie nicht. Man hat mir eine Anstellung in New York angeboten.»

Im ersten Moment dachte Rachel, sie hätte sich verhört. «Eine was?»

«Eine Anstellung. Von so etwas haben Sie doch sicher schon gehört? Oder haben Sie sich in einer Woche Society-Leben so weit von der Realität entfernt?»

«Seien Sie nicht so ekelhaft.» Es schien ihr plötzlich erstickend heiß zu sein in der kleinen Diele. «Nehmen Sie sie an?»

«Ich habe mich noch nicht entschieden. Sie können auf jeden Fall in der Wohnung bleiben, so lange Sie wollen; ich werde Sie nicht hinauswerfen.»

«Ja, aber Ihre Mutter vielleicht.» Wenn Simon aus London wegging, würde sie sich in die kleine Wohnung in Holborn, in das bescheidene Leben von Rachel Woodley zurückziehen.

Eigentlich konnte sie das auch gleich tun. Zum Briefeschreiben brauchte man keine Adresse in Mayfair.

Aber ...

«New York?», fragte sie.

«Beim *New York Sketch*. Nie davon gehört? Es gibt einen Grund dafür. Sie wollen einen Engländer als Redakteur.

Beverly Nichols hat hingeworfen und deshalb ...» Simon zuckte mit den Schultern.

«Ich habe den Eindruck, das könnte Ihnen gefallen», sagte Rachel anklagend.

«Meine brillante Karriere als Hofnarr der champagnerschlürfenden High Snobiety aufzugeben?» Im Profil hoben sich die markanten Konturen seines Gesichts noch stärker hervor, ebenso die Mulden unter seinen Wangenknochen. Er war zu dünn, dachte Rachel. Wie jemand, der im Fieber brennt, das ihn von innen aufzehrt. «Ich habe noch nicht geantwortet. Es gibt – einiges zu bedenken?»

«O ja?»

«Zum Beispiel die sanitären Installationen», erklärte Simon flink. «Es wäre entsetzlich öde, jederzeit heißes Wasser zur Verfügung zu haben. Und diese Zähne! So abschreckend weiß.» Unvermittelt sagte er: «Man könnte der Sache natürlich nachhelfen – Sie in Ardmore House einzuschleusen, meine ich. Erinnern Sie sich an die Geschichte, die Waugh uns neulich erzählt hat?»

«Welcher war Waugh?» Sie war so vielen Menschen begegnet, dass sie Namen und Gesichter nicht mehr auseinanderhalten konnte.

«Die männliche Hälfte der beiden Evelyns», antwortete Simon. «Der Mann, dem beim *Daily Express* gekündigt wurde.»

Ach so, dieser Kollege von Simon, der so versessen darauf war, dass man in den Klatschspalten seinen Namen richtig schrieb.

«Ich habe nicht so genau zugehört. Ich war abgelenkt.»

«Von Mr. Trevannion zum Beispiel?» Ehe Rachel etwas entgegnen konnte, sagte er mit scheinbar gequälter Geduld: «Dann lassen Sie mich Ihr Gedächtnis auffrischen. Die Lygon-Schwestern hatten ihren Hausschlüssel vergessen –»

«Ach ja, und sie klopften den Premierminister heraus.» Rachel runzelte die Stirn. «Ich bin leider nicht mit Mr. Baldwin bekannt.»

«Ich will ja gar nicht, dass Sie sich beim Premierminister einquartieren. Aber wenn Sie es so einrichteten, dass Sie Ihre Cocktail-Séance zur gleichen Zeit wie Olivia verlassen, könnten Sie sich ein Taxi mit ihr teilen. Und wenn Sie dann zufällig Ihren Wohnungsschlüssel vergessen hätten ...»

«Ich weiß nicht ...» Die Vorstellung, sich auf diese Weise an jemanden heranzumachen, widersprach allem, was sie gelernt hatte. «Ich möchte nicht lästig fallen.»

Simon lachte schallend. «Rache, Erpressung, Täuschung – und Sie wollen nicht *lästig fallen*?»

Wider Willen musste auch Rachel lachen. «Alte Gewohnheiten», erklärte sie entschuldigend.

«Vergessen Sie sie», sagte Simon. «Cece und ihre Freunde machen sich einen Spaß daraus, die Anstandsregeln zu brechen und überall dort aufzutauchen, wo sie nicht erwünscht sind.»

«Ja, aber Cece ist mit einem Grafen verwandt.»

«Und Sie sind mit den Montforts verwandt. Sie sind hier nicht Rachel Woodley. Sie sind Vera Merton.»

Aber nur noch ein paar Wochen lang. «Wann müssen Sie den Leuten in New York Bescheid geben?» Rachel trat einen Schritt näher zur Tür.

«Bald.»

Sie hatte von Anfang an gewusst, dass die Maskerade

irgendwann ein Ende haben würde. Sie hatte nur nicht gewusst, wie bald.

Und wie sehr sie in sie hineinwachsen würde.

«Na gut», sagte Rachel resolut. «Dann sollte ich wohl lieber schnell machen.»

Noch am selben Abend schickte sie das erste Bild ab.

KAPITEL 15

Diese Tücher! Absolut fabelhaft, meine Liebe. Und diese Ohrringe –»

Wenn man das Gelingen eines Fests am Geräuschpegel messen konnte, war die Kristallkugel-und-Cocktail-Party ein voller Erfolg. Das schrille Geplapper hundert aufgeregter Stimmen erfüllte die Räume, als dieselben Leute, die sich erst beim Hawaii-Fest am vergangenen Abend getroffen hatten, einander so begeistert begrüßten, wie vielleicht ein gestrandeter Reisender einen Schicksalsgenossen begrüßen würde.

«Wie um alles in der Welt hast du es geschafft –»

«Oh, dieses Fransentuch! Einfach hinreißend!

«Und dann hat Tommy gesagt –»

«Aber wirklich, niemals könnte man –»

«Gott, wir haben gebrüllt vor Lachen.»

«Vera, meine Süße. Diese Ohrringe! Zum Sterben schön.» Elizabeth Ponsonby umhüllte Rachel mit ihrem Duft und langen seidenen Fransen. Sie war eine von Ceces besten Freundinnen, tonangebend in der Clique der Reichen und Schönen und ständig betrunken.

«Oh, gefallen sie dir?» Rachel, die sich inzwischen mit fast allen duzte, befreite sich dank mehreren Wochen Übung aus der Umarmung, ohne einen Tropfen aus dem

Glas zu verschütten, das sie in der einen Hand hielt, und ohne jemanden mit der Zigarette in Gefahr zu bringen, die sie in der langen Ebenholzspitze in der anderen hielt. «Maison Woolworth, mein Schatz.»

«Raffiniert», stellte Elizabeth bewundernd fest, die unter ihrem Fransentuch ein sehr kurzes Glitzerkleid trug. «Und wie findest du mein Kostüm?» Sie drehte eine Pirouette, sodass die winzigen Kristalle klimperten.

«Darling!» Lady Pansy Pakenham schob Tommy Digbys Arm weg und stürzte ihnen entgegen, nicht ohne einen Teil ihres Gimlet auf Rachels Schuhe zu kippen. «Du bist doch nicht etwa als Kristallkugel gekommen? Bitte nicht. Das ist zu ...»

«Zu?», fragte Rachel mit hochgezogenen Brauen.

Tommy Digby ließ seinen Blick mit einem anzüglichen Grinsen zu Elizabeths Rocksaum wandern. «Na, wenn darunter nicht jemands Zukunft versteckt ist.»

Elizabeth warf den Kopf, dass ihr Diamantstirnband blitzte. «Sei nicht ordinär, Tommy.»

«Benimm dich», sagte Rachel und gab ihm mit ihrer Zigarettenspitze eins auf die Finger. «Sonst wird's bestimmt nicht deine Zukunft sein.»

Tommy lachte gutmütig. «Das hast du wohl in den Karten gesehen?»

«Nein, in Elizabeths Gesicht.»

«He, das ist gut, wirklich.» Tommy verpasste Rachel einen freundschaftlichen Rippenstoß, bevor er, immer noch leise vor sich hin lachend, in Richtung Bar davonging.

In den letzten Wochen hatte sich Rachel – oder vielmehr Vera Merton – irgendwie den Ruf einer geistreichen

Person erworben. Rachel fand nicht, dass es dazu übermäßig viel gebraucht hatte. Sie hatte nichts weiter getan, als ihre Meinung zu äußern. In Grenzen. Doch von einer eleganten Frau mit langer schwarzer Zigarettenspitze kommend, hatten sich Bemerkungen, die Rachel als schlicht vernünftig betrachtete, dank der besonderen Chemie von Champagner und schlechter Beleuchtung in blitzende Bonmots verwandelt, die kichernd und mit einem «Oh, Vera» wiederholt und ausgeschmückt wurden.

Es erstaunte Rachel manchmal, wie schnell sie Furore gemacht, wie schnell sie sich von Miss Merton, einer Unbekannten, zu «Oh, Vera» gemausert hatte.

Niemand schien es im Geringsten ungewöhnlich zu finden, dass sie in der Wohnung von Simons Mutter lebte. «Du bist wirklich ein Glückskind», lautete der allgemeine Kommentar, begleitet von Beschwerden über die Kleinlichkeit von Eltern oder die Beengtheit in Wohnungen, die man sich mit anderen teilte. Vielleicht war es so, wie Simon gesagt hatte: vielleicht war sie einfach zu bürgerlich. Niemand schien sich etwas dabei zu denken, sich bei einem Verwandten oder auch einem Freund einzuquartieren. Man betrachtete es als clevere Sparmaßnahme; umso mehr konnte man für die Jagd nach dem Vergnügen ausgeben, die wichtiger war als alles andere.

Während der Sommer älter wurde, flatterte Vera Merton von Fete zu Fete. Piratenfeste, Zirkusfeste, Mozartfeste, zu denen alle in gepuderten Perücken und Rokoko-Kostümen erschienen, die sie sich in aller Eile bei Maskenverleihern oder aus dem Theaterfundus beschafft hatten. Man schien gar nicht genug davon bekommen zu können, sich zu kostümieren und hinter Masken zu verbergen, die nichts verbargen.

Miete, sagte sich Rachel. Stoff für Simons Kolumne. Wenn alle auf sie blickten, so lag das großenteils daran, dass er in seiner Spalte *In bester Gesellschaft* über alles, was sie tat, detailreich und blumig berichtete und so ihrem Schmuck und ihren Unternehmungen zusätzlichen Glanz verlieh. Das war Teil ihrer Abmachung.

Dieser endlose Reigen von Festen, Cocktailpartys und langen Plaudereien am Telefon hatte etwas gefährlich Verführerisches. Er ließ sie nicht zum Nachdenken kommen. Das Telefon auf dem Nachttisch war ihr beinahe zur Lebensnotwendigkeit geworden.

Rachel, die immer eine Frühaufsteherin gewesen war, rekelte sich jetzt vormittags in dem luxuriösen Bett, das ihr nicht gehörte, und führte endlose Telefongespräche über Wichtigkeiten wie die Frage, ob es wirklich geraten sei, zum goldenen Kleid silberne Schuhe zu tragen, «Der reinste Juwelierladen, Darling!», oder ob man für die Kristallkugel-und-Cocktail-Party Zigeunermusikanten oder eine Jazzkapelle engagieren sollte.

Es gehörte alles zur Maskerade, beschwichtigte sie sich selbst. Man würde es merkwürdig finden, wenn sie nicht mitmachte, und sie konnte sich bei ihrem zweifelhaften Stammbaum nicht den kleinsten Riss in der Fassade leisten, nichts, was sie womöglich als nicht dazugehörig gekennzeichnet hätte.

Das redete sie sich jedenfalls ein. Wenn sie ehrlich war, so war es einfach viel leichter, darüber zu schwatzen, ob Evelyn seiner Evelyn endlich einen Antrag machen würde, als darüber nachzudenken, ob ihr Vater den letzten Brief erhalten hatte …

Seit jenem niederschmetternden Tag in Ardmore House hatte sie drei Fotografien an ihren Vater geschickt, jede in ein leeres Blatt Papier eingeschlagen, jede mit einer kurzen Botschaft auf der Rückseite.

Der erste Brief war der schwerste gewesen.

Rachel hatte mit gekreuzten Beinen auf dem Bett gesessen, das Bild in seinem Rahmen in der Hand. Der Rahmen war echt Silber, aber ihre Mutter hätte nie auch nur daran gedacht, ihn zu verkaufen. Rachel war er vorher eigentlich nie aufgefallen. Sie hatte immer nur das Foto gesehen, ihre beiden Eltern zusammen, so bestürzend jung. Der Blick ihrer Mutter schien auf den Betrachter gerichtet zu sein, der ihres Vaters ruhte, ob zufällig oder absichtlich, mit solch andächtiger Liebe auf ihrer Mutter, dass es Rachel, romantisch, wie sie damals gewesen war, fast das Herz zerrissen hatte.

Es ging ihr jetzt ähnlich, aber aus ganz anderem Grund.

Bis sie es schließlich gnadenlos aus dem Rahmen zog und, die Schrift ihrer Mutter so gut wie möglich nachahmend, schrieb:

Ich bitt Euch, liebes Herz, gedenkt meiner.

Ophelias Worte für Hamlet, nachdem er sie zurückgewiesen und verlassen hatte. Kurz bevor sie ins Wasser ging.

Sollte er das am Frühstückstisch öffnen, hatte Rachel rachsüchtig gedacht. Sollte er selbstzufrieden bei Kaffee und Toast sitzen und das sehen, diese dünne Stimme aus der Vergangenheit hören. Sollte er sich winden auf seinem gepolsterten Stuhl.

Und fragen.

Vier Tage später sandte Rachel das nächste Foto. Sie und ihre Mutter beim Kirchenfest. Der breitkrempige Hut warf einen Schatten über das Gesicht ihrer Mutter, der beinahe auch den Anhänger mit den ineinander verschlungenen Buchstaben E und K verdunkelte. Rachel, mit Zöpfen, sieben oder acht, in einem weißen, etwas zu kurzen Kleid mit einer breiten Schärpe und Knöpfstiefelchen. Sie konnte sich noch an dieses Kleid erinnern, wie ihre Mutter sich aufgeregt hatte, dass man den Saum nicht weiter herauslassen konnte.

«Du schießt in die Höhe wie Unkraut», hatte sie gesagt und ihre Tochter liebevoll betrachtet. «Du wirst einmal groß werden wie dein Vater.»

Was hatte es ihre Mutter gekostet, ohne Bitterkeit oder Groll von ihm zu sprechen?

Es war schwieriger als gedacht, ein drittes Bild ohne verräterische Merkmale zu finden, ein Bild, das zu alt war, als dass ihr Vater in ihren kindlichen Zügen das geschminkte Gesicht Vera Mertons hätte erkennen können. Die meisten Fotos von ihr hatte der Pastor gemacht, der eine kindliche Leidenschaft für die neuesten technischen Errungenschaften besaß, von denen die meisten nicht funktionierten. Fast immer war auch Alice auf dem Bild, zwei junge Mädchen, blond und dunkel, fest Arm in Arm.

Rachel brachte es nicht über sich, zur Schere zu greifen und das Bild zu zerschneiden; als fürchtete sie, damit die letzte Verbindung abzuschneiden, die sie in ihrem alten

Leben hielt, dem Leben, in dem sie einfach und klar Rachel Woodley war.

Heftige Sehnsucht nach Alice ergriff sie plötzlich. Sie streckte schon den Arm zum Telefon aus – und senkte ihn wieder.

Schließlich hatte sie ein Foto gewählt, das zwei Jahre nach dem Tod ihres Vaters – nein, zwei Jahre nachdem er sie verlassen hatte – aufgenommen war. Onkel David hatte sie unten an der Küste auf dem Pier fotografiert, ein lachendes kleines Mädchen, das stolz und ungeniert seine Zahnlücke zeigte.

Kein Shakespeare diesmal. Rachel schrieb:

Weißt du, wo deine Tochter ist?

Erst nachdem sie das Foto abgeschickt hatte, fiel ihr auf, dass die Frage zweideutig war.

Welche Tochter?

Rachel schaute verstohlen zum Eingang, wo Zigeuner, Hexen, Schlangenbeschwörer und Leute im unvermeidlichen Harlekinkostüm sich blendend unterhielten. Mitternacht war vorbei und Lady Olivia und John Trevannion waren immer noch nicht erschienen.

Und wenn sie sich nun entschieden hatten, nicht zu kommen?

Es machte sie fast verrückt, nicht zu wissen, ob ihr Vater die Briefe erhalten hatte. Sie wusste, dass er noch in London war. Sie hatte nur die Hofnachrichten zu lesen brauchen. Er hatte im Oberhaus geredet, seine Frau zu Blumenausstellungen und Gartenfesten, zu Bällen und privaten Konzerten begleitet, lauter exklusive Veranstaltungen, die Rachel, auch als Vera Merton, verschlossen waren.

Das Bild des Grafen im *Tatler* verriet nichts; im Blitzlicht sahen selbst die Gesunden krank aus; selbst die Selbstsicheren erschrocken.

Cece war keine Hilfe; sie war bei Lady Ardmore Persona non grata und wusste wenig darüber, was in der Familie vorging. Als Rachel vorsichtig bemerkte, ihr Onkel scheine es ja diesmal ungewöhnlich lang in London auszuhalten, zuckte sie nur die Schultern und meinte, das müsse mit Jicksys Einundzwanzigstem zu tun haben, es fehle ja nur noch, dass sie ihn auf einem Elefanten einreiten ließen, und ob sie Vera schon erzählt habe, dass sie ein todschickes Kleid ergattert habe – in einem raffinierten kleinen Laden, Liebste –, und dass es natürlich typisch Tante Violet sei, sich zu weigern, sie vor dem Fest in Caffers unterzubringen, und sie nun bei den Grandisons absteigen müssten, absolut tödlich, Darling, immer nur Jagd, Jagd, Jagd, und bei wem denn Vera eigentlich übernachte.

Rachel wechselte hastig das Thema. Im Moment hatte sie noch nicht einmal eine Einladung. Sie vermutete, sie könnte einfach uneingeladen erscheinen – bei so großen Scharen von Gästen würde sicher niemand nachfragen –, aber das löste noch nicht die Frage der Übernachtung.

Verflixt, wo blieb nur Olivia? Rachel nestelte am Verschluss ihres Täschchens, um sich eine Zigarette herauszuholen, und verbarg ihre Nervosität hinter dem inzwischen vertrauten Ritual, ihr Feuerzeug anzuknipsen.

«Ich hoffe, dieses finstere Gesicht bedeutet nicht, dass die Karten Schlimmes gesagt haben.»

Rachel blickte auf. John Trevannion stand direkt neben ihr, die Haare ein wenig vom Wind zerzaust, ein Lächeln auf den Lippen.

«Mr. Trevannion!» Ihr Feuerzeug ging aus. «Ich dachte, Sie glauben nicht an so etwas.»

«Nein, eigentlich nicht. Aber ich lasse mich gern bekehren.» Trevannion zog sein eigenes Feuerzeug heraus und klappte es auf. Es war nicht wie Simons ein kleines Kunstobjekt; es war ein billiges Ding, wie es in jedem Zigarrenladen zu haben war. «Darf ich?»

«Danke vielmals.» Rachel klemmte die Zigarettenspitze zwischen ihre Lippen und beugte sich über die Flamme. «Das war eine sehr diplomatische Antwort, Mr. Trevannion.»

«Aber ehrlich», erwiderte er, während er das Feuerzeug wieder in die Tasche schob. «Wollen Sie mich nicht lieber John nennen? Bei Festen wie diesem hier ist doch Förmlichkeit fehl am Platz.»

Rachel schwenkte ihre Zigarettenspitze, die vielleicht nicht gerade ein Zigeunerrequisit war, aber für ihre Maskerade unerlässlich. Masken über Masken. «Dafür sehen Sie sehr förmlich aus.»

Trevannion trug kein Kostüm. Er war im Frack, einen weißen Schal um den Hals, in den Händen einen schwarzen Zylinder, den er hin- und herdrehte, als wisse er nicht, was er damit anfangen sollte.

«Ich komme gerade von den Massinghams. Da gab es mehr Ordensträger als Zigeuner.»

«Das kann ich mir vorstellen.» Rachel blickte sich kurz um. «Sind Sie in Begleitung von Lady Olivia hier?»

«Korrekt gesagt», erwiderte John mit dem kleinen Lächeln, das das Grübchen in seiner Wange zu Vorschein brachte, «ist Lady Olivia in meiner Begleitung hier. Aber heute nimmt man es ja mit den Regeln nicht mehr so genau.»

«Das stimmt.» Rachel atmete auf vor Erleichterung. Ihr dreister Plan hatte vielleicht doch noch eine Chance auf Erfolg. Sie nahm Trevannion den Zylinder ab. «Kommen Sie. Wir haben leider keinen richtigen Hutständer, aber wenn Sie den Zylinder hier drüben» – sie führte ihn zur Wand – «unter dem Polsterhocker verstauen, bleibt er hoffentlich heil.»

Trevannion – John – trat einen Schritt zurück, als Rachel den Zylinder unter einen ziemlich heruntergekommenen roten Samthocker schob. «Sie sind sehr nett.»

«Eher praktisch.» Rachel richtete sich auf und klopfte sich an ihrem roten Chiffonrock, den sie mit Hilfe eines Fransenschals zum Zigeunerrock umgemodelt hatte, den Staub von den Händen. «Mit einem guten Hut muss man achtsam umgehen.»

John schüttelte beifällig den Kopf. «Ich bleibe bei meiner früheren Meinung», sagte er und fügte hinzu: «Sind Sie ganz sicher, dass Sie Montforts Cousine sind?»

Natürlich war das scherzhaft gemeint. Es gab überhaupt keinen Anlass für den kleinen Schreckensschauder, der Rachel über den Rücken lief.

Sie nahm ihr Glas, das sie auf dem Hocker abgestellt hatte. «Was haben Sie eigentlich gegen Simon? Ganz abgesehen davon, dass er natürlich ein ganz schreckliches Ekel sein kann.»

«Ich habe gar nichts –», begann John und brach mit einem unbehaglichen Lachen ab. «Ach, warum nicht? Er hat einen ziemlich vernichtenden Artikel zu einem Aufsatz von mir über die Abrüstung geschrieben.»

Rachel zog die exakt nachgezogenen Brauen hoch. «Ich wusste gar nicht, dass unserem Gesellschaftsreporter die Politik am Herzen liegt.»

«Er hat sogar im eigenen Namen geschrieben.»

«Und was hatte er zu sagen?», Rachel war ehrlich neugierig. Es fiel ihr schwer, sich vorzustellen, dass Simon irgendetwas ernst nahm.

Doch, an dem Tag in Heatherington House war etwas von Ernst und Nachdenklichkeit zu spüren gewesen, und auch an diesem elenden Nachmittag, als sie ihn in seiner Wohnung überfallen hatte. Durch die Fassade von Spott und scharfem Witz um des Witzes willen hatte etwas Echtes und Ernsthaftes hindurchgeschimmert.

John zuckte mit den Schultern. «Ach, das übliche Geschwätz über die Perfidie unserer Verbündeten und den nächsten Krieg, der uns schon erwartet. Sie wissen schon.»

«Na ja, er ist nicht der Einzige, der so denkt», sagte Rachel vorsichtig. Die Zeitungen bombardierten einen täglich in Riesenschlagzeilen mit solchen Warnungen.

«Besser als mit solchem Säbelrasseln kann man doch einen neuen Krieg gar nicht heraufbeschwören», erklärte John heftig. «Leute wie Montfort sind es, die uns Jahrzehnte zurückwerfen. Wenn wir Frieden wollen, brauchen wir mehr Zusammenarbeit, nicht weniger. Die verknöcherten alten Militärs haben natürlich alle in sein Horn gestoßen. Ich hätte beinahe meinen Sitz im Parlament verloren.»

Rachel sah auf. «Wirklich?»

Lady Ardmore war bereit gewesen, sich mit einem aufstrebenden jungen Politiker für Olivia abzufinden. Aber was, wenn der aufstrebende Politiker abstürzte? Was dann? Würde die Verlobung mit einer höflichen Bekanntmachung in der *Morning Post* gelöst werden?

John rieb sich mit den Handballen die Augen. «Es war ein knappes Rennen. Ich habe einen ziemlich konservativen Wahlbezirk.»

«Aber am Ende haben Sie sich durchgesetzt», sagte Rachel aufmunternd. «Wann wollen Sie und Lady Olivia denn heiraten?»

«Oh, erst irgendwann nach Jicksys Einundzwanzigstem.» Als merkte er, wie unbestimmt das klang, fügte er schnell hinzu: «Das ist ja eine große Sache. Und wir haben es nicht eilig, Olivia und ich. Wir haben ja noch unser ganzes Leben vor uns.»

Übermäßig glücklich wirkte er nicht.

«Lady Olivia ist bestimmt eine großartige Gastgeberin.» Rachel sog tief an ihrer Zigarette. Nach drei Wochen gelang ihr das, ohne sofort zu husten. «Man kann Ihnen nur gratulieren. Und wie ich höre, ist Lady Ardmore sehr aktiv in konservativen Kreisen.»

John entdeckte ein plötzliches Interesse am Sitz seines Seidenschals. «Ja. Lady Ardmore ist sehr ... energisch.» Sein Lächeln war ein wenig kläglich. «Ich weiß ihr Engagement zu schätzen – auch wenn wir in politischen Fragen nicht immer einer Meinung sind.»

Spontan sagte Rachel: «Was tun Sie überhaupt bei den Konservativen?» Um ihre Worte abzuschwächen, setzte sie hinzu: «Ihre Ansichten klingen – na ja, ein bisschen sehr fortschrittlich für diese Leute.»

John lachte. «Mr. Churchill sagte mir letzte Woche das

Gleiche. Er sah nur bei weitem nicht so attraktiv dabei aus.»

«Ja, ja», erwiderte Rachel. «Danke für das Kompliment. Aber warum?»

John überlegte einen Moment. «Ich glaube an Mr. Baldwin. Er ist ein guter Mann. Besonnen. Solange er an der Regierung bleibt ...»

«Und wenn nicht? Was dann?»

«Tja, das ist die Frage, nicht?» John sah sie aufmerksam an. «Hat Ihnen schon einmal jemand gesagt, dass Sie einen ausgesprochen scharfen Blick haben?»

Rachel errötete unter den Schichten von Puder und Rouge. Mit einem Schulterzucken erwiderte sie in bester Madame-Zelda-Manier: «Es steht alles in den Karten. Silber auf die Hand, und die tiefsten Geheimnisse werden Ihnen enthüllt. Oder so ähnlich.»

«Den Unsinn können Sie lassen», sagte John nachsichtig. «Jedenfalls bei mir.»

Rachel zog ihren Schal fester um sich. «Meine Madame Zelda gefällt Ihnen nicht?»

«Darum geht es nicht.» Er sah sie an, mit einem Blick, der die Maske durchdrang. «Sie tun so, als wären Sie wie die anderen. Aber so sind Sie nicht, stimmt's?»

Er hatte keine Ahnung.

Einen verrückten Moment lang überlegte Rachel, was passieren würde, wenn sie ihm die Wahrheit sagte. Dass sie gar keine reiche Erbin mit Freude am Clavichordspiel war. Dass sie nur eine ganz gewöhnliche Erzieherin in falschem Fummel und einer geliehenen Wohnung war. *Ich heiße Rachel Woodley ...*

Aber das ging nicht.

«Sie ahnen nicht, wie wohltuend es ist», sagte John, «auf diesen Festen jemandem zu begegnen, mit dem man sich vernünftig unterhalten kann.»

«So kann man es auch sehen. Mein Cousin» – Rachel blickte sich unwillkürlich um – «erklärt mir immer, dass ich in meinen Ansichten hoffnungslos bürgerlich bin.»

Johns Entrüstung war beinahe rührend. «Sie sollten das als Kompliment nehmen.» Er sah sich mit abschätzigem Blick um. «Besonders in dieser Gesellschaft.»

Wie auf Kommando kam Cece in Goldlamé und knallroten Federn angeflattert. «*Da* seid ihr! Wir haben euch überall gesucht, ihr Schlimmen.»

Hinter ihr stand Olivia, ein Aschenputtel in stumpfem Altrosa und unkleidsamen Volants, mit welken Rosen im Haar.

«Cece! Lady Olivia!» Rachel kaschierte ihre Verwirrung mit Überschwang, verschüttete dabei ihren Drink und kam sich vor, als wäre sie beim Naschen ertappt worden.

Man durfte sich auf einem Fest ja wohl über Politik unterhalten, ohne gleich das Gefühl haben zu müssen, man hätte etwas Verbotenes getan. Das war doch das Übliche auf Cocktailpartys. Man schwatzte. Und trank. Kein Grund für sie, sich so verunsichert zu fühlen.

Daran war nur Simon schuld, der hinter ihnen stand und sie mit eindeutig ironischem Blick beobachtete. Simon und seine absurde Idee, sie hätte ein Auge auf den Verlobten ihrer Schwester geworfen.

Rachel fasste ihr Glas fester und rief: «Ihr Lieben! Wo seid ihr denn so lange gewesen?»

«Wo wir so lange gewesen sind?» Cece drohte ihr scherzhaft mit dem Finger. «Eigentlich müssten wir richtig böse mit euch sein. Ich habe überall gesucht. Livvy möchte unbedingt hören, was die Zukunft ihr bringt, stimmt's, Livvy?»

Olivia machte ein Gesicht, als wollte sie nichts dieser Art. Wozu auch? Ihre Zukunft war gesichert. Heirat mit John und ein gemütliches Herrenhaus am Eaton Square.

«Na, dafür braucht man aber bestimmt keine Kristallkugel.» Rachel schwang ihr Tuch um sich und trat von John weg. «Ich sehe Orangenblüten und weißen Tüll ...»

«Und eine Reise übers Wasser», spottete Simon.

Er hatte sich als eine Art Pascha kostümiert, mit einem lila Turban, Pumphose und einem Krummsäbel aus Pappe am Hosenbund. Er hätte lächerlich aussehen müssen. Aber so war es nicht.

Rachel schnippte Asche von ihrer Zigarette und nahm eine herausfordernde Pose ein. «Zählt die Themse?»

Simon verschränkte die Arme auf der Brust, von Kopf bis Fuß der Pascha. «Dann wenigstens die Seine. Viel romantischer.»

Rachel war nicht bereit, ihm das letzte Wort zu lassen. «Sagt wer?»

«Ach, hört doch auf.» Cece gab Simon einen kleinen Stoß und stolperte, von der eigenen Bewegung mitgerissen, auf ihren hochhackigen Sandaletten. Schwankend ging sie auf Rachel zu. «Hast du deine Karten?»

«Die müssen hier irgendwo sein, ja.» Rachel hatte in der Wohnung geübt, allerdings mit der Hoffnung, dass sie im allgemeinen Getümmel ihre Künste nicht würde vorführen müssen. «Aber möchtest du nicht vorher noch etwas trinken?», fragte sie scheinheilig.

Sie behielt Olivia im Auge, die sich sichtlich unbehaglich fühlte. Kein Wunder, in diesem Kleid.

Keinesfalls durfte Olivia gehen. Jedenfalls jetzt noch nicht. Rachel hatte ihren Wohnungsschlüssel zu Hause gelassen, um zu verhindern, dass sie im letzten Moment kalte Füße bekam.

«Dein Glas ist gähnend leer», sagte Simon zu Cece. «Komm, ich bring dich zur Bar.»

Über Ceces Kopf hinweg warf er Rachel mit hochgezogener Braue einen Blick zu. Um ihr Gelegenheit zu geben, einen Rückzieher zu machen? Um sie daran zu erinnern, ihre Bekanntschaft mit ihrer Schwester zu vertiefen? Rachel war nicht sicher. Bei Simon konnte man nie sicher sein.

«Nicht nötig.» Mit einem verschmitzten Lächeln hielt Cece eine verbeulte silberne Taschenflasche hoch. «Die hab ich Tommy Digby gemaust.»

«Darling, ausgerechnet Tommy!» Die Rolle spielte sich mittlerweile wie von selbst. «Nach dem, was letztes Mal passiert ist ...»

«In der Not frisst der Teufel Fliegen», meinte Simon gelassen.

«Es ist Gin», sagte Rachel, worauf Simon künstlich angewidert den Kopf schüttelte. Da Cece entschlossen schien zu bleiben, bemerkte sie pflichtschuldig zu Olivia: «Wollen wir sehen, was die Karten zeigen?»

«Das ist nicht nötig», antwortete Olivia mit ihrer leisen, etwas rauen Stimme. «Ich möchte Ihnen keine Umstände machen.»

Versteckte sich da eine kleine Spitze?

«Aber nein», entgegnete Rachel mit einem Lächeln,

das ihr wie aufgeklebt erschien. Sie schlug ein Ende ihres Schals um ihren Kopf und sagte in geheimnisvollem Ton: «Nichts bleibt dem allsehenden Auge von Madame Zelda verborgen. In diesen Karten liegen die Geheimnisse der Zukunft – und der Vergangenheit.»

Cece sprühte vor Aufregung. «Seht ihr?», rief sie triumphierend und schwankte ein wenig. «Hab ich's euch nicht gesagt?»

Olivia sah Cece an, und was sie sah, schien ihr nicht zu gefallen. Sie legte John die Hand auf den Arm und murmelte: «Wir sollten wirklich gehen ...»

«Ach, komm.» John tätschelte ihre Hand. «Wir sind doch eigens deswegen hergekommen. Willst du nicht wissen, was Madame Zeldas Karten offenbaren?»

Er lächelte, um zu zeigen, dass er das alles für einen großen Spaß hielt.

Olivia versuchte zu lächeln wie er, doch sie wirkte eher gehemmt, während Cece kaum stillstehen konnte vor ungeduldiger Erwartung.

Simon legte ihr freundschaftlich den Arm um die Schultern. «Du weißt, dass das alles Unsinn ist, nicht?» Rachel meinte einen Anflug von Besorgnis in dem scheinbar leichten Ton zu spüren. «Die Karten sind nur Papier.»

«Ach, sei nicht so ein Spielverderber.» Cece schüttelte Simons Arm mit einem Schulterzucken ab und nahm Rachel bei der Hand. «Da drüben ist ein Tisch. Setzen wir uns doch.»

Nur Rachel und Olivia setzten sich schließlich.

Über dem Tisch lag eine Decke aus rotem Samt, in der Mitte stand die Kristallkugel. John, Simon und Cece, die um sie herumstanden, spiegelten sich im Glas in grotesk verzerrter Gestalt. Rachel beachtete die Kugel nicht und konzentrierte sich auf die Karten.

Sie breitete sie fächerförmig vor Olivia aus. «Sie müssen sieben Karten ziehen. Mit eigener Hand», fügte sie mit ihrer Madame-Zelda-Stimme hinzu.

Olivia hob die Hand und zögerte.

«Überleg's dir gut», spöttelte Simon.

Cece gab ihm einen Klaps auf den Arm. «Still! Du störst die Schwingungen.»

«Es wird sein, was es sein wird», beruhigte Rachel in dunklem Rezitativ und schob die Fransen des Schals, die ihr ins Gesicht gerutscht waren, zurück. «Haben Sie Ihre Wahl getroffen, Lady Olivia?»

Als Olivia nach einer Karte greifen wollte, hob Rachel abwehrend die Hand.

«Keine Handschuhe. Sie müssen die Karten mit den bloßen Fingern berühren.»

«Zur besseren Übertragung der übersinnlichen Kräfte?», erkundigte sich Simon.

«Genau», antwortete Rachel fest.

Die anderen sahen schweigend zu, wie Olivia mühsam den Verlobungsring, der fest um das Glacéleder ihres Handschuhs lag, von ihrem Finger schob.

«Jetzt mach schon», sagte Cece ungeduldig.

Olivia zog beinahe ängstlich eine Karte nach der anderen. Ihre hellen Wimpern hoben sich über den grauen Augen, die so vertraut waren und doch so fremd. Zaghaft hielt sie Rachel die Karten hin. «Hier.»

«Hm.» Rachel fragte sich, was Olivia enthüllt zu sehen fürchtete. Den alten Skandal ihrer verbotenen Beziehung zu Simon? Oder etwas aus jüngerer Zeit, was noch schlimmer war? Sie schob die Karten zu einem ordentlichen kleinen Stapel zusammen, dann legte sie die erste offen auf. «Die Vier – eine Veränderung in Ihrem Leben. Noch dazu die Herz-Vier. Heirat vielleicht?»

Olivia sah zu John hinauf, nur ganz kurz, bevor sie wieder zu ihren bloßen Händen hinunterblickte.

Rachel legte die nächste Karte auf. «Die Karo-Acht. Festlichkeiten stehen an, irgendeine Feier.»

«Eine Hochzeit?», säuselte Simon.

«Oder Jicksys Einundzwanzigster», sagte Cece, so weit über Rachels Schulter gebeugt, dass sie mit der Nase beinahe die Kristallkugel berührte.

«Sie haben die Fahrt übers Wasser vergessen», bemerkte John mit einem Lächeln zu Rachel.

«Madame Zelda braucht Ruhe bei der Arbeit. Alle Zweifler und Skeptiker ans Ende der Schlange.» Rachel deckte die nächste Karte auf.

Sie hatte es scherzhaft gemeint, doch unbestreitbar lag plötzlich Spannung in der Luft. Im Hintergrund schluchzten dünn die Geigen. Irgendwo zersprang klirrend ein Glas. Die Leute drängten immer näher, Hitze staute sich, das Stimmengewirr sank zu gedämpftem Gemurmel ab. Der ganze Raum schien auf die glitzernde Kristallkugel konzentriert zu sein und auf die farbigen Zeichen der Karten.

Rachel blickte mit gerunzelter Stirn zu der Karte in ihrer Hand hinunter. Sie merkte, dass sie ein klein wenig angetrunken war. Ein wenig benebelt.

«Was ist es?», fragte Cece.

«Die Sieben. Die Pik-Sieben.» Wenn sie je in Versuchung gekommen wäre, an die Karten zu glauben, dann wäre jetzt der Moment gewesen. Die Bedeutung dieser Karte, wie sie in dem Büchlein erläutert war, das sie studiert hatte, passte genau auf ihren Vater. «Es gibt in Ihrem Leben eine treulose oder unehrliche Person. Ich sehe nicht eingehaltene Versprechen.»

Simon zog eine Augenbraue hoch. «Trevannion?»

In der Kristallkugel konnte Rachel erkennen, wie Johns Mund schmal wurde. «Nicht alle Politiker sind unehrlich, Montfort.» Er sah zu Olivias gesenktem Kopf hinunter. «Und wir brechen nicht alle unser Wort.»

Olivia stieß sich vom Tisch ab. «Schon so spät? Ich möchte keinesfalls –»

Schnell deckte Rachel die oberste der vier Karten auf, die sie noch in der Hand hielt. «Geheimnisse», sagte sie laut. «Ich sehe Geheimnisse.»

Ihrem Büchlein zufolge stand der Kreuz-Bube für einen wohlmeinenden, aber unreifen jungen Mann. Aber es war Zeit, die Sache ein bisschen anzuschieben.

Die nächste Karte. Der Joker.

Neuanfänge und unerwartete Möglichkeiten, dem Büchlein gemäß.

Das ging gar nicht.

Rachel hob beide Hände und leierte mit tiefer Stimme: «Eine Stimme aus der Vergangenheit ruft nach Ihnen, ein Vergessener, jemand, dem Unrecht angetan wurde.» Ihre Armreifen klirrten laut in der plötzlichen Stille. «Eine Stimme aus der Vergangenheit fordert Gehör.»

Sie hob den Blick zu Olivias blassem Gesicht.

Aber es war nicht Olivia, die reagierte. Es war Cece, die mit schriller und erregter Stimme rief: «Wer? Wer?»

KAPITEL 16

«Wer?» Ceces lange rote Nägel bohrten sich wie Krallen in Rachels Arm. «Wer?»

Simon nahm Cece leicht um die Taille. «Du bist betrunken, Cece. Du solltest klug genug sein, nicht aus fremden Taschenflaschen zu trinken.»

Er wirkte ganz locker, doch Rachel entging nicht, wie viel Druck er ausübte, um Cece vom Tisch wegzuziehen. Irgendetwas passierte hier, und Rachel hatte keine Ahnung, was.

«Ach, geh zum Teufel!» Cece riss sich los und stieß so fest gegen den kleinen Tisch, dass die Kristallkugel – beste Woolworth-Qualität – auf ihrem Fuß wackelte. «Sag's mir. Sag mir, was du siehst.»

«Es ist nur ein Spiel.» Simons Stimme klang jetzt härter. «Stimmt's, Vera?»

«Ja, natürlich.» Rachel fegte die Karten zusammen. «Es ist alles nur Humbug, wirklich.»

Cece hielt sich am Tischrand fest. «Und was war das mit Jean-Luc? Und Leonie? Und dem Pferd – das zum Stall zurückkam ...»

«Leonie? Oh.» Erschrocken erkannte Rachel ihre eigenen Märchen wieder. «Aber Darling – alles Zufall. Und das war in Frankreich. Da ist sowieso alles anders.»

Cece packte Rachel beim Arm und klammerte sich hartnäckig an sie. «Mach's noch mal. Leg mir die Karten.»

Die Karten rutschten Rachel aus der Hand und fielen auseinander. Obenauf lag der grinsende Joker.

«Die Kräfte schwinden ...», sagte Rachel mit Madame-Zelda-Stimme. Aber es war überhaupt nicht mehr witzig. Ceces verzweifelt flehendes Gesicht erweckte ihr Mitleid und erschreckte sie zugleich. Sie versuchte, einen normalen Ton anzuschlagen. «Die Geister brauchen mehr Gin. Komm doch mit mir zur Bar, Darling.»

«Es ist Simon, stimmt's?» Das Schwarz um Ceces Augen hob sich hart von ihrer weißen Haut ab, das Rouge auf ihren Wangen wirkte knallig. «Das kommt doch von ihm.» Ihr Lachen klang hysterisch. «Er spricht ja nicht mal seinen Namen aus. Oder, Simon? Ich brauche nur –»

Simons Ton war kurz und scharf. «Ich glaube, wir haben genug von der Wahrsagerei.»

Cece packte die Falten seines blusigen weißen Hemds. «Willst du es nicht wissen? Hast du Angst davor, was er sagen könnte?» Ihre Stimme wurde immer schriller und lauter, übertönte jetzt selbst das Gefiedel der Musiker. «Du hörst einfach nicht zu. Du hörst nie zu. Wenn du zugehört hättest, hätte er vielleicht –»

«Cece.» Unsicher streckte Olivia die Hand nach ihr aus.

Cece schlug sie weg. «Lass du mich bloß in Ruhe!», schrie sie wütend. «Was weißt denn du schon? Dir ist es doch egal. Dir war's immer egal. Wenn du nicht Simon mit deinem Liebesgeflüster die Ohren vollgesäuselt hättest, hätte er vielleicht gesehen – hätte er vielleicht gehört – O Gott, was für ein Witz! Was für ein gemeiner, kranker Witz!»

Cece lachte jetzt laut und kreischend, so heftig, dass sie sich krümmte und unter der Gewalt ihres Gelächters die Hände auf ihren Bauch drückte, während die Tränen ihr schwarze Streifen über das Gesicht zogen.

«Peter sagte – Peter sagte –»

Ein grässliches Röcheln drang aus Ceces Kehle. Rachel begriff erst einen Augenblick später, dass sie weinte. Keine zarten, kristallklaren Tränen, nein, sie schluchzte in lauten, würgenden Stößen.

«Cece …» Simon versuchte noch einmal, sie in den Arm zu nehmen, aber er kam zu spät.

Cece sprang vor ihm weg und schüttelte Rachel bei den Schultern. «Sag's mir! Du hast gesagt, du kannst es. Du hast gesagt, du kannst mir die Karten legen –»

Hinter ihr konnte Rachel John Trevannion und Olivia erkennen. Olivia war einen Schritt zurückgewichen und hielt beide Hände auf den Mund gedrückt.

Cece fuhr fort, Rachel zu schütteln, dass die billigen Reifen an ihren Ohren klapperten. «Sag's mir. Sag mir, warum –»

«Cece! Cece, ich kann es doch gar nicht. Ich weiß nicht –» Rachel versuchte, Cece an den Handgelenken festzuhalten, aber die war überraschend kräftig und ließ sich nicht halten.

«Sag's mir, sag's mir …» Es klang wie ein verzweifeltes Mantra. «Du hast gesagt, du kannst es … Sag's mir …»

Tränen rannen Cece in zähen schwarzen Bächen über das Gesicht und tropften auf den kostbaren Stoff ihres Kostüms.

Dann hörten der Druck und das Schütteln plötzlich auf. Behutsam, aber unnachgiebig zog Simon Cece weg. «Das ist jetzt genug, Cece.»

«Genug?» Cece begann wieder zu lachen, hysterisch wie in einem Anfall. «Genug? Das würde dir so passen. Du willst einfach alles unter den Teppich kehren. Als wärst du nicht – als wäre er nicht –»

Rachel hörte, wie John Trevannion sagte: «Sie ist von Sinnen. Das arme Ding ist völlig von Sinnen.» Lauter fügte er hinzu: «Zu viel getrunken. Kognak auf Gin ...»

Wild drehte sich Cece von Olivia zu Simon, von Simon zu Olivia. Ihre Stimme gellte durch den Raum. «Es ist eure Schuld. Es ist eure Schuld, habt ihr gehört?»

Simon trat sehr langsam einen Schritt näher an sie heran. Rachel fühlte sich an einen Löwenbändiger im Zirkus erinnert. Er sprach leise und beschwichtigend. «Cece ...»

«Rühr mich nicht an!» Als Cece zurücksprang, blieb ihr mit Strass besetzter hoher Absatz an der langen Samttischdecke hängen.

Rachel wollte sie halten, aber es war zu spät. Cece stürzte und schlug mit hartem Aufprall auf den Holzfußboden.

Einen Moment war alles still. Cece lag reglos inmitten der Fülle ihres weiten Goldlamérocks wie in einer Pfütze aus geschmolzenem Gold. Dann drang unter ihren gespreizten Fingern der Hauch eines Lauts hervor, ein Wimmern, ein Name.

Rachel kniete neben ihr nieder. «Cece! Cece? Hast du dir weh getan?»

Cece krümmte sich zusammen, die Knie an die Brust

gedrückt. Ihre Augen waren geschlossen, an den Winkeln sickerten Tränen hervor. «Peter ... Peter ...»

Rachel sah Cece wie völlig entblößt, verletzlich und nackt. Nichts war übrig von der Affektiertheit und der forschen Unbekümmertheit, die sie mit Cece assoziierte. Die Laute, die über Ceces Lippen kamen, erschienen ihr unendlich trostlos, wie das Weinen eines alleingelassenen Kindes.

«Hast du etwas am Kopf?» Ängstlich griff Rachel ihr unter den Kopf, um nach einer Beule zu tasten. Es war leichter, sich auf das Praktische zu konzentrieren, auf das, was getan werden musste. Kein Blut und auch keine Beule, soweit sie feststellen konnte. «Wenn ich meine Finger hochhalte, kannst du mir dann sagen, wie viele es sind?»

Irgendwo über sich hörte sie John Trevannion in künstlich aufmunterndem Ton sagen: «... ein bisschen zu viel getrunken, man weiß ja, wie das ist. Erst Bowle, dann Gin ... sie wird morgen ziemlich verkatert sein.»

Und das ungenierte Getuschel der Klatschbasen, die neugierig die Hälse reckten und weitergaben, was sich abspielte, nahm mit jeder Wiederholung phantastischere Züge an.

«... Darling, wusstest du das nicht», hörte Rachel jemanden hinter sich sagen. «Angeblich ist es von Elmley.»

«Ich dachte, er wäre –», tuschel, tuschel, kicher, kicher – «mit Barbara zusammen.»

«Seit Ewigkeiten nicht mehr. Außerdem, schau sie dir doch an –»

«Lass mich mal.» Simon kniete neben Rachel nieder.

«S-Simon?» Ceces Stimme ertrank in einem Schluchzen.

«Hier, komm.» Er breitete die Arme aus, und Cece drückte ihr schwarz verschmiertes Gesicht an seine Brust. Über Ceces Kopf hinweg sagte Simon leise zu Rachel: «Ich bringe sie nach Hause.»

Vorsichtig stand er auf. Die anderen machten ihm Platz, nahmen schon Abstand vom Geschehen. John Trevannion hatte Olivia taktvoll ein Stück weggeführt. Cece weinte immer noch, aber leise jetzt, da sie ihr Gesicht an Simons Brust gedrückt hielt. Ihre Beine hingen über seine Arme, die glitzernden Sandaletten wirkten wie ein Hohn angesichts ihrer Untröstlichkeit.

Ihre Kostüme verloren plötzlich allen Charme, wirkten nur noch wie billiger Firlefanz.

Rachel richtete sich schwerfällig auf. Sie fühlte sich hundert Jahre alt. «Ich helfe dir.»

«Das ist nicht nötig.» Simons Ton war brüsk. «Sie haben schon genug angestellt.»

Rachel wich getroffen einen Schritt zurück. Das war nicht fair. Wenn sie gewusst hätte – Zornig flüsterte sie: «Sie hätten mich warnen können.»

Simon schloss einen Moment die Augen Sein Gesicht unter dem lila Turban war bleich. «Ich weiß, das war – Es tut mir leid.»

Sie war verblüfft. Eine Entschuldigung hatte sie nicht erwartet.

Simon schaffte es zu lächeln, wenn auch nicht überzeugend. «Denken Sie an die Katzen und die Peitsche – Sie haben jetzt anderes zu tun.»

Rachel strich Cece eine blonde Haarsträhne aus der Stirn und sah Simon an. «Soll ich nicht doch –»

«Sie hat ihre Mutter.» Als Rachel unschlüssig an seiner

Seite blieb, fügte er hinzu: «Es ist schon in Ordnung, wirklich», und ging mit seiner traurigen Last in den Armen in Richtung Treppe.

«Simon?» Er drehte den Kopf, ohne stehen zu bleiben. «Wer ist Peter?»

«Niemand», sagte er und ging davon.

Rachel blieb neben dem halb herabgerissenen roten Samttuch des Wahrsagetischs zurück, beklommen und mit einem schalen Gefühl der Leere.

Peter, hatte Cece weinend gerufen. *Peter.*

Zu ihrer Clique gehörten einige Männer, die Peter hießen. Rachel hatte sie kennengelernt, aber sie konnte sich nicht vorstellen, dass einer von ihnen die Macht besessen hätte, Cece, diesen schillernden Schmetterling, einzufangen und in so abgrundtiefe Verzweiflung zu stürzen.

Sag's mir ... Sag's mir ... Sag mir, warum ...

Rachel zuckte zusammen, als jemand ihre Schulter berührte, und fuhr herum. Aber es war nur John Trevannion, der sagte: «Das war – bedauerlich.»

Rachel wollte ihren Schal um sich ziehen, doch den hatte sie offenbar im allgemeinen Durcheinander verloren. Sie schloss mit hochgezogenen Schultern ihre Arme um sich.

«Wenn ich gewusst hätte ... ich hätte nie gedacht ... O Gott.» Sie blickte an ihrem roten Chiffonrock hinunter zu den auf dem Boden verstreuten Karten. «Es sollte Unterhaltung sein.»

Unterhaltung, um zu provozieren. Doch die Provokation hatte nie Cece gegolten.

Hätte sie es wissen müssen? Hätte nicht Ceces fiebriges Interesse sie stutzig machen müssen?

Simon hatte Bescheid gewusst. Und Olivia ebenfalls. Sie hatten beide Cece mit Sorge beobachtet.

John drückte kurz ihren Arm. «Es war nicht Ihre Schuld.»

Ceces hysterische Stimme: *Es ist eure Schuld. Es ist eure Schuld.*

Olivia trug ein kleines Diadem im dunkelblonden Haar, ein geschmackvolles Stück ohne Feuer. Ihr Gesicht war blass und still.

«Wir – wir sollten wirklich gehen», sagte sie und streckte Rachel die Hand hin. «Es war sehr freundlich von Ihnen, uns einzuladen.»

Die Form musste gewahrt bleiben. Die *Titanic* sank, doch die Bordkapelle spielte weiter.

«Es war so sehr Ceces Einladung wie meine.» Rachel war wie betäubt, hatte immer dieselben Bilder vor Augen.

Cece wie leblos in Simons Armen. *Es ist eure Schuld. Peter* ... Die schrecklichen, röchelnden Laute, die aus Ceces Mund quollen, Schmerz und Verlust jenseits aller Vorstellung. *Sag's mir* ...

Rachel bückte sich, um ihren verlorenen Schal aufzuheben. «Ich – ich glaube, ich gehe auch. Ich könnte nicht bleiben. Nach –» O Gott, sie wollte das nicht tun, gerade jetzt nicht. Doch wenn sie es ließ, was hatte dann alles für einen Sinn gehabt? «Würde es Ihnen etwas ausmachen, ein Taxi mit mir zu teilen?»

«Keineswegs.» John Trevannion bot ihr seinen Arm. «Können wir Sie bei Ihrer Wohnung absetzen?»

«Ja, danke, das wäre nett», sagte Rachel. «Nach Tanzen ist jetzt sicher niemandem mehr zumute.»

Olivia sagte nichts.

Sie sagte nie etwas, dachte Rachel mit plötzlich aufflammendem Ärger. Es musste einmal anders gewesen sein. *Es ist eure Schuld*, hatte Cece gesagt, und sie hatte nicht Rachel angesehen. Sie hatte Simon angesehen und Olivia mit ihrem feinen Gesicht, die nichts sagte und nichts zugab und die anderen wie einen Haufen Narren um sich herumtanzen ließ.

Unvermittelt fragte Rachel: «Wer ist Peter?»

«Peter war Ceces Bruder», antwortete John.

Olivia warf ihm einen Blick von der Seite zu, als er ihr ins Taxi half.

Rachel fielen die in Silber gerahmten Fotografien in Lady Fannys Schreibzimmer ein: das Mädchen und der Junge, beide weiß gekleidet und mit langen Locken, der junge Mann in Uniform.

Rachel stieg nach ihrer Schwester ein. «War?»

Olivia, die sich an ihrem Abendtäschchen zu schaffen machte, schien sie nicht zu hören. John hingegen, der sich schwer auf den Sitz neben Rachel fallen ließ, sagte: «Ach, Sie wissen das nicht? Aber ja, Sie waren ja außer Landes, nicht wahr?»

«In Frankreich, ja», bestätigte Rachel. Das zumindest war die Wahrheit. «Wieso? Was weiß ich nicht?»

«John ...», sagte Olivia, doch John reagierte nicht.

«Ich habe Peter eigentlich nicht gekannt. Nicht näher. Er war an der Universität ein ganzes Stück weiter als ich. Und dann kam der Krieg ...» John rieb sich flüchtig den Mund und sagte, ohne Olivias warnenden Blick zu beachten: «Er hat sich eine Kugel durch den Kopf gejagt.»

KAPITEL 17

Irgendwo knallte eine Fehlzündung. Es klang wie ein Schuss. Das Geräusch ging Rachel durch Mark und Bein.

«Er hat sich erschossen?»

«20 – oder war es 21?» John sah Olivia fragend an. «Cece hat ihn damals gefunden. Ein schreckliches Ende.»

«Schrecklich, ja», bestätigte Rachel. Ein schreckliches Ende und ein schrecklicher Anblick. Sie konnte es sich nicht vorstellen. «Aber warum denn, um Gottes willen?»

«Er wurde im Krieg bei einem Gasangriff verwundet und trug ein schweres Nervenleiden davon. Und deshalb», erklärte John mit Nachdruck, «ist es so wichtig, dass wir um jeden Preis den Frieden bewahren. Sie sagen, wir seien zu jung, um zu verstehen, was sie in den Schützengräben durchgemacht haben. Aber wir haben gesehen, was der Krieg uns gekostet hat, an Leben, Gesundheit und Arbeitskraft.»

Es klang, als wäre es Teil einer Rede. Vielleicht war es das auch.

«Auch die bescheidensten Maßnahmen, um die Wiederholung einer derartigen Tragödie zu verhindern –»

«Spritzen in die Drüsen?», bemerkte Olivia mit einem

ironischen Unterton in der Stimme, den Rachel bisher nicht gehört hatte.

John warf ihr einen kurzen, vorwurfsvollen Blick zu. «Unter anderem.» Zu Rachel sagte er: «Cece hat ihren Bruder vergöttert. Nach seinem Tod ist sie – ziemlich aus dem Gleichgewicht geraten.»

Rachel war tief bedrückt. Niemals hätte sie gedacht, dass Cece, dieses flatterhafte, oberflächliche Ding im Schatten eines tiefen Kummers leben könnte. Sie schien direkt einer Noel-Coward-Komödie entsprungen zu sein, in der Ernsthaftigkeit keinen Platz hatten.

«Ich hatte keine Ahnung», sagte sie leise.

«Es wundert mich, dass Montfort Ihnen nichts erzählt hat», meinte John. «Er und Peter waren praktisch unzertrennlich.»

Olivia hüllte sich weiterhin in Schweigen. Sie drehte nur den Kopf zum Fenster und blickte zur Straße hinaus, wo in unregelmäßigen Abständen die grellen Lichter überholender Autos aufleuchteten, wo nur noch hie und da in den dunklen Häusern ein dämmrig erhelltes Fenster zu erkennen war.

John redete immer noch. «Die beiden haben zusammengehalten wie Pech und Schwefel. Ich war damals noch am Anfang meines Studiums, aber – wenn irgendwo etwas im Gange war, steckten unweigerlich Montfort und Heatherington-Vaughn dahinter.»

«Ja», sagte Olivia kurz, in einem Ton, der jede weitere Diskussion verbot.

Pas devant les domestiques, wie es so schön hieß. Persönliche Dinge bespricht man niemals vor den Angestellten. Oder vor Fremden.

Rachel spürte förmlich, wie die Türen zufielen, um die Fremde auszusperren. Sie wussten es alle. Natürlich. Sie kannten sich untereinander, jeder kannte die Geschichte, die Ahnentafel des anderen. Sie hatten als Kinder zusammen gespielt, dieselben Schulen und Universitäten besucht, ihre Eltern kannten einander.

Rachel mochte noch so echt aussehen, es mochte noch so viel Standish-Blut in ihren Adern fließen, sie gehörte nicht dazu. Was tue ich hier?, dachte sie verzweifelt. Das stimmte ja alles nicht. Es stand ihr nicht zu, hier zu sein, alte Erinnerungen aufzurühren und in alten Wunden zu stochern. Ihr Vater, ja, der hätte es verdient, dass sie ihm zusetzte, aber Cece – was hatte Cece ihr denn getan? Sie hatte ihr nie weh tun wollen, hatte nicht geahnt, dass sie ihr weh tun könnte.

Sie konnte sich hören, wie sie Simon gefragt hatte, ob er Angst habe, sie würde ihn in Verlegenheit bringen und nicht die richtige Gabel benutzen. Wie naiv von ihr.

Damals hatte er sie gewarnt. *Sie haben keine Ahnung, wie?*, hatte er gesagt. Aber sie hatte den Hinweis ignoriert und nach ihrem eigenen Kopf gehandelt.

Er hätte sie heute Abend warnen können, dachte Rachel erbittert. Er hätte sie warnen können, bevor Cece wie ein Häufchen Elend in sich zusammengefallen war.

Sie hatten jetzt Mayfair erreicht. Die Straßen waren Rachel im Lauf der Monate vertraut geworden. Gleich würde das Taxi in die South Audley Street einbiegen und vor dem Haus halten.

Beklommen dachte Rachel an den Wohnungsschlüssel, den sie absichtlich zu Hause liegengelassen hatte. Es wäre, um es mit Ceces Worten zu sagen, biestig fatal gewesen, wenn bei der Suche nach dem angeblich vergessenen Hausschlüssel in ihrer Tasche das Klirren ebendieses Hausschlüssels sie verraten hätte.

Rachel schob den Gedanken an Cece weg. Sie würde sie morgen besuchen. Sehen, ob sie sich erholt hatte. Im Moment hatte sie, wie Simon gesagt hatte, anderes zu tun.

Rachel beugte sich zur gläsernen Trennscheibe vor, um mit dem Taxichauffeur zu sprechen. «Ich wohne gleich um die Ecke auf der rechten Seite. Ich suche nur – oh!»

John biss sofort an. «Stimmt etwas nicht?»

«Mein Wohnungsschlüssel.» Rachel tat, als kramte sie in ihrem Täschchen. «Ich weiß, dass ich ihn hatte. Ich weiß, ich habe ihn eingesteckt, nachdem ich abgesperrt hatte ...»

Ihre Puderdose schlug klirrend an ihr Feuerzeug, als sie hastig das Täschchen durchwühlte.

«Er muss doch hier sein ...» Rachel kippte kurzerhand den gesamten Tascheninhalt auf ihren Schoß: Lippenstift, Puderdose, Feuerzeug, ein zerknittertes Taschentuch. «Ich verstehe nicht – oh!» Sie drückte die Hand auf den Mund. «Ich bin auf der Straße mit jemandem zusammengestoßen, als ich aus dem Taxi stieg. Die Tasche schließt nicht richtig – ich wollte das eigentlich reparieren lassen, aber ... Ich dachte, ich hätte alles wieder aufgehoben ...»

Scheinbar ratlos blickte sie von John zu Olivia.

«Vielleicht hat jemand ihn gefunden», meinte Olivia zweifelnd.

«Auf der Straße? Wie ärgerlich. Ich wusste, ich sollte den Verschluss reparieren lassen – Es gibt hier keinen Nachtportier, und der Mann für den Tag kommt erst um sechs.» Rachel kaute auf der Unterlippe, ein Bild der

Unschlüssigkeit. «Ich weiß, das ist ziemlich dreist, aber – würde es Sie wahnsinnig stören, wenn ich bei Ihnen Unterschlupf suche? Ich kann mich auf der Badematte zusammenrollen, Sie würden gar nicht merken, dass ich da bin.» Bevor Olivia antworten konnte, fügte sie eilig hinzu: «O nein! Vergessen Sie es einfach. So lang ist es ja nicht mehr bis zum Morgen. Und irgendwo hat bestimmt noch ein Teesalon offen.»

«Das kommt gar nicht in Frage.» John klopfte an die Trennwand und sagte kurz: «Fahren Sie weiter. Ardmore House, Eaton Square, bitte.» Über Rachels Kopf hinweg sah er Olivia an. «Es gibt – wie viele Gästezimmer in Ardmore House?»

«Zwölf», antwortete Olivia widerstrebend. Sie holte tief Atem, als müsste sie sich gegen Unannehmlichkeiten wappnen. «Selbstverständlich müssen Sie mit zu mir nach Hause kommen.»

«Tausend Dank.» Rachel verzog den Mund zu einem Lächeln. «Ich weiß nicht, was ich getan hätte ...»

«Das ist doch selbstverständlich», murmelte Olivia.

«Oh, gut, dann ist das geklärt.» John blickte unbefangen lächelnd von einer zur anderen, als das Taxi vor der imposanten Säulenhalle von Ardmore House anhielt. «Und ich wünsche jetzt eine gute Nacht.»

Er half den beiden Frauen aus dem Wagen. Rachel fiel auf, dass der Kuss, den er Olivia auf die Wange gab, eher höflich als leidenschaftlich war. Vielleicht, sagte sie sich, war es ihrer Anwesenheit, der einer Fremden, zuzuschreiben, aber sie bezweifelte es.

«Gute Nacht», sagte sie und drückte John in einem Anfall kindlichen Trotzes ihre geschminkten Lippen so fest auf die Wange, dass sie einen roten Abdruck hinterließen. «Sie sind wirklich nett.»

Oben an der Treppe öffnete sich eine Tür, wurde von einem Mann in dunkler Livree aufgehalten.

«Nacht, Vera. Nacht, Olivia.» John nickte ihnen beiden zu und entfernte sich, die Hände in den Taschen, leise vor sich hin pfeifend.

Rachel raffte Chiffonrock und beschmutzten Schal, klemmte ihre Kristallkugel unter den Arm und folgte Olivia die Treppe hinauf, an dem livrierten Diener vorbei ins Haus. Der Mann war jünger als der ehrfurchtgebietende Butler, dem sie bei ihrem ersten Besuch begegnet war, und unterdrückte mit Mühe ein Gähnen, als er Haltung annahm.

«Danke, William», murmelte Olivia.

Hob Olivia jemals die Stimme?, fragte sich Rachel. Kam es jemals vor, dass sie sich die Zehe anschlug und schrie oder dass sie laut lachte?

Von der Höhe der Galerie blickte das Porträt von Violet, Gräfin Ardmore, zu ihr hinunter.

«Das blaue Zimmer ginge vielleicht», sagte Olivia, als sie dieselbe Treppe hinaufgingen, die Rachel mit Cece hinaufgegangen war. Sie legte die Hand nicht aufs Geländer, wie Cece es getan hatte, sondern bewegte sich mit eng anliegenden Armen, als wollte sie keine Flecken auf dem glänzend polierten Holz hinterlassen. «Oder Jicksys Zimmer. Es ist immer für ihn parat, falls er nach London kommt.»

«Mir ist alles recht.» Rachel bedachte Olivia mit einem unbekümmert strahlenden Vera-Merton-Lächeln. «Hauptsache, ich kann für ein paar Stunden irgendwo mein müdes Haupt niederlegen. Ich komme mir so blöd vor.»

Olivia sah sie unsicher an. «Das hätte jedem passieren können.»

Sie kamen am ersten Stockwerk vorbei, wo sich die Bibliothek befand. Die hohe Flügeltür war geschlossen, der Flur still. Rachel fragte sich, wo ihr Vater sich aufhielt und ob er ihr letztes Bild erhalten hatte. Er hatte keine Ahnung, dass seine vergessene Tochter in seine mitternächtliche Festung eingedrungen war und jetzt durch die Korridore seines Hauses schlich.

«Ja, Schlüssel sind eigenwillig», stimmte Rachel heiter zu. «Ich verlege sie ständig.»

Die Treppe wurde schmäler, als sie die großen Repräsentationsräume hinter sich ließen und in den zweiten Stock hinaufstiegen. Die Gemälde an den Wänden waren kleiner, die Rahmen relativ bescheiden.

Ganz anders, dachte Rachel, als in Heatherington House, wo die Privaträume der Familie so luxuriös ausgestattet waren wie die Empfangsräume unten, wo die Gemälde alter Meister neben Werken moderner Künstler hingen und kostbares Porzellan mit Keramikkreationen aus der Werkstatt von Ceces künstlerisch ambitionierten, aber nicht unbedingt begabten Freunden konkurrierte.

In Ardmore House wehte einem in den oberen Stockwerken ein Hauch von Verstaubtheit entgegen, wie aus der Requisitenkammer eines Theaters.

«Ich störe doch hoffentlich Ihre Eltern nicht.» Rachel schüttelte leicht ihre Armreifen. «Ich meine, wenn ich hier durch die Gänge schleiche.»

«O nein», versicherte Olivia ganz ernsthaft. «Die Räume meiner Mutter sind in der ersten Etage, ganz am anderen Ende. Und mein Vater ist zurzeit in Oxfordshire. Wir sind hier ganz allein.»

Rachel schluckte. «Ist er schon lange weg?»

So viel zu schlauen Plänen. Ihre Bilder mit den sorgsam bedachten Botschaften lagen wahrscheinlich auf einem Stapel wartender Korrespondenz.

«Nein.» Olivia ging schneller auf dem abgenutzten Läufer, der ihre Schritte dämpfte. «Erst seit gestern. Er bekam einen Brief ...»

«Einen Brief?» Rachel rannte ihr nach. «Nichts Unangenehmes hoffentlich?»

Olivia drehte den Kopf und warf Rachel einen unsicheren Blick zu. «Sicher nicht. Ich vermute, es hat mit Jicksys Geburtstagsfeier zu tun. Wie praktisch alles in diesen Tagen.» Sie drehte den Knauf einer Tür und atmete auf, als sie sich öffnete. «Hier sind wir. Das blaue Zimmer.»

Das Zimmer war in der Tat sehr blau. Die Wände waren blau, ebenso die Vorhänge, die Möbel waren mit Chintz mit einem blauen Blumenmuster bezogen. Die Bilder an den Wänden waren Reproduktionen alter Meister mit ein paar faden Blumenaquarellen dazwischen.

Olivia hob prüfend den Überwurf. «Das Bett ist anscheinend gemacht – ich kann läuten, wenn Sie etwas brauchen.»

«O nein, nein, das ist nicht nötig», sagte Rachel schnell. Es war noch nicht allzu lange her, da hatte sie selbst zu denen gehört, nach denen man läutete. «Sagen Sie mir nur den Weg zum Bad, sonst brauche ich nichts.»

Sie dachte kurz daran, nach unten zu schleichen, ließ die Idee aber gleich wieder fallen. Was erwartete sie denn zu finden? Ihren eigenen Brief auf dem Schreibtisch ihres Vaters?

«Das Bad ist drei Türen weiter auf der linken Seite.» Olivia legte die Hände zusammen. «Ich könnte Ihnen ein Nachthemd anbieten ...»

Fürchtete sie, Miss Vera Merton könnte so peinlich sein und splitternackt durch die Korridore von Ardmore House huschen? Man musste fairerweise einräumen, dass ein solcher Gag um des Effekts willen Cece durchaus zuzutrauen gewesen wäre.

Rachel konnte sich vorstellen, was für Nachthemden Olivia trug, zart und unschuldig weiß und um den Saum mit Blümchen bestickt.

«Ach Gott!», sagte Rachel in bester Vera-Merton-Manier. «Sie tragen noch Nachthemden? Wie reizend.»

Olivia wurde rot, doch sie ließ sich nicht beirren. «Ich habe leider keine Pyjamas. Meine Mutter findet sie unsolide.»

«Ach ja?», fragte Rachel träge. «Meine sitzen eigentlich ganz solide. Meistens.»

«Hm, na ja.» Olivia ging zur Tür. «Wenn Sie irgendetwas brauchen, geben Sie mir Bescheid. Oder Sie können auch läuten ...» An der Tür blieb sie stehen, immer noch ihr teures Abendtäschchen in den Händen. «Das ist hier wahrscheinlich überhaupt nicht das, was Sie sonst gewohnt sind.»

Sie hatte keine Ahnung. An der Wand neben dem Bett war ein Klingelzug, auf dem Tisch lag cremefarbenes Briefpapier mit Goldprägung. Kein Vergleich mit Netherwell.

Rachel begann das Schräubchen am Verschluss eines ihrer Ohrringe aufzudrehen. «Das stimmt.»

Olivia stand immer noch unschlüssig an der Tür, die Hand auf dem Knauf. «Nach den exotischen Gegenden, die Sie gesehen haben ... wirkt das hier sicher alles sehr provinziell.»

Sie sprach immer noch sehr förmlich und korrekt, doch in ihrer Stimme meinte Rachel einen sehnsüchtigen Ton zu hören. Sie drehte den Kopf, um den anderen Ohrring abzunehmen, und sah ihre Halbschwester neugierig an. «Ich hätte nicht gedacht, dass Sie den *Daily Yell* lesen.»

Es blieb lange still, dann sagte Olivia: «Die Köchin holt ihn immer.» Sie spielte mit der Perle an ihrem Ohr. «Ich weiß, es ist ziemlich kindisch – aber ich finde es spannend zu lesen, was Sie alles erlebt haben.»

Olivia sah aus wie ein Kind vor dem Spielwarenladen.

Rachel zog den zweiten ihrer Ohrringe herunter. «Aber Ihr Foto ist doch ständig im *Tatler*.»

«Ja, wie ich zu irgendeinem Fest in Mayfair gehe.» Olivia sah zu ihren Händen hinunter. «Eigentlich sollte ich nach Paris gehen, um den letzten Schliff zu bekommen, aber ... meine Mutter hatte Angst, ich könnte dort schlechten Einflüssen ausgesetzt sein.»

«Sie waren noch nie in Paris?» Rachel wusste selbst nicht, warum, aber sie hatte es für selbstverständlich gehalten, dass die Tochter eines englischen Adligen Reisen machte und in hochherrschaftlichen Häusern wie denen logierte, in denen Rachel Erzieherin gewesen war.

«Wenn ich verheiratet bin, kann ich das nachholen –» Olivia brach ab, und eine kleine Falte erschien zwischen ihren Augenbrauen. «Wenn John damit einverstanden ist.»

Langsam legte Rachel ihre Ohrringe auf den Bettüberwurf. «Das wird er ganz sicher sein.» Sie wusste nicht, was sie sonst sagen sollte. «Wer könnte etwas gegen eine Reise nach Paris haben?»

Olivia schüttelte leicht den Kopf. «Nun ja, man muss auch an die Wähler denken ... und ... ach, schon gut.» Sie richtete sich auf. «Also, wenn Sie etwas brauchen, läuten Sie, ja?»

Sie drehte sich um, der volantbesetzte Saum ihres langen Kleides fegte über den Boden.

Spontan sagte Rachel: «Das ist alles nur Humbug. Ich war nie in Indien. Und ein Clavichord habe ich noch nie gesehen.»

Olivia hielt inne. «Aber die Zeitung –»

«Das», erklärte Rachel lapidar, «war alles das Werk meines reizenden Cousins. Ich bin sicher, er hat das nur getan, um mich zu ärgern.»

«Ja, das sähe Si– Mr. Montfort wirklich ähnlich. Er provoziert manchmal gern.»

«Manchmal?», fragte Rachel trocken.

Es brachte ihr ein kleines Lächeln ein, aber nicht mehr. Olivia ließ sich nicht aus der Reserve locken. «Das Frühstück wird um acht im Speisezimmer serviert. Wenn Sie bis zum Fuß der Treppe gehen und dann an der Niobestatue vorbei, ist es die Tür rechts von dem Canaletto.»

Rachel zog ihr Kleid über den Kopf. «Keine Sorge. Ich streue Brotkrümel hinter mir.»

Olivia lächelte unsicher. «Sie können auch den Diener unten in der Halle fragen, er zeigt Ihnen den Weg.»

Sie war gegangen, bevor Rachel ihr erklären konnte, dass sie nur gescherzt hatte.

Rachel ging in der ganzen Pracht ihres Zigeunerkostüms zum Frühstück hinunter.

Der Diener in der Halle war zu gut gedrillt, um etwas zu sagen, aber sie sah ihm an, dass er es kaum erwarten konnte, hinunterzulaufen in die Dienstbotenetage, um brühwarm zu berichten, was er gesehen hatte. Ihm zuliebe klapperte Rachel gehörig mit ihren Armreifen, ehe sie in das düstere Speisezimmer trat, das dank den burgunderroten Tapeten und großen Ölgemälden mit Darstellungen martialischer biblischer Szenen etwas ziemlich Bedrückendes hatte.

Ihre Halbschwester saß allein an einer langen Tafel, an der leicht vierzig Personen Platz gehabt hätten. Spiritusflämmchen brannten unter einer Reihe silberner Wärmeplatten auf der Kredenz, doch auf Olivias Teller lagen nur eine halbe Scheibe Toast und ein einsamer Räucherhering.

«Ach, gut», sagte Olivia. «Sie haben es gefunden.»

«Mit etwas Hilfe.» Rachel suchte sich einen Platz gegenüber von Olivia und versuchte, keine Überraschung zu zeigen, als wie von Zauberhand Geschirr und Silber vor ihr aufgedeckt wurden. Seltsam, sich eine Welt vorzustellen, in der nie jemand auch nur einen Finger rühren musste. «Ich glaube, Ihren armen Diener hat fast der Schlag getroffen, als er mich in diesem Aufzug herunterkommen sah.»

«Vielleicht hatte er Angst vor dem, was die Zukunft ihm bringt.» Olivia hob die Kaffeekanne. «Möchten Sie lieber Kaffee oder Tee?»

Hatte ihre Schwester gerade zu scherzen versucht? Den Eindruck hatte es jedenfalls gemacht. «Kaffee, bitte.»

«Gut.» Rachel hielt die Tasse, während Olivia einschenkte. «Der Tee ist inzwischen eiskalt, aber der Kaffee ist noch genießbar.»

«Warum geben Sie nicht einfach noch heißes Wasser dazu?»

«Ach, ich mag die Köchin nicht belästigen», antwortete Olivia vage.

Rachel nahm sich eine Scheibe Toast und wies dann mit einer Kopfbewegung auf die Zeitung neben Olivias Platz. «Kein *Daily Yell*?»

«Mein Mutter würde tot umfallen.» Olivia warf schnell einen Blick über ihre Schulter. «Nein. Das ist die *Times*. Mein Vater liest sie sonst immer, aber da er nicht hier ist …» Sie reichte Rachel die Zeitung. «Wollen Sie?»

Das Papier war warm. Es musste gebügelt worden sein, um zu verhindern, dass die hässliche Druckerschwärze aristokratische Finger beschmutzte.

Rachel schob das Blatt zurück. «Sie waren doch eben beim Lesen. Ich möchte nicht –»

«Meine Mutter will nicht, dass ich bei Tisch Zeitung lese», bekannte Olivia. «Es ist ein Artikel über Dr. Radletts Experimente darin.»

Dr. Radlett? Rachel brauchte einen Moment, um sich zu erinnern. Der Nachmittag in Heatherington House schien eine Ewigkeit her zu sein.

Sie hatte Olivia für kalt und förmlich gehalten. Die Förmlichkeit war nicht zu bestreiten, doch Rachel fragte sich, ob sie sich nicht hinsichtlich der Kälte geirrt hatte.

Sie stützte die Ellbogen auf das weiße Tischtuch. «Wie fanden Sie denn den Vortrag von Dr. Radlett? Sie haben gar nichts dazu gesagt.»

Olivia stocherte in dem Räucherhering auf ihrem Teller. «Es ist sicher ein ehrenwertes Vorhaben ...»

«Aber?»

«Es ist Blödsinn.» Olivia sah Rachel an und lächelte flüchtig. «Aber ich glaube, Dr. Radlett ist das nicht klar. Er scheint von seinem Projekt ehrlich überzeugt zu sein.»

Ganz zu schweigen von John Trevannion.

«Warum haben Sie das an dem Tag nicht gesagt?» Rachel nahm sich von der Butter. «Als Simon gefragt hat.»

«Er ist so voll guter Absicht», sagte Olivia entschuldigend. «Dr. Radlett, meine ich.»

Wenn das der wahre Grund war, würde sie einen Besen fressen, dachte Rachel. Ihr Messer kratzte über den Toast, als sie die Butter strich. «Und Sie finden, die gute Absicht entschuldigt die Scharlatanerie?»

Olivia sah mit gekrauster Nase zu ihrem Hering hinunter. «Das nicht, aber es ist einfach ehrlicher.»

Es hatte eine Zeit gegeben, da hatte Rachel sich für absolut ehrlich gehalten. Ehe ihr Leben aus den Fugen geraten war.

Sie biss trotzig von ihrem Toast ab. «Ich glaube nicht, dass die Absicht letztendlich irgendetwas ändert. Wie sagt man so schön? Der Weg zur Hölle ist mit guten Vorsätzen gepflastert.»

Sie hatte es scherzhaft gemeint, doch Olivia antwortete ernsthaft: «Ja, aber man muss mit sich selbst leben.»

«Nicht unbedingt.» Rachel schob ihren Toast weg. Sie hatte keinen Hunger mehr. «Es gibt unzählige Möglichkeiten, sich selbst aus dem Weg zu gehen. Gin zum Beispiel.»

«Ja, aber trotzdem bleibt man am Ende immer man

selbst. Nur mit einem Kater am nächsten Morgen.» Auf Rachels erstaunten Blick hin sah Olivia schnell zu ihrer Teetasse hinunter. «Wenigstens hat Si– jemand das einmal gesagt.»

«Hm.» Rachel trank einen Schluck von ihrem Kaffee. Sie wusste, sie sollte versuchen, mehr über ihren Vater in Erfahrung zu bringen, aber es interessierte sie, welcher Art die Beziehung zwischen ihrer Schwester und Simon gewesen war. «Wenn es derselbe Jemand ist, den ich kenne, scheint seine Weisheit ihn selbst aber wenig zu kümmern.»

«Möchten Sie noch Kaffee?» Olivia hielt die Kanne hoch.

«Nein, danke.» Was würde die wohlerzogene Olivia mit den tadellos ondulierten blonden Haaren tun, wenn Rachel sie ganz direkt nach Simon fragte?

Wahrscheinlich läuten, um frischen Kaffee kommen zu lassen.

Ihre Halbschwester erinnerte Rachel an ein Puzzlekästchen, das Mr. Treadwell ihr einmal zum Geburtstag geschenkt hatte. Wenn man die richtige Kombination drückte, sprang das Kästchen auf. Es hatte keinen Sinn, es mit Schütteln oder Herumstochern öffnen zu wollen; damit erreichte man höchstens, dass der empfindliche Mechanismus am Ende klemmte.

Rachel hatte dieses Puzzlekästchen gehasst.

Von draußen war eine Stimme zu hören. «Sagen Sie Anna, sie soll es in meinen Salon bringen. *Nicht* ins Wohnzimmer. Und ich möchte pünktlich um zwei den Wagen haben. *Nicht* erst um zehn nach.»

Die Stimme wurde lauter, die Tür öffnete sich, und

schon rauschte die Frau mit der herrischen Stimme herein, immer noch mitten im Redefluss, der vom Klappern ihrer festen Absätze auf dem Boden akzentuiert wurde.

Die Mode hatte sich geändert, seit John Singer Sargent das Porträt von Lady Ardmore, das über der Treppe hing, gemalt hatte. Jahre waren vergangen. Ihre Haare waren nicht mehr braun, sondern stark von Grau durchzogen, das Korsett war in der Taille nicht mehr so eng geschnürt, wie die Mode es damals vorgeschrieben hatte, und die großen Diamanten, die sie auf dem Gemälde schmückten, lagen jetzt zweifellos in einem Safe.

Die Frau an der Tür trug Rock und Bluse, das ergraute Haar war sorgfältig frisiert und der Schmuck dezent – erbsengroße Saphire an den Ohren, eine Brosche am Kragen und schmale, rundum mit Brillanten besetzte Ringe an den Fingern.

Doch es war unverkennbar die Frau auf dem Porträt.

Die Frau, um derentwillen Rachels Vater ihre Mutter und sie verlassen hatte.

Lady Ardmore richtete sich in ihrer ganzen Vollbusigkeit auf, als sie Rachel sah. Ihre Stimme war eisig, als sie fragte: «Und wer ist das, bitte?»

KAPITEL 18

Olivia sprang auf.

«Das ist –» Sie wollte etwas sagen, brach ab und setzte neu an. «Das ist Miss Vera Merton, Mama. Sie ist eine Freundin von Cece.»

Rachel stand langsam auf, während sie die Frau musterte, die ihre Mutter von ihrem Platz verdrängt hatte, diese Frau mit dem wohlgenährten, selbstgefälligen Gesicht, die mit ihrem vielen Geld ihren Vater verführt und ihre kleine Familie zerstört hatte.

Vielleicht machte sie sich etwas vor. Vielleicht hätte er sie ohnehin verlassen. Doch Rachel war gerade nicht bereit, die Stimme der Vernunft sprechen zu lassen.

«Lady Ardmore.» Sie ließ absichtlich ihren Fransenschal von den Schultern abwärts gleiten. «Guten Morgen.»

«Eine Freundin von Cecelia?» Lady Ardmore rümpfte die Nase, als hätte ein Gifthauch sie getroffen. Dann sagte sie zu Olivia: «Sieh zu, dass sie die Hintertür benutzt, wenn sie geht. Wir wollen kein Gerede.»

Und das war alles.

Sie ließ Rachel, die immer noch am Tisch stand, einfach stehen und kehrte ihr ostentativ den Rücken.

Olivias Blick flog zu Rachel. «Mama ...»

«Und du?» Auf dem Weg zur Kredenz drehte sie sich um, die Augen zusammengekniffen. «Treibst dich bis in den frühen Morgen bei irgendwelchen Vergnügungen herum. Ohne Rücksicht darauf, dass das ganze Haus in Aufruhr ist. Ohne Rücksicht darauf, dass dein Vater ohne ein Wort der Erklärung einfach nach Oxford abfährt. Als hätten wir nichts Besseres zu tun, als Cecelias zweifelhafte Freunde zu verköstigen.»

Bei jedem Wort verschloss sich Olivias Gesicht ein wenig mehr.

«Es tut mir leid, Mama», murmelte sie mit dieser leisen Stimme. «Es war nicht unsere Absicht, dir Ungelegenheiten zu bereiten.»

Lady Ardmore lachte unfreundlich. «Oh, natürlich, es ist nie deine Absicht. Du tust einfach, was dir in den Kopf kommt, ohne die geringste Rücksicht auf andere. Wenn ich an die Opfer denke, die ich für dich gebracht habe, die Mühe, die ich mir gemacht habe, um dich gesellschaftlich zu fördern –»

Opfer? Lady Ardmore hatte nicht die geringste Ahnung.

Rachel stand immer noch. Sie hörte sich laut und sehr entschieden sagen: «Wenn jemandem ein Vorwurf zu machen ist, dann mir, Lady Ardmore. Ich hatte meinen Wohnungsschlüssel vergessen. Nur dank Lady Olivias Großzügigkeit musste ich nicht den Rest der Nacht auf der Straße verbringen. Es war reine Liebenswürdigkeit von ihr.»

Olivia schüttelte ganz kurz abwehrend den Kopf.

Lady Ardmore holte Luft, ihr Busen drohte die Bluse zu sprengen. «Unser Haus ist keine Herberge, Olivia. Ich weiß nicht, was Fanny alles duldet, aber du, meine Liebe, hast eine Stellung zu wahren. Solche Geschichten wirst du dir als Frau eines Politikers nicht mehr erlauben können.»

«Natürlich, Mama», murmelte Olivia.

Es war ein Akt unglaublicher Selbstverleugnung, bei dem Olivia alle Substanz zu verlieren schien.

Rachel ließ sich auf ihren Stuhl sinken. Der Toast auf ihrem Teller war kalt geworden, die geschmolzene Butter sah unappetitlich aus.

Olivia warf ihr einen dankbaren Blick zu.

Lady Ardmore lamentierte mit lauter werdender Stimme weiter. «Als hätte ich nicht schon Sorgen genug. In vier Tagen die Feier für deinen Bruder ... und diese unzuverlässige Miss Lane hat sich das Handgelenk verstaucht. Behauptet sie jedenfalls», fügte sie bissig hinzu. «Bei diesen Leuten weiß man ja nie. Spielt die Leidende und suhlt sich in ihrem Bett. Ich bin überzeugt, sie hat es absichtlich getan, um mir das Leben schwerzumachen. Und wer, frage ich, soll jetzt die Karten schreiben?»

Lady Ardmore stellte ihren Teller mit einem Knall auf ihren Platz am Kopf des Tisches. Sie schien es kaum zu bemerken, als der Diener ihr den Stuhl herauszog; für sie war es selbstverständlich, dass der Stuhl bereitstand, als sie sich mit Märtyrermiene setzte.

«Miss Lane ist Mamas Sekretärin», erklärte Olivia und blickte gleich schuldbewusst zu ihrer Mutter hinüber, als erwartete sie, dafür gerügt zu werden, dass sie ungefragt dazwischengeredet hatte.

«Wenn ich helfen kann ... Ich habe eine ganz ordentliche Handschrift.»

Es war reine Taktik, sagte sich Rachel. Keinesfalls hatte sie das gesagt, um Olivia beizustehen, die aussah, als wollte sie sich nur noch irgendwo verkriechen.

Gab es eine bessere Möglichkeit, sich Zugang zu dieser Familie zu verschaffen?

Ganz Vera Merton, redete sie munter drauflos. «Betrachten Sie es als Gegenleistung dafür, dass Sie mir hier Kost und Logis gewährt haben. Und für mich wäre es mal etwas anderes, Sekretärin zu spielen. So viele von meinen Freunden arbeiten mittlerweile.»

«So tief sind wir noch nicht gesunken, Miss ...»

«Merton», sagte Rachel mit einem gewinnenden Lächeln. «Vera Merton.»

Was würde Lady Ardmore sagen, wenn Rachel jetzt aufstünde und ganz lässig sagte: Ach, übrigens, ich bin die uneheliche Tochter Ihres Herrn Gemahls?

«Ich werde eben die Agentur anrufen müssen», erklärte Lady Ardmore in leidendem Ton.

Wenn Rachel an jenem Tag nicht das Kopfkissen ihrer Mutter weggezogen hätte ... wenn sie nicht zu Onkel David gefahren wäre ... wenn sie Simon nicht begegnet wäre ... wäre sie jetzt vielleicht diejenige, die sich auf den Anruf bei der Agentur meldete.

Es war ein abschreckender Gedanke.

«Das kann ich doch machen, Mama», sagte Olivia zaghaft. «Wenn Miss Lane mir zeigt, wie –»

Lady Ardmore sah ihre Tochter mit kaltem Blick an. «Du solltest lieber endlich das Datum für deine Hochzeit festsetzen. Diese Unentschlossenheit kannst du dir nicht leisten. So groß sind deine Chancen nicht mehr. Nach dieser Geschichte.»

Nach dieser Geschichte?

Olivia hatte die Lider gesenkt.

Das brachte Lady Ardmore nur noch mehr auf.

«Aber dir ist das ja egal, nicht wahr?», fuhr sie ihre Tochter mit erschreckender Gehässigkeit an. «Dir wäre es genauso recht, mit irgendwelchen Blaustrümpfen im Elfenbeinturm zu sitzen und dein Leben an verstaubte alte Folianten zu verschwenden. Die ganze Mühe, die ich mir gemacht habe, damit deine Einführung in die Gesellschaft ein Erfolg wird und du Partner findest – das alles bedeutet dir nichts. Kein Funken Dankbarkeit.»

Es war eine peinliche Szene, umso mehr, als es Lady Ardmore nicht im Geringsten zu kümmern schien, dass sie Publikum hatte. Aber vielleicht zählte für sie der Diener nicht, und Rachel ebenso wenig. Vielleicht waren sie in ihren Augen nur lebloses Inventar.

Olivia schien mit jedem Vorwurf ihrer Mutter zu schrumpfen. Doch sie sagte nur: «Ich bin gern bereit, Miss Lane mit den Karten zu helfen, Mama.»

Mit einem unartikulierten Laut unbeherrschter Wut fuhr Lady Ardmore hoch, sodass der Diener nur noch hastig zurückspringen konnte, um den Stuhl herauszuziehen. «Vergiss nicht, dass du um drei eine Anprobe hast. Dein Vater sollte heute im Oberhaus reden. Weiß der Himmel, ob er bis dahin zurück sein wird. Oxford! Was kann es in Oxford Wichtigeres geben als in London?» Sie erwartete offensichtlich keine Antwort auf die Frage, denn sie war schon an der Tür, wo sie sich nur lange genug noch einmal umdrehte, um ihrer Tochter ein letztes «Vergiss die Anprobe nicht» hinzuwerfen.

«Nein, Mama.»

«Und lass sie am Schnitt ja nichts ändern. Ich will es genau so haben, wie es ist.»

«Ja, Mama.»

Mit einem geringschätzigen Blick zu Rachel fügte Lady Ardmore hinzu: «Es darf auf keinen Fall billig wirken.» Damit rauschte sie hoch erhobenen Hauptes hinaus.

In der plötzlichen Stille sahen Rachel und Olivia einander so benommen an wie die Überlebenden einer Schlacht nach Abzug des Feindes.

Dann lupfte Rachel ein wenig ihren Zigeunerrock und fragte ironisch: «Möchten Sie sich das vielleicht ausleihen? Es könnte Ihnen vielleicht nicht schaden, ein bisschen ‹billig› auszusehen. Und stellen Sie sich nur vor, wie auf dem Fest Ihres Bruders alle gaffen würden.»

«Es würde mir nicht stehen.» Olivias Blick glitt zur Tür, wo schweigend der Diener Posten stand.

Würden Berichte von diesem Auftritt später unter der Dienerschaft die Runde machen, fragte sich Rachel, oder gehörten solche Szenen zum Tagesablauf?

«Ich möchte mich bei Ihnen entschuldigen, Miss Merton. Es war nur das Zigeunerkostüm ... Meine Mutter hält nichts von solchen Festen.»

Von wegen. «Nein, ich sollte mich entschuldigen. Dafür, dass ich hier einfach so hereingeplatzt bin. Es wundert mich nicht, dass Ihre Mutter verärgert war. Und dann noch der Ausfall der Sekretärin ... Das kann einen schon nervös machen.»

Olivia blickte auf ihren Teller hinunter. «Die arme Miss Lane. Sie simuliert nicht. Sie hat sich das Handgelenk gebrochen, als die auf der Treppe zur Untergrundbahn ausrutschte. Und sie hat versucht, trotzdem zu arbeiten.»

Rachel hob ihre Kaffeetasse. «Sie scheint Ihrer Mutter sehr treu zu sein.»

«Sie hat eine kranke Mutter in Ipswich», erklärte Olivia, «und panische Angst, ihre Stellung zu verlieren.»

Rachel fühlte sich beschämt. «Vielleicht sollte ich wirklich die Karten für sie schreiben. Einfach um ihr zu helfen.»

«Das ist sehr nett von Ihnen, aber das kann ich nicht von Ihnen verlangen.»

«Warum nicht? So wahnsinnig viel habe ich nun wirklich nicht zu tun.»

Außer beunruhigende Botschaften an ihren Vater zu schicken, der gar nicht hier war, um sie in Empfang zu nehmen. Stattdessen hatte er einen Brief erhalten und war Hals über Kopf nach Oxford gefahren; ohne sich um die zu erwartende Empörung seiner Frau zu kümmern; ohne Rücksicht darauf, dass er im Oberhaus eine Rede halten musste.

Irgendwie glaubte Rachel nicht so recht, dass ihn die Suche nach einem Manuskript in der Bodleian Library nach Oxford getrieben hatte.

Sie dachte zurück an die vielen Besuche in Oxford über die Jahre, an Onkel David, der ihr hinter dem Rücken ihrer Mutter Taschengeld zugesteckt hatte, ernsthaft und interessiert nach der Schule fragte und ihr in seiner Wohnung im College Walnusskuchen spendierte.

Vielleicht war Onkel David all die Jahre nicht nur Beschützer gewesen, sondern auch Berichterstatter.

Sie hatte die ganze Zeit angenommen, dass ihr Vater gegangen war und nie zurückgeblickt hatte, dass er keine

Ahnung hatte, wo sie sich aufhielt und was aus ihr geworden war. Aber es konnte auch ganz anders sein. Einem flüchtigen Moment der Wärme bei dem Gedanken, dass ihr Vater vielleicht aus der Ferne über sie gewacht hatte, folgten sehr schnell Zweifel und Misstrauen. Nicht Liebe musste die Triebfeder gewesen sein, es konnte reines Kalkül dahinterstecken. Gerade jetzt, vor dem einundzwanzigsten Geburtstag seines Erben, war ein Skandal das Letzte, was er brauchte.

Eine gewisse bittere Schadenfreude begleitete die Vorstellung, dass ihr Vater fluchtartig nach Oxford geeilt war, um Onkel David darüber zu befragen, wie es ihr gelungen war, sich seiner Aufsicht zu entziehen.

Nein. Rachel hielt inne. Das war nicht schlüssig. Wenn ihr Vater sie kannte, wenn er wusste, wer sie war, dann hätte er das an jenem Tag in der Bibliothek durch irgendein Zeichen zu erkennen gegeben. Ganz bestimmt.

«Kaffee?», fragte Olivia, und erst jetzt merkte Rachel, dass ihre Halbschwester ihr die Kaffeekanne hinhielt.

«Entschuldigen Sie. Ich war in Gedanken.» Rachels Armreifen klirrten, als sie die Hände hob, um sich die Schläfen zu reiben. «Ich sollte nach Hause fahren und mich umziehen.» Ein Gedanke schoss ihr unversehens durch den Kopf. «Was meinte Ihre Mutter, als sie vom Elfenbeinturm sprach?»

«Ach ... Ich wollte eigentlich studieren.» Kaum hörbar fügte Olivia hinzu: «Ich hatte ein Stipendium für Somerville.»

«Ein Stipendium?» Rachel kannte sich dank Onkel David gut genug in Oxford aus, um zu wissen, was das bedeutete. «Das ist doch großartig.»

«Si–» Olivia brach ab. «Ein Freund hat sich für mich eingesetzt.»

«Ja, aber sie nehmen die Leute nicht nur, weil sich jemand für sie einsetzt.» In den Prüfungen wurde sehr viel verlangt. Rachels Mutter hatte vorgeschlagen, sie solle versuchen, ein Stipendium zu bekommen, aber damals war es Rachel wichtiger erschienen, Geld zu verdienen. Außerdem kannte sie sich gut genug, um zu wissen, dass ein Studium nicht das Richtige für sie gewesen wäre. Ihr lag das Praktische mehr. «Warum haben Sie es nicht angenommen?»

Olivia schob sich eine dunkelblonde Haarsträhne hinters Ohr und sagte sehr beherrscht: «Meine Mutter hat mich daran erinnert, dass ich eine Stellung zu wahren habe. Grafentöchter taugen nicht zu Blaustrümpfen.»

«Das glaube ich nicht. Es gibt bestimmt viele, die studieren.» Ihr fiel ein, was Simon ihr über Olivias Vorliebe für Lyrik erzählt hatte. «Wollten Sie Literaturwissenschaften studieren?»

«Nein.» Olivia lächelte ein wenig ironisch. «Volkswirtschaft.»

Rachel erntete mehr als einen schrägen Blick, als sie in ihrem abenteuerlichen Kostüm, das mittlerweile recht traurig an ihr herabhing, und mit ihrer Kristallkugel unter dem Arm nach Hause fuhr.

Der Portier konnte sich ein Grinsen nicht ganz verkneifen, als sie zu seinem Glaskasten trat und ihn um den Ersatzschlüssel für die Wohnung bat. Sie war froh, dass die Tür sich ohne Mühe öffnen ließ, und wünschte, alles andere wäre auch so einfach.

Es war so befriedigend gewesen, ihre Halbschwester zu verachten.

Doch diese Halbschwester, die Frau auf den Bildern im *Tatler* war, so schien es, genauso eine Fiktion wie Vera Merton. Die wahre Lady Olivia Standish hatte ein Stipendium für Somerville bekommen. Um Volkswirtschaft zu studieren.

Und Simon hatte ihr geholfen.

Verquerer und verquerer, wie Alice im Wunderland sagen würde. Rachel setzte die Kristallkugel in der Schale auf dem Dielentisch ab und zog erleichtert die eleganten Schuhe aus, die mörderisch drückten. Er hatte ihr vielleicht während ihrer Verlobungszeit geholfen. Doch das ergab keinen Sinn. Sie glaubte nicht, dass verheiratete Frauen zum Studium zugelassen wurden.

Und wenn es nach dem Bruch gewesen war ...

Wenn er so verbittert darüber war, dass sie ihm den Laufpass gegeben hatte, weshalb hätte er Olivia dann helfen sollen, nach Somerville zu fliehen?

Denn dass es eine Flucht war, stand für Rachel fest. Rachel schnitt ihrem Abbild eine Grimasse, als sie am Spiegel vorbei barfuß durch den Gang zum Schlafzimmer lief. Wenn sie täglich mit Lady Ardmore frühstücken müsste, würde sie auch eine plötzliche Leidenschaft für die Wissenschaft entdecken.

Arme Olivia.

Der Gedanke überraschte sie. Vor einem Monat hätte sie über die Vorstellung, dass ihre Halbschwester ihr leidtun könnte, nur gelacht. Olivia hatte doch alles, was man sich nur wünschen konnte. Den Namen, die Häuser, die Familienverbindungen. Und ihren Vater.

Ja, und eine Mutter, die sie gnadenlos tyrannisierte und kleinmachte.

Eine Sehnsucht nach ihrer eigenen Mutter ergriff sie plötzlich, die ihr fast das Herz zerriss. Nach dieser wunderbaren Mutter, die sie nie daran gehindert hatte, auch auf den höchsten Baum zu klettern oder in den tiefsten See zu springen, die sie vielleicht ausgescholten hatte, wenn sie mit zerrissenem Rock nach Hause gekommen war, aber die Risse immer wieder geflickt hatte; die ihr das Schachspielen beigebracht und ihr vorgesungen hatte, wenn sie krank war.

Das helle Zimmer erschien dunkler; im Spiegel über dem Toilettentisch verschwamm ihr Gesicht.

Sie verstand jetzt, was manche zu Spiritisten und Wahrsagern trieb, dieses gefährliche Versprechen einer Wiederbegegnung mit einem Menschen, den man geliebt und verloren hatte. Sie stellte sich vor, sie könnte den Schatten des Gesichts ihrer Mutter im gewölbten Glas der Kristallkugel erkennen, oder aus den Karten das Echo ihrer Stimme hören, die, wie früher so oft, leise sagte: Ich hab dich lieb.

Rachel drückte die Finger auf die Augen und atmete tief durch. Nein. Sie würde nicht die Nerven verlieren wie Cece. Die arme Cece ...

Sie sollte sie besuchen und sich vergewissern, dass es ihr wieder gutging.

So gut es ihr unter den Umständen gehen konnte, dachte Rachel ernüchtert, als sie sich an die Geschichte erinnerte, die John ihr im Taxi erzählt hatte.

In aller Eile machte sie sich frisch, zog sich um und begab sich auf den Weg. Beim Zeitungsstand an der Ecke nahm sie die neueste Ausgabe des *Tatler* mit. Es machte Cece immer solchen Spaß nachzusehen, wer ein Foto wert war und wer nicht.

Mit der Zeitschrift unter dem Arm, kühl und elegant in ihrem blauen Kostüm und dem Glockenhut, der ihr schmales Gesicht und die großen grauen Augen zur Geltung brachte, präsentierte sich Rachel in dem Haus in der Park Lane. Sie war mittlerweile ein regelmäßiger Gast und lächelte selbstsicher, als Sneller, der Butler, ihr öffnete.

«Ist Miss Heatherington-Vaughn zu Hause?»

Es war nur eine Pro-forma-Frage. Cece war um diese Zeit immer zu Hause, erholte sich, meist noch im seidenen Pyjama, in ihrem Boudoir von den Strapazen der Nacht zuvor.

Doch Sneller ließ sie nicht einfach ins Haus. Er sah sie nicht an, als er förmlich sagte: «Einen Augenblick bitte, Miss.»

«Ja, gut.» Verwundert folgte ihm Rachel in die große maurisch anmutende Halle mit den Topfpalmen und den arabesken Spitzbogen.

«Hier entlang, Miss.» Zu ihrer Überraschung führte er sie nicht zu Ceces Zimmer, sondern die Treppe hinauf zu dem Schreibzimmer im ersten Stock, in dem sie schon einmal mit Simon gewesen war.

Rachel biss sich auf die Lippe beim Anblick der Fotografien in den silbernen Rahmen; der Junge neben Cece, der junge Mann in Uniform; das musste Peter sein.

Wie mochte es sein, jeden Tag an seinem Bild vorüberzugehen? Hatte Cece ihn so in Erinnerung, wie er damals gewesen war – oder verfolgte sie das Bild jenes Moments, als sie ihn gefunden hatte?

Über die Rückenlehne des Sofas hinweg sah Rachel blondes Haar. «Cece, Darling!», rief sie erleichtert und schwenkte zur Begrüßung den *Tatler*. «Wie geht es – Oh!»

Nicht Cece erhob sich vom Sofa. Im Licht, das durch die hohen Fenster fiel, konnte Rachel das Grau im blonden Haar erkennen. Geschickt aufgetragene Schminke konnte zwar eine Illusion von Jugend hervorrufen, die Spuren der Zeit aber dennoch nicht ganz verbergen.

Rachel blieb abrupt stehen. «Lady Frances. Guten Morgen.»

«Miss Merton.» Lady Frances lächelte, doch dieses Lächeln machte Rachel nervös. Es reichte nicht bis zu den blassblauen Augen hinauf, die denen Ceces so ähnlich waren.

«Entschuldigen Sie», sagte Rachel und trat hastig einen Schritt zurück. «Ich wollte Sie nicht stören. Sneller hat anscheinend – ich wollte Cece besuchen.»

«Sie sind schon richtig hier.» Lady Frances lächelte nicht mehr. Sie wies auf einen tiefen, chintzbezogenen Sessel, der schräg zum offenen Kamin stand. «Ich habe Sneller gebeten, Sie zu mir zu bringen, falls Sie kommen sollten. Setzen Sie sich doch, Miss Merton, bitte.»

Rachel hockte sich vorsichtig auf die Sesselkante, die Füße gekreuzt, die Hände im Schoß.

Lady Frances ließ sich wieder auf dem Sofa nieder. Ihre Brauen waren gezupft, ihre Hände gepflegt, ihre Bewegungen so kontrolliert wie ihre ganze schlanke Erscheinung.

Rachel wurde immer nervöser.

«Ja, Lady Frances?» Sie kam sich vor, als wäre sie wieder zehn Jahre alt und aufgefordert, der Schuldirektorin zu erklären, wie der Frosch ins Pult des Biologielehrers gelangt war.

Lady Frances betrachtete angelegentlich ihre Ringe. «Wie ich höre», sagte sie, «haben Sie gestern Abend ein kleines Fest veranstaltet.»

«Ja. Cece und ich – wir haben es gemeinsam geplant.» Was würde Vera Merton sagen. «Wir wollten einmal etwas Neues – etwas Besonderes.»

«Etwas Besonderes. Ah ja. Und das war es ja wohl auch.» Lady Frances drehte den Kopf zum Fenster. Im Profil gesehen zeigte ihr Gesicht eine starke Ähnlichkeit mit dem von Rachels Vater. «Lassen Sie mich überlegen – sind Sie eine von Callistas Töchtern? Oder eine von Penelopes?»

Auf dem Beistelltisch lag, bei M aufgeschlagen, eine Ausgabe des Adelskalenders *Debrett's Peerage.* Rachel war ziemlich sicher, dass Lady Frances genau wusste, dass sie weder das eine noch das andere war.

«Weder noch.» Rachels Mund war trocken. «Ich bin Katherines Tochter.»

K und E, in ewiger Umschlingung auf dem Anhänger ihrer Mutter eingraviert. Sie konnte sich nicht vorstellen, dass Lady Frances ihre Mutter gekannt hatte; es war unwahrscheinlich, dass ihr Vater seine Schwester und seine Geliebte miteinander bekannt gemacht hatte.

Lady Frances zog die gezupften Brauen hoch. «Ich kann mich an eine Katherine in der Familie Montfort nicht erinnern.»

Rachel richtete sich ein wenig auf. «Es ist eine sehr entfernte Verwandtschaft.» Die allenfalls einen Bastardfaden verdiente. Sie griff auf die vereinbarte Geschichte zurück. «Die Gesundheit meiner Mutter war sehr angegriffen –

deshalb habe ich in den letzten zehn Jahren meistens auf dem Kontinent gelebt.»

«Ja, das habe ich gehört.» Lady Frances' Ton war voll höflicher Herablassung. Dann ging sie ohne Umschweife zum Angriff über. «Ich wusste gar nicht, dass das Wahrsagen zu ihren Talenten gehört, Miss Merton.»

Ging es darum? Wenn ja, dann konnte sie Rachel mit Recht Vorwürfe machen.

«Was gestern Abend passiert ist, tut mir wirklich von Herzen leid, Lady Frances. Ich hatte keine Ahnung, dass Cece ...» Rachel hatte Mühe, unter dem kühlen Blick die Fassung zu bewahren. «Es war nichts als ein albernes Spiel – ein bisschen Spaß. Ich hatte zufällig ein Buch über das Kartenlegen entdeckt ...»

Rachel hätte ebenso gut gar nichts sagen können. Lady Frances inspizierte ostentativ ihre perfekt gepflegten Fingernägel, ehe sie ruhig sagte: «Meine Tochter Cecelia ist ein sehr empfindsames junges Mädchen – und sehr vertrauensselig. Ich würde es nicht gern sehen, dass das ausgenutzt wird.» Sie lächelte Rachel freundlich an. «Ich bin sicher, wir verstehen uns?»

Rachel starrte ihre Tante an. «Oh, aber natürlich. Das heißt –»

«Ich bin froh, dass wir dieses kleine Gespräch geführt haben.» Lady Frances stand auf und glättete ihren modischen Rock über den Knien. «Cecelia kann Sie leider nicht empfangen. Der Arzt musste ihr ein ziemlich starkes Beruhigungsmittel geben.»

Rachel sah Cece vor sich, wie sie am vergangenen Abend gewesen war, beinahe von Sinnen infolge jahrelang unterdrückten Schmerzes.

Ungeschickt stand sie aus ihrem Sessel auf. «Bitte, grüßen Sie sie sehr herzlich von mir. Ich hoffe, es geht ihr bald wieder besser.»

«Oh, sicher.» Hinter Lady Frances' kultivierter Fassade blitzte blanker Stahl. «Sobald sie sich wohl genug fühlt, um zu reisen, wird Cecelia Freunde in der Schweiz besuchen.»

«Wie schön.» Rachel war ratlos. Sie wusste nicht, was sie sagen sollte.

«Die Bergluft wird ihr guttun.» Lady Frances' nächste Worte waren nicht misszuverstehen. «Haben Sie vor, noch länger in London zu bleiben, Miss Merton?»

«Nein», antwortete Rachel. Sie hätte sich gern verteidigt, aber sie wusste nicht, wie. Lady Frances hatte ja recht, sie war eine Hochstaplerin. Nur eben nicht eine dieser Art. «Ich reise wieder zu meiner Mutter – nach Südamerika – in vierzehn Tagen.»

«Südamerika?» Lady Frances musterte Rachel mit leicht amüsiertem Blick. «Wie – exotisch. Sie müssen Cecelia Ihre Adresse hinterlassen. Ihre Abenteuer in Übersee werden sie bestimmt sehr interessieren.»

Mit dieser letzten spitzen Bemerkung wandte Lady Frances sich zum Gehen, während Rachel mit erstarrtem Gesicht vor ihrem Sessel stand und sich in ihren eleganten Kleidern vorkam wie die übelste Betrügerin.

So ist es doch gar nicht, hätte sie gern gerufen. Sie hatte nie Geld gewollt. Sie hatte Cece nicht benutzen wollen ...

Doch, das hatte sie.

Sie hatte Cece überhaupt nicht als Person gesehen. Für sie war sie nur Mittel zum Zweck gewesen. Dass sie eigene Gefühle haben könnte, war ihr nie in den Sinn gekommen.

«Lady Frances?» Ihre Tante blieb vor der Tür stehen. Rachel trat einen halben Schritt näher. «Bitte sagen Sie Cece, ich hoffe, sie ist bald wieder ganz die Alte.»

Diesmal lächelten auch Lady Frances' Augen. «Das werde ich tun.» Wie beiläufig fügte sie hinzu: «Sneller bringt Sie hinaus. Auf Wiedersehen, Miss Merton.»

«Auf Wiedersehen», sagte Rachel.

Die Tür schloss sich leise hinter ihrer Tante. Rachel atmete tief, das Herz klopfte ihr bis zum Hals.

Worte aus *Hamlet* gingen ihr durch den Sinn. *Was ist ihm Hekuba? Was ist er ihr?* Was war sie Lady Frances? Nichts als eine Betrügerin. Das Blut schwieg; es flüsterte nicht einmal. Für Lady Frances war sie nur eine lästige Plage. Schlimmer, eine Bedrohung für Ceces Gesundheit und Glück.

Eine hinterhältige Schmarotzerin.

Und was war sie wirklich? Während sie Sneller durch das Haus folgte, zwang Rachel sich, den Tatsachen ins Auge zu sehen. Im Namen der ausgleichenden Gerechtigkeit lebte sie in der Wohnung von Simons Mutter, trug die Kleider von Simons Schwester, speiste im Restaurant auf Ceces Rechnung, trank Tommy Digbys Champagner, ließ sich von jedem einladen, der zufällig da war.

Sie hatte es vielleicht nicht so gewollt, aber das war aus ihr geworden: eine Schmarotzerin.

Wo war die Rachel geblieben, die immer stolz darauf gewesen war, für sich selbst zu bezahlen?

Sie kannte sich nicht mehr, und die, die sie geworden war, gefiel ihr nicht.

Es war an der Zeit, ein Ende zu machen.

Sie würde tun, was sie von Anfang an hätte tun sollen: Sie würde direkt zur Quelle gehen, zu ihrem Vater, an den Ort, an dem sie sicher war ihn zu finden.

KAPITEL 19

Simon meldete sich nicht, als sie in seiner Wohnung anrief.

Rachel wusste, dass er einem Club angehörte, aber sie hatte sich nie die Mühe gemacht nachzufragen, welchem. Es spielte sowieso keine Rolle, kein Gentlemen's Club, der etwas auf sich hielt, würde ihr seine Türen öffnen. Ganz einfach, weil sie eine Frau war.

Rachel versuchte es noch einmal unter Simons Privatnummer. Nichts.

Die Empfangsdame beim *Daily Yell* war höchst erbost darüber, beim Lackieren ihrer Fingernägel gestört zu werden. Ob Miss Merton glaube, sie sei Mr. Montforts Privatsekretärin. Sie habe weiß Gott genug damit zu tun, Mr. Allerton Tee zu kochen und Mr. O'Connells Texte zu tippen und – ja, gut. Er wollte am Abend über drei verschiedene Feste berichten. Die Frau leierte eine Liste von Namen und Adressen herunter. Rachel beschloss, bei Colonel McEachran in der Brook Street den Anfang zu machen; das war ihrer Wohnung am nächsten gelegen, und die Namen auf der Einladungsliste waren ihr größtenteils bekannt.

Sie brauchte nicht lang, um sich fertig zu machen. Sie hatte inzwischen reichlich Übung. Hinein ins Cocktailkleid, hinein in die hochhackigen Schuhe, Lippenstift aufgelegt, Tasche und Schlüssel und ab zum Taxi. Schon seltsam, wie schnell sich Gewohnheiten ändern konnten, wie schnell das Ausgefallene alltäglich werden konnte.

Niemand öffnete, als Rachel läutete. Es wunderte sie nicht. Das laute Plärren eines Grammophons, das im Haus auf voller Lautstärke lief, mischte sich mit dem angeregten Geplapper von hundert Stimmen. Rachel ging einfach hinein und schob sich, an einem umgekippten Hutständer und diversen herrenlosen Gläsern vorbei, durch das Getümmel.

Sie war erleichtert, als sie Brian Howard entdeckte. Es war immer einfach, Brian zu finden; er hielt seine Schachtel Zigaretten stets in der Hand, um die Silhouette seines Anzugs nicht zu verderben, und gestikulierte mit ihr, wenn er sprach.

Rachel tippte ihm auf die Schulter. «Brian, hast du –»

Aber es war gar nicht Brian. Die hochgezogenen Augenbrauen waren mit Kajalstift aufgemalt, und das breite Grinsen hatte keinerlei Ähnlichkeit mit Brians meist maliziösem Lächeln.

«Gefällt's dir? Die Augenbrauen sind doch der Clou, oder», sagte Tom Driberg. «Wenn du Brian suchst, er ist als irgendein deutscher Maler verkleidet. Und wer sollst du sein?»

«Wer ich –» Verspätet fiel ihr ein, dass die Empfangsdame erwähnt hatte, bei der Brook-Street-Fete sei Verkleidung angesagt. «Ach», sagte sie schnell, «ich bin als die da, die ich letzte Woche war. Du hast nicht zufällig Simon Montfort gesehen?»

«*Daily Yell?* Als ich ihn zuletzt gesehen habe, hat er mit Tallulah Bankhead getanzt.»

«Mit der echten oder mit einer Pseudo-Tallulah?», fragte Rachel, doch Driberg hatte sich schon irgendwelchen Bekannten zugewandt, die er mit dem bezeichnenden affektierten Gestammel Brians begrüßte. «M-meine L-Lieben.»

Rachel gab auf und drängte sich durch das wilde Gewoge, um nach Simon zu suchen. Sie kam sich vor wie in einem Narrenhaus, niemand war der, der er zu sein schien. Elizabeth Ponsonbys wieherndes Lachen kam aus dem Mund der rothaarigen Iris Tree, die vor Jahren einmal Modigliani Modell gestanden hatte. Die Schauspielerin Brenda Dean Paul, die an ihr vorbeitanzte, entpuppte sich als sehr schlechtgelaunte Olivia Plunkett-Greene, Evelyn Waughs vormalige unglückliche Liebe, die, ihrem Ruf gerecht, bereits volltrunken war. Überall roch es so durchdringend nach Parfum und verschütteten Cocktails, dass Rachel sich am liebsten die Nase zugehalten hätte.

«Simon!» Da war er, beim Tanz mit Tallulah Bankhead, der echten Tallulah, die trotz des weißen Tenniskleids und der weißen Kappe unverkennbar Tallulah war.

Simon trug das schwarz-weiße Kostüm eines Harlekins. Sein Gesicht war weiß geschminkt, seine Maske baumelte von seiner Hand herab.

Rachel winkte ihm. Er flüsterte der Schauspielerin irgendetwas zu, und diese gab ihm einen scherzhaften Stoß, dem ein langer Kuss auf den Mund folgte.

Königin Maria von Rumänien, alias Stephen Tennant mit rot geschminkten Lippen und Perlen um den Hals, applaudierte lässig.

Rachel kniff die Augen zusammen.

Unbekümmert schob sich Simon zu ihr durch, vorbei an George Sitwell mit Pappnase und einer von Ceces Freundinnen in einem Badekostüm.

«Sie sollten kostümiert sein», sagte er.

«Bin ich doch», versetzte Rachel. «Ich bin als Miss Vera Merton hier. Lady Frances schickt Cece in die Schweiz.»

Simon inspizierte müßig die Maske in seiner Hand. Rachel sah jetzt, warum er sie nicht trug. Das Gummiband war gerissen.

Er zuckte mit den Schultern. «Das wäre nicht das erste Mal.»

Rachel starrte ihn an. «Sie hatte einen Nervenzusammenbruch. Sie mussten ihr Beruhigungsmittel geben.»

Simon warf die nutzlose Maske weg. «Ich weiß. Ich war dabei. Es war nicht schön.»

Unter der weißen Schminke konnte Rachel schwach die dunklen Schatten um Simons Augen erkennen, doch sein Gesicht zeigte keine Regung.

«Wussten Sie – Sie wussten, dass sie solche Anfälle schon früher hatte. Sie wussten es, und trotzdem haben Sie mich einfach weitermachen lassen mit diesem – diesem Theater?»

«Es war eine Wahrsageparty», sagte Simon sarkastisch. «Da war damit zu rechnen, dass jemand wahrsagen würde.»

Rachel hätte ihn am liebsten geschüttelt. «Sie hätten mir das mit Peter sagen müssen.»

«Glaubten Sie denn, Ihre Familie wäre die einzige in England, der ein Unglück widerfahren ist?», versetzte er kurz. «Ah, danke.» Er nahm sich ein Glas vom Tablett eines vorüberkommenden Kellners und leerte es in einem Zug, ohne überhaupt zu prüfen, was es enthielt.

Rachel winkte dem Kellner, sich zu entfernen. «Das ist nicht fair. Ich bin keine Gedankenleserin. Ich kann nicht mal Karten legen. Sie hätten es mir sagen können – müssen.» Wie konnte er nur so ungerührt dastehen, so ein arrogantes Gesicht machen? Rachel kochte fast über. «Wenn Sie auch nur einen Funken Gefühl hätten – Aber für Sie ist ja alles nur ein Spiel, an den Leuten um Sie herum interessiert Sie einzig die Frage, ob sie Ihnen Material für Ihre Kolumne liefern können. Was ist schon ein kleiner Nervenzusammenbruch? Nichts – wenn er sich nicht für eine Meldung im *Daily Yell* verwenden lässt. Töchterlein aus adeligem Haus *erleidet Nervenzusammenbruch, Exklusivbericht auf Seite fünf.*»

Als sie sich zum Gehen wandte, hielt Simon sie am Handgelenk fest. In einem Ton, dem jeder Ausdruck fehlte, sagte er: «Seit meinem siebten Lebensjahr habe ich alle Ferien mit Peter verbracht. Meine Mutter war nicht da, und mein Vater wollte mit mir nichts zu tun haben. Peters Zuhause war mein Zuhause, seine Schwester war meine Schwester.» In seinen dunklen Augen brodelte es wie an einem Gewitterhimmel. Rachel spürte, wie seine Finger um ihr Handgelenk sich anspannten, bevor er sie abrupt losließ und einen Schritt zurücktrat. «So, und jetzt sagen Sie mir noch einmal, dass ich keinen Funken Gefühl habe.»

Rachel drückte unwillkürlich ihr Handgelenk, sprachlos angesichts der Heftigkeit seiner Emotionen.

«Aber warum tun Sie dann nichts?», rief sie schließlich verwirrt.

«Wenn jemand zum Teufel gehen will», sagte er kurz, «dann geht er. Dagegen kann niemand etwas tun.»

«Sie meinen, wie Peter Heatherington-Vaughn?»

Die spannungsgeladene Stille inmitten des lärmenden Treibens war schrecklich. Simons karges Schwarz-Weiß hob sich in scharfem Kontrast aus dem bunten Jahrmarkt der Eitelkeiten heraus.

«Sie wissen gar nichts», sagte er eisig.

Nein, natürlich nicht, weil niemand ihr etwas gesagt hatte.

Rachel versuchte sich zu erinnern, was John in der vergangenen Nacht im Taxi erzählt hatte. «Ich weiß, dass vielen Menschen im Krieg Entsetzliches angetan wurde. Ich weiß, dass –», sie zögerte einen Moment, bevor sie den Namen des Mannes aussprach, den sie nie kennengelernt hatte, obwohl sie Familienbande mit ihm verknüpften, «dass Peter einer dieser Menschen war und dass er diese Erlebnisse nie verwunden hat. Gerade deshalb sollten wir unbedingt dafür sorgen, dass so etwas nie wieder geschieht.»

Simon kramte in seiner Tasche nach Zigaretten und Feuerzeug. «Jetzt hören Sie sich an wie Trevannion. Fehlt nur noch die Heilsarmee mit einer Sammelbüchse.»

«Er hat wenigstens den Mut, sich für etwas einzusetzen.»

Simon lachte unfreundlich. «Wenn schon keine Ahnung, dann wenigstens Vehemenz? Hübsche Vorstellung.»

«Wenn er keine Ahnung hat, dann vielleicht, weil die Leute, die eine haben, ihn nicht aufklären.»

«Was soll ich Ihnen denn erzählen? Möchten Sie etwas über Ratten hören, die sich an Menschenfleisch satt fressen? Oder wie es ist, wenn dem Mann, mit dem man eben noch gesprochen hat, der Kopf in Fetzen gerissen wird? Das sind die Dinge, die Peter erlebt hat. Das hat ihn umgebracht, sicherer als jede Granate.» Seine Hand am Feuerzeug zitterte, als er sich eine Zigarette anzündete. Schnell klappte er es wieder zu und steckte es ein. «Was wollten Sie, Vera?»

Sie zuckte zusammen wie unter einem Schlag, als er sie mit ihrem falschen Namen ansprach. Sie hatte einen Augenblick vergessen, dass sie Vera war.

«Lady Frances weiß, dass ich nicht die bin, für die ich mich ausgegeben habe», sagte sie hastig. «Sie hat es mir heute Nachmittag praktisch ins Gesicht gesagt. Und mir auch klipp und klar gesagt, dass ich mich von Cece fernhalten soll.»

Ihre Augen brannten. Es musste an der verqualmten Luft liegen, sagte sie sich.

«Und?» Sie wartete. «Was tun wir jetzt?»

Simon zog tief an seiner Zigarette. «Nichts.»

«Nichts?» Ihr war, als hätte man ihr den Boden unter den Füßen weggezogen.

«Meine Liebe –», Simon schnippte achtlos Asche von seiner Zigarette, sein Ton klang beinahe gelangweilt, «was Sie da erzählen, ist wenig verwunderlich. Ihr – wie wollen wir es nennen – *nom de guerre* war nicht geeignet, näherer Überprüfung standzuhalten. In unserer Familie gibt es keine Mertons, weder väterlicher- noch mütterlicherseits. Glauben Sie im Ernst, dass nicht die Hälfte der Leute hier im Saal das weiß?»

«Aber wie –» Rachel war wie erstarrt. «Wie –»

Simon lachte kurz. «Wir haben uns nicht gerade in den Sphären der gesellschaftlichen Elite bewegt. Ins Gargoyle kommt jeder hinein, er braucht nur die richtige Aufmachung. Brian Howard ist es egal, ob Sie Vera Merton oder Eliza Doolittle sind, Hauptsache, Sie verneigen sich vor seinem Genie. Sehen Sie sich Inez Holden an.» Simon wies mit einer Handbewegung zu einer lachenden Gruppe, die für ein Foto posierte. «Sie hat als Empfangsdame beim *Daily Express* gearbeitet, als Waugh sie aufgabelte. Weiß der Himmel, woher sie kommt – und wovon sie ihre Miete bezahlt.»

Rachel starrte Simon fassungslos an. «Glauben diese Leute etwa –»

«– dass Sie meine Geliebte sind? Gut möglich.» Ein scharfer Unterton schwang in seiner Stimme, verhaltener Zorn vielleicht. «Sie brauchen nicht so ein entsetztes Gesicht zu machen. Ich bin sicher, die meisten denken sich überhaupt nichts.»

Das war es dann wohl gewesen mit ihrer Maskerade als junge Dame von Stand. Und sie hatte sich in der Überzeugung gesuhlt, es wäre ihr gelungen, sie zu täuschen, die Leute aus der Welt ihres Vaters, ihre Verwandten hätten sie als ihresgleichen akzeptiert. Dabei hatten sie die ganze Zeit gewusst, dass sie eine Schwindlerin war.

Rachel machte sich hart. «Es spielt sowieso keine Rolle mehr. Ich werde Ihnen meine Anwesenheit nicht mehr lange zumuten.» Sie hob das Kinn und sah Simon direkt in die Augen. «Ich brauche eine Einladung zu Jicksys Geburtstagsfeier.»

Simon verschluckte sich am Rauch seiner Zigarette. «Wie wär's mit einem Zauberstab?»

Rachel fühlte sich wie eine dieser Märchenfiguren, die entdeckt, dass das Gold, für das sie ihre Seele verkauft hat, nichts als Staub ist.

«Aber –»

«Das ist kein Budenzauber in Chelsea, meine Beste. Die Gästeliste wurde schon vor Monaten gemacht.»

Rachel starrte ihn an, als hätte sie ihn noch nie gesehen. «Aber – Sie haben es versprochen. Sie haben gesagt, Sie könnten mir eine Einladung nach Caffers besorgen.»

«Ich sagte, Olivia könnte Ihnen eine Einladung nach Caffers besorgen.» Der Seidenstoff seines Kostüms umspielte weich seine Gestalt, als er sich abwandte. «Ich habe Sie eingeführt. Wenn Sie nichts daraus gemacht haben, haben Sie sich das selbst zuzuschreiben.»

«O nein!» Rachel hängte sich an ihn und folgte ihm hartnäckig durch das albtraumhafte Gewoge wohlbekannter Gesichter, alle entstellt durch Perücken und Schminke, vertraut und fremd zugleich. «So war das nicht ausgemacht.»

Simons Ton war brüsk. «Ich sagte, Sie brauchen eine Einladung zu Jicksys Einundzwanzigstem. Ich habe nie versprochen, sie Ihnen zu beschaffen.»

Sie kam sich vor wie eine Idiotin. «Und Sie hatten es auch nie vor, wie? Ihnen ging es von Anfang an um etwas ganz anderes.»

Freunden Sie sich mit Olivia an, versuchen Sie Olivias Vertrauen zu gewinnen, Olivia, Olivia, Olivia. Rachels persönlicher Feldzug hätte ihm nicht gleichgültiger sein können; er hatte seine Chance gesehen und zugegriffen. Der Anschein von Anteilnahme und Interesse war nichts als Tünche gewesen.

Aber er hatte sie ja davor gewarnt, sich auf ihn zu verlassen. *Am Ufer halb, halb schon zur See, reizt, lockt sie nur das Neue.*

«Denken Sie logisch, Vera.» Allein der Name war eine Spitze. «Sie können doch nicht im Ernst vorhaben, Ihren Vater vor fünfhundert Gästen zur Rede zu stellen.»

«Warum nicht?», entgegnete Rachel mit trotziger Herausforderung. «Es wäre jedenfalls erstklassiges Material für Ihre Kolumne. Und darum geht es Ihnen doch.»

«Ach ja? Ich weiß gar nicht mehr.» Er zog an seiner Zigarette und sah sie an. «Sie könnten wahrscheinlich jemanden finden, der Sie mitnimmt, wenn Sie ihn überzeugen können, dass Sie eingeladen sind.»

«Aber nicht Sie.» Wenn sie sich vorgestellt hatte, wie sie ihren Vater in Caffers zur Rede stellte, hatte sie immer Simon an ihrer Seite gesehen. Falsch. Rachel wandte sich ab und hoffte, er könne ihr Gesicht nicht sehen. «Lassen Sie nur. Ich werde Sie nicht bitten, Ihre lilienweißen Hände zu beschmutzen.»

Sie spürte seine Hand auf ihrer Schulter, nur eine flüchtige Berührung, die gleich wieder vorbei war. «Das ist es nicht. Es ist –»

«Sie schulden mir keine Erklärungen. Bemühen Sie sich nicht. Ich werde schon jemanden finden.»

Simon warf die Hände hoch. «Ach, was zum Teufel. Warum nicht? Ein letztes Hurra. Für uns beide. Was gibt es Besseres, als auch die letzte Brücke hinter sich abzubrechen?» Er ließ seine Zigarette fallen und trat sie aus. «Ich habe das New Yorker Angebot angenommen.»

Rachel stürzte in einen Strudel von Gefühlen aus Erschrecken, Erleichterung und jäher Trauer. «Soll ich Ihnen gratulieren?»

Simon beobachtete sie forschend. «Oder kondolieren. Suchen Sie es sich aus.»

Rachel straffte die Schultern. «Sie nehmen mich trotzdem mit nach Caffers?»

«Tja, mitgefangen, mitgehangen.» Simon schob sachte seine Finger unter ihr Kinn und hob ihr Gesicht ein wenig an. «Wollen Sie das wirklich tun?»

Rachel war nie unsicherer gewesen. Aber sie nickte und sagte gespielt forsch: «Was ist denn das Schlimmste, was passieren kann? Wir wussten beide, dass diese Scharade nicht ewig dauern kann. Warum nicht mit Pauken und Trompeten untergehen?»

Simon lächelte schief. «Wenn Sie es unbedingt darauf ankommen lassen wollen – ich werde Sie nicht daran hindern.»

KAPITEL 20

Als Rachel Carrisford Court zum ersten Mal sah, ging gerade die Sonne unter. Ihr abendlicher Glanz ließ den Stein golden glänzen und entzündete auf den Fensterscheiben rötliche Feuer. Im Schatten der Mauern trieben Schwäne träge im dunkel schimmernden Wasser des Schlossgrabens unter den tief herabhängenden Zweigen von Trauerweiden.

«Ein wahres Märchenschloss.» Simon, elegant im schwarzen Abendanzug, öffnete ihr die Wagentür. «Ich zitiere natürlich aus dem Reiseführer.»

Rachel raffte ihren langen Rock, bevor sie vorsichtig ausstieg. «So wie ich Märchen in Erinnerung habe, waren die meisten ziemlich gruselig.»

Die Fahrt von London hatte drei Stunden gedauert. Rachels Beine waren steif und schwer vom langen Sitzen. Simon hielt sie, bevor sie stolpern konnte, indem er ihr die Hand unter den Ellbogen schob, dort, wo ihr langer Glacéhandschuh endete.

«Nervös?»

«Eher abgestorben», sagte Rachel kurz. «Mein Bein schläft selig und süß.»

Seit der Auseinandersetzung auf dem Kostümfest gingen sie mit ausgesuchter Höflichkeit miteinander um, jeder darauf bedacht, dem anderen nicht zu nahe zu treten. Rachel begann, die Wortgeplänkel, die ihr schon vertraut geworden waren, zu vermissen.

«Hätten Sie doch etwas gesagt.»

«Damit Sie es hätten wach klopfen können? Nein, danke», gab Rachel gereizt zurück. Sie balancierte auf ihren hohen Absätzen vorsichtig über den Rasen. In einiger Entfernung vor ihnen reihte sich die Wagenkette zu Füßen der Säulenhalle. Sie hatten ein Stück abseits des Hauses an einer Wiese geparkt. Jetzt, da sie hier war, wusste sie nicht, ob sie die Sache wirklich zu Ende führen wollte. Es war ihr wie eine großartige Idee vorgekommen, ihren Vater auf eigenem Terrain zur Rede zu stellen – bis sie dieses Terrain zu Gesicht bekommen hatte.

Den blitzenden Wagen vor dem herrschaftlichen Bau entstiegen die ebenso herrschaftlichen Gäste, alte Herren in Frack und Zylinder und Uniformen, die vor Orden strotzten, Damen in üppigen Roben, juwelengeschmückt, mit funkelnden Diademen im ondulierten Haar. Nicht eines der Gesichter war Rachel bekannt.

Sie kam sich noch deplatzierter vor angesichts all dieser selbstgewissen Pracht. Sie hatte sich eingebildet, in die Ränge der oberen Zehntausend vorgestoßen zu sein, doch beim Anblick der endlosen Reihe schwarzer Limousinen, der devoten Chauffeure, der alten Damen mit ihren Fuchsstolen und ihren altmodischen Geschmeiden wurde ihr deutlich, wie weit entfernt davon sie gewesen war, nichts als eine bedeutungslose Randfigur in ihrem geborgten Putz.

Im Schrank von Simons Schwester hatte sie nur ein langes Abendkleid gefunden, seegrün und auf Taille gearbeitet. Bei Rachel hatte es nicht gesessen; ein paar schnelle Änderungen hatten es tragbar, aber nicht besonders elegant gemacht. Das wahre Leben hatte sie wieder. Die schillernde Seifenblase der Illusion war geplatzt. Cece war in der Schweiz, Simon würde nach New York gehen. Und Rachel würde sich ein Zimmer in Holborn suchen und jeden Morgen mit der U-Bahn ins Büro fahren.

Doch vorher musste sie noch ihren Vater sehen. Ein letztes Mal.

Ihre Finger schlossen sich um den Anhänger, der an einem Band um ihren Hals hing. E und K, in ewiger Umschlingung.

Aber nur auf dem Anhänger.

«Wie bitte?» Simon hatte etwas gesagt, doch die Worte waren an ihr vorbeigerauscht.

«Rühren sich die Geister der Ahnen?», erkundigte sich Simon.

Hinter seinem Spott spürte Rachel eine ähnliche Anspannung, wie sie sie bei sich selbst wahrnahm.

Sie blickte zum Schloss der Grafen von Ardmore hinauf. Mochte auch ihr Vater dort leben, für sie war das nichts. Es war eines jener noblen Herrenhäuser, wie man sie in der Wochenschau oder in Zeitschriften sah, der Landsitz von X oder Y, Objekt der Begierde für jedes Ladenmädchen, Objekt der Abscheu für jeden Kommunisten.

«Ich komme mir eher vor, als sollte ich zwei Shilling für die Führung bezahlen», erwiderte sie mit einem Anflug von Bitterkeit.

«Soweit ich mich erinnere, kostet es dreieinhalb Shilling. Und das ist es wert ... Caffers ist ein Kunstwerk.»

Rachel warf ihm einen scharfen Blick zu. «Aber es leben noch Menschen darin.»

«Leben ist ein relativer Begriff. Ihr Vater arbeitet hier. Er hat hier seine Beschäftigung. Aber nicht sein Zuhause. Lady Ardmore gibt hier ihre Wochenend-Vorstellungen. Für sie ist es eine Bühne. Jicksy wird hier zwischen seinen Exzessen eingekerkert. Für ihn ist es ein Gefängnis. Und Olivia ...»

«Ja?»

«Olivia liebt Caffers.» Simon sprach immer noch im selben distanzierten Ton. «Wenn es die Primogenitur nicht gäbe, die vorsieht, dass immer der älteste Sohn erbt, hätte sie es eines Tages übernehmen können. Sie würde es bestimmt hervorragend verwalten. So wie die Dinge stehen, wird sie sich damit begnügen müssen, Trevannions Wähler mit freundlichen Floskeln bei der Stange zu halten.»

«Hätten Sie ihr denn etwas Besseres bieten können?»

«Das hängt davon ab», antwortete Simon, «ob einem die Pest oder die Cholera lieber ist.»

«Das ist keine Antwort.»

«Wenn Sie Antworten wollen, wenden Sie sich an Trevannion. Der hat immer eine parat.»

«Gut», sagte Rachel gereizt. «Das werde ich vielleicht tun. Er ist ja heute Abend sicher hier, nicht? Und wird so freundlich sein, mit mir zu tanzen.»

Simon blickte mit grimmigem Spott zu ihr hinunter. «Freundlichkeit nennen Sie das?»

«Wäre Ihnen schlichte Höflichkeit lieber? Machen Sie ihn doch nicht immer so schlecht. Nur weil –»

«Weil was?»

Weil Sie zu feige sind, um die Frau zu kämpfen, die Sie

lieben, hatte sie sagen wollen. Doch Simons Blick verbot es ihr. «Dafür, dass er den Mut seiner Überzeugung besitzt.»

Verspätet erinnerte sie sich an Johns Beschwerde über den Artikel, den Simon unter eigenem Namen veröffentlicht hatte. Jetzt konnte sie ihre Worte nicht mehr zurücknehmen.

«Ich hatte einmal Überzeugungen. Oder glaubte es jedenfalls.» Im schwindenden Licht hielt Simon den Blick auf die Fackeln zu beiden Seiten des Portals gerichtet, das von livrierten Dienern in seidenen Kniehosen und weißen Perücken flankiert wurde. «Ich war entschlossen, die ultimative Geschichte der normannischen Eroberung zu schreiben.»

Der zuckende Schein der Fackeln spielte auf seinem Gesicht.

«Ich hatte zu allen möglichen Dingen eine Meinung. Ich war so überzeugt von mir ...»

Das Paar vor ihnen, zwei ältere Leute, rückte nach, doch Simon stand wie erstarrt auf der Treppe.

«Und warum haben Sie's nicht getan?» Rachel hob ihren Rock an, um nicht über den Saum zu stolpern. «Ihre Geschichte geschrieben, meine ich.»

Simon sah sie an, als hätte er vergessen gehabt, dass sie hier war. «Warum meine Zeit mit den Errungenschaften großer Männer verschwenden, wenn ich in der gleichen Zeit Bedeutungsloses über die Bedeutungslosen zusammenschmieren kann?» Der Zynismus in seinem Ton war beißend, doch er war nicht gegen sie gerichtet. Er rieb sich plötzlich die Arme, als wäre ihm kalt. *«Die Zeit zu täuschen, scheine wie die Zeit.»*

Vor ihnen klaffte die hohe Tür. Rachel warf Simon einen scharfen Blick zu. Der Augustabend war kühl, doch auf seiner Stirn glänzte Schweiß. «Ist Ihnen nicht gut?»

Er lächelte mit sichtlicher Anstrengung. «Warum sollte mir nicht gut sein?»

Weil er so nervös war wie ein Pferd, das dünnes Eis witterte, vielleicht?

Rachel gab auf. «Wie geht es jetzt weiter?»

«Als Nächstes», erklärte Simon, offenkundig bemüht, den Unbekümmerten zu geben, «nennen wir diesem reizenden Menschen dort drüben unsere Namen, worauf er sie mit dröhnender Stimme allseits verkünden wird. Dann werden Lord und Lady Ardmore uns entweder die Hand schütteln oder uns hinausbefördern lassen.»

Ihr Vater hatte sie das letzte Mal nicht erkannt. Aber jetzt, nach den Fotos ... Rachel umfasste fest den Anhänger an ihrem Hals. «Und welche Chancen geben Sie uns?»

«Sie sind die mit der Kristallkugel.»

Ein livrierter Diener mit einem langen Stab in der Hand fragte sie nach ihren Namen.

«Ich bin nicht auf Sendung», sagte Rachel, so angespannt, dass sie kaum sprechen konnte.

«Wie Sie wollen.» Mit arroganter Miene und in blasiertem Ton nannte er dem Livrierten ihre Namen, und der klopfte mit seinem Stab zweimal kräftig auf den Boden.

«Mr. Simon Montfort und Miss Vera Merton!»

Es passierte gar nichts, keine Alarmglocken bimmelten, keine erbosten Lakaien kamen angelaufen, um sie an die Luft zu setzen.

Niemand beachtete sie.

Hinter ihnen donnerte schon wieder der Stab. «Mr. Harold Conway und Ihre Durchlaucht, die Prinzessin Sobiesky.»

Rachel sah Simon unsicher an. «Wir sind durch?»

«Durch das erste Tor.» Vor ihnen wand sich der Zug der Gäste die eine Seite einer breiten zweiflügeligen Treppe hinauf, die Creme der Londoner Gesellschaft, greise Herzoginnen und ordengeschmückte Generäle, alle standen sie Schlange, um Rachels Bruder zum Tag seiner Volljährigkeit zu gratulieren. Aber eigentlich ging es überhaupt nicht um Jicksy, das war Rachel klar. Es ging um Tradition und Zeremoniell, um ein Festhalten an den alten Konventionen.

Oben, auf dem Podest, unter einem riesigen Barockgemälde, eine üppige Darstellung einer mythologischen Szene, empfingen Lord und Lady Ardmore ihre Gäste. Rachel konnte nicht viel von ihnen sehen, nur ab und an das Funkeln von Lady Ardmores Tiara, das Blitzen der Brillengläser ihres Vaters und, dazwischen, einen dunklen Kopf, vermutlich der ihres Bruders Jicksy.

«Wenn Sie wollen», sagte Simon leise, «können wir uns den offiziellen Empfang sparen.»

«Sie meinen, dann ist das Risiko, entdeckt zu werden, geringer?»

Simon schien sich jetzt völlig im Griff zu haben. Und sein Vorschlag war vernünftig. Doch eine sicherere Gelegenheit, ihrem Vater von Angesicht zu Angesicht gegenüberzutreten, würde sich Rachel kaum bieten. Sie straffte die Schultern. «Es würde mir nicht einfallen, so unhöflich zu sein.»

«Wenn Sie sich einmal etwas in den Kopf gesetzt haben, machen Sie keine halben Sachen, hm?» Simons Blick war halb bewundernd, halb ironisch. «Na schön. Es ist Ihr Spiel. Voran, Macduff.»

Rachel lachte. «Müssen Sie ausgerechnet *Macbeth* zitieren, das so schlecht ausgeht?»

«Hätten Sie *Hamlet* vorgezogen?» Es war eine Erleichterung, wieder Unsinn zu reden, sich von der Konfrontation abzulenken, die oben wartete.

«Gibt es nicht ein Stück, bei dem die Bühne am Ende nicht mit Toten übersät ist? *Ein Sommernachtstraum*?», sagte Rachel auf gut Glück.

Simon zog eine Augenbraue hoch. «Und welche Rolle haben Sie mir zugedacht?» Er sah sie an, und in seinem Blick war etwas, das sie erschütterte. «Nein, lassen Sie nur, ich weiß selber, was für ein Esel ich bin.»

«Ich wollte doch gar nicht –»

«Ich weiß.» Nur drei Paare standen jetzt noch vor ihnen. Simon sagte schnell: «Ich weiß nicht, ob es richtig war, Sie hierherzubringen, aber ganz gleich, was passiert – ach, vergessen Sie es.»

Ganz gleich, was passiert. Nur noch zwei Paare vor ihnen. Lady Ardmores Tiara wurde wieder sichtbar, als ein Mann mit Turban sich über ihre Hand neigte. «Simon», sagte Rachel, «es war meine eigene Entscheidung. Von Anfang an. Ich habe Sie zu allem überredet.»

Der Mann mit dem Turban und seine Frau, in einem prachtvollen seidenen Sari, traten zur Seite. Nur noch ein Paar trennte Rachel von ihrem Vater.

«Ja, aber –» Simons Stimme schien aus weiter Ferne zu kommen.

Rachel konnte ihren Vater jetzt erkennen. Sein Mund lächelte zur Begrüßung seiner Gäste, doch sein Gesicht zeigte wenig Freude. Er sah schmaler aus als bei ihrer letzten Begegnung mit ihm, wie von einem Fieber abgemagert, innerlich fern allem, was um ihn herum vorging.

Die Leute vor Rachel gingen weiter. Ihr Vater wandte sich ihnen zu, das starre Begrüßungslächeln bereit.

Dann fiel sein Blick, so distanziert und abwesend bisher, auf Rachels Anhänger und wurde zum ersten Mal lebendig.

KAPITEL 21

Rachel wagte kaum zu atmen. Sie sah nur ihn. Niemand sonst zählte.

Simon drückte ihren Arm. «Gehen Sie weiter», murmelte er.

Rachel ging weiter. Sie stolperte nicht über ihr Kleid, sie verfehlte nicht die letzte Stufe. Später wunderte sie sich darüber. In diesem Moment war ihre Aufmerksamkeit einzig auf ihren Vater gerichtet.

Warum konnte sie ihn nicht hassen? Sie wünschte es so sehr. Aus der Ferne war es leicht gewesen, ihn zu schmähen, Rachepläne zu schmieden, ihn aller möglichen niedrigen Motive zu beschuldigen, ihn käuflich und egoistisch und grausam zu nennen.

Doch als sie ihm ins Gesicht sah, war das alles vergessen, sie wollte nur noch die Arme um seinen Hals schließen und ihren Kopf an seine Schulter legen wie früher, als sie noch ein kleines Mädchen gewesen war.

Diskret neigte sich ein schwarz gekleideter Bediensteter vor, um Lady Ardmore etwas ins Ohr zu flüstern. Ihre Namen, vermutete Rachel.

Lady Ardmores Augen wurden schmal, als sie Simon ansah. «Mr. Montfort», sagte sie spitz. «Ich hatte nicht erwartet, Sie in Carrisford zu sehen.»

«Wie hätte ich so viel Schönheit widerstehen können», gab Simon provokant zurück. Er beugte sich tief über ihre Hand und gab so Rachel Gelegenheit, sich zu fassen und auf ihre Rolle als Vera Merton zu besinnen.

Innerlich zutiefst aufgewühlt, richtete sie ein konventionelles Wort der Begrüßung an Lady Ardmore, die sie mit einem einzigen starren Blick prüfte und als bedeutungslos abtat.

Jicksy stand lässig und ungeniert gelangweilt zwischen seinen Eltern. Die Fotos in Reitermontur im *Tatler* waren schmeichelhaft gewesen. In Reitermontur sah er besser aus als jetzt. In der Wärme der großen Halle war Jicksys Gesicht so rot wie sein Hals in dem zu engen Kragen.

Rachel begrüßte auch ihn, doch rein automatisch, er interessierte sie nicht, ihre ganze Aufmerksamkeit galt ihrem Vater.

«Lord Ardmore.» Rachels Lippen bewegten sich mechanisch. Papa, wollte sie sagen. «Meinen Glückwunsch.»

Kennst du mich? Erkennst du mich jetzt? Erinnerst du dich?

Törichte Hoffnung, aber sie ließ sich nicht auslöschen, schon gar nicht jetzt, da sie die vertraute Stimme hörte und die Erinnerungen in einem Schwall zurückkehrten. Das Grau in seinem Haar war verschwunden, ebenso der förmliche Anzug: er war zwei Köpfe größer, und die Welt bekam neue Farbe, wenn er nach Hause kam.

Der Blick ihres Vaters flog vom Anhänger zu ihrem Gesicht, mehrmals auf und nieder.

Stockend sagte er: «Miss ...»

«Merton», ergänzte Rachel. Wäre es besser gewesen,

Woodley zu sagen? Oder hätte ihr Vater den Namen vielleicht gar nicht gekannt?

«Darf ich fragen –»

«Ja?» Rachels Finger bohrten sich in Simons Arm, aber sie war sich dessen gar nicht bewusst.

«Ardmore!» Lady Ardmore forderte herrisch die Aufmerksamkeit ihres Mannes. «Erinnerst du dich an Prinzessin Sobiesky?»

«Aber gewiss doch.» Lord Ardmore nahm Haltung an, der Moment war vorbei. «Einen angenehmen Abend, Miss ... Merton.»

Nein! Nein, nein, nein. Rachel sträubte sich dagegen, zu gehen, doch der Druck von Simons Hand in ihrem Rücken und die nachdrängende Gästeschar schoben sie unerbittlich zur anderen Seite der Treppe, die Stufen hinunter und durch einen Torbogen in einen Saal, in dem Gobelins den holzgetäfelten Wänden ein angemessen altertümliches Gepräge verliehen.

Darf ich fragen ...

Was?

«Wir sind durch», sagte Simon.

«Ja», bestätigte Rachel, in Gedanken immer noch oben auf dem Podest, wo ihr Vater und seine Frau Hof hielten. Es kostete sie Mühe, in die Gegenwart zurückzukehren. «Ich dachte, Lady Ardmore würde Sie hochkant hinauswerfen.»

«Sie wollte keine Szene machen. Schon gar nicht vor der Prinzessin Sobiesky.» Simon kramte sein Zigarettenetui aus der Tasche, öffnete es und schloss es wieder. «Fühlen Sie sich einigermaßen?»

Ihre Hände waren feucht, und sie hatte heftiges Herzklopfen. Immer noch war sie aufgewühlt, vor allem aber unbefriedigt. «Was tun wir als Nächstes?»

«Tanzen?» Simon wies zu der großen Tanzfläche, die für den Anlass frei gemacht worden war.

Sie befanden sich in einem riesigen Saal von einer ruhigen, abgeklärten Schönheit, die nicht von Menschenhand geschaffen schien. Kein Dekorateur hatte die Banner gewählt, die von der Balkendecke herabhingen, so wenig wie das Reiterbild Karls I. über dem Sims des imposanten offenen Kamins.

Die Musiker saßen nicht auf einem provisorischen Podium, sondern hoch oben auf einer Empore, auf der schon zu Ritterzeiten die Spielleute aufgespielt hatten. Auf der Tanzfläche drehten sich die Paare zu schwungvollen Wiener-Walzer-Klängen.

Rachel schüttelte den Kopf. «Das kann nicht Ihr Ernst sein.»

«Warum nicht? Was wollen Sie sonst tun, bis Ihr Vater den letzten Gast empfangen hat?» Bei all seiner zur Schau getragenen Unbekümmertheit schien ihr Simon von einer tiefen Unruhe getrieben zu sein. Er stand keinen Moment still, sein Blick flog unablässig durch den Saal.

Irgendwie kam es ihr frivol vor. Sie war nicht hierhergekommen, um fröhlich zu feiern. Und was, wenn ihr Vater herunterkam? «Ich weiß nicht ...»

«Es ist auf jeden Fall eine gute Tarnung», versuchte Simon sie zu überreden.

Die Geiger setzten ihre Bogen an. Auf der Tanzfläche herrschten Trubel und Durcheinander, während man nach den Freunden ausschaute, mit denen man gekommen war, mit Bekannten zusammentraf, sich den nächsten Tanzpartner suchte.

«Kommen Sie.» Simon bot ihr die Hand, eine elegante dunkle Gestalt in seinem schwarzen Abendanzug. «Tanzen Sie sich die Dämonen vom Leib.»

Rachel bemühte sich, ihre Nerven zu zähmen, in die Rolle von Vera Merton zu schlüpfen. «Entspricht das dem Protokoll zum Umgang mit Dämonen?»

«Ich weiß es nicht.» Simons Blick war entwaffnend in seiner Offenheit. «Aber ich bin bereit, einen Versuch zu wagen. Wenn Sie mitmachen.»

Warum nicht?, dachte Rachel trotzig. Es war immerhin ein Zeitvertreib.

Sie legte ihre Hand in die Simons und ließ sich von ihm auf die Tanzfläche führen und in die Arme nehmen, als die Musiker die ersten Takte des nächsten Walzers anstimmten. Immer im Kreis, perfekt im Rhythmus, in einer seltsamen Zwischenwelt, in der sich die Gesichter der anderen verwischten und nichts existierte außer Simon, seine warme, sichere Hand, sein starkes, dunkles Gesicht, der schwache Duft nach Sandelholz und Moschus.

Eine Stimme, die ihr bekannt war, riss sie aus der Selbstvergessenheit. «Simon! Miss Merton! Ich habe gar nicht damit gerechnet –»

Es war Olivia, die Wangen gerötet vom Tanzen, ein Brillantdiadem im aschblonden Haar, weit kleiner als das ihrer Mutter und weit weniger königlich.

Simon brachte sie mit einem letzten Schwung zum Stehen, der weite Rock flog Rachel in einem seegrünen Wirbel um die Beine. Rund um sie herum verbeugten sich die Herren vor den Damen, und man trennte sich.

Das Stück war zu Ende, und sie hatte es überhaupt nicht gemerkt.

«Miss Merton! Simon!»

Olivia sah beinahe hübsch aus, hier, zu Hause in Carrisford, so unbefangen, wie sie in London nie gewesen war.

Komm, sei ehrlich, sagte sich Rachel. Von ‹beinahe› konnte nicht die Rede sein. Olivia würde niemals eine atemberaubende Schönheit sein, aber sie besaß einen ganz eigenen, ruhigen Charme.

Ein Schatten des Zweifels flog über Olivias Gesicht. «Ich hatte nicht erwartet, euch zu sehen.»

«Wir sind auch nicht eingeladen», sagte Simon rundheraus.

«Pscht.» Rachel versetzte ihm einen scheinbar scherzhaften Rippenstoß. «Sag das nicht so laut.»

Simon lachte. «Was könnte denn schlimmstenfalls passieren?»

«Dass wir gehen müssen.» Und das wollte sie nicht. Noch nicht.

«Was, wenn die Tochter des Hauses für uns bürgen kann?» Simon wandte sich Olivia zu. «Wo ist denn dein edler Ritter?»

«John? Ich glaube, er unterhält sich mit Mr. Baldwin.» Olivia sah Simon mit ihren großen grauen Augen besorgt an. «Glaubst du wirklich, es tut dir gut, hierherzukommen? Nach –»

Simon machte eine ungeduldige Handbewegung. «Wer ist dein nächster Tänzer?»

Olivia warf einen Blick auf ihre Tanzkarte. «Gerald Hamby.»

«Gut. Dem entführe ich die Partnerin ohne Skrupel.

Ich kenne ihn von der Schule», fügte er für Rachel hinzu. «Ein unangenehmer Wicht. Du kannst dich doch eine Weile allein amüsieren?»

Einen Moment zögerte Rachel. Dann fand sie sich albern. Sie konnte sich nicht immerfort an Simon klammern. Er hatte getan, was er versprochen hatte, und mehr.

«Ich werde es schon schaffen, nicht als Mauerblümchen zu enden», sagte sie locker.

«Ganz bestimmt.» Simon zog Olivia schon mit sich zur Tanzfläche, in einem Tempo, das mit seinem gewohnten lässigen Gang nicht zu vergleichen war.

Rachel blickte ihnen einen Moment nach. Olivia reichte Simon kaum bis zur Schulter, ihre Hand im weißen Glacéhandschuh ruhte leicht auf seinem Arm. Wenn Simon nicht auffallen wollte, war es wohl kaum das Richtige, mit der Tochter des Hauses zu tanzen.

Er sah nicht aus wie ein Liebender. Er tanzte mit beinahe grimmiger Entschlossenheit, das Gesicht wie gefroren, während sein Blick wie suchend über Olivias Kopf hinweg schweifte.

Zu ihr? Nichts dergleichen, sagte sich Rachel entschieden. Eine geschäftliche Abmachung, hatte er damals gesagt.

Wenn Olivia John den Laufpass gäbe, würde Simon dann trotzdem die Stellung in New York annehmen?

Was zerbrach sie sich den Kopf über Simon und Olivia? Energisch wandte sich Rachel von der Tanzfläche ab. Reine Vermeidungsstrategie, sonst nichts, ein Mittel, sich von der Tatsache abzulenken, dass sie hier war, im Haus ihres Vaters.

Hatte ihre Mutter Carrisford je gesehen? Rachel bahnte sich ihren Weg an der Tanzfläche entlang, an Gemälden langnasiger Monarchen vorbei, zwischen ehrwürdigen, herausgeputzten Damen und Herren hindurch. Es gab so vieles, was sie wissen wollte, musste.

Wenn sie ihren Vater finden, ihn allein sprechen könnte ...

Die Schlange auf der Treppe hatte sich aufgelöst. Lady Ardmores Diadem blitzte hier und dort in der Menge auf, doch von ihrem Vater war keine Spur zu sehen.

Unter der Empore, auf der die Musiker saßen, zögerte Rachel, unsicher, was sie jetzt tun sollte. Es gab niemanden hier, der sie kannte, genauer, der Vera Merton kannte oder sie gegebenenfalls zur Kenntnis nehmen würde. Sie glaubte, auf der anderen Seite der Tanzfläche Lady Frances zu erkennen, doch es erschien ihr klüger, nicht näher nachzuforschen.

«Entschuldigen Sie, Miss.» Einer der livrierten Diener trat zur ihr. Die weiße Perücke bildete einen seltsamen Gegensatz zu seinem jugendlichen Gesicht und dem sonnengebräunten Teint. «Sind Sie Miss Merton?»

Rachel warf einen Blick über ihre Schulter zu Simon, aber der drehte sich immer noch auf der Tanzfläche, den Kopf zu Olivia hinuntergeneigt, die ihm mit ernsthafter Miene etwas ins Ohr zu flüstern schien.

Sie konnte natürlich nein sagen. Aber wozu? Lady Ardmore würde nur den nächsten schicken.

«Ja», antwortete sie und überlegte schon, wie sie sich herausreden würde. *Das muss ein Missverständnis sein ... Kann mir nicht vorstellen ... Einladung in der Post verlorengegangen ...*

«Darf ich Sie bitten, mich zu begleiten – ich meine –» Der Diener gab seine Bemühungen um eine formvollendete Ausdrucksweise auf und sagte schlicht: «Seine Lordschaft lässt fragen, ob Sie einen Moment Zeit für ihn haben, Miss.»

Rachel folgte ihrem Führer auf kostbaren alten Teppichen und an Gemälden von unschätzbarem Wert vorbei durch einen Korridor und dann eine Treppe hinauf, auf die ein weiterer Korridor und noch eine Treppe folgten, sodass sie sich im Ernst zu fragen begann, ob sie nicht doch Brotkrumen hätte streuen sollen.

Es war düsterer hier oben, die Fenster waren älter, die Scheiben kleiner, die Wände dunkel getäfelt.

«Dieser Trakt gehörte zum ursprünglichen Bau, Miss», sagte der Diener.

«Ja, das dachte ich mir schon.» Die Türen waren niedriger, für Menschen von geringerer Statur gebaut, für Frauen in ausladenden Röcken und Höflinge in Schnabelschuhen. Die Klänge der Musik aus dem Saal unten waren hier kaum zu hören. «Ist es noch weit?»

«Gleich hier durch, Miss.» Mit unverhohlener Erleichterung wies der Diener sie zu einer weiteren Treppe, einer kürzeren mit nur vier Stufen.

Rachel trat durch die Tür und befand sich in einem langen schmalen Raum mit hoher Decke, die üppig mit Stuck verziert war. Statt Fackeln erhellten jetzt elektrische Wandleuchter den Raum, deren Licht von den gemalten Augen der Porträts an den Wänden reflektiert wurde.

Generationen von Standishs blickten aus goldenen Rahmen zu ihr hinunter: elisabethanische Standishs in Halskrausen, die Männer in Wämsern, die Frauen eng geschnürt mit fülligen Röcken; georgianische Standishs,

Männer und Frauen in gepuderten Perücken, die Männer hoch zu Ross; und auch die hohen Militärs fehlten nicht, Männer in roten Röcken mit Schwertern an der Seite.

Ganz am Ende dieser langen Ahnenreihe stand ihr Vater.

In der Kniehose und den seidenen Strümpfen mit dem Hosenbandorden an einem Band quer über der Brust sah er selbst aus wie jemand aus einem anderen Jahrhundert. Bis auf die Brille, die war profan und modern.

Sie passte nicht zum Grafen, aber sie gehörte zu dem Vater, an den Rachel sich erinnerte. Auch damals hatte er schon eine Brille getragen. Sie hatte sie ihm von der Nase gezogen und ihre kleinen Fingerabdrücke auf ihren Gläsern hinterlassen.

Jetzt, da der Moment gekommen war, fühlte sich Rachel überraschend sicher auf den Beinen. Sie ging den langen Gang hinunter. «Guten Abend.»

Ein Hochgefühl trug sie. Ihr Vater hatte sie zu sich kommen lassen, er hatte sie hierhergeholt, fern der Menge der Gäste. Das musste doch etwas bedeuten.

Ihr Vater räusperte sich. «Sie können gehen, James.» Rachel hatte die Anwesenheit des Dieners vergessen. «Danke, dass Sie gekommen sind, Miss Merton. Sie sind doch Miss Merton?»

«Fürs Erste, ja.»

«Hm, ja.» Ihr Vater nahm die Brille ab, betrachtete sie und setzte sie dann wieder auf. «Verzeihen Sie meine Neugier – darf ich fragen, woher Sie diesen Anhänger haben?»

Was sollte dieses Spiel? Warum nicht direkt zur Sache kommen? Doch Rachel fand die Worte nicht.

«Meine Mutter hat ihn mir geschenkt.» Sie öffnete den

Knoten des schwarzen Samtbands in ihrem Nacken und hielt den Anhänger ihrem Vater hin. «Möchten Sie ihn sich ansehen?»

«Oh – danke.» Er hielt ihn in der geöffneten Hand, musterte ihn aus nächster Nähe, hielt ihn ein Stück von sich ab, drehte ihn hin und her. Nach einigen Minuten sagte er: «Es ist – ein sehr ungewöhnliches Stück.»

«Ja.» Rachel krampfte ihre Hände ineinander. «Meine Mutter hat ihn immer getragen. Er – er hat ihr alles bedeutet.»

Ihr Vater drehte den Anhänger um und zeichnete mit einem Finger die Gravierung nach. Dann drückte er an einer Stelle, und der Anhänger fiel auseinander. Unwillkürlich sprang Rachel einen Schritt vor, aber das Schmuckstück war nicht zerbrochen. Es hatte sich nur geöffnet, über einer kleinen Kammer, von deren Existenz sie nie etwas geahnt hatte.

Und in ihrem Inneren waren zwei Haarlocken versteckt, die eine dunkelblond, die andere tiefbraun wie Rachels Haare.

Edward und Katherine, auf ewig.

«Ich – ich hatte keine Ahnung, dass er sich öffnen lässt.» Ihre Stimme klang ihr fremd.

Ihr Vater klappte das Medaillon schnell wieder zu und schloss die Hand darum. «Danke», sagte er und reichte es Rachel widerstrebend zurück. Mit heiserer Stimme fügte er hinzu: «Ist Ihnen – wissen Sie zufällig, wo Ihre Mutter es erworben hat?»

War das ein Test?

«Mein Vater hat es ihr geschenkt. Sie hieß Katherine und er Edward.» Sie sah ihrem Vater in die Augen, als könnte sie ihn so zwingen, zu verstehen, zu reagieren. «Ich fand es immer so romantisch, dass er es ihr anfertigen ließ.»

Ihr Vater sagte kein Wort. Er blickte sie nur an, und das, was sie in seinem Gesicht sah, war nicht schön. Argwohn. Misstrauen.

Rachel umfasste das Medaillon fester. «Mein Vater war Botaniker», sagte sie hastig. «Wenigstens hat man mir das erzählt. Er war keine hohe Persönlichkeit, aber wir haben ihn geliebt, meine Mutter und ich.» Ihre Stimme zitterte. Sie versuchte, sie zu beherrschen. «Mir wurde gesagt, er sei gestorben. Man hat mir alles Mögliche erzählt, von dem vieles nicht der Wahrheit entsprach.»

Das Gesicht ihres Vaters hatte die Farbe alten Pergaments, es sah eingefallen aus, wie bis auf die Knochen abgemagert. «Ich weiß nicht, wer Ihnen das gegeben hat oder wo Sie es herhaben –»

Wusste er es wirklich nicht? Oder wollte er es nur nicht wissen?

«Habe ich mich denn so sehr verändert?» Rachel zuckte innerlich zusammen beim vorwurfsvollen Ton ihrer Stimme, bei der törichten Frage. Es war dreiundzwanzig Jahre her. Natürlich hatte sie sich verändert. Gegen das schreckliche Gefühl kämpfend, dass ihr alles entglitt, sagte Rachel mit letzter Hoffnung: «Sie sich nicht.»

Aber das stimmte ja nicht. Der Vater, den sie geliebt hatte, hatte nie so streng und spitz ausgesehen.

Ihr Vater wandte sich von ihr ab und starrte wie gebannt auf die Holzschnitzereien an der Wand, wo Wasserspeier mit Fratzengesichtern kunstvoll gearbeiteten Tudor-Rosen die Zunge herausstreckten.

Als er endlich sprach, war seine Stimme sehr beherrscht, jedes Wort, jede Silbe scharf artikuliert. «Täusche ich mich, oder kommen diese Sendungen mit – gewissen Bildern von Ihnen?»

So wie er es sagte, hörte es sich an, als müsste man sich dieser Bilder schämen. Als wären es nicht Bilder eines Kindes mit seiner Mutter, sondern etwas Gemeines und Schmutziges.

«Nein», antwortete Rachel, die Hände vor sich gefaltet. «Sie täuschen sich nicht. Ich habe sie geschickt. Ich wollte Sie daran erinnern – dass Sie eine Tochter haben.»

Die Stimme ihres Vaters war schneidend. «O ja, ich habe eine Tochter. Sie ist unten und tanzt mit ihrem Verlobten.»

«Ich –» Rachel rang um Fassung. «Ich kann es Ihnen nicht übelnehmen, dass Sie misstrauisch sind. Aber angesichts dieser Zeugnisse müssen Sie doch –»

Sie bemühte sich, vernünftig zu bleiben, doch jedes Wort riss an ihr wie ein Stachel. Ihr war, als kröche sie durch Dornengestrüpp und verlöre sich mit jeder verzweifelten Bewegung ein Stück mehr.

Das Gesicht ihres Vaters war so starr und unbewegt wie die Gesichter in den Porträts. «Miss Merton, ich weiß nicht, woher Sie diese – Dinge haben, aber wenn Sie heute Abend mit der Absicht gekommen sind, mich zu erpressen –»

«Erpressen?» Rachel fuhr hoch. «Sie können nicht glauben –»

Aber er glaubte es. Sie sah es seinem Gesicht an, dem Zug tiefster Verachtung, der sich der Unbewegtheit seiner spitzen Züge zum Trotz Durchbruch verschaffte.

«Was wollen Sie, Miss Merton?»

Ich will meinen Vater zurück, dachte Rachel verzweifelt. Aber es gab ihn nicht mehr, es hatte ihn nie gegeben. Er war eine Schimäre gewesen, ein Produkt von Erinnerungen und - was? Langeweile? Hatte er sich eine Weile mit ihnen vergnügt, Familienglück gespielt, bis er etwas Besseres gefunden hatte?

«Ich habe es von Anfang an gewusst.» Das Medaillon ihrer Mutter fest in der Hand, trat Rachel einen Schritt zurück. «Ich hätte die Finger davon lassen sollen. Ich hätte wissen müssen, dass Menschen, die spurlos verschwinden, im Allgemeinen nicht gefunden werden wollen.»

Es war allerdings so, dass nicht er verschwunden war, sondern dass er sie und ihre Mutter hatte verschwinden lassen. Aber das spielte keine Rolle.

«Ich hätte nicht kommen sollen.» Wenn sie jetzt an ihn dachte, würde sie sich immer an diesen Moment erinnern, an dieses abweisende, spitze Gesicht eines Heuchlers, der vorgab, sie nicht zu kennen. Heftig schleuderte sie ihm ihre Worte entgegen. «Ich war viel glücklicher, als ich dachte, Sie wären tot.»

Ihr Vater stand da, inmitten der Schatten seiner Vorfahren, und löschte sie aus seiner Geschichte.

«Woher soll ich wissen, dass Sie die sind, die Sie zu sein behaupten?», fragte er scharf.

«Sie können nicht einmal meinen Namen sagen.» Rachel konnte nicht verbergen, wie verletzt sie war. Sie versuchte, es zu überspielen, indem sie herausfordernd fragte: «Oder haben Sie ihn vergessen?»

Jetzt reagierte er wenigstens. Seine Nasenflügel bebten. «Verzeihen Sie, Miss – wie auch immer Sie heißen mögen. Ihre Methoden sind nicht gerade vertraueneinflößend.»

«Vertrauen?» Rachel starrte ihren Vater ungläubig an. Es spielt jetzt keine Rolle mehr, was er sagte. Er war ihr verloren. Dieser Mann, dieser Mann vor ihr war nichts. «Du hast mir einen Abschiedskuss gegeben», rief sie, in ihrer Erregung ins vertraute Du fallend. «Du hast mich hochgehoben und mir gesagt, dass du mich lieb hast und bald zurückkommst. Und du redest von Vertrauen? Ich habe auf dich gewartet. Ich habe darauf gewartet, dass du nach Hause kommen würdest, aber du bist nie gekommen.»

Sie konnte nicht mehr aufhören zu reden, ihre Stimme wurde mit jedem Wort höher und lauter. «Ich habe mir vorgestellt, du wärst gar nicht tot, du wärst von Piraten entführt worden, oder man hätte dich in ein Verlies geworfen, oder du wärst ein Spion des Königs in geheimer Mission. Und eines Tages würdest du nach Hause kommen, und alles wäre wieder wie vorher. Man hat keinen Leichnam gefunden – da war es leicht, sich einzubilden, es wäre alles nur ein großes Missverständnis.»

«Kein Leichnam», wiederholte ihr Vater. Zum ersten Mal sah er sie direkt an, so als nähme er sie tatsächlich wahr. «Wo ist – Ihre Mutter?»

«Sie ist tot.» Rachel sah mit Befriedigung, wie ihr Vater, der Graf, zusammenzuckte. «Sie ist im April gestorben. An der Influenza.»

«Im April», wiederholte er.

«Es ist sicher eine Erleichterung zu hören, dass sie abgehakt werden kann.»

Ihr Vater schien sie nicht zu hören. Er stand halb abgewandt, das Gesicht im Schatten, die Schultern nach vorn gekrümmt. Wie in sich zusammengefallen.

Heiser sagte er: «Wenn Sie Geld brauchen ...»

«Ich will Ihr Geld nicht. Ich brauche Ihr Geld nicht. Ich bin durchaus fähig, mir meinen Lebensunterhalt selbst zu verdienen. Das tue ich seit Jahren. Deswegen bin ich nicht hergekommen. Ich hatte die hirnverbrannte Vorstellung, es – es könnte etwas bedeuten, Sie wiederzusehen.» Rachels Augen brannten. Sie unterdrückte die Tränen und sagte erbittert: «Ich habe dich einmal geliebt. Wie konnte ich nur so dumm sein.»

Langsam richtete ihr Vater sich auf. Der Hosenbandorden glänzte auf seiner Brust.

Rachel ging rückwärts zur Tür, wäre einmal beinahe gefallen, als der Absatz ihres Schuhs sich im Saum ihres Kleides verfing. «Gibt es da nicht so einen Spruch? Täuschst du mich, so solltest du dich schämen. Täuschst du mich ein zweites Mal, sollte ich mich schämen.» Ihre Stimme war die von Vera Merton, hoch und affektiert. Wenn sie weiterredete, würde es ihr vielleicht gelingen, nicht zu weinen. Um keinen Preis wollte sie vor diesem Mann weinen. Um ihn weinen. «Machen Sie sich keine Sorgen, ich werde Sie nicht wieder belästigen. Ich habe gesehen, was ich sehen musste.»

Sie hatte die Porträts, die Teppiche, das Porzellan und die Gobelins gesehen. Hunderte von Gegenständen, die schön und kostbar waren, und eine Erbin mit dem Geld, sie zu bewahren.

Sie war entschlossen, einen großen Abgang zu machen, hoch erhobenen Hauptes hinauszurauschen, im Vollbesitz ihrer Würde, doch als sie die Tür erreichte, regte sich die vierjährige Rachel in ihr, und sie blieb stehen.

Sie sah ihren Vater an, so klein am Ende dieses langen Saals, und sagte mit der kindlichen Stimme der Vierjährigen: «Hast du uns jemals geliebt?»

Ihr Vater stand wie aus Stein gemeißelt.

Sein Schweigen war Antwort genug.

«Gut.» Rachel blieb mit der Hand an der Spitze einer Schnitzerei hängen, als sie herumschwang. «Das ist dann wohl alles. Guten Abend.»

Die Stufen der Treppe waren ausgetreten, Rachel rannte sie so schnell hinunter, dass nur der reine Schwung sie davor bewahrte zu stürzen. Stolpernd erreichte sie den Korridor und rannte weiter.

Durch das Dröhnen in ihren Ohren glaubte sie ihren Namen zu hören, ein flüsternder Hauch, der hinter ihr durch den Korridor zog.

KAPITEL 22

Sehr schnell hatte sie sich hoffnungslos verlaufen. Egal. Es war ihr gleich, wohin diese Irrwege führten. Sie wollte nur weg. Ein Korridor, dann noch einer, Treppen hinunter, die zu schmal waren für die allgemeine Benutzung. Sie war in der Dienstbotenetage gelandet.

Wie passend. Rachel wollte lachen, aber es wurde ein Schluchzen.

Sie wischte sich mit dem Handrücken die Augen. Ihr Vater war es nicht wert, dass sie um ihn weinte. Nichts hier war Tränen wert. Was sollte sie mit gotischer Faltwerktäfelung und einer Schar holder Schwäne? Und ihr Vater ... den brauchte sie auch nicht. Schon lange nicht mehr. Das, woran sie gehangen hatte, war das gewesen, das sie sich von ihm zurechtgebastelt hatte. Das Bild von einem Menschen, der sie lieben würde, uneingeschränkt und bedingungslos, wie ihre Mutter es getan hatte.

Aber jetzt wusste sie Bescheid.

Und das hatte sie doch gewollt, oder nicht? Bescheid wissen. Gut, jetzt wusste sie es. Keine unglücklichen Umstände waren daran schuld, dass er sie und ihre Mutter verlassen hatte. Er hatte sie gegen all dies hier eingetauscht.

Sie konnte sich rächen, wenn sie wollte. Sie konnte an die Presse gehen – aber sie wollte keine Rache.

Sie wollte ihre Mutter.

Die Sehnsucht nach ihrer Mutter war so stark, dass es sie innerlich fast zerriss. Sie sehnte sich nach ihrer Umarmung, nach ihrem klaren gesunden Urteil, nach dem Duft von Lavendel und Frischgebackenem und Kernseife. Sie gehörte nicht hierher, weder nach Carrisford noch nach London, in diese versnobte Gesellschaft, wo alle Vera Merton so irrsinnig witzig fanden, absolut hinreißend, Darling, einfach zu, zu ...

Rachel drückte eine Tür auf und fand sich plötzlich im Freien, in der Kühle des Augustabends. Es war mittlerweile ganz dunkel geworden, doch im Garten blitzten Lichter, und von einer Terrasse, die von Lampions beleuchtet wurde, wehten die Klänge einer Jazzband herüber.

Die Stimmen hier waren schriller und ausgelassener, die Gestalten auf der Tanzfläche bewegten sich lockerer als die drinnen im Ballsaal. Hierher hatte sich die Jeunesse dorée vor der steifen Förmlichkeit der älteren Generation geflüchtet.

In der Mitte der Terrasse war ein Springbrunnen, Triton, auf seiner Schneckenschale blasend, von zwei reizenden steinernen Nymphen flankiert und vier sehr fleischlichen und betrunkenen jungen Männern belagert, die sich gegenseitig anstachelten, die Götterfigur zu erklimmen.

«Wetten, du schaffst es nicht bis zu Tritons Spieß.»

Lachend und kreischend balancierten sie auf dem Beckenrand.

«– hab meinen eigenen Spieß ...» Idioten, dachte Rachel

angewidert. Hanswurste, alle miteinander. Das sollen die Vorbilder unserer Gesellschaft sein? Erbärmlich.

«Gleich wird einer von ihnen ins Wasser plumpsen», sagte jemand hinter ihr.

«John?» Rachel bemühte sich hastig, gute Miene zu machen. Nicht John, nicht ausgerechnet jetzt. Ihr war in diesem Moment überhaupt nicht nach höflicher Konversation und Verstellung, um dem Bild gerecht zu werden, das er von ihr hatte.

Anders als der Rest, hatte er gesagt. Er hatte ja keine Ahnung.

«Ist Ihnen kalt?» John nahm den schweren weißen Seidenschal ab, der um seinen Hals lag.

«Ich habe nur ein bisschen Gänsehaut», antwortete Rachel abwehrend. Sie konnte nur hoffen, dass ihre Wimperntusche nicht verschmiert war. «Müssten Sie nicht drinnen Ihren Pflichten nachkommen?»

«Hab ich schon getan.» Johns Gesicht war gerötet von Erregung und Champagner. «Ich habe eben ein fabelhaftes Gespräch mit Mr. Baldwin geführt.»

«Ah.» Rachel stellte ihr leeres Glas auf ein Tablett, während sie überlegte, wie sie ihm entkommen konnte, ohne ihn zu verletzen. Sie musste Simon finden, eine Möglichkeit, nach London zurückzufahren, ihre Sachen packen ...

Aber Simon war mit Olivia zusammen.

«Mr. Baldwin ist in der Frage der Abrüstung völlig meiner Meinung», berichtete John triumphierend.

«Wie schön», sagte Rachel lahm.

Simon würde nicht erfreut sein, wenn sie ihn störte. Der kühle Nachtwind drang durch ihre dünne Stola, und sie fröstelte. Sie musste allein sehen, wie sie zurechtkam.

Ach, zum Teufel. Sie nahm sich ein frisches Glas Champagner vom Tablett. Sie hatte nie um des Trinkens willen getrunken, aber wenn es dafür überhaupt einen Anlass gab, dann jetzt. Ein Finale furioso, bevor Vera Merton ihre Sachen packte und sich in Luft auflöste.

Sie strahlte John an. «Seien Sie ein Schatz und besorgen Sie mir eine Flasche?»

John winkte gehorsam einem der allgegenwärtigen Diener, ohne seinen Redefluss zu unterbrechen. «... nichts befördert den Krieg mehr als eine Ansammlung von Waffen. Herrgott noch mal, das sagt einem doch der gesunde Menschenverstand. Wenn die Waffen vorhanden sind, wird früher oder später jemand sie einsetzen.»

«Spielzeug für große Jungs?», meinte Rachel, ihr Glas in der Hand, ihre Aufmerksamkeit auf das Funkeln des Kristalls im Licht der Lampions gerichtet.

Wenn Simon sie nicht bringen würde, konnte sie vielleicht jemand anderen finden, der sie zum Bahnhof fuhr. Dann in den nächsten Zug nach London, und sie konnte für immer verschwinden.

«Sie finden doch immer *le mot juste*», sagte John bewundernd, und Rachel schüttelte stumm den Kopf.

La vie n'est pas juste, hatte die Köchin auf Schloss Brillac oft mit einem Schulterzucken gesagt, und das stimmte. Denn wenn das Leben gerecht wäre ...

Rachel schüttelte die Anwandlung von Selbstmitleid ab. Wozu sich darüber Gedanken machen, wie das Leben wäre, wenn all dies hier ihr gehörte? Wenn sie drinnen im Ballsaal mit Simon tanzte, statt hier draußen im

Garten mit John Trevannion gequält Konversation zu machen.

«Genau das ist es», erklärte John erregt, ohne ihre Stimmung überhaupt wahrzunehmen. «Und deshalb habe ich Mr. Baldwin vorgeschlagen, das Wahlrecht der Frauen zu erweitern und das Mindestalter auf 18 zu senken –»

Würde Simon sich fragen, was aus ihr geworden war?

«... das sanftere Geschlecht ...», sagte John.

Olivia war sanft. Sie konnte es sich leisten, sanft zu sein. Sie brauchte nicht um ihren Platz im Leben zu kämpfen.

Nein, falsch. Was war mit ihrem Wunsch, zu studieren? Ein selbständiges Leben zu führen. Rachel ärgerte sich über ihr ungerechtes Hadern und konnte trotzdem nicht das abweisende Gesicht ihres Vaters aus ihren Gedanken verbannen. Er wollte sie nicht.

«... niemals mit Waffen spielen, als handelte es sich um einen Sport. – Ah, danke.» Der Diener war mit einer Flasche zurückgekommen, die er John zur Begutachtung hinhielt. Die Hand am Korken, sagte John: «Sollen wir auf eine Welt in Frieden anstoßen?»

«Warum nicht?» Rachel hob ihm ihr leeres Glas entgegen. «Und auf einen Trevannion im Kabinett.»

Es war scherzhaft gemeint, doch John ging sofort eifrig darauf ein. «Es ist natürlich nicht üblich. Ich stehe viel zu weit unten in der Rangordnung der Partei. Aber –» Der Korken knallte – «in ein, zwei Jahren ...»

Sie hatten sich ein Stück von den anderen entfernt, in Richtung zu einem kleinen Monopteros, der Schutz vor dem Wind bot.

«Ich wünsche es Ihnen», sagte Rachel und hockte sich auf den Rasen, der nicht ganz so trocken war, wie er aussah. Sie spürte die Feuchtigkeit durch das Kleid. Sie konnte nur hoffen, dass es Simons Schwester nicht allzu lieb war. «Dann können Sie Ordnung in der Regierung schaffen.»

John, der dabei war, den Champagner einzuschenken, hielt inne, die Flasche schräg in der Hand. «Ach, verflixt, ich wünschte –» Er sprang zur Seite, als der Champagner ihm über die Hand floss, schüttelte ihn ab. «Ach, lassen wir das.»

«Wünsche sind schön, aber sie können auch gefährlich sein.» Rachel nahm ihm die Flasche aus der Hand und goss sich selbst nach.

Sie hatte Jahre an den Wunsch verschwendet, ihr Vater möge noch am Leben sein. Sie hätte klüger sein müssen. Das Schicksal hatte seine eigene Art, Wünsche zu erfüllen, nicht selten in unerwarteter Weise.

«Ich meine nur – Sie verstehen, was einem Mann wichtig ist.» Sorgsam breitete John seine Jacke auf dem Rasen aus und setzte sich neben Rachel nieder. «Olivia – ihr ist das gleichgültig. Es interessiert sie nicht.»

«Ich weiß nicht, ob ich das so sagen würde.» Rachel fühlte sich benebelt vom Champagner. «Es ist schwer zu erkennen, was in Olivia vorgeht.»

Sie wollte nicht an Olivia denken. Olivia, die mit Simon tanzte. Olivia, die sie so gern hassen würde.

Ach, sollen sie sich doch alle kriegen, dachte Rachel trübe und trank wieder von ihrem Champagner, der, wie sie fand, nach nichts schmeckte. Mit mir hat das alles nichts zu tun.

John stemmte die Absätze in den gepflegten Rasen. «Ich dachte, sie wäre mehr wie ihre Mutter. O nein, nicht so – nicht so herrisch –, aber interessierter. Dass sie mehr Anteil nehmen würde an den Dingen.»

Warum saß sie hier mit John herum? Weil sie sonst ins Haus zurückkehren müsste. Geh weg, dachte Rachel. Geh weg und lass mich allein.

«Ich bin sicher, sie hat andere Stärken», sagte sie unbestimmt.

«O ja, sie kann Buchführung», sagte John erbittert. «Das hat sie mir erzählt. Aber wozu ist das nütze?»

Rachel hätte ihm sagen können, wie nützlich das war. Besonders wenn man von Monat zu Monat lebte, von Zahlung zu Zahlung. «Was hätten Sie denn gern?»

«Jemanden, der – ach, ich weiß auch nicht.» John lehnte sich auf aufgestützten Ellbogen zurück und starrte finster zum anmutigen Bogen einer kleinen Zierbrücke hinüber, unter der der Bach zu fehlen schien. «Jemanden mit Tatkraft, mit Idealen. Jemanden, der organisieren kann. Jemanden mehr wie – mehr wie Sie.»

«Dann heiraten Sie sie nicht», sagte Rachel herausfordernd.

John setzte sich mit einem Ruck auf. «So einfach ist es nun auch wieder nicht.»

«Wieso nicht?» Rachel schwamm der Kopf von Champagner und Mutwillen. Zum Teufel mit der Welt ihres Vaters und ihren Konventionen. «Wenn Sie sich dann besser fühlen. Ich glaube, Olivia brennt auch nicht unbedingt darauf, Sie zu heiraten.»

John verschluckte sich an seinem Getränk. «Hat sie Ihnen das gesagt?»

«Nennen Sie es weibliche Intu… Instinkt.» Ihre Zunge gehorchte ihr nicht mehr richtig. Rachel versuchte, dem

Problem mit einem weiteren kräftigen Schluck Champagner abzuhelfen. «Sie haben ja noch nicht mal ein Datum festgelegt.»

«Wenn ich einen Rückzieher mache, bringt Lady Ardmore mich um.»

«Dann heiraten Sie doch Lady Ardmore.»

John fand das offensichtlich nicht witzig. «So eine Frau würde mir alle Chancen in der Partei zerstören.»

Rachel stützte sich mit einer Hand auf den Boden. «Dann treten Sie eben einer anderen Partei bei», sagte sie energisch. «Gehen Sie zu den Liberalen. Gehen Sie zu Labour. Brechen Sie eine Lanze für die Whigs.»

John riss den Mund auf. «Die Whigs gibt es seit fünfzig Jahren nicht mehr. Länger sogar.»

«Dann holen Sie sie aus der Versenkung», schlug Rachel vor. «Wagen Sie etwas. Seien Sie kühn.»

John lächelte unsicher. Seine Fingerspitzen berührten ihre. «Sie sind so mutig.» Er neigte sich näher, seine Hand kroch den langen Handschuh hinauf zu ihrem bloßen Ellbogen und tätschelte ihre Haut unterhalb des goldenen Reifs, den sie um den Oberarm trug. «So draufgängerisch. So – ungehemmt.»

Rachel hätte ihm erzählen können, dass sie ganz und gar nicht draufgängerisch war, dass sie den größten Teil ihrer Kindheit in einem Pfarrhaus verbracht hatte, dass sie bis vor kurzem noch mädchenhaft brave lange Haare getragen hatte und sittsame Röcke, die weit übers Knie reichten. Aber er ließ ihr gar nicht die Zeit dazu. Er beugte sich noch ein Stück weiter vor und küsste sie.

«Aber –», begann Rachel. Statt sich zurückzuziehen, drängte John nur noch heftiger, und als er sie damit aus dem Gleichgewicht riss, erschien es ihr am naheliegendsten, ihre Arme um seinen Hals zu legen und ihn wiederzuküssen, sich einer Illusion von Nähe hinzugeben und einen flüchtigen Moment lang dem Gefühl, dass es auf dieser großen, weiten Welt jemanden gab, dem sie etwas bedeutete.

Olivia lag ja in Wirklichkeit sowieso nichts an ihm, es war also kein Verrat. Nein, denk nicht an Olivia, wie sie mit Simon tanzt. Denk an John, diesen netten, ernsthaften, gewissenhaften Menschen, dessen Zunge ihr Ohr erkundete und dessen Knie recht ungeschickt auf ihren Rocksaum drückte.

«Vera», murmelte John mit heißem Atem.

Rachel lehnte sich weit genug zurück, um zu sagen: «Meine – meine Mutter hat mich Rachel genannt.»

«Rachel?» Johns Frackschleife saß schief, und er keuchte. «Nein. Das ist zu banal.»

Rachel lachte. «Ich bin banal.» Eine Hochstaplerin.

«Sie haben keine Ahnung, nicht wahr?», sagte John mit rauer Stimme und berührte mit einem Finger ihren Mund, auf dem der Lippenstift verschmiert war. «Sie haben keine Ahnung, wie betörend Sie sind.»

«Das bin nicht ich.» Es erschien ihr plötzlich sehr wichtig, dass John das wusste. Sie versuchte, sich aufzusetzen, aber der Boden schwankte. Ihr Champagnerglas fiel um und landete im Gras.

John lächelte nur nachsichtig. Er legte ihr den Arm um die Taille. «Na schön ... wie Sie wollen.»

«Aber ich will es ja gar nicht.» Rachel drückte die Augen zu und versuchte, sich zu erinnern, was sie gedacht hatte, was sie eigentlich sagen wollte. John nutzte den Moment, um sie von neuem zu bedrängen. «Nein, warten Sie. Was ist mit Olivia?»

John rückte widerstrebend ein wenig von ihr ab. «Was soll mit ihr sein?»

Rachel sah ihn groß an. «Sie sind verlobt.»

«Spielt das wirklich eine Rolle?» Rachel spürte Johns Champagneratem an ihrem Hals. «Olivia braucht doch – davon nichts zu wissen.»

Im ersten Moment glaubte sie, nicht recht gehört zu haben.

«Davon?»

Blitzartig sah sie das ganze schmutzige Bild vor sich. Ihre zerdrücktes Kleid, den verschmierten Lippenstift, die verrutschte Diamantspange in ihren Haaren. John mit aufgeknöpftem Jackett und schiefer Schleife.

«Gehen Sie weg.» Taumelnd stand Rachel auf und wischte sich den Mund.

«Jetzt seien Sie doch nicht so», beschwerte sich John in wehleidigem Ton.

«Wie denn? Bin ich Ihnen vielleicht zu spießig? Dann muss ich Sie leider enttäuschen.» Rachel zitterte, aber nicht vor Kälte. Der Boden unter ihren Füßen war immer noch recht unsicher, doch sie sah jetzt sehr klar.

«Ich hätte nicht gedacht, dass Sie ...» John tat tief verletzt. «Ich meine, Sie sind so aufgeschlossen. So – eine moderne Frau.»

«So modern auch wieder nicht.» Rachel zog ihre Stola fest um sich. «Haben Sie vielleicht mal an Olivia gedacht?»

«Mit Olivia ist das etwas ganz anderes», beteuerte John augenblicklich. «Das Ganze ist ein Arrangement. Und sie weiß das.» Bevor Rachel nachfragen konnte, fügte er hinzu: «Ich habe Olivia sehr gern.»

«Ach ja?», sagte Rachel. «Das ist eine merkwürdige Art von Gernhaben.»

John ließ sich nicht ablenken. «Mit Ihnen ist es anders», erklärte er ernsthaft. «Olivia ist so normal, so konventionell, Sie hingegen – Sie sind etwas Besonderes.»

«Wissen Sie, dass Olivia eigentlich Volkswirtschaft studieren wollte?» Die Worte kamen Rachel wie von selbst über die Lippen. «Wissen Sie, dass sie ein Stipendium für Somerville hatte?»

«Nein.» John sah sie verwirrt an. «Davon hat Lady Ardmore nie etwas gesagt.»

Natürlich nicht. Und John hatte sich nie die Mühe gemacht, Olivia wirklich kennenzulernen.

Sie hatte geglaubt, er wäre ein zuverlässiger und anständiger Mensch, aber dieser zuverlässige und anständige Mensch war nur ein Produkt ihrer Phantasie. Genau wie der Vater, an dem sie jahrelang festgehalten hatte.

«Was sind Sie doch für ein erbärmlicher Mensch.» Angewidert von der ganzen Szene, kehrte Rachel ihm den Rücken und ging.

«Sie werden doch –» John lief ihr nach. Seine Stimme klang höchst beunruhigt. «Sie werden doch Olivia nichts sagen?»

Rachel drehte sich noch einmal um und sah ihn kühl an. «Das sollte Ihre geringste Sorge sein. Gehen Sie, John. Gehen Sie zu Ihrer Verlobten. Sonst geht sie vielleicht zu einem anderen.»

Er versuchte nicht weiter, ihr zu folgen. Natürlich nicht. Er musste jetzt schleunigst dafür sorgen, dass ihm

Olivia nicht abhandenkam und mit ihr womöglich sein Sitz im Parlament.

Rachel stolperte blindlings in eine Taxushecke und hatte Mühe, ihr Kleid von den stacheligen Zweigen zu lösen. In ihrem Bestreben, John zu entkommen, war sie in einen großen, in geometrischen Formen angelegten Park geraten, fernab der Lichter und der Musik des Fests. Sie stellte sich vor, wie diese Büsche über ihr zusammenwuchsen und sie verschlangen. Niemand würde sie finden.

Blödsinn, sagte sie sich. Hier kamen natürlich regelmäßig die Gärtner, um alles in Ordnung zu halten. Die würden sie schon herausfischen, bevor sie zu riechen begann.

Eine reizende Vorstellung.

«Da sind Sie!» Kies knirschte hinter ihr. Simons Stimme kam aus der Dunkelheit zu ihr, weich und kultiviert. «Ich habe schon überlegt, ob ich den Schlossgraben absuchen lassen soll.»

Sie wusste, sie sollte im gleichen leichten Ton antworten, aber in ihr war nichts Leichtes mehr. Sie fühlte sich ausgehöhlt bis auf die Knochen.

«Sie hatten recht», sagte sie, ohne sich umzudrehen. «Sie hatten von Anfang an recht. Ich hätte nie herkommen sollen. Es war ein Riesenfehler. Alles.»

«Rachel.» Simon stand hinter ihr, seine Hände auf ihren Schultern, so ganz anders als Johns Hände. «Rachel, was ist denn passiert?»

Rachel schüttelte den Kopf. «Es war von vornherein eine hirnverbrannte Idee. Sie hätten sie mir ausreden sollen.» Erst jetzt drehte sie sich um. Sie standen dicht voreinander, beinahe gleich groß. «Warum haben Sie mich nicht davon abgehalten?»

Es war kaum Licht in diesem Teil des Parks. Ihr eigenes Gesicht musste so schattenverhüllt sein wie Simons. Doch was immer er darin erkannte, es brachte ihn dazu, sie fest in die Arme zu nehmen, seine Wange an ihre Schläfe zu drücken. «Ach, Rachel, es tut mir so leid.»

Einen Moment lang überließ sie sich seiner Umarmung, lehnte sich an ihn und ließ die Tränen fließen. Der Park um sie herum war dunkel und still, das festliche Lärmen fern.

Wenn sie Olivia gewesen wäre und Olivia Rachel ...

Sie stemmte sich von ihm ab und sagte mit einem misslungenen Lachen: «Na ja, jetzt brauchen Sie wenigstens nicht mehr nach New York zu gehen. Sie können hier bleiben und Olivia heiraten.»

Simon starrte sie an, als wäre sie nicht bei Sinnen.

«Sie will John nicht heiraten. Sie liebt Sie.» Dabei war sie dessen gar nicht ganz sicher. Aber sollte nicht wenigstens irgendjemand hier glücklich werden? «Sie können glücklich und zufrieden miteinander leben bis an Ihr seliges Ende.» Je entgeisterter sich Simon zeigte, desto schneller redete sie. «Deshalb haben Sie sich doch auf diese ganze Scharade eingelassen. Oder nicht? Um Olivia wieder nahezukommen. Ich weiß nicht, warum sie Ihnen den Laufpass gegeben hat –»

«Olivia hat mir nicht den Laufpass gegeben.» Mehr sagte er nicht.

Spielte es eine Rolle? «Na gut. Mein Vater hat Sie zur Trennung gezwungen. Was gibt es Romantischeres als unglücklich Liebende?» Rachel wischte sich die letzten

Tränen aus den Augen. «Tolle Rache, ihm seine uneheliche Tochter vor die Tür zu setzen. Ich kann allerdings nicht behaupten, dass es angenehm war, als Bumerang zu dienen.»

«Rachel. Rachel!» Simon nahm sie bei den Schultern und schüttelte sie einmal heftig. «Sie haben das alles völlig falsch verstanden.»

KAPITEL 23

«Sie meinen, bei mir stimmt etwas nicht?» Rachel wedelte mit der Hand. «Gehen Sie schon. Gehen Sie wieder zu Olivia. Ich komme schon zurecht.»

«Ich gehe nirgendwohin.» Simon legte ihr den Arm um die Schultern und führte sie fürsorglich, aber bestimmt zu einer Bank, die so versteckt unter tiefhängenden Zweigen stand, dass Rachel sie allein niemals gefunden hätte. «Und was Olivia angeht ...»

Er blieb stehen, nachdem Rachel sich gesetzt hatte, und sah mit zusammengezogenen Brauen zu ihr hinunter.

«Ich konnte nicht», sagte er abrupt. «Ich konnte die Verlobung nicht bestehen lassen. Ich habe sie gelöst. Ich habe Olivia verlassen.» Rachel stieß einen Laut der Überraschung aus, doch ehe sie mit Worten reagieren konnte, fügte er brüsk hinzu: «Wissen Sie, warum ich hier war, in Caffers?»

Warum? Warum machte man Besuche? «Weil Sie es hier schön fanden?»

Simon lachte kurz auf. Er schob mit einer heftigen Bewegung die Hände in die Hosentaschen und hob den Kopf, um über Rachel hinweg irgendwo ins Dunkel zu starren. «Während des Krieges war in Caffers eine psychiatrische Klinik untergebracht. Natürlich nur für Offiziere. Lady Ardmore wollte keine gemeinen Soldaten hier haben. Es war ihr egal, ob einer von ihnen kurz davor war, sich eine Kugel durch den Kopf zu jagen. Was bedeutet schon einer mehr oder weniger von diesen Leuten?»

«Oh, Simon.» Der Sarkasmus in seiner Stimme war schrecklich anzuhören, aber Rachel wusste jetzt, dass er ein Schutz war, und was sie dahinter ahnte, ließ sie innerlich fast weinen. Wieso hatte sie es nicht gespürt? Wieso hatte sie es nicht gewusst? «Wollten Sie sich das Leben nehmen?»

«Nicht wie Peter.» Simons Hand zitterte, als er sich eine Zigarette aus seinem Etui nahm. «Bei mir war es nicht so direkt. Zigarette?»

Ohne ein Wort nahm Rachel eine und hielt sie Simon hin, um sich von ihm Feuer geben zu lassen.

Er brauchte einige Versuche, bevor es ihm gelang, das Flämmchen an ihre Zigarette zu halten. Rachel tat nichts, um ihm zu helfen, sie wartete einfach ab. «Ich fand es ziemlich unfair von Gevatter Tod, dass er so viele mitgenommen und mich übersehen hatte. Ich habe mir damals oft vorgestellt, ich würde von einem Lastwagen überfahren oder stürzte in einen tiefen Schacht. Genug Alkohol, ein falscher Schritt auf der Straße – und adieu, irdisches Jammertal.»

Rachel bemühte sich, sachlich zu sprechen. Mitleid wollte Simon jetzt sicher nicht. «Warum haben Sie sich nicht einfach ins Schwert fallen lassen?»

Simon lächelte schief. «Weil ich kein alter Römer bin. Ich konnte es meiner Mutter und Ginny nicht antun.»

«Ginny?» Rachel kam sich schäbig vor, dass sie selbst in einem Moment wie diesem Eifersucht empfand.

«Meine Schwester. Sie war erst zehn. Es wäre scheußlich für sie gewesen.»

Scheußlich. So konnte man es auch nennen. Sie dachte an Cece und wusste, dass auch Simon an sie dachte.

«Seitdem halte ich mich von ihnen fern, so gut es geht.» Einen Moment sah Simon Rachel an. «Es ist leichter für sie, wenn sie nicht zu sehr an mir hängen.»

«Das ist doch Wahnsinn.» Rachel konnte sich nicht zurückhalten. «Aber natürlich hängen sie an Ihnen. Das hat doch nichts damit zu tun, wie oft man sich sieht.»

«Ich dachte nur, es wäre leichter für sie, wenn ... Es war eine Zeitlang ziemlich kritisch.» Simon zog tief an seiner Zigarette. «Ich arbeitete an einem Buch über König Harald, aber meine Hände zitterten so stark, dass ich kaum etwas zu Papier brachte. Bei jedem lauten Geräusch dachte ich, es wäre eine Granate.» Sein Blick schweifte durch den dunklen Park mit seinen modellierten Bäumen und Büschen, den geometrisch angelegten Wegen. «Sie ließen uns nur in Begleitung eines Pflegers hinaus von hier. Die Gefahr war zu groß, dass wir uns selbst etwas antun könnten.»

Er sprach nüchtern und präzise, aber gerade dieser Mangel an Emotion machte Rachel frösteln. «Sie?»

«Die Ärzte. Unsere tägliche Gymnastik machten wir im alten Rittersaal, im Laufschritt immer im Kreis herum. Die Kapelle war eine Art Einzelzelle für Gemeingefährliche. Manchmal konnte man die Männer schreien hören. Gott, ich kann sie jetzt noch hören.»

Glaubten Sie, Ihre Familie wäre die einzige in England, der ein Unglück widerfahren ist?

«Warum haben Sie mir das nie erzählt?»

«Dass ich psychisch krank war? Über so etwas redet man im Allgemeinen nicht.»

Aber er hatte davon gesprochen – Nordnordwest. Rachel hatte es für einen Scherz gehalten, für eine von Simons typischen Spötteleien. Jetzt begriff sie, und sie warf sich ihre Blindheit und Selbstbezogenheit vor. «Deshalb wollten Sie nicht mit mir hierherfahren? Wegen – damals?»

Die schreienden Männer. Die Pfleger.

Simon schnippte seinen Zigarettenstummel weg und richtete sich gerade auf wie jemand, der entschlossen ist, reinen Tisch zu machen. «Olivia war die einzige Normale in dieser entsetzlichen Anstalt», sagte er. «Ihre Mutter hat ihr nicht erlaubt, als Pflegerin zu arbeiten, aber sie hat mir immer heimlich Gedichtbände gebracht, Keats, Tennyson. Wenn meine Hände so stark zitterten, dass ich nicht einmal umblättern konnte, hat sie mir vorgelesen. Sie hat mir Blumen aus den Gewächshäusern gebracht und Bücher über alte Meister mit wunderbaren Illustrationen.» Einen Moment schien Simon in Erinnerungen versunken zu sein. «Es war, als ob man in einem Glashaus mit vergoldeten Scheiben lebte.»

Rachel konnte es sich nur zu gut vorstellen: Olivia blutjung und idealistisch, mit langen aschblonden Haaren, wie sie inmitten eines Blumenmeers an Simons Bett saß und ihm mit ihrer leisen, zögernden Stimme Gedichte vorlas. Zwei Menschen innig vereint an einem weltfernen Ort.

«Und da haben Sie sich in sie verliebt, ich weiß.»

«Ich habe mich in ihr Bild verliebt.» Im Mondlicht wirkte Simons längliches Gesicht unter den dunklen

Haaren wie aus Bronze gegossen. «Sie verkörperte für mich alles, was wahr und rein war, all das, was mir vor dem Krieg so viel bedeutet hatte. Dann nahm Peter sich das Leben. Und ich erkannte, dass alles nur eine Riesentäuschung war. Lord Ardmore hat die Trennung nicht herbeigeführt, obwohl seine Frau sich gewiss darüber gefreut hätte. Ich – bin gegangen. Ich bin davongelaufen.»

«Sie haben Olivia ein Stipendium für Somerville besorgt.» Es war keine Frage.

Mit einer schnellen, nervösen Geste sagte Simon: «Es war das Mindeste, was ich tun konnte. Ich hatte sie schließlich in eine unhaltbare Situation gebracht. Ihre Mutter war vorher schon schlimm genug. Danach ... Sie hat Olivia das Leben zur Hölle gemacht. Und ihr Vater hat sie überhaupt nicht wahrgenommen. Für ihn war sie nicht vorhanden.»

Er brauchte nicht mehr zu sagen. Rachel hatte es am eigenen Leib erfahren. Auch sie hatte er nicht wahrgenommen, hatte mit seinen grauen Augen durch sie hindurchgesehen, sie mit eisiger Gleichgültigkeit abgetan. *O ja, ich habe eine Tochter*, hatte er gesagt, aber er war zu Olivia nicht besser gewesen als zu Rachel. Er mochte ihr seinen Namen gegeben haben, aber keine Wärme, keine Liebe.

Nichts war mehr übrig von dem Vater, den sie in Erinnerung gehabt hatte, er war nie mehr gewesen als ein Produkt von Einbildung und Wunschdenken. War er jemals liebevoll gewesen? Oder hatte sie sich alles nur zusammenphantasiert?

Rachel schlotterte am ganzen Körper und konnte nicht aufhören damit. «Er ist eigentlich ein schrecklicher Mensch, nicht wahr?»

Sie merkte, wie Simon ihr sein Jackett umlegte, das warm war von seinem Körper und nach Tabak und seinem Rasierwasser roch.

«Aber –», von Simons Jackett gewärmt, versuchte Rachel sich in Edelmut – «dann wird Ihnen doch kalt.»

«Der Protest klänge überzeugender, wenn Ihnen nicht die Zähne klappern würden.» Er erwähnte nicht, dass es hier draußen gar nicht so kalt war. Ihre Kälte kam von innen. Er kniete neben ihr nieder, eine Hand an der Bank. «Rachel – was ist passiert?»

«Nur das, was zu erwarten war.» Das Jackett eng um sich gezogen, bemühte sich Rachel, einen leichten Ton anzuschlagen. «Er hat mir vorgeworfen, ich sei eine Schwindlerin und wolle ihn erpressen. Er sagte, er – er habe bereits eine Tochter.» Als Rachel Simon ansah, kam der ganze Schmerz über die Kälte und die Verachtung ihres Vaters wieder hoch. «Er hat mich nicht nur nicht erkannt. Er wollte mich gar nicht erkennen.»

Trotz des warmen Jacketts begann sie wieder zu zittern und versuchte krampfhaft, sich in den Griff zu bekommen. «Blöd von mir, ich weiß. Nach all diesen Jahren noch irgendetwas zu erwarten ... Ich hätte es wissen müssen.»

Simon legte seine Hand auf die ihre. «Was wollen Sie jetzt tun?»

Rachel drückte fest die Augen zu. Denk realistisch, sagte sie sich. Konzentriere dich auf die Realität. «Das, was ich ursprünglich tun wollte. Ich suche mir eine kleine Wohnung und nehme einen Kurs in Maschinenschreiben.»

Aber nicht in London, wo sie überall den Schatten dieses falschen Lebens begegnen würde, das sie in den letzten Monaten geführt hatte. In York vielleicht, oder in Edinburgh.

«Und Ardmore?»

Er brauchte nicht zu erklären, was er meinte. Rachel schüttelte den Kopf und dachte an den regnerischen Nachmittag, als sie und Simon bei Tee und Walnusskuchen im Café gesessen hatten.

«Ich will damit nichts mehr zu tun haben.» In der Ferne konnte Rachel die massigen Umrisse von Carrisford erkennen, dessen Türen ihr für immer verschlossen bleiben würden.

Simons Blick lag auf ihrem Gesicht, dunkel und verschlossen. «Mein Schiff nach New York läuft in zwei Tagen aus. Die *Aquitania*. Von Southampton aus.»

Das war also das Ende. Rachel schluckte die aufsteigende Trauer hinunter. «Dann bleiben Sie also nicht.»

Nicht dass es eine Rolle spielte. Ihre Wege würden sich ohnehin nie wieder kreuzen. Es sei denn, Simon brauchte eine Sekretärin.

Simon senkte den Kopf. «Meine Mutter und Ginny leben jetzt in New York. Ich war zu lange von ihnen getrennt.»

«Das – das ist doch wunderbar.» Sie war todtraurig, dabei hätte sie sich für ihn freuen müssen. Abrupt stand sie auf. «Machen Sie sich keine Sorgen», sagte sie mit gespielter Nonchalance. «Ich sammle meine Siebensachen ein und hinterlasse Ihnen die Wohnung, wie sie war. Sie werden gar nicht merken, dass ich da war.»

Simon, der ebenfalls aufgestanden war, zog eine Braue hoch. «Glauben Sie?»

Rachel zog sich das Jackett von den Schultern und

legte es ihm kurzerhand über den Arm. «Wenn Sie wollen, bringe ich Sie zum Schiff und winke Ihnen mit dem Taschentuch.»

Sie wusste, dass sie Unsinn plapperte, aber es war die einzige Möglichkeit, die dunkle Mutlosigkeit, die sie zu überwältigen drohte, von sich fernzuhalten. Schall und Wahn, ohne Bedeutung. Simon würde es verstehen. Er war der Experte.

Er ergriff ihre Hand, das Jackett fiel zu Boden. «Kommen Sie mit.»

Rachel sah zu ihren ineinander verschlungenen Händen hinunter und hob dann den Blick wieder zu seinem Gesicht. «In die Wohnung?»

«Nach New York. Dahin fährt das Schiff.» Der gewohnte Ton leichter Ironie, doch mit einer seltsamen Schwingung von Unsicherheit. Simon umfasste ihre Hand fester. «Also? Kommen Sie mit?»

Rachel schüttelte den Kopf. «Sie wollen mich doch dort gar nicht haben.»

«Und woher wissen Sie das?», fragte er und zerstörte den Moment, indem er hinzufügte: «Dachten Sie, ich würde Sie einfach hier zurücklassen?»

Rachel zog ihre Hand zurück. «Wäre es nicht einfacher, mir ein Stipendium für Somerville zu besorgen?»

Die Worte standen zwischen ihnen.

Steif und unbeholfen sagte Rachel: «Verstehen Sie denn nicht? Ich will nicht, dass Sie sich mir verpflichtet fühlen.» Sie krampfte die Hände ineinander. «Das alles ist doch von mir ausgegangen. Ich habe Sie dazu gedrängt. Sie schulden mir nichts.»

Verrückte Pläne, dazwischen eine Ewigkeit. Das Brummen des Automotors, Regen an den Scheiben, der Widerschein der Scheinwerfer auf seinem Gesicht, damals so fremd, jetzt ein Teil ihres Lebens.

Mit einem schwachen Lächeln sagte Simon: «Habe ich Ihnen das nicht gesagt? Was ich tue, tue ich immer nur für mich.»

Sie glaubte ihm nicht, jetzt nicht mehr. «Sie brauchen mich nicht zu retten.» Sie stieß mit der Schuhspitze in den Kies. Fort mit allen Träumen. «Wir hatten eine geschäftliche Vereinbarung. Die jetzt beendet ist.»

«Tatsächlich?», fragte Simon in seinem gewohnt lässigen Ton, doch es war etwas in seiner Stimme, was Rachel scharf aufblicken ließ. Sachte strich er ihr mit dem Finger über die Wange, sein Blick so intensiv, dass ihr der Atem stockte. «Wollen wir die Probe machen?»

Mit einer Langsamkeit, die kaum zu ertragen war, strich Simon ihr das Haar aus dem Gesicht. Seine Hände umschlossen ihr Kinn. Langsam, so langsam, wie um ihr Zeit zu geben, zu protestieren, ihn abzuwehren.

Sie wusste, sie hätte widerstehen sollen, doch ihre Hände lagen schon auf seinen Schultern, fühlten die Anspannung, die er so sorgsam zu verbergen suchte.

Rachel schloss die Augen und hob ihr Gesicht der warmen Berührung von Simons Lippen entgegen.

«Eine geschäftliche Vereinbarung», murmelte er und hörte sich so amüsiert an, so – so typisch Simon, dass Rachel gar nicht anders konnte, als ihn zu küssen, und dabei dachte sie zerstreut, wie gut es war, dass ihr Lippenstift nicht mehr abfärbte und keine allzu deutlichen Spuren auf Simons Mund hinterlassen würde.

Als Simon sie dann fest in die Arme zog und ihren Kuss

erwiderte, dachte sie eine lange Zeit an gar nichts mehr. Es gab nichts mehr als den berauschenden Druck von Simons Lippen auf ihren, die Wärme seiner Umarmung, das Dunkel des Parks um sie herum, die fernen Klänge der Musik, den Duft nach Tabak und Sandelholz und das süße Parfum, das die zerdrückte Blume an Simons Revers ausströmte.

Sie hatte keine Ahnung, wie viel Zeit vergangen war, als sie sich voneinander lösten; sie merkte nur, dass der Wind kälter war, als Simons Arme sie nicht mehr schützten, und dass sie peinlich wackelig auf den Beinen stand.

«Ich dachte ...» Rachel musste innehalten, so atemlos war sie. Sie holte tief Luft und versuchte es noch einmal. «Ich dachte, unsere Abmachung –»

«Abmachungen kann man ändern», sagte Simon schwer atmend. Er stützte sich mit einer Hand an die Banklehne. «Komm mit mir nach New York. Wir können eine Kabine nehmen oder zwei, ganz wie du willst. Es ist deine Entscheidung.»

Nicht ganz. Zumindest nicht, wenn dieser Kuss ein Indiz war. Sie hätte gern geglaubt, sie wäre aus härterem Holz geschnitzt, aber sie war sich überhaupt nicht sicher, dass sie eine so lange Schiffsreise mit Simon in einer anderen Kabine durchstehen würde.

Und das Geld für ihre Passage, für ihre Kleidung ... Nein, auch wenn sie sich noch so sehr danach sehnte, mit Simon zusammen zu sein, sie konnte ihn nicht für sich bezahlen lassen. Alles in ihr sträubte sich gegen ein solches Arrangement.

Sie wusste, dass sie ständig daran denken würde. Und was, wenn er ihrer überdrüssig wurde? Er würde sie nicht einfach sitzenlassen, das wusste sie, aber es würde sie beide belasten und mit der Zeit alle Zuneigung zerstören.

War es so mit ihren Eltern gewesen?

«So verlockend das Angebot ist ...» Rachel brach ab. Warum es nicht klipp und klar aussprechen? «Ich kann nicht, Simon. Ich kann nicht deine Geliebte werden.»

Simon sah zu ihr hinunter und sagte mit einem schiefen Lächeln: «Mir schwebte eigentlich so etwas wie ein weißer Schleier vor. Ich vermassle das gerade gründlich, nicht? Mit Heiratsanträgen habe ich wenig Übung. Soll ich niederknien? Oder ist das zu sehr Klischee?»

Die Büsche, die Bank, der Monopteros auf dem Hügel, alles wirkte seltsam unwirklich. «Das hast du schon getan», sagte Rachel heiser. «Deine Hose ist noch ganz voll Kies.»

«Richtig.» Simon machte keine Anstalten, den Kies wegzuwischen. «Ich hab das Pferd wohl von hinten aufgezäumt. Aber das ändert nichts an meinen Gefühlen. Ich weiß, es ist kein überwältigendes Angebot. Ein verkrachter Journalist ohne große Aussichten und noch nicht mal ganz bei Trost. Und dann auch noch Amerika. Ein Land voller Leute, die nie richtig Englisch gelernt haben. Aber mein Stiefvater ist kein übler Kerl. Und ich glaube, meine Mutter wird dir gefallen.»

Wie wäre es, zu Simons Familie zu gehören? Der dunkelhaarigen Frau mit dem klugen Gesicht gegenüberzusitzen, die sie von dem Porträt in der Wohnung kannte? Mit seiner Schwester bummeln zu gehen? Aber vor allem: mit Simon zusammenzuleben. Arm in Arm mit ihm anzukommen und am Ende des Abends mit ihm zu gehen, jede Nacht mit ihm zu verbringen?

Und sich immer zu fragen, ob er sie aus Mitleid geheiratet hatte.

«Hör auf, ich bitte dich.» Rachel schloss ihre Arme fest um sich, um nicht in Versuchung zu kommen, sie nach ihm auszustrecken. «Simon, ich kann nicht. Ich kann einfach nicht.»

«Die sanitären Anlagen wären auch noch zu bedenken.» Simons Stimme war ausdruckslos, doch sein Blick voll scharfer Aufmerksamkeit. «Ich habe mir erzählen lassen, dass die Amerikaner da sehr fortschrittlich sind.»

Sie hatte geglaubt, den Schmerz zu kennen, doch dies war ein Schmerz ganz neuer Art. Rachel zwang sich zu sagen: «Das ist es nicht.»

Simon ließ alle gespielte Scherzhaftigkeit fahren. «Würde es etwas ändern, wenn ich sagte, dass ich dich liebe?»

Rachel lachte mit zitternden Lippen. «Du schaffst es nicht einmal, es schlicht und einfach zu sagen.» Wenn sie noch einen Beweis gebraucht hatte, hier war er. Wenn er sie wirklich liebte – Hastig sagte Rachel: «Ich werde schon jemanden finden, der mich zum Zug bringt. Es hat doch keinen Sinn, dass du nur meinetwegen fährst.»

Simon antwortete mit einer schnellen Geste der Ungeduld. «Das ist doch Blödsinn. Natürlich bringe ich dich nach Hause.» Er hielt kurz inne. «Außer du willst mich los sein.»

«Simon, nein. Das ist das Letzte, was ich will. Ich –»

Ich liebe dich.

Rachel brach ab, entsetzt über sich selbst und über das, was sie beinahe gesagt hätte.

«Du bist mir dankbar für meine Hilfe, ich weiß», sagte

Simon schon beinahe wieder auf die alte, lässige Art. «Keine Sorge. Ich erspare dir weitere Unannehmlichkeiten. Bei einem Antrag pro Abend ist für mich die Grenze.»

Sie hatte ihn verletzt. Stumm folgte Rachel ihm durch den Park zu einer Pforte, die zu der Wiese hinausführte, an der sie vor so vielen Stunden das Auto abgestellt hatten. Sie wollte es wiedergutmachen, ein Wort der Klärung sagen, doch die Worte *Ich liebe dich* waren auf ihren Lippen gefroren und verdrängten alle anderen.

Würde es etwas ändern, wenn ich sagte, dass ich dich liebe?

Nein, so nicht. Und was wusste sie schon von Liebe? Unglücklich stolperte Rachel auf ihren hohen Absätzen den Wiesenrain entlang. Sie hatte geglaubt, ihre Eltern liebten einander; sie waren das Vorbild gewesen, an dem sie alle anderen maß. Es ging nicht um ein heftig aufflammendes Strohfeuer, es ging um echte, dauerhafte Liebe, eine Liebe, die über Trennung und Tod fortbestand.

Beinahe wäre sie gefallen, aber Simon war da und hielt sie.

«Wie viel hast du getrunken?», fragte er nicht unfreundlich.

«Zu viel.» Rachels Zunge wollte nicht so recht gehorchen.

Liebte sie ihn? Sie wusste es nicht. Sie wusste nur, dass sie sich mehr als alles in der Welt wünschte, mit ihm nach New York gehen zu können, fremde Gegenden mit ihm zu erkunden, mit ihm zu lachen und sich Wortgefechte mit ihm zu liefern, auch mit ihm zu streiten.

Verzweifelt sagte sie: «Du bist ohne mich besser dran. Wirklich. Ich wäre nur eine Last für dich.» Mit Gewalt unterdrückte sie die aufsteigenden Tränen. «Ich bin nicht

Vera Merton. Ich bin nicht einmal Rachel Woodley. Ich bin niemand.»

«Du bist du selbst.» Simon legte den Arm fester um sie, als sie am Wagen stehen blieben. «Ist das nicht genug?» Seine Hand streifte so flüchtig ihre Wange, dass sie nicht sicher war, ob sie es sich nicht eingebildet hatte. «Du bist der stärkste Mensch, den ich kenne», sagte er leise.

Rachel sah ihn verwirrt an und fühlte sich alles andere als stark, so wie sie da stand, angeschlagen, sich mit Mühe auf den Beinen haltend.

«Im Moment allerdings etwas blass um die Nase», fügte Simon sachlich hinzu. Er half ihr in den Daimler hinein. «Setz dich hin, lehn dich zurück und versuch durchzuhalten, bis wir in London sind.»

Sie schlief ein auf der Fahrt, und als sie erwachte, lag sie, sorgsam zugedeckt und immer noch in dem seegrünen Kleid, auf dem breiten Bett im Zimmer von Simons Schwester. Auf dem Nachttisch standen ein Krug Wasser und ein Fläschchen mit Aspirin.

Am Krug lehnte ein gefalteter Zettel.

Vorsichtig, um ihren schmerzenden Kopf zu schonen, robbte Rachel über das Bett. Das blendende Weiß der Kissen tat ihren Augen weh. Wenn sie zu den Lichtstreifen auf dem Teppich hinunterschaute, wurde ihr übel.

Sie erinnerte sich nur verschwommen daran, dass Simon ihr ins Haus geholfen und der Pförtner irgendeine scherzhafte Bemerkung gemacht hatte, als sie an ihm vorbei zum Aufzug getorkelt war, wie sie nach dem Wohnungsschlüssel gekramt hatte.

Bilder des vergangenen Abends stürmten auf sie ein.

Ihr Vater in seiner gähnend leeren Ahnengalerie; die hässliche Szene mit John, diesem selbstgerechten Heuchler; aber vor allem Bilder von Simon. Hatte sie seinen Heiratsantrag geträumt? Rachel wollte sich nur die Decke über den Kopf ziehen und darunter liegen bleiben, bis der Tag der Nacht wich.

Aber auf dem Nachttisch wartete Simons Nachricht.

Er hatte das Papier zu einem Schiffchen gefaltet. Rachel stieß es vom Nachttisch und bekam es gerade noch zwischen die Finger, bevor es zu Boden fiel. Ungeschickt entfaltete sie das Papier.

Bleib in der Wohnung, solange du willst. – S.

Eine Welle reinsten Jammers überschwemmte sie. Stell dich nicht so an, schimpfte sie mit sich. Sei lieber froh. Simon ist großzügiger, als du es verdienst.

Sie kroch mühsam aus dem Bett, faltete den Brief und legte ihn auf den Nachttisch, anstatt ihn immer wieder zu lesen und zu hoffen, irgendeine versteckte Botschaft zu finden, die die harte Endgültigkeit mildern würde.

Was erwartete sie denn? Sie hatte ihn abgewiesen. Er würde ihr kaum Sonette auf den Nachttisch legen.

Bei dem Gedanken musste sie beinahe lächeln. Obwohl, früher einmal, mit Olivia ...

Nein. Keine Eifersucht auf Olivia.

Und außerdem, morgen würde Simon ohnehin schon auf dem Weg nach New York sein, froh und beider Standish-Töchter ledig. Lustlos zog Rachel sich an, schlüpfte in Rock und Pullover, wischte sich die Schminke des letzten Abends mit Cold Cream vom Gesicht.

Simon hätte seinen Antrag bereut, wenn sie ja gesagt hätte, hielt sie sich trotzig vor, während sie sich im Badezimmer das Gesicht wusch. Sie hatte ihn gestern Abend vielleicht in seiner Eitelkeit gekränkt, aber sie hatte ihm das viel schlimmere Übel erspart, sich an eine Frau gebunden zu sehen, die nicht in seine Welt passte, die weder beeindruckende Ahnen noch Verbindungen vorzuweisen hatte, die nichts weiter war als eine Schwindlerin.

Der stärkste Mensch, den ich kenne.

Einen Moment lang gab Rachel sich der Süße dieser Erinnerung hin. Verführerisch, sich vorzustellen, dass alles andere keine Rolle spielte, dass sie für ihn einfach Rachel sein könnte, geliebt um ihrer selbst willen, ohne Rücksicht darauf, wer ihre Eltern gewesen waren oder was sie getan hatten. Nie in ihrem Leben hatte sie so sehr das Gefühl gehabt, sie selbst sein zu dürfen, wie mit Simon. Selbst bei Alice hatte sie manches von sich unterdrücken müssen. Nicht bei Simon. Er scheute die Konfrontation nicht.

Ja, und das reichte jetzt. Rachel trocknete sich gerade energisch das Gesicht, als es draußen läutete, schmerzhaft schrill nach der langen turbulenten Nacht.

Einen Moment stand Rachel wie erstarrt, dann warf sie das Handtuch weg und rannte zur Tür.

Es war nicht Simon.

Es war der Pförtner mit einem riesigen Blumenbouquet, das auf einer Zierschleife das Etikett eines exklusiven Blumengeschäfts trug. «Die sind für Sie abgegeben worden, Miss.»

«Danke, Simms.» Rachel schaffte es mit Mühe, die Karte nicht herauszureißen, bevor sie die Tür wieder geschlossen hatte.

‹In Wertschätzung Ihrer Freundschaft, J. Trevannion›.

Reizend. Blumen statt Schweigegeld. Genau das, was sie sich wünschte. Und was die Freundschaft anging ... na ja, es war besser, darüber zu schweigen.

Rachel schloss die Augen und senkte den Kopf, bis die weichen Blütenblätter ihre Stirn berührten. Vor kurzem noch hätte sie sich diebisch gefreut, vom Verlobten ihrer Schwester Blumen zu bekommen. Jetzt ärgerte es sie nur.

Aber sie waren hübsch. Ein bisschen Farbe für die Wohnung. Rachel kramte in den Schränken, bis sie eine Vase gefunden hatte, stellte sie mit den Blumen auf den Glastisch im Wohnzimmer und hätte die ganze Pracht beinahe umgestoßen, als es schon wieder läutete.

Blumen von John konnten es diesmal nicht sein. Und das hieß ...

Atemlos riss Rachel die Tür auf, Simons Namen schon auf der Zunge.

«Guten Tag, Rachel», sagte ihr Vater.

KAPITEL 24

Als Rachel stumm blieb, fragte ihr Vater zögernd: «Darf ich eintreten?»

Nein, hätte Rachel am liebsten gesagt, aber das Wort blieb ihr im Hals stecken. So trat sie nur wortlos zur Seite, um ihn einzulassen.

Ihr Vater kam unsicher einen Schritt näher. Er hatte am vergangenen Abend viel beeindruckender gewirkt in seiner Kniehose und den seidenen Strümpfen. Fern der Grandiosität seines Schlosses, erschien er irgendwie geschrumpft, unscheinbarer.

Rachel beobachtete, wie er sich im Wohnzimmer mit den blau changierenden Wänden, den kantigen Skulpturen, dem schneeweißen Teppich umsah.

«Das ist ein – angenehmer Raum.»

«Ich ziehe aus», sagte Rachel kurz. «Wollten Sie etwas?»

Sie wusste, sie sollte ihm etwas anbieten, aber sie brachte es nicht über sich, die zuvorkommende Gastgeberin zu spielen, so zu tun, als wäre er irgendein Besuch.

Geh, geh, geh, dachte sie. Hatte er ihr nicht schon genug weh getan? Musste er noch ein zweites Mal zuschlagen?

Ihr Vater drehte seinen Hut in den Händen. «Ich sollte eigentlich in Oxfordshire sein. Wir erwarten Gäste. Aber ich musste mit dir sprechen – und dich um Verzeihung bitten.»

«Wenn Sie mir wieder Geld anbieten wollen, dann sparen Sie sich die Mühe.» Sie begann automatisch die Zeitschriften einzusammeln, die auf dem Glastisch lagen. «Was ich gestern Abend gesagt habe, gilt immer noch.»

Ihr Vater folgte ihr, blieb dann unschlüssig stehen. «Aber ich ... Als ich die Bilder erhielt ... Bitte, können wir uns nicht setzen?»

Am vergangenen Abend hatte er sie absichtlich in einem Riesensaal ohne Stühle empfangen.

Rachel ließ die Zeitschriften in den Papierkorb fallen. «Ich stehe gut.»

Ihr Vater sagte nichts dagegen. «Du klingst wie sie.» Der Blick, mit dem er sie ansah, zeigte etwas sehr Verletzliches. Es zu sehen, war ihr beinahe peinlich. «Wie Katherine. Du siehst ihr nicht ähnlich. Dein Gesicht hat wenig von ihr. Aber deine Stimme, deine Art zu sprechen –»

«Ist kaum einmalig.» Sie traute dieser plötzlichen Sinneswandlung nicht. «Und wie Sie sagen, ich sehe weder ihr noch Ihnen ähnlich.»

Bis auf die Augen, aber das sagte sie nicht.

«Nein», stimmte ihr Vater zu. «Du hast das Gesicht meiner Mutter. Ich habe sie nie erlebt – sie ist gestorben, bevor ich alt genug war, um sie kennenzulernen –, aber es gibt Bilder ...» Er blickte zu dem Hut in seinen Händen hinunter, als wäre er überrascht, ihn zu sehen. «Verzeih mir. Ich habe mich wohl einen Moment vergessen.»

«Aber Sie erinnern sich an mich. Jetzt.» Rachel verschränkte die Arme. Es war alles ein wenig zu versöhnlich. Ähnlich wie Johns Blumen. Ein Angebot mit Hintergedanken. «Und welchem Umstand habe ich diesen plötzlichen Erguss väterlicher Zuneigung zu verdanken?»

Ihr Vater ließ sich einen Moment Zeit. «Als die Fotos kamen», erklärte er dann in sachlichem Ton, «war ich sicher, dass es sich nur um einen Schwindel gemeinster Art handeln konnte, mit dem Ziel, mich zu erpressen. Die Fotos waren sehr geschickt gemacht – heutzutage kann man ja in den Dunkelkammern die unglaublichsten Dinge bewerkstelligen.» Er hob den Blick zu ihr. «Aber ich wusste, dass sie nicht echt sein konnten.»

Rachel hatte die Hände unwillkürlich zu Fäusten geballt. «Warum nicht?», fragte sie.

Ihr Vater holte tief Atem. «Weil ich überzeugt war, dass meine Tochter – meine Rachel – tot ist.»

Tot.

«Das ist absurd», sagte Rachel.

«Aber so hatte man es mir gesagt», entgegnete ihr Vater ruhig.

Rachel wusste nicht, was sie darauf sagen sollte. Es kam ihr vor, als hätte man ihr ihren eigenen Grabstein präsentiert. Es war ziemlich beunruhigend, gesagt zu bekommen, man sei tot, selbst wenn man wusste, dass es nicht so war.

«Kannst du verstehen», sagte er, «dass ich nicht wusste, was ich von dir halten sollte, als du plötzlich vor mir standest?» Behutsam legte er seinen Hut auf den Glastisch. «Bitte, können wir uns nicht setzen?»

Wortlos wies Rachel zu dem weißen Sofa. Ihr Vater wartete, bis sie auf einem der Sessel Platz genommen hatte, bevor er sich umständlich auf dem Sofa niederließ, wo er sich beinahe ganz vorn an die Kante setzte.

«Aber selbst wenn man Ihnen so etwas erzählt hat», entgegnete sie. «Warum hätten Sie das glauben sollen?»

Er hielt den Blick gesenkt. «Ich wusste, dass sie - dass du - dass ihr tot wart, weil ich damals das Haus gesehen habe. Es war kaum etwas davon übrig. Nur die verkohlten Mauern. Und ein Teil des Kamins. Ich –» Seine Stimme brach beinahe, doch er fasste sich gleich wieder - «Ich habe eine deiner Puppen gesehen. Die Haare waren verbrannt, das Porzellan von der Hitze gesprungen und verkohlt ...»

«Amelia.» Rachel erinnerte sich an die Puppe, ein süßlich lächelndes Porzellangesicht, ein geraffter Tüllrock. «Ich habe diese Puppe nie gemocht.»

Sie hatten Amelia zurückgelassen wie den größten Teil ihrer Habe.

Aber - ein Brand?

Ihr Vater beugte sich vor und fragte drängend: «Wie habt ihr es geschafft? Wie konntet ihr euch retten? Ich hatte jahrelang Albträume. Immer habe ich dich in deinem Zimmer gesehen, mitten in den Flammen –»

Sein Gesicht zuckte. Er krümmte sich vornüber und drückte das Gesicht in die Hände, ein erschreckender Laut drang hinter seinen Fingern hervor, wie das Röcheln eines Erstickenden.

Ihr Vater weinte, sein ganzer Oberkörper wurde von heftigem Schluchzen geschüttelt.

Rachel war ratlos. Sie kniete vor ihm nieder und rieb seine Handgelenke in dem Bemühen, seine Aufmerksamkeit zu gewinnen.

«Bitte, möchtest du eine Tasse Tee? Etwas Kaltes zu trinken?», fragte sie in ihrer Hilflosigkeit.

«Ich –» Ihr Vater rang um Beherrschung. «All die Jahre – dachte ich –»

Er brauchte nicht fortzufahren. Rachel konnte die Spuren dieser entsetzlichen Zeit in seinem Gesicht erkennen.

«Nein», sagte sie, und die Hand ihres Vaters streifte flüchtig ihre Haare, bevor sie aufstand. «Es hat keinen Brand gegeben», erklärte sie bestimmt. «Jedenfalls nicht, solange wir dort gelebt haben. Bitte – ich war nie in Gefahr.»

Ihr Vater schüttelte benommen den Kopf.

«Aber ich habe doch das Haus gesehen. Deine Puppe –»

«Die haben wir zurückgelassen. Mutter sagte, wir könnten nur das Nötigste mitnehmen.» Es war, als sprächen sie unterschiedliche Sprachen. Rachel fühlte ein hysterisches Lachen in sich aufsteigen. «Man hatte uns gesagt, du wärst tot, verstehst du? Deshalb sind wir fortgegangen.»

Ihr Vater starrte sie an. «Ich? Tot?»

«Ja», antwortete Rachel, «genauso habe ich mich gefühlt. Mutter bekam einen Brief aus Übersee. Sie sagte, du wärst auf einer Expedition ums Leben gekommen. Es gab keine Beerdigung, weil es keinen Leichnam gab.»

Rachel mit ihren vier Jahren hatte nie gezweifelt. Das Leben war eben voll seltsamer Überraschungen und wurde von den Entscheidungen der Erwachsenen bestimmt, die ihr nicht erklärt wurden.

«Ich weiß nicht, warum wir umziehen mussten. Aber es war so. Wir haben nur unsere Kleider mitgenommen – und dein Schachspiel. Dein Schachspiel haben wir behalten. Ich habe es heute noch.»

«Tot», sagte ihr Vater noch einmal, so fassungslos wie

Rachel. «Mein *Bruder* war gestorben. Katherine wusste das. Deshalb musste ich nach Hause. Ich hätte niemals – ich kann mir nicht vorstellen –»

«Ich habe mein ganzes Leben geglaubt, du wärst tot.» Rachel bemühte sich, klar und ruhig zu sprechen. «Als ich erfuhr, dass du am Leben bist – konnte ich nichts anderes denken, als dass du uns damals verlassen hast.»

«Es ist wahr, ich bin damals eine Zeitlang weggegangen, aber nur einen Monat.» Ihr Vater sah krank aus. «Ich musste länger wegbleiben, als ich vorgehabt hatte. Ich wollte mir nur vierzehn Tage nehmen; aber alles dauerte viel länger. Ich schrieb deiner Mutter und erklärte ihr –»

«Was?»

Ihr Vater sah sie an. «Hat deine Mutter dir eigentlich je etwas über unsere Situation erzählt?»

«Ja. Und nichts davon war wahr. Mir wurde gesagt, du seist Botaniker gewesen und deine Eltern seien tot.»

Der Mund ihres Vaters wurde schmal. «Es wäre leichter gewesen, wenn es so gewesen wäre. Aber ich hatte einen Vater. Ich war sein jüngerer Sohn – und vom Moment meiner Geburt an eine Enttäuschung für ihn. Mein Vater hat mich kaum beachtet.» Sein Gesicht wurde weich, als er fortfuhr: «Deine Mutter und ich sind zusammen aufgewachsen. Sie war die Tochter des Gutsverwalters – hat sie dir das auch nicht erzählt?»

Rachel schüttelte den Kopf.

«Sie war sehr oft bei uns. Ihre Mutter war gestorben, und ihr Vater hatte nicht viel Zeit für sie. Und ich – ich hätte eigentlich ein Internat besuchen sollen, aber ich war ein kränkliches Kind, da war es einfacher, mich zu Hause zu behalten und von Privatlehrern unterrichten zu lassen. Wir waren froh, dass wir uns hatten.»

Seine Worte malten ein lebhafteres Bild, als ihm vielleicht bewusst war, von zwei einsamen Kindern, die einander gesucht und gefunden hatten.

«Wir wussten immer, dass wir eines Tages heiraten würden. Ich dachte, als jüngerer Sohn – aber meinem Vater war deine Mutter nicht gut genug für einen Standish.»

«Warum habt ihr nicht einfach trotzdem geheiratet?»

«Weil er mir dann meinen monatlichen Unterhalt gestrichen hätte», antwortete ihr Vater. «Wir hatten sonst kein Geld, von dem wir hätten leben können. Und dann kamst du.» Verlegen sagte er: «Ganz gleich, was du von mir denkst – wir haben dich abgöttisch geliebt. Du warst unser größtes Glück.»

Rachel brannten die Augen. Sie konnte nichts sagen.

«Wir sagten uns», erklärte ihr Vater, «wir müssten eben warten. Ich wusste, dass ich beim Tod meines Vaters erben würde, nicht viel, aber genug für uns, um ein bescheidenes Leben zu führen. Mein Bruder Marcus war ganz anders als mein Vater, viel offener. Aber dann ist Marcus gestorben.»

Rachel erinnerte sich düster, dass Onkel David ihr davon erzählt hatte. Es schien ihre eine Ewigkeit zurückzuliegen, dieses Gespräch mit Onkel David, als sie ihm den Ausschnitt aus dem *Tatler* gezeigt hatte.

Eilig fuhr ihr Vater fort: «Deshalb bin ich damals nach Hause gefahren. Ich wollte zu Marcus' Beerdigung. Dann eröffnete mir mein Vater, ich müsse heiraten, er habe schon eine reiche Erbin für mich zur Hand. Das Gut – es war praktisch bankrott. Ich hatte keine Ahnung ...»

Der Brief. Rachel sah noch diesen Brief auf dem Küchentisch. «Und dann hast du meiner Mutter geschrieben, dass du uns verlässt.»

«Nein!» Das Entsetzen ihres Vaters war echt. «Ich brauchte mehr Zeit. Es musste eine Möglichkeit geben, dachte ich, irgendetwas, was mein Vater übersehen hatte. Etwas von Wert, was er noch nicht verschleudert hatte. Das habe ich deiner Mutter geschrieben – dass ich zusätzliche Zeit brauchte.»

«Ah ja.»

Und Rachel hatte vergnügt im Sand gespielt, war sorglos in Pfützen im Garten herumgesprungen, während das alles sich abgespielt hatte.

«Der Gedanke verfolgt mich seither unablässig ... wenn ich nach Hause gekommen wäre, wie ursprünglich geplant – wenn ich nicht diese vierzehn Tage länger geblieben wäre.» Das Gesicht ihres Vaters war bleich und eingefallen bei der Erinnerung an den Albtraum, der ihn Jahr um Jahr heimgesucht hatte. «David hat mir ein Telegramm geschickt. Ich kam, so schnell ich konnte, aber ihr wart nicht mehr da. Nur die ausgebrannte Ruine. Und deine Puppe ...»

«Wir waren in Norfolk.» Rachel hob ruckartig den Kopf. «David?»

«Mein Cousin.» Ihr Vater hockte zusammengesunken auf dem Sofa, ein todmüder, von Trauer und Verlust gezeichneter Mann. «Er wusste als Einziger Bescheid. Wir waren als Kinder unzertrennlich, Katherine, David und ich. Ich wollte ihn letzte Woche besuchen, aber er war nicht am College.»

Nein. Natürlich nicht.

David hatte es gewusst. David hatte gewusst, dass sie nicht tot waren. Und dennoch hatte er ihren Vater offenbar glauben gemacht, sie wären bei einem Brand vor dreiundzwanzig Jahren ums Leben gekommen.

Die Stimme ihres Vaters riss sie aus ihren Überlegungen, die schnell zu einem hässlichen Verdacht zu führen drohten. «Du hast – gestern Abend sagtest du, deine Mutter sei tot.»

Rachel nickte. «Ja, im letzten April. Die spanische Grippe.»

«Wenn ich mir vorstelle, dass sie all die Jahre am Leben war und ich keine Ahnung hatte! Ich hätte doch nie gedacht ...» Ihr Vater nahm seine Brille ab und polierte die Gläser an seinem Ärmel, mit seinen Gedanken in weiter Ferne. «Ich war wie von Sinnen. Nachdem ich gesehen hatte ...» Er schüttelte den Kopf, wie um die Erinnerungen loszuwerden.

Der Brand. Die Puppe.

Wie hatte Onkel David so grausam sein können?

Rachel beugte sich vor, ihre Hand berührte beinahe die ihres Vaters. «Aber es war ja alles nicht wahr.»

«Nein», sagte ihr Vater und ergriff zaghaft ihre Hand. Einen Moment lang hielt er sie sehr fest, dann ließ er sie los. «Vielleicht steckte mein Vater dahinter. Ich dachte immer, er wüsste nichts; wir waren immer so vorsichtig. Aber es kann natürlich sein, dass er irgendwie dahintergekommen ist ... Aber das spielt jetzt keine Rolle mehr.»

Wenn Onkel David ihren Vater belogen hatte, was hatte er dann ihrer Mutter erzählt? Hatte ihre Mutter all die Jahre in der Überzeugung gelebt, ihr Vater habe sie und

Rachel verlassen? Sie wäre zu stolz gewesen, um zu schreiben und eine Erklärung zu fordern.

Für den Moment war das alles zu viel; sie musste später darüber nachdenken, wenn ihr Vater gegangen war.

«Sie hat dich nie vergessen.» Rachel war sich nicht sicher, was sie dazu trieb, das zu sagen. Vielleicht die Trostlosigkeit in den Zügen ihres Vaters. Der flüchtige Druck seiner Hand. «Es wäre ihr nie eingefallen, zu heiraten.»

«Nein», meinte ihr Vater sinnend, «nein, das weiß ich.» Er hob den Kopf, um Rachel anzusehen. «Bitte – ich habe so vieles versäumt. Würdest du mir von euch erzählen? Wo ihr gelebt habt. Wie euer Leben verlaufen ist.»

«Da gibt es nicht viel zu erzählen», sagte Rachel. «Wir haben in einem Dorf in Norfolk gelebt. Es heißt Netherwell ...»

Stockend zunächst begann Rachel ihr Leben mit ihrer Mutter zu schildern, erzählte von den Dorffesten, den Klavierstunden, den wöchentlichen Schachpartien ihrer Mutter mit dem Pastor, ihrer Freundschaft mit Alice.

Die Sonne legte ihr letztes Licht über den Boden des Wohnzimmers, bevor sie hinter den Hausdächern gegenüber verschwand. Graues Zwielicht überzog den Himmel, und Rachel erzählte immer noch, eine Geschichte folgte der anderen, von den Kämpfen wegen des Sekretärinnenkurses, Rachels Aufbruch nach Paris, ihrem Leben in Frankreich. So viele Erinnerungen, schöne und weniger schöne.

Und beim Erzählen spürte Rachel, wie ihre Mutter wieder lebendig wurde, nur dass sie jetzt manches verstand, was sie früher nicht verstanden hatte. Das Bild ihres Vaters in der Schublade. Die Zurückhaltung ihrer

Mutter. Die Sorgsamkeit, mit der sie auf ihren Ruf geachtet hatte.

Sie konnte jetzt sogar verstehen, was ihre Mutter vielleicht veranlasst hatte, ihr nie die Wahrheit zu sagen, sie stattdessen in einer Illusion leben zu lassen. Das Leben, das ihre Mutter ihnen aufgebaut hatte, war teurer erkauft gewesen, als Rachel je geahnt hatte.

Was musste es sie gekostet haben, Abend für Abend mit dem Wissen zu Bett zu gehen, dass der Mann, den sie liebte, mit einer anderen Frau verheiratet war? Immer in dem Glauben, er habe sie verlassen.

Als Rachels Redefluss allmählich versiegte, richtete ihr Vater sich auf und sah sie an. «Ihr wart glücklich.»

Es war eigentlich keine Frage, dennoch gaben seine Worte Rachel Anstoß, einen Moment nachzudenken.

«Ja», antwortete sie dann. «Ich glaube, wir waren glücklich.» Es war ganz romantisch gewesen, sich einzureden, die Abwesenheit eines Vaters habe ihre Freude am Leben geschmälert; Tatsache war aber, dass sie mit ihrem täglichen Leben durchaus zufrieden gewesen war.

«Und du?», fragte sie zaghaft, fast ein wenig verwundert darüber, dass sie ihn das fragte, nachdem sie in den letzten Monaten kaum einen freundlichen Gedanken für ihn übrig gehabt hatte.

Auch ihr Vater schien verwundert. «Na ja, für Carrisford waren es gute Jahre. Da lag so vieles im Argen, was jahrelang völlig vernachlässigt worden war. In der ersten Zeit war ich nur damit beschäftigt, den Schaden irgendwie einzudämmen. Aber dann –»

Er sprach von Schweinezucht und Heuernte, von neuen Maschinen und alten Fehden unter den Pächtern, und

Rachel lächelte und nickte und fragte sich, wo in alledem seine Frau und seine Kinder ihren Platz hatten.

Sie hatten keinen, wie es schien.

«Du bist Mitglied des Oberhauses, nicht wahr», sagte sie. Die Nähe, die während des früheren Gesprächs zwischen ihnen entstanden war, hatte sich verloren. Jetzt war es eher so, als unterhielte man sich bei einer Abendeinladung mit einem Fremden.

«Ja, aber ich nehme nur die Termine wahr, die sich nicht umgehen lassen. Ich bin lieber in Carrisford. Ich möchte es keinem Verwalter anvertrauen.» Ja, das hatte sie schon von Simon gehört, irgendwann, vor ewigen Zeiten.

Ihr Vater sah auf die Uhr auf dem Kaminsims. «So spät schon? Ich hätte vor einer Stunde zurück sein müssen.»

Automatisch stand Rachel auf. Es gab noch so vieles, was sie ihn fragen musste, so vieles, was ausgesprochen werden musste, doch jetzt war er wieder der Graf, und sie empfand eine seltsame Scheu vor ihm, diesem Vater, den sie gar nicht kannte.

«Danke, dass du gekommen bist», sagte sie, die Hände an den Seiten wie ein Schulmädchen. «Es – für mich ist dadurch vieles anders geworden.»

Ihr Vater nahm seinen Hut vom Tisch. «Ja», sagte er. «Für mich auch.»

Im dämmrigen Licht des Wohnzimmers sahen sie einander an. «Es gibt kein Zurück, nicht wahr?», sagte Rachel.

«Als ich dich verloren habe, warst du gerade vier Jahre alt», sagte ihr Vater. «Ich muss das alles erst noch verarbeiten.»

«Und du hast eine Familie.»

«Ja», bestätigte ihr Vater, aber es lag wenig Freude in seinen Worten.

Sie waren jetzt an der Tür. Rachel blieb stehen, die Hand auf dem Knauf.

«Ich weiß, es geht mich nichts an, aber – warum hast du Olivia nicht nach Somerville gehen lassen?» Ihr Vater sah sie verwundert an. «Sie hat mir erzählt, dass sie dort ein Stipendium hatte.»

«Ach was? Das wusste ich gar nicht. Ich nehme an, ihre Mutter ...» Er machte eine entschuldigende Geste. «Ich muss leider gestehen, dass ich wenig mit Olivia zu tun habe.»

Und sie war einmal eifersüchtig auf Olivia gewesen; hatte das Bild von ihr und ihrem Vater gesehen und geglaubt, Olivia hätte alles, was sie verloren hatte.

Zögernd sagte sie: «Es ist nicht meine Sache, aber – ich habe den Eindruck, dass ihre Mutter sie ziemlich tyrannisiert. Ich meine, wenn man schon eine Tochter verloren hat – Ach, nein, Unsinn.» Sie öffnete die Tür und trat zur Seite, um ihren Vater hinauszulassen. «Das geht mich wirklich gar nichts an.»

Das Gesicht ihres Vaters verschwand im Schatten, als er seinen Hut aufsetzte. «Ich musste einen Erben haben», sagte er mühsam. «Das wusste ich. Aber – es war eine Pflicht. Und als das erste Kind ein Mädchen war ...»

Im Hausflur blieb er noch einmal stehen und blickte über die Schulter zu Rachel zurück.

«Olivia hatte einen unverzeihlichen Makel», sagte er. «Sie war nicht du.»

KAPITEL 25

Es war möglich, dass ihr Vater log. Aber Rachel glaubte es nicht. Dieser Schmerz konnte nicht gespielt gewesen sein.

Die ganze lange Zeit hindurch hatte ihr Vater sie für tot gehalten. So richtig fassen konnte sie es immer noch nicht. All ihren vorschnellen Mutmaßungen und Urteilen war mit einem Schlag der Boden entzogen worden, und je mehr sie über die Vergangenheit erfuhr, desto unbegreiflicher wurde alles.

Die Hand auf dem Türknauf, stand sie immer noch da, als die Schritte ihres Vaters und das Geräusch des Aufzugs längst nicht mehr zu hören waren. Sie wäre jetzt so gern wütend geworden, aber es gelang ihr nicht. Sie war nur zutiefst verwirrt.

Warum hätte jemand sich solche Mühe machen, zu all diesen gemeinen Mitteln greifen sollen, um ihre Eltern voneinander zu trennen? Besonders erschreckend war der Gedanke an diesen Brand, an die ungeliebte Amelia, die haarlos und verkohlt in den Trümmern gelegen hatte. Brandstiftung war kein Kavaliersdelikt.

Ihr Vater hatte seinen eigenen Vater verdächtigt. Langsam ging Rachel ins Wohnzimmer zurück. Ja, sie konnte sich vorstellen, dass Violet Palmers Geld eine übermächtige Verlockung für ihren Großvater gewesen war. Nur – und das war die Frage, die sie quälte – warum sollte David ihm geholfen haben?

Sie knipste die Lampen an und zog die Vorhänge zu, immer noch unfähig, die ganze hässliche Geschichte zu begreifen. Sie mochte sie drehen und wenden, wie sie wollte, nichts passte da zusammen. Aber, sagte sie sich schließlich, sie kannte ja auch nur die Version ihres Vaters. Er hatte ehrlich erschüttert gewirkt – aber was wusste sie schon von ihm?

Die Sache mit dem Brand ließ sich leicht nachprüfen. Es existierten bestimmt Berichte in den alten Lokalzeitungen, sie musste sich nur an den Namen des Dorfes erinnern. Und eigentlich glaubte sie nicht, dass ihr Vater sie belogen hatte. Zumindest nicht, was den Brand betraf.

Aber es ging ja nicht nur um die Geschichte des Brandes. Ihr Vater hatte gesagt, er habe vorgehabt, zu ihnen zurückzukommen. Stimmte das denn? Was hatte in dem Brief damals gestanden? Hatte Onkel David sie so überstürzt fortgebracht, weil er verhindern wollte, dass ihre Mutter die Wahrheit erfuhr: dass der Mann, den sie liebte, eine andere Frau heiratete?

Ein edles, altruistisches Motiv, dachte Rachel spöttisch, doch es war schwer, sich einen Onkel David vorzustellen, der so entschieden und energisch handelte. Onkel David war im Vergleich zu ihrer Mutter immer ein Zauderer gewesen, jemand, der die Initiative lieber anderen überließ; ein Mann, dessen größtes Interesse seiner wissenschaftlichen Arbeit galt. Jedenfalls soweit sie ihn kannte. Unmöglich, ihn sich als Intriganten vorzustellen.

Es sei denn, er war zum Erfüllungsgehilfen wider Willen geworden. Das klang absurd. Aber angenommen, der alte Graf von Ardmore – ihr Großvater – hatte von der Liebesbeziehung seines Sohnes zur Verwalterstochter Wind bekommen und beschlossen, dem jungen Familienglück ein radikales Ende zu bereiten? Rachel wurde beinahe übel bei dem Gedanken. Sie waren keine Menschen für ihn gewesen, sondern lediglich Störfaktoren.

Wenn David irgendwie von den Absichten des alten Grafen erfahren hatte, dann, ja, dann war es vorstellbar, dass er sich in seiner Halbherzigkeit zu seinem Komplizen gemacht hatte. Er hätte nicht den Mut und die Tatkraft besessen, dem Grafen in den Arm zu fallen; sein Mut hätte allenfalls dazu gereicht, dafür zu sorgen, dass das Haus leer war, wenn die Handlanger des alten Grafen anrückten; sie und ihre Mutter an einen unbekannten Ort zu bringen, um ihnen ein neues Leben zu ermöglichen und so vor weiteren Anschlägen des Grafen zu schützen.

Ja, und wenn sie das wirklich glaubte, sollte sie sich vielleicht auf ihren Geisteszustand untersuchen lassen. Sie hatte sich so sehr in wilde Theorien verrannt, dass sie nicht mehr fähig war, das Plausible vom Abwegigen zu unterscheiden.

Jetzt hätte sie Simon gebraucht, Simon, der es verstand, die Dinge auf den Punkt zu bringen und ihre Hirngespinste mit beißendem Witz ad absurdum zu führen.

Rachel streckte die Hand nach dem Telefon aus und senkte sie wieder.

Bleib in der Wohnung, solange du willst.

Nein, sie konnte Simon nicht anrufen. Sie schämte sich ihres Egoismus. Sie hatte seine Hilfe als etwas Selbstverständliches betrachtet und ihm alle möglichen niedrigen Motive zugeschrieben, damit sie nur ja nicht dankbar sein, sich nur ja nicht eingestehen musste, wie sehr sie sich auf ihn verließ.

Wenn sie daran dachte, was es ihn gekostet haben musste, mit ihr nach Carrisford zu fahren – und dann – im Park –

War es Schwäche, dass sie wünschte, sie hätte Simon eine andere Antwort gegeben?

Es gab jetzt nur eins, sagte sich Rachel energisch, nach Oxford zu fahren und Onkel David selbst zu fragen. Ihn anzurufen, hatte keinen Sinn; er ging ohnehin nie ans Telefon. Aber es war schon nach acht; um diese Zeit fuhren wahrscheinlich gar keine Züge mehr nach Oxford, und selbst wenn, konnte sie nicht mitten in der Nacht bei Onkel David hereinplatzen.

Töricht zu hoffen, Simon würde vielleicht morgen auch in Oxford sein, um sich von seinem alten Lehrer zu verabschieden, bevor er nach New York abreiste; würde sie auf der schmalen Treppe einholen wie schon einmal. Der regnerische Apriltag schien ihr Jahre entfernt zu sein; so fern wie die Frau, die sie damals gewesen war.

Am nächsten Morgen saß Rachel zusammen mit einem Heer gähnender Pendler im ersten Zug nach Oxford und konnte es vor Spannung und Nervosität kaum erwarten, ihrem Onkel gegenüberzutreten.

Als sie endlich vor seiner Tür stand, klopfte sie nur einmal kurz und trat ein, ohne eine Aufforderung abzuwarten. Zum Teufel mit den Formen.

«Rachel!» Onkel David saß mit einem Buch auf dem

Schoß in seinem bevorzugten Sessel. Er sprang auf, als sie eintrat. «Hast du meine Briefe bekommen? Ich bin in London geblieben, solange ich konnte.»

Nichts hätte entwaffnender sein können. Aus der Ferne über Onkel Davids Motive zu spekulieren, war leicht gewesen. Es war ungleich schwerer, hier, in dem vertrauten Zimmer, angesichts seines besorgten Blicks an diesen Spekulationen festzuhalten.

Galt seine Besorgnis ihr? Oder war er besorgt, weil endlich ans Licht gekommen war, was er damals, vor dreiundzwanzig Jahren, getan hatte?

Rachel schloss die Tür fest hinter sich. «Warum hast du meinem Vater erzählt, wir wären tot?»

Onkel David nahm die Brille ab und steckte sie bedächtig in die Tasche. «Du hast mit ihm gesprochen.»

Rachel sah ihren Onkel an, unsicher, was sie von dieser Bemerkung halten sollte. «Er hat geweint.»

«Der arme Edward.» Onkel David schüttelte den Kopf, bekümmert, aber nicht überrascht. «Welch eine Komödie der Irrungen.»

«Ich finde wenig Komisches daran», sagte Rachel scharf.

«Ja, die Worte waren schlecht gewählt. Setz dich doch, bitte.» Als sie zögerte, wies er zu dem Stuhl, auf dem sie immer saß. «Ich bekomme Nackenschmerzen, wenn ich ständig zu dir hinaufschauen muss.»

Rachel setzte sich. Wie oft hatte sie hier gesessen, als Kind, als Halbwüchsige, als junge Frau, die auf dem Weg in die Welt hinaus war. Onkel David hatte damals alles für ihren ersten Aufenthalt in Paris arrangiert, genau wie er so vieles andere arrangiert hatte.

«Ich will jetzt endlich die Wahrheit wissen.» Ihre Erziehung zwang sie, ein «bitte» anzufügen.

Onkel David schenkte ihr aus seiner Kanne eine Tasse Kaffee ein, kalt und bitter. «Ich wollte Edward nie belügen – und dich auch nicht.»

Rachel kämpfte gegen ein tiefes Gefühl der Ernüchterung. Wenn er eine Entschuldigung vorgebracht hätte – sie war auch jetzt bereit, das Beste von ihm zu glauben. «Ach, dann hat dich wohl Satan dazu gezwungen?»

«Nein. Deine Mutter.» Onkel David stellte die Kanne weg und setzte sich zu ihr an den Tisch. «Deine Mutter bat mich, nach Heatherleigh zu kommen. So hieß das Dorf, in dem ihr damals gewohnt habt. Sie erklärte mir, sie habe sich entschlossen, zu gehen und dich mitzunehmen.»

Es hörte sich an wie blanker Unsinn. «Warum hätte sie gehen sollen? Sie hat ihn doch geliebt.»

Und hatte nie aufgehört, ihn zu lieben, auch nicht, als sie glauben musste, er habe sie verlassen.

«Sie ist gegangen, weil sie ihn geliebt hat.» Onkel Davids rundes Gesicht war ernst und ein wenig traurig. «Sie hatte einen Brief von Edward – deinem Vater – bekommen. Er schrieb, das Gut stehe am Rand des Bankrotts und sein Vater wolle ihn zwingen, Violet Palmer zu heiraten, eine reiche Erbin.»

Rachel beobachtete ihren Onkel misstrauisch. «Ja, das hat mein Vater mir erzählt.»

«Hat er dir auch erzählt, dass deine Mutter die Tochter des früheren Gutsverwalters war?» Als Rachel ihn verständnislos ansah, erklärte er: «Sie wusste besser als jeder andere, was aus dem Gut werden würde, wenn dein Vater nicht schnellstens eine gute Partie machte.»

«Es wäre wahrscheinlich verkauft worden, oder?» Was sollte das? «Du kannst doch nicht glauben, dass meiner Mutter das Erbe meines Vaters wichtig war.»

«So war es aber. Nur anders, als du glaubst.» Onkel David hob die Hände. «Es wäre nicht nur das Haus verkauft worden. Es ging um Grund und Boden, ein riesiges Areal, das seit Jahrhunderten von denselben Familien bewirtschaftet wurde. Was, glaubst du wohl, wäre aus diesen Leuten geworden?»

«Ich –» Rachel wusste nicht, was sie sagen sollte. «Sie hätten sich woanders Arbeit suchen müssen, nehme ich an.»

«Ja, aber wo? Und wie? Und dann das Personal: Gärtner, Diener, Hausmädchen, Wäscherinnen ... Ich könnte die Liste endlos weiterführen. Hunderte von Menschen waren von Carrisford abhängig. Deine Mutter wusste das. Sie kannte diese Leute.» Onkel David beugte sich vor. «Deine Mutter kam damals zu mir und erklärte, sie wolle das nicht auf dem Gewissen haben. Sie müsse – verschwinden.»

«Nur wegen einem Stück Land», sagte Rachel skeptisch.

«Es ging ihr nicht um das Land.»

Rachel dachte an die große Eingangshalle in Carrisford, an die Ahnengalerie, in der ihr Vater sie empfangen hatte. «Um Gemälde, Skulpturen und Porzellanfigürchen?», fragte sie sarkastisch.

Onkel David maß sie mit einem Blick, als wäre sie eine Studentin, die unvorbereitet zum Seminar gekommen war. «Dank der Entscheidung deiner Mutter blieb zweihundert Familien die Existenz erhalten. Deine Mutter kannte sie alle. Für sie hat sie deinen Vater aufgegeben.»

Er sagte das in einem Ton, bei dem sich Rachel klein und schäbig vorkam. Abwehrend entgegnete sie: «Gab es denn nicht irgendetwas, was man hätte verkaufen können?»

«Nicht genug. Viele der Gemälde sind Reproduktionen – oder waren es, bevor Violet mit ihrem Geld einsprang. Dein Großvater hatte über Jahre alles auf dem Gut verkauft, was nicht niet- und nagelfest war. Und dein Vater war unglücklicherweise ein verantwortungsbewusster Mensch. Genau wie deine Mutter.» Onkel David holte tief Atem. «Man könnte sagen, dass das ihr Unglück war; dass sie beide Menschen mit einem Gewissen waren.»

Er verfiel in sinnendes Schweigen.

Rachel wurde ungeduldig. «Ja, gut, aber was ist passiert?» Sie diskutierten hier schließlich nicht über eine griechische Tragödie; sie sprachen über ihre Eltern.

Ach, David, hätte ihre Mutter in dem liebevoll nachsichtigen Ton gesagt, den sie ihm gegenüber manchmal gebraucht hatte. Aber Rachel war nicht nach Nachsicht zumute. Sie war angespannt und gereizt vor Abwehr gegen diese neue Version der Ereignisse. Am liebsten hätte sie sich die Ohren zugehalten und mit dem Fuß aufgestampft aus Protest gegen diese Geschichte, die nicht wahr sein konnte. Niemals hätte ihre Mutter so etwas getan. Nie, nie, nie.

Onkel David erwachte endlich aus seinen Gedanken. «Deine Mutter sagte mir, ihr Entschluss sei gefasst. Sie wollte deinem Vater die Entscheidung aus der Hand nehmen. Und sie würde es mit meiner Hilfe tun oder ohne.»

Rachel richtete sich hoch auf. «Du hättest nein sagen können.»

Onkel David schüttelte resigniert den Kopf. «Hast du einmal versucht, deine Mutter von etwas abzubringen, was sie sich in den Kopf gesetzt hatte?»

Ein kleiner Pfeil des Zweifels bohrte sich in Rachels Widerstand. In kleinen Dingen hatte ihre Mutter immer mit sich reden lassen. Doch wenn ihr etwas wirklich wichtig war, war sie unerschütterlich gewesen. Sie hatten monatelang wegen dieses lächerlichen Sekretärinnenkurses in London gestritten. Oder, genauer gesagt, Rachel hatte gestritten. Umsonst.

Am Ende hatte ihre Mutter sich durchgesetzt.

«Es war unglaublich großherzig von ihr», sagte Onkel David in überredendem Ton. «Sie hat den Leuten auf dem Gut deines Vaters ihr eigenes Glück geopfert.»

«Ja, sehr großherzig.» Wenn es wahr war. Rachel musterte Onkel David scharf. «Aber es ging nicht nur um ihr eigenes Glück.»

Onkel David sah sie bekümmert an. «Warst du wirklich so unglücklich?»

Ja, hätte sie gern gesagt, nur um ihn zu verletzen, wie sie verletzt worden war. Aber es wäre nicht die Wahrheit gewesen. In Wahrheit nämlich war sie nicht unglücklich gewesen, gar nicht.

Gewiss, sie hatte um ihren Vater getrauert, doch der Verlust hatte sie wie ein sanfter Schatten begleitete, sie nicht in abgrundtiefe Finsternis gestürzt. Wenn sie an ihre Kindheit dachte, sah sie immer nur Sonnenschein, der auf dem Teich blitzte, Alice' blonde Zöpfe vergoldete, sich im weißen Schleier des Huts ihrer Mutter fing, den Weg zum Dorf mit Licht sprenkelte.

Es musste Regentage gegeben haben, Tage, an denen

sie schlecht gelaunt gewesen war, Tage, an denen Alice Halsweh gehabt hatte und nicht mit ihr spielen konnte, aber diese Tage hatten keinen Schatten hinterlassen.

Rachel fühlte sich wie früher, als Achtjährige, wenn sie bei einem Streit mit einem Erwachsenen verloren hatte. «Darum geht es doch gar nicht.»

«Doch, deiner Mutter ging es genau darum.» Und wieder kam Rachel sich bei seinen Worten klein und schäbig vor. «Sie war – sie hatte ein ausgeprägtes moralisches Bewusstsein.»

Ha, ha, moralisches Bewusstsein. Und deshalb hatte er sich ihrer Mutter gebeugt?

Wir waren als Kinder unzertrennlich, hatte ihr Vater gesagt. *Deine Mutter, David und ich.*

Es gab eine weitere Möglichkeit. Rachel sagte anklagend: «Du hast sie geliebt.»

David versuchte gar nicht, es zu bestreiten. «Ja. Von klein auf.»

Hier fühlte sich Rachel auf festerem Boden. Kampflustig beugte sie sich vor. «Hast du gedacht, sie würde dich heiraten, wenn mein Vater aus dem Weg wäre?»

«Es wäre leichter, wenn es einen Bösewicht gäbe, nicht?» Onkel Davids verständnisvoller Blick verbannte Rachel wieder ins Kinderzimmer. «Nein, so töricht war ich nie. Dazu hat deine Mutter deinen Vater viel zu sehr geliebt. Und es gab – andere Gründe.»

«Andere Gründe?», fragte Rachel argwöhnisch.

«Zu dem Zeitpunkt war das Verhältnis zwischen deiner Mutter und mir viel zu geschwisterlich. Und ich bin mir zu viel wert, um in Edwards Schatten zu leben. Sosehr ich gewünscht hätte, dein Vater zu sein», sagte er ernst.

«Du hast genug getan.» Rachel wusste nicht genau, was sie damit eigentlich meinte.

«Nein.» Onkel David war überraschend bestimmt. Rachel sah auf. «Einen großen Fehler habe ich gemacht. Als du volljährig wurdest – da hätten wir es dir sagen müssen. In dieser Hinsicht hast du recht.»

Er stand so abrupt auf, dass die Beine seines Stuhls laut über den alten Holzboden schrammten.

«Deine Mutter hatte das letzte Wort. Ich habe ihre Wünsche während ihrer Lebenszeit respektiert. Aber du bist jetzt eine erwachsene Frau. Du hast die Wahrheit verdient, damit du deine eigenen Entscheidungen treffen kannst.» Er schien so sehr sich selbst anzusprechen wie sie, während er zu den Regalen rechts vom Fenster ging. Er nickte kurz. «Keine Geheimnisse mehr.»

«Dafür ist es ein bisschen spät, findest du nicht?» Rachel stand ebenfalls auf und sah zu, wie er einen kleinen Kasten vom obersten Bord nahm.

Es war ein mittelalterliches Kunstwerk, ein Reliquienschrein mit kunstvoll geschnitzten Wänden, die mit Goldbändern zusammengefügt waren. Sie hatte als Kind nie damit spielen dürfen. Die Arbeit sei zu empfindlich für ihre kleinen Hände, hatte man ihr erklärt.

Onkel David öffnete es mit einem Druck auf ein unsichtbares Schloss.

Rachel, die ihn angespannt beobachtete, fragte: «Willst du jetzt bei den Gebeinen des heiligen Athanasius schwören? Das ist nun wirklich nicht nötig.»

Sie wusste immer noch nicht, ob sie ihm glauben sollte, doch der heilige Athanasius würde daran bestimmt nichts ändern.

«Es ist Thomas Becket», sagte Onkel David. Er griff in das Kästchen und zog ein gefaltetes Blatt Papier heraus, das er Rachel hinhielt. «Hier. Nimm es.»

Es war eine herausgerissene Buchseite. Rachel umschloss sie mit ihrer Hand. «Das hat bestimmt nichts mit Thomas Becket zu tun.»

«Nein.» David stellte das Kästchen wieder aufs Regal. «Deine Mutter hat es mir vor dreiundzwanzig Jahren gegeben.»

Langsam faltete Rachel das Blatt auseinander, eine aus einem Register herausgerissene Seite mit Zeilen für Namen, Daten, Zeugen.

Rachel hatte Dutzende solcher Blätter gesehen. Sie und Alice hatten Festungen aus den alten Gemeinderegistern gebaut. Allerdings nur so lange, bis Mrs. Spicer sie ertappt und ihnen verboten hatte, mit den Sachen des Herrn Pastors zu spielen. So viele Geburten, Todesfälle ... Trauungen.

Onkel Davids Schatten fiel über das Dokument. «Deine Mutter hat mich gebeten, es zu vernichten. Aber das konnte ich nicht. Dafür», sagte er entschuldigend, «bin ich zu sehr Historiker.»

Rachel sagte gar nichts.

Die Tinte war verblasst, doch die zwei Namen auf dem Papier waren deutlich zu lesen. Rachel hätte hinterher nicht sagen können, was sonst noch auf dem Blatt gestanden hatte. Sie sah nur die zwei Namen.

Edward Arthur Standish und Katherine Newell.

KAPITEL 26

Die Schrift war klar und deutlich.

Katherine Newell, 17 Jahre, und Edward Arthur Standish, 20 Jahre, haben am 2. Mai 1897 die Ehe geschlossen.

Das Papier knisterte in Rachels Fingern. «Das ist –»

«– eine Heiratsurkunde», vollendete Onkel David. «Die Heiratsurkunde deiner Eltern.»

Auf dem Blatt stand noch ein Name. Rachel sah zu ihrem Onkel hinauf. «Du warst Trauzeuge.»

Onkel David senkte den Kopf. «Wir waren alle drei sehr jung», sagte er entschuldigend.

Sie hatte ihre Eltern nie als junge Leute gesehen. Eltern waren Eltern. Doch sie waren jung gewesen. Viel jünger, als sie jetzt war. Siebzehn. Unmöglich, sich ihre Mutter mit siebzehn vorzustellen, oder ihren Vater mit zwanzig, wie sie damals heimlich geheiratet hatten, in der Hoffnung, dass alles sich zum Besten wenden würde.

«Achtzehnhundertsiebenundneunzig», sagte Rachel überrascht. «Das war zwei Jahre vor meiner Geburt.»

«Hast du gedacht – oh, nein.» Onkel David wurde tatsächlich rot. «Deine Eltern haben nicht geheiratet, weil sie – äh – mussten. So war das nicht.»

Rachel dachte an das Bild ihrer Eltern, das immer in der Schublade im Nachttisch ihrer Mutter gelegen hatte. Nicht irgendein Bild. Ein Hochzeitsbild.

Ihr Vater hätte ihr das gestern bei seinem Besuch sagen können. Aber er hatte es nicht getan, trotz aller Liebesbeteuerungen.

«Er hat mich in dem Glauben gelassen, meine Mutter sei seine Geliebte gewesen», sagte Rachel leise. «Mein Vater, meine ich.»

«Wundert dich das? Sieh dir das Datum an.»

Zwei Jahre vor ihrer Geburt. Und sechs Jahre vor der Eheschließung ihres Vater mit Violet Palmer. «Oh», sagte Rachel. «Oh.»

«Genau», stimmte Onkel David zu und ließ sich schwer auf seinen Stuhl fallen. «Der arme Edward. Er kann nichts dafür. Er glaubte, deine Mutter wäre tot und er wäre frei und könne wieder heiraten. Deine Mutter hat es so gewollt.»

«Aber er war nicht frei.»

Dafür gab es ein Wort. Bigamie. Es spielte keine Rolle, dass ihr Vater ahnungslos gewesen war; seine erste Ehe hatte noch bestanden, und damit war die zweite ungültig.

Rachel starrte auf das Blatt Papier in ihrer Hand, das mit einem Schlag alles veränderte. Sie war die legitime Tochter ihres Vaters. Seine Erbin.

Und Olivia und Jicksy waren außereheliche Kinder.

«Der arme Edward», sagte Onkel David noch einmal. «Er kann nicht frei entscheiden. Er ist dem Besitz verpflichtet. Er wollte ihn nie haben, aber da er ihn übernehmen musste – er ist kein Mensch, der seine Verpflichtungen vernachlässigen würde.»

Jemand war so vorausschauend gewesen, das Blatt aus dem Gemeinderegister zu entfernen. Nicht um es zu vernichten, sondern um es im Geheimen aufzubewahren.

Hatte ihr Vater – oder ihre Mutter – damals schon mit der Möglichkeit gerechnet, dass man versuchen würde, alle Nachweise ihrer Eheschließung verschwinden zu lassen?

Mit gerunzelter Stirn sah Rachel Onkel David an. «Wenn meine Mutter nicht beschlossen hätte zu gehen – hätte er dann zu uns gestanden?»

Onkel David gab nicht vor, die Frage nicht zu verstehen. Er überlegte nur ein klein wenig zu lang, ehe er nickte. «Höchstwahrscheinlich, obwohl er dann den Besitz hätte zerschlagen müssen, um die Schulden seines Vaters zu bezahlen. Es wäre ihm entsetzlich gewesen, sein väterliches Erbe zerstückelt zu sehen. Es war eine unmögliche Situation.»

«Und jetzt ist sie noch unmöglicher.» Rachel holte zitternd Atem. «Wenn mein Vater Lady Ardmore noch einmal heiraten würde, gälten Olivia und Jicksy dann als eheliche Kinder?»

«Nein. Die beiden sind geboren, als deine Mutter noch lebte, die Ehe mit ihr also noch bestand. Daran ist nicht zu rütteln.» Onkel David warf ihr einen teilnehmenden Blick zu. «Wundert es dich, dass dein Vater dir nichts gesagt hat?»

Rachel faltete sorgfältig die Heiratsurkunde wieder zusammen. «Wenn ich meine Rechte geltend machen würde, was würde dann aus Carrisford werden?»

«Ich nehme an, es würde an einen Verwandten gehen. Nicht an mich», fügte David eilig hinzu. «Über den Teil des Vermögens, der nicht unter das Familienfideikommiss fällt, also nicht unter die Bestimmung, dass das Familienvermögen geschlossen erhalten werden muss, könnte dein Vater frei verfügen. Für Olivia und Jicksy wäre auf jeden Fall Geld da», fügte er nachträglich hinzu. «Lady Ardmores Vater hat es für sie angelegt.»

Mit anderen Worten, für die beiden wäre gesorgt. Zumindest finanziell. «Was würdest du an meiner Stelle tun?»

Onkel David sah sie ratlos an. «Wie gesagt, es ist eine unmögliche Situation. Vielleicht hätte ich deiner Mutter nicht helfen sollen, dich fortzubringen, ich weiß es nicht.» Er zögerte einen Moment, dann sagte er langsam: «Ich bin im Schatten von Carrisford aufgewachsen. Als Katherine sich an mich wandte – dachte ich, wir würden dir etwas ersparen.»

«Mir ein Leben in Luxus ersparen?»

«Carrisford ist ein kalter Ort», sagte er. «Ein solches Leben wollte deine Mutter nicht für dich. Wenn Marcus am Leben geblieben wäre, hätten sie und dein Vater sich ihr eigenes Leben aufbauen können, aber so ...» Er machte eine hilflose Handbewegung. «Ich weiß es nicht. Ich weiß nicht, ob wir richtig oder falsch gehandelt haben. Jetzt ist es an dir, eine Entscheidung zu treffen.»

Unmöglich, danach zu bleiben, Kaffee zu trinken und höflich zu plaudern. Sie waren beide zu tief in ihre eigenen Gefühle verstrickt, die wie eine Wand zwischen ihnen standen. Es würde nicht auf Dauer so bleiben, das wusste Rachel, als sie, hin und her gerissen zwischen Liebe und Groll, ihrem Onkel einen Abschiedskuss auf die Wange gab. Doch im Moment konnte sie nicht zu der unbefangenen Zuneigung zurückfinden, die sie früher mit ihm verbunden hatte.

Als sie das letzte Mal aus Onkel Davids Zimmer geflohen war, war Simon da gewesen. Diesmal begleiteten sie nur ihre Gedanken, als sie die Treppe hinunter in den Hof lief. Ihre Gedanken und eine alte Urkunde in ihrer Tasche.

Anstatt direkt zum Bahnhof zu gehen, ging sie zu Fuller's. Das Fenster mit der großen roten Schrift darauf warf blendend das Sonnenlicht zurück. Flüchtig kam ihr ihr Spiegelbild entgegen, als sie die Tür öffnete: elegante Frisur, eleganter Hut, elegantes Kostüm. Kein Vergleich mit der braven, vom Regen durchweichten Erzieherin von vor drei Monaten.

Lady Rachel Standish.

Lady Rachel Standish konnte ihren Tee in jedem vornehmen Haus Londons nehmen. Sie konnte Lady Frances Heatherington-Vaughn ‹Tante Fanny› nennen. Sie würde zu all den langweiligen Gesellschaften eingeladen werden, von denen Vera Merton ausgeschlossen gewesen war.

Sie würde Vorfahren und eine große Verwandtschaft haben. Sie konnte sich auf die Galerie des Oberhauses setzen, wenn sie wollte, und sich eine Rede ihres Vaters anhören. Wie Olivia.

Eine ganze Welt würde sich ihr öffnen.

Wenn ihr Vater sie nicht verleugnete. Wenn sich nachweisen ließ, dass die Urkunde echt war. Wie fing man das überhaupt an? Wahrscheinlich mit einem Anwalt, dachte sie.

Wenn sie bereit war, Olivia und Jicksy zu opfern.

Um Lady Ardmore tat es ihr nicht leid. Eher würde es ihr eine gewisse Genugtuung verschaffen, sie ihres Titels, ihrer Würde als Ehefrau beraubt zu sehen. Aber die Kinder ihres Vaters ...

Jicksy war ein Taugenichts, das sagte jeder. Carrisford war ohne ihn wahrscheinlich besser daran.

«Danke», sagte Rachel zu der Kellnerin, die ihr eine Kanne Tee und ein Stück Walnusskuchen brachte.

Aber Olivia.

Rachel stach mit der Gabel in den Kuchen, ein großes Stück, dick glasiert und mit Nüssen gespickt. Aber wäre es nicht vielleicht besser für Olivia? Sie wäre endlich frei von der Tyrannei ihrer Mutter. John Trevannion würde keine Frau heiraten, die unehelich geboren war; das wäre seinen politischen Ambitionen nicht zuträglich. Olivia konnte ans Somerville College gehen und Volkswirtschaft studieren. Ja, es würde einen Skandal geben, aber die hochgelehrten Herren in Oxford würde das nicht interessieren. Und Olivia schien an der feinen Gesellschaft sowieso wenig zu liegen.

Vielleicht weil sie immer dazugehört hatte.

Der Kuchen schmeckte nicht halb so gut wie in ihrer Erinnerung. Möglicherweise weil sie keinen Appetit hatte.

Sie legte die Gabel weg und trank einen Schluck Tee.

Ihr Vater hatte sie belogen. Bei all seiner inneren Erschütterung über ihr Wiedersehen hatte er sie belogen. Zum Schutz - nein, nicht Olivias und Jicksys, sondern Carrisfords.

Rachel starrte in das braune Gebräu in ihrer Tasse. Töricht, sich davon verletzt zu fühlen, dass er sie nicht besser kannte, nicht gut genug kannte, um zu wissen, dass sie freudig jeden Anspruch auf den Besitz aufgegeben hätte, wenn er sie dafür als sein Kind angenommen hätte. Das war alles, was sie gebraucht hatte, aus seinem Mund zu hören, dass sie eine Familie gewesen waren, dass er ihre Mutter und sie geliebt hatte, dass er immer entschlossen gewesen war, zu ihnen zu stehen, mochten auch noch so viele reiche Erbinnen winken.

Ich dachte, wir würden dir etwas ersparen, hatte Onkel David gesagt. *Ein solches Leben wollte deine Mutter nicht für dich.*

Und wer hatte danach gefragt, was sie wollte? Ob sie vielleicht gern mit einem Vater, Tanten, Onkeln, Cousins und Cousinen aufwachsen wollte? Dieses Gerede davon, dass Carrisford ein kalter Ort sei – möglich, dass es das gewesen war, als Onkel David dort gelebt hatte, möglich, dass ihr Vater als Kind nicht glücklich gewesen war, aber das hieß doch nicht, dass ihr Leben dort genauso verlaufen wäre.

Oder doch? Rachel hatte es immer für selbstverständlich gehalten, dass ihr gemeinsames Leben weitergegangen wäre wie zuvor, wenn ihr Vater zurückgekommen wäre. Aber so wäre es nicht gewesen. Ihre Mutter hätte nicht mehr in der Küche gestanden und gekocht; ihr Vater hätte sie nicht mehr abends in den Schlaf gesungen. Sie wären von Dienern und Kindermädchen umgeben gewesen. Ihr Vater hätte unendlich viele andere Verpflichtungen gehabt – und ihre Mutter auch.

Zweihundert Familien, hatte Onkel David gesagt. Ihre Mutter hätte sich ihren Pflichten als Gutsherrin nicht entzogen. Und dann waren da noch all die anderen Verpflichtungen, von denen Rachel nur eine vage Vorstellung hatte: Komitees, Wohltätigkeitsveranstaltungen, Einladungen, alles, was eben zum Leben der oberen Zehntausend gehörte. Hätten ihre Eltern sie in Carrisford zurückgelassen, wenn sie in London ihren Verpflichtungen nachgingen?

Wenn ihre Mutter Klavierstunden gegeben hatte, so immer im Wohnzimmer ihres Hauses. Sie war Tag und Nacht für Rachel da gewesen.

Und Rachel ... Rachel hatte alle Freiheit genossen, die ein Kind sich wünschen konnte. Sie durfte im Teich planschen, ihren Reifen die Straße hinunterjagen, auf Bäume klettern, ihre Freundin besuchen, wann sie wollte. Es gab kein Kindermädchen, das sie ausschimpfte, keine Fotografen, die Bilder von ihr schossen. Als sie nach Frankreich gereist war, hatte niemand mit einem Fotoapparat und gezücktem Bleistift auf sie gewartet, um aus ihrer Abreise einen Artikel zu machen oder bis in alle Einzelheit ihr Kleid und ihren Hut zu beschreiben.

Eine ganz neue Vorstellung, dass ihr vielleicht gar nichts genommen, sondern im Gegenteil etwas geschenkt worden war: Zeit und Freiheit.

Als Lady Standish wäre sie auf einer Reise nach Frankreich ständig umsorgt und überwacht worden. Oder sie hätte vielleicht, wie Olivia, gar nicht erst reisen dürfen.

Nein, ihre Mutter war keine Lady Ardmore.

Sie hätte es werden können, wenn sie es gewollt hätte. Es hätte sie sicher nicht von Grund auf verändert, aber dennoch. Es hätte sie alle verändert.

Niemand konnte heute sagen, wie. Rachel legte ein paar Münzen auf den Tisch, zog ihre Handschuhe an und ließ Kuchen und Tee stehen. Unverzeihliche Verschwendung. Ihre Mutter hätte das nicht gutgeheißen, Simons Beispiel hatte abgefärbt. Sie gehörte, dachte sie, weder hierhin noch dorthin, hing irgendwo zwischen zwei Welten.

Aber musste das so sein? Das Sonnenlicht blendete sie, als sie aus dem dämmrigen Lokal trat, und sie hob schützend die Hand über die Augen. Sie spürte, wie ihre Stimmung sich hob, ein herrliches Hochgefühl von ihr Besitz ergriff. Wer sagte denn, dass dies ihre einzigen Möglichkeiten waren?

Du bist du selbst, hatte Simon gesagt. *Ist das nicht genug?*

Rachels Schritt wurde schneller, sie fühlte sich wie getragen. In einer Situation, die aussichtslos erschienen war, hatte ihre Mutter sich tapfer entschieden und ihren eigenen Weg gesucht. Es war nicht unbedingt ein Weg, den Rachel gewählt hätte, aber sie hatte sich nicht von den Umständen entmutigen lassen. Sie hatte sich auf sich selbst verlassen und beherzt gehandelt.

Und hatte Rachel damit womöglich gerade ein unerwartetes Geschenk gemacht.

Sie wollte nicht Lady Rachel Standish sein. Ja, wenn sie dazu erzogen worden wäre – aber das war nicht der Fall. Sie war zur Selbständigkeit erzogen worden.

Der Bahnsteig war um diese Mittagszeit nahezu leer. Sie warf die Rückfahrkarte Oxford–London, die sie sich am Morgen besorgt hatte, in den nächsten Abfallkorb und ging schnell zum Schalter.

«Einmal Southampton, bitte», sagte sie dem Beamten.

Die *Aquitania*, hatte Simon gesagt. Es war kein Problem, das Schiff zu finden. Aus den roten Schornsteinen stieg schon Rauch auf, der beißende Geruch brennender Kohle mischte sich mit der Salzluft der See, der Ausdünstung der schwitzenden Männer, die Kisten und Kartons an Bord schleppten, den mehr oder weniger angenehmen Düften der Reisenden und ihrer Begleiter auf dem Pier.

Simon zu finden, war nicht ganz so einfach. Er war nicht unter der Menge, die sich an der Reling drängte. Rachel schob sich zwischen aufgeregt plappernden Gruppen hindurch, Familienmitglieder und Freunde, die mit Blumen und Pralinenschachteln zum Abschied erschienen waren, weinende Kinder, die Kindermädchen in weißen Häubchen von elterlichen Beinen zogen, Frauen in Pelzmänteln mit kleinen Hündchen im Arm, Journalisten, die auf der Jagd nach einer prominenten Persönlichkeit hin und her schossen. Niemand nahm Notiz von Rachel.

Sie entdeckte Simon endlich auf der Leeseite, an die Reling gelehnt, eine Zigarette in der Hand.

Er wirkte sehr allein, wie er da stand, abseits der erregten Menge, nur den weiten Ozean vor sich.

Jetzt, da sie hier war, wusste Rachel nicht, was sie sagen sollte. Sie kämpfte gegen den Impuls, einfach wieder umzukehren. «Simon!»

Simon fuhr mit einem Ruck herum, so schnell, dass er sich den Ellbogen an der Reling anstieß.

«Da bin ich», sagte Rachel nur.

Ein Wechselspiel von Gefühlen spiegelte sich in Simons Gesicht, bevor die gewohnte Maske leicht blasierter Kultiviertheit wieder herabfiel. Sorgfältig trat er seine halbgerauchte Zigarette aus. «Bist du gekommen, um mir zum Abschied zu winken?»

«Ich habe mein Taschentuch leider zu Hause liegengelassen.»

Um sie herum vibrierte alles vor lärmender Geschäftigkeit und Aufregung, doch Rachel hatte das Gefühl, sie stünden unter einer Glasglocke, in die nichts eindringen konnte. Das Schweigen wurde immer dichter, Rachels

Zweifel immer nagender. Hatte Simon es sich anders überlegt? Waren die Momente im Park nicht mehr gewesen als eine Reaktion auf die Wiederbegegnung mit Carrisford? Seine Worte nicht mehr als schnell Dahingesagtes, das er schon bereute?

«Warum bist du mir damals so entgegengekommen?» Das hatte sie gar nicht sagen wollen. Die Worte kamen ganz von selbst. «Warum hast du mich nicht einfach am Bahnhof abgesetzt und mich meiner Wege gehen lassen?»

«Dein Onkel ...», begann er langsam.

«Fang jetzt nicht wieder damit an», sagte Rachel scharf.

«Nein.» Der Schimmer eines Lächelns zeigte sich. Simon schob die Hände in die Hosentaschen. «Als du mir da plötzlich in den Schoß gefallen bist, um es einmal so auszudrücken, dachte ich, du könntest mir helfen, mit Olivia ins Reine zu kommen. Ich war ihr etwas schuldig. Ich hatte keinen richtigen Plan, aber ich hatte ja auch nicht mit dir gerechnet.»

Etwas in seinem Ton veranlasste Rachel aufzusehen.

Widerstrebend begegnete er ihrem Blick, widerstrebend und ein wenig traurig. «Und du warst so – tapfer. So zerrupft und wutschnaubend. Mit diesem scheußlichen Hut.»

Rachel schluckte die schnippische Erwiderung, die ihr auf der Zunge lag, hinunter. «Ja, das war wirklich ein scheußlicher Hut.»

«Aber das, was zählte, warst du», sagte Simon. Er wandte sich ab und stützte sich mit einer Hand auf die Reling. «Ich war so lange vor allem davongelaufen, und da kamst plötzlich du, entschlossen, dich in den Kampf zu stürzen.»

«Bockig, meinst du.»

«Mutig.» Er wandte sich ihr wieder zu, die Schultern gestrafft. «Wenn du nicht gewesen wärst, hätte ich die Stellung in New York nicht angenommen. Ich hatte vorgehabt abzulehnen. Zu viel Verantwortung, zu dicht an allem, dem ich mich bis dahin unbedingt entziehen wollte. Aber als du an dem Tag vor meiner Wohnungstür standest – wenn du fähig warst, dich deinen Dämonen so mutig zu stellen, wie hätte ich da so feige sein können?»

Es gibt einiges zu bedenken, hatte er damals gesagt, und sie in ihrer blinden Besessenheit hatte geglaubt, er rede von Olivia.

«Meine Dämonen – sind wohl von anderer Art als deine.» Verspätet fiel Rachel die Urkunde in ihrer Handtasche ein. «Ich wollte dir etwas zeigen.»

Simon begriff schneller als sie. «Soll ich dich jetzt Lady Rachel nennen?» Er faltete die Urkunde sorgfältig wieder zusammen und gab sie ihr zurück. «Ein Happy End also. Du hast alles, was du wolltest.»

Nein, nein, nein. So hatte sich Rachel dieses Gespräch nicht vorgestellt. Sie hätten zwei höfliche Fremde sein können, wie sie einander da an der Reling gegenüberstanden. Wo war die Leichtigkeit der letzten Monate geblieben?

Rachel umschloss das Papier mit beiden Händen. «Aber das will ich ja gar nicht. Ich will nach New York. Mit dir.» Als Simon nichts sagte, fügte sie hinzu: «Wenn du mich noch mitnehmen willst.»

Es raubte ihr den Atem, als Simon sie mit beiden Armen umschlang und sie wild herumwirbelte.

«Ich dachte, du wärst gekommen, um dich zu verabschieden», stieß er zwischen Küssen hervor, und Rachel sagte verwirrt: «Nein. Dafür wäre ich doch nicht hierhergefahren.»

Sie spürte Simons lachenden Mund. «Und deshalb liebe ich dich. Warum mit Höflichkeiten Zeit verschwenden?»

«Ich bin höflich», protestierte Rachel atemlos. Und dann: «Liebst du mich?»

«Weißt du das nicht inzwischen?» In Simons Blick blitzte es amüsiert. «Ich würde dir meine Liebe leicht von der Zunge weg in Knittelversen erklären, aber da würdest du mich über die Reling schmeißen.»

«Ja, wenn das alles ist, was du zu bieten hast. Verdiene ich nicht ein Sonett?» Rachel war wie berauscht von Glück.

«Eine ganze Folge», versprach Simon. «Alle mit Gänsekiel geschrieben.»

Rachel legte ihm eine Hand auf die Brust. «Verschon die Gans, bitte. Ein schlichtes ‹Ich liebe dich› tut's auch.»

Simon lehnte sich zurück und sah sie an. «Also gut. Ich liebe dich.»

Keine Frage diesmal, sondern eine schlichte und schnörkellose Erklärung.

«Sehr schön», sagte Rachel. Ein Bild der Zukunft zeigte sich ihr, eine fremde Stadt mit all ihrem geschäftigen Treiben, und Simon an ihrer Seite. «Ja, wirklich, sehr schön.»

Simons Hand drückte kurz ihre Schulter, sein Gesicht wurde ernst. «Bist du sicher? Willst du dich wirklich an eine verkrachte Existenz wie mich binden? Du könntest der Star der Londoner Gesellschaft sein. Du könntest nach Belieben wählen.»

Sein Ton war leicht, doch sie spürte die Unsicherheit darin.

«Du bist meine Wahl», sagte sie. «Kannst du mich in einem Salon beim Tee mit Lady X und dem sehr ehrenwerten Y sitzen sehen? Ich würde umkommen vor Langeweile. Lieber streite ich mich mit dir, als dass ich mit irgendwelchen Leuten Süßholz raspele.»

«Schlechte Träume eingeschlossen?»

«Schlechte Träume eingeschlossen.» Rachel fiel plötzlich Simons Mutter ein. «Glaubst du, deine Mutter wird entsetzt sein?»

Simon nahm sie fester in den Arm. «Sie wird begeistert sein.» Sein Gesicht sah sehr jung und jungenhaft aus, als er lachend sagte: «Sie hält auch nichts von Süßholzraspelei. Wir müssen ihr die ganze Geschichte erzählen. Sie wird so enttäuscht sein, dass sie deinen Auftritt als Vera verpasst hat.»

«Sie wird mir das nicht übelnehmen?»

«Es wird ihr leidtun, dass sie nicht selbst auf die Idee gekommen ist.» Als Rachel weiter ein zweifelndes Gesicht machte, sagte Simon trocken: «Meine Mutter hat es sich zur Gewohnheit gemacht, sich über Konventionen hinwegzusetzen. Sie wird dich feiern und ein Fest für dich geben.»

Schrille Pfiffe schreckten sie auf. Die Atmosphäre an Deck hatte sich verändert, das Quietschen der Winschen hatte aufgehört, die Schauerleute waren verschwunden, Stewards eilten geschäftig durch die Menge und baten die Besucher, das Schiff zu verlassen.

«Das gilt mir.» Widerstrebend löste sich Rachel von Simon. «Am besten buche ich gleich auf dem nächsten Schiff.»

Simon hielt sie fest. «Willst du jetzt wirklich in die Wohnung zurückfahren und in zwei Wochen nachkommen?»

«Natürlich nicht. Aber ich habe keine Kabine, keine Kleider –» Ein plötzlicher Verdacht ließ Rachel aufblicken. «Du hast mir doch keine Kabine gebucht?»

«Nein, und auch keinen Koffer gepackt», sagte Simon mit leichtem Spott. «So sicher war ich meiner nicht. Aber jetzt, wo du hier bist, lasse ich dich bestimmt nicht wieder aus den Klauen. In meiner Kabine ist Platz genug. Ich bin überzeugt, der Kapitän würde eine Trauung auf hoher See als nette Abwechslung sehen.»

Rachel stemmte die Hände in die Hüften, um zu widersprechen, aber es gelang ihr nicht. «Und was ist mit Kleidung?»

«Wenn ich mich recht erinnere, musste ich dich schon einmal ausstatten. Wenn auch unter etwas anderen Umständen.» Mit zärtlichem Blick sah er sie an. «Wir werden doch jetzt nicht klein beigeben. Verrückte Pläne sind unsere Stärke.»

Rachel lächelte. «Ja, Nordnordwest.»

Simon umfasste ihre Hand fester. Sein Gesicht wurde wieder ernst. «Wünschst du immer noch, du könntest in dein altes Leben zurückkehren?»

Vor zwei Tagen, in Carrisford, hatte sie sich nichts sehnlicher gewünscht, als wieder Rachel Woodley sein zu können, ihrer Geschichte und ihres Namens gewiss. Sie dachte an die Rachel, die vor nur drei Monaten hoch erhobenen Hauptes Château Brillac verlassen hatte, ihrer selbst so sicher, ihre Zukunft klar vor Augen. Eine neue Stellung als Erzieherin. Vielleicht, wenn sie mutig genug war, ein Schreibmaschinenkurs und eine Stellung als Sekretärin. Und eines Tages die Heirat mit einem Mann, der so zuverlässig und verantwortungsbewusst war wie sie.

Es war ein sicheres Leben gewesen, aber ein enges. Und ihre Ansichten, ihre Urteile waren gleichermaßen eng gewesen. Bürgerlich, dachte Rachel mit einem kleinen Lächeln.

Das Leben mit Simon würde bisweilen stürmisch sein, aber niemals langweilig. Jeder von ihnen würde sich gelegentlich an einer harten Kante stoßen, aber es gab niemanden auf der ganzen weiten Welt, der ihr auch nur halb so lieb war wie Simon.

Sie war hinter die Spiegel geraten, und es gefiel ihr.

«Du bist eine Riesenverbesserung im Vergleich zu Amelie, Albertine und Anne-Marie.» Und weil sie fand, er verdiene etwas mehr, fügte sie aufrichtig hinzu: «Ich würde nie zurückgehen, selbst wenn ich könnte. Der ganze Kummer hat sich am Ende gelohnt. Er hat mich zu dir geführt.»

Sie erwartete eine spöttische Bemerkung von Simon. Doch er sagte nur: «Amen.»

Einen Moment lang standen sie in harmonischer Stille beieinander, der Wirbel der Abfahrt ebbte ab. Das letzte Pfeifsignal wurde gegeben. Rachel hörte das Knarren der Gangway, die hochgezogen wurde, und die Abschiedsrufe der Menschen, die zurückblieben. Vor ihnen dehnte sich das graue Wasser des Atlantischen Ozeans, und auf der anderen Seite wartete New York.

Rachel lehnte sich an Simon, glücklich und zufrieden bis ins Innerste. Sie musste lachen. Keine Kleider, kein

Gepäck, keine Papiere, aber was machte das schon? Verrückte Pläne waren ihre Stärke.

Simon wies mit einem Nicken auf das Papier, das sie immer noch in der Hand hielt. «Was hast du damit vor?»

«Ach, das.» Sie hatte es beinahe vergessen.

«Ja, das.» Zärtlichkeit und Erheiterung mischten sich in Simons Gesichtsausdruck.

Spontan riss Rachel das Papier mittendurch, klappte die Teile zusammen und zerriss sie noch einmal. Sie öffnete die Hände und ließ die Fetzen in den Wind fliegen.

Sie trat einen Schritt näher an Simon heran, in den wärmenden Schutz seines Körpers. «Es hat keine Bedeutung mehr.»

«Nein.» Simon zog sie an sich und drückte seine Wange auf ihren Hut. «Wir können unsere erste Tochter Vera nennen.»

«Nein.» Unter Tränen lächelnd sah Rachel zu ihm hinauf. «Katherine.»

DANKSAGUNG

Dieses Buch mit geschienter rechter Hand zu schreiben, war eine ganz neue Erfahrung und eine echte Herausforderung. Mein besonderer Dank gilt meinem Mann, der die langweiligen alltäglichen Pflichten wie Geschirrspülen und Wickeln auf sich genommen hat, damit ich mein Handgelenk fürs Schreiben schonen konnte; meiner Mutter, die als Babysitterin einsprang; und Lutchmie, die die Kleine knuddelte und bei Laune hielt und dafür sorgte, dass alles reibungslos lief. Danke auch dem Personal bei meinem Stamm-Starbucks (Camilla Robles, ich sehe Sie an!) für Anteilnahme, Aufmunterung und Lattes ohne Ende.

Ich danke wie immer meiner Lektorin, Jennifer Weis, die mich angetrieben hat, das Beste aus dem Buch herauszuholen, sowie Sylvan Creekmore und dem übrigen Team bei St. Martin's für all ihre Kreativität, Geduld und harte Arbeit auf dem Weg vom Manuskript zum fertigen Buch. Dieses Buch war so etwas wie ein Experiment – ich hatte noch nie einen Roman geschrieben, in dem die Ereignisse nur aus der Sicht einer einzigen Person erzählt werden – und ich danke meiner Schwester Brooke Willig; Claudia Brittenham, meiner Mitbewohnerin während des Studiums; und meinen zwei Mit-Ws Beatriz Williams und

Karen White für stundenlange Diskussionen über Charaktere und Handlung (sowie Irish Coffee und Prosecco).

Diese Danksagung wäre nicht vollständig ohne einen Moment des Gedenkens an die großartige Mary Stewart, die verstarb, als ich mit der Arbeit an diesem Buch begann. Während der Arbeit nannte ich es scherzhaft mein Mary-Stewart-Gedenk-Buch, und auch wenn etwas ganz anderes daraus geworden ist, bin ich unendlich dankbar für alles, was ich aus ihren Büchern gelernt habe, und für die Stunden guter Unterhaltung, die sie mir bereitet haben.

Lauren Willig
bei Wunderlich und rororo

Ashford Park

Der gestohlene Sommer

Die fremde Schwester

Natasha Solomons
Ein letztes Lied für dich

Grafschaft Dorset, 1946: Der 18-jährige Fox lebt mit seinen Brüdern und seinem Vater auf Hartgrove Hall. Von seiner Mutter hat Fox sein musikalisches Talent geerbt. Als sein Bruder Jack ihm seine Flamme, die bekannte Sängerin Edie, vorstellt, verliebt Fox sich auf den ersten Blick. Doch wenngleich Edie seine Gefühle erwidert, wird sie zweifellos Jack heiraten.
Hartgrove Hall, 2000: Fox blickt auf eine erfolgreiche Komponisten-Karriere zurück und lebt allein. Seine geliebte Edie ist verstorben. Er möchte eine letzte Symphonie für sie schreiben, doch in seinem Kopf herrscht Stille. Eine Stille, die er nur brechen kann, wenn er noch einmal zurückblickt: auf ein Leben, in dem Schmerz und Glück so unerträglich nahe beieinanderlagen.

496 Seiten

Ro 382/1

MIX
Papier aus verantwortungsvollen Quellen
FSC® C083411

Das für dieses Buch verwendete Papier ist FSC®-zertifiziert.